KB159061

MUTTERTAG **2**

잔혹한
어머니의 날

MUTTERTAG **2**

잔혹한
어머니의 날

넬레 노이하우스 지음

김진아 옮김

북로드

Vol. 02

- 호프하임 강력반 K11

올리버 폰 보덴슈타인: 고참 경위, K11 수사반의 반장

피아 산더: 예전 성은 키르히호프, 경위, 강력반 소속의 고참 형사

니콜라 엥엘 박사: 호프하임 경찰서 과장

카이 오스터만: 경장, 강력반 소속

카트린 파힝어: 경장, 강력반 소속

셈 알투나이: 경위, 강력반 소속

타리크 오마리: 경장, 강력반 소속

크리스티안 크뢰거: 경사, 감식반장

슈테판 스미칼라: 경장, 호프하임 경찰서 공보관

메를레 그룸바흐: 호프하임 경찰서 피해자 심리전문요원

헤닝 키르히호프 박사: 프랑크푸르트 법의학연구소장

프레데릭 레머 박사: 법의학자

로니 뵈메: 부검 보조

킴 프라이탁 박사: 법정신의학자, 피아 산더의 여동생

데이비드 하딩 박사: 프로파일러, 전 FBI 범죄행동분석팀 팀장

– 그 밖의 인물(등장 순서대로)

노라 바르텔스: 1981년 익사체로 발견

피오나 피셔: 취리히 태생의 23세 여자

페르디난트 피셔: 피오나 피셔의 법적 아버지

크리스토프 산더 박사: 피아 산더의 남편

카롤리네 폰 보덴슈타인: 올리버 보덴슈타인의 아내

모니카 발: 신문배달부

데니스 코르트: 경장, 강력반 소속

테오도르 라이펜라트: 2017년 변사체로 발견

욜란다 샤이트하우어: 테오도르 라이펜라트의 이웃에 사는 소녀

베티나 샤이트하우어: 욜란다 샤이트하우어의 어머니

칼 하인츠 카첸마이어 박사: 테오도르 라이펜라트의 이웃

우시 카첸마이어: 칼 하인츠 카첸마이어의 아내

라이크 게르만 박사: 수의사, 테오도르 라이펜라트의 이웃

산드라 레커: 클라스 레커의 전 부인

클라스 레커: 산드라 레커의 전남편

로젠탈 검사: 현직 부장검사

프리트요프 라이펜라트: 테오도르 라이펜라트의 손자, 데하그 상업은행의 CEO

마르타 크니크푸스: 테오도르 라이펜라트의 이웃

라모나 린데만: 테오도르 라이펜라트의 양녀

사샤 린데만: 라모나 린데만의 남편

요아힘 보크트: 테오도르 라이펜라트의 양자

마르티나 지베르트 박사: 여성의학과 전문의

아냐 맨티: 테오도르 라이펜라트의 이웃

옌스 하셀바흐: 프랑크푸르트 공항 관계자

앙드레 돌: 테오도르 라이펜라트의 양자

브리타 오르가츄닉: 테오도르 라이펜라트의 양녀

나의 에이전트이자 좋은 친구인 안드레아에게 바칩니다.

우정과 후원에 감사드립니다.

악은 특별하지 않고 항상 인간적이다.
우리와 같은 침대에서 자며 한 식탁에 앉는다.

—W. H. 오든

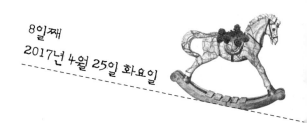

"저기예요!" 피아가 '클래식카 드림즈 프랑크푸르트-전문가&자동차광 환영'이라고 쓰인 간판을 가리켰다. 에슈보른과 뢰델하임 사이에 위치한 산업지구 널찍하게 자리잡은 카센터는 검은색 철 울타리로 둘러싸여 있었고 울타리와 연결되는 정문 옆에 간판이 세워져 있었다. 벤틀리, 애스턴마틴, 마세라티, 롤스로이스, 페라리 등 보덴슈타인의 가슴을 두근거리게 하는 차들이 늘어선 드넓은 주차장에는 풀 한 포기 없었다. 그는 두 가지 색깔로 도색된 픽업트럭 옆에 은색 관용차를 숨기듯 주차했다. 후방조명으로 보아 미국 수입품인 1974년산 닷지 램차저였다.

그들은 주차장을 가로질러 천천히 걸어갔다. 보덴슈타인은 나중에 다시 한 번 와봐야겠다고 생각했다.

"이따가 돌과 얘기하실 때 돌 자신에 대해 물어보세요. 태어난 가

13

정과 입양가정에 대해서도 질문하시고요." 하딩이 피아와 보덴슈타인에게 지침을 주었다. "돌이 하는 동작과 몸짓을 똑같이 하려고 해보세요. 반장님은 자동차광인 것 같으니 아마 돌과 바로 말이 통할 겁니다."

"왜 제가 자동차광이라고 생각하십니까?" 보덴슈타인이 뜻밖이라는 듯 물었다.

"사람 관찰하는 게 제 직업입니다. 반장님은 좀 전에 보잘것없는 관용차를 가장 큰 차 옆에 숨겼습니다. 그리고 이 멋진 차들을 감탄하며 바라보는 게 다 보입니다."

"제가 그렇게 꿰뚫어보기 쉬운 사람입니까?"

"제게는 그렇습니다. 하지만 반장님도 감정을 숨기려고 하지 않으셨잖아요." 하딩이 미소를 지었다. 그러나 이내 진지한 표정으로 돌아오며 말을 이었다. "돌이 어릴 때 양아버지와 어떤 관계였는지 알아내십시오. 양아버지를 존경했는지 싫어했는지 인정받고 싶어 했는지. 그리고 돌이 리더였는지 똘마니였는지 루저였는지 말하게 만드세요."

"알겠습니다." 보덴슈타인은 고개를 끄덕인 후 피아를 따라 유리문 안으로 들어갔다. 건물 안으로 들어가니 탁 트인 작업실이 보였다. 자동차에 미친 아마추어 기술자들의 지저분하고 어수선한 뒷마당을 상상했던 보덴슈타인은 놀라지 않을 수 없었다. 적벽돌로 쌓아올린 벽에 노출 콘크리트로 된 바닥, 천장을 가로지르는 금속관과 바닥까지 내려오는 격자 창문으로 꾸민 이른바 인더스트리얼 디자인의 크고 깨끗한 공간은 벙커를 연상케 했고 그곳에서 멋진 자동차들이 수리되고 있었다. 수리용 리프트 위에는 '파고다'로 불리는 짙은 베이지색

벤츠280SL이 올라가 있었고, 거기서 몇 미터 떨어지지 않은 곳에서는 기술자 두 명이 1960년대식 마세라티 세브링II에 붙어 작업하고 있었다. 안내데스크의 젊은 여직원이 희디흰 치아를 드러내며 활짝 웃었다. 분홍색 블라우스에 단 은색 이름표에는 '에밀리 도버스, 진행'이라고 적혀 있었다.

"어서 오세요!" 그녀가 높은 톤의 목소리로 노래하듯 인사를 건넸다. "뭘 도와드릴까요?"

"안녕하세요, 돌 씨를 만나러 왔습니다." 보덴슈타인이 데스크 위에 공무원증을 내밀었다.

"강력반이요?" 에밀리 도버스의 얼굴에서 고객용의 환한 미소가 사라지고 어정쩡한 미소만 남았다. 그녀의 시선은 피아에게서 하딩을 거쳐 보덴슈타인에게 갔다가 다시 피아에게 옮겨갔다. 그녀는 약간 불안한 듯 찰랑찰랑한 긴 머리를 매만졌다. 사람들은 왜 경찰 앞에 서면 괜히 불안해하는 걸까? 보덴슈타인은 새삼 이상하다는 생각이 들었다. 텔레비전에서 범죄추리극을 너무 많이 봐서일까? 아니면 날 때부터 인간의 유전자 속에 선천적 죄의식 같은 게 심어져 있어서일까?

"호프하임 경찰서의 올리버 폰 보덴슈타인 반장이라고 합니다." 보덴슈타인은 에밀리 도버스에게 예의 그 '백작 미소'를 던졌다. 효과가 있었다.

"아! 혹시 켈크하임 보덴슈타인 농장의 그 보덴슈타인인가요?"

"맞습니다. 제가 나서 자란 곳입니다."

"대박! 저 아홉 살 때부터 거기서 말 탔는데!" 에밀리 도버스는 눈이 휘둥그레지며 손뼉을 쳤다. 예쁘장한 얼굴에는 화색이 돌았다.

"그럼 크벤틴이…… 어…… 조카?"

그 말에 피아는 숨죽여 쿡쿡 웃었고 보덴슈타인은 힐책하듯 곁눈질을 했다.

"제 동생입니다." 보덴슈타인이 정중하게 말했다.

"바로 가서 사장님께 전할게요." 높은 구두를 신은 에밀리 도버스는 로비 뒤쪽 사무실로 총총거리며 걸어가, 온통 유리로 된 사무실 두 개 중 왼쪽 문을 두드렸다. 그리고 곧 블라인드가 내려진 문 안으로 사라졌다. 보덴슈타인은 통유리 뒤로 밖을 내다보고 있는 피아와 하딩 곁으로 갔다.

"앙드레 돌은 꽤나 성공한 것 같은데요." 피아가 말했다. "라이펜라트네 아이들이 이렇게 많이 성공했다는 게 정말 신기하지 않아요?"

"전혀 신기한 일이 아닙니다." 하딩이 대꾸했다. "방향만 잘 잡아주면 문제아들이 잠재력은 더 크거든요."

"그리고 성공한 사람이 그렇게 많은 것도 아니야." 보덴슈타인이 말했다. "지금까지 크게 성공한 사람은 프리트요프 라이펜라트뿐이잖아. 그것도 직업적으로 성공했다는 거지만."

"제가 보기엔 요아힘 보크트도 실패한 인생 같지는 않던데요." 피아가 반박했다. "라모나와 사샤 린데만 부부도 마찬가지고요."

"서른 명 중 네 명이네." 보덴슈타인이 자동차들에서 시선을 거두며 말했다. "그중 둘은 스스로 목숨을 끊었고, 나머지는 평균에 그쳤겠지. 학교에서도 그렇잖아."

그때 에밀리 도버스가 그들에게 손짓을 했다. 그들은 안내데스크를 지나 사무실로 갔다.

"이분들이 경찰 강력반에서 오신 분들이에요!" 에밀리 도버스가 사장에게 그들을 안내했다. "제가 뭐 더 도울 일이 있을까요? 커피 드릴까요?"

"아니요, 괜찮습니다." 보덴슈타인이 말했다.

"필요하신 거 있으면 바로 얘기하세요."

그녀는 보덴슈타인을 향해 친절한 미소를 짓고는 가만히 유리문을 닫고 나갔다.

사장실 벽에는 성조기 외에 할리데이비슨에서 핫로드, 람보르기니, 포르쉐 스피드스터에 이르는 희귀하고 고급스러운 외관의 자동차 사진이 좁은 간격으로 빼곡히 걸려 있었다. 잡동사니로 넘쳐나는 책상 뒤에 앉아 있는 남자는 이 고급스러운 공간의 주인이라고 상상하기 힘든 사람이었다. 앙드레 돌은 40대 후반의 남자로 구릿빛으로 잘 그을린 피부에 덩치가 꽤 큰데 장기간의 헬스트레이닝으로 단단히 다져진 것 같았다. 물 빠진 청바지에 투박한 작업화를 신었고 유행하는 검은색 티셔츠를 입고 있었다. 근육질 팔에는 문신이 가득했고 손가락마다 반지를 꼈으며 오른쪽 귓불에는 피어싱이 여러 개였다. 숱 많은 잿빛 머리는 짧게 잘랐고 잘 손질된 콧수염과 턱수염이 귀족 로커의 스타일을 완성하고 있었다. 퇴근 후 바이크 클럽의 패치를 단 가죽점퍼로 갈아입고 도로를 질주하는 중년의 로커 말이다. 그는 예의를 갖췄지만 경계하는 태도로 인사를 건넸다. 보덴슈타인이 한 사진을 가리키며 질문을 던지자 그제야 경계의 빛을 거두었다. 미국 핫로드의 클래식이라 할 수 있는 듀스쿠페(포드 자동차의 1932년형 쿠페 모델의 별칭―옮긴이) 옆에 서서 돌과 몇몇 남자들이 땀에 젖은 채 웃는 사진이었다. 이런저런 전문용어가 튀어나왔다. 보덴슈타인은 이 분야에 대한 감탄을 가감 없이 드러내며 대화를 나누었으나 곧

본래의 방문 목적으로 넘어갔다. 클라스 레커 때는 피아가 대화를 이끌었지만 이번에는 보덴슈타인이 나섰다. 두 사람은 좋은 결과를 내기 위해서는 신문할 때 조율이 잘되어야 한다는 것을 알았고 쓸데없는 겉치레나 경쟁을 자제했다.

돌은 껌을 꺼내 입에 넣더니 구석에 있는 고풍스러운 가죽소파로 그들을 안내했다. 그는 대화를 녹음하는 데 이의가 없었으므로 피아가 휴대전화의 녹음 기능을 켰다.

"무슨 일이 있었는지 압니다. 언제 오시나 하고 기다렸네요." 보덴슈타인이 테오 라이펜라트를 입에 올리자 앙드레 돌이 말했다. "라모나가 따끈따끈한 새 소식으로 전해줬죠. 노인네 일은 유감입니다. 마당에서 시체가 나온 것도 놀랄 노 자고요!"

"끔찍한 일이죠." 보덴슈타인이 대꾸했다. "정황으로 미루어볼 때 양아버지가 피해자들을 살해한 후 매장한 것으로 보입니다."

"그렇다고 해도 놀랄 일은 아니죠." 앙드레 돌은 그다지 슬퍼하는 기색이 아니었다. "그 노인네나 마나님이나 똑같이 사이코였어요."

"문제는 어떻게 범행이 이루어졌느냐 하는 겁니다." 보덴슈타인이 말했다. "어떻게든 피해자를 이동시켜야 했을 테니까요."

돌은 껌을 씹으며 다음 말을 기다렸다.

"테오가 동물들을 대회에 데리고 다니려고 폭스바겐 불리(폭스바겐 마이크로버스의 애칭―옮긴이)를 개조했다고 들었습니다."

"그런데요?"

"그 차 수리하신 거 맞죠?"

"네, 1970년산 T2, 나사 하나까지 완벽한 오리지널이었죠. 수집가들 사이에선 그런 게 엄청난 인기입니다. 오래된 차를 찾아내고 잘

만져서 이익을 남기고 파는 거, 그게 바로 제 일입니다. 제가 그런 건 또 타고났죠." 돌은 짐짓 태연한 척했지만 속으로는 잔뜩 경계하고 있었다.

"아, 그 불리를 이미 팔았다는 말씀입니까?"

"네, 작년에 일본인 수집가에게요."

"수리과정을 사진으로 기록하셨겠죠?" 보덴슈타인도 실제 그 차를 보게 되리라고 기대하진 않았었다. "그렇게 귀한 차인데……."

"안 한 것 같은데요. 그런 건 고객 차일 때만 하거든요." 돌이 구실을 댔다. "그 차는 처음에 팔 목적으로 고친 게 아니라서요."

보덴슈타인은 그 말이 거짓일 거라고 판단했다. 그 오래된 차는 돌에게 특별한 의미가 있었을 것이다. 오랫동안 마음에 품고 있던 프로젝트였을 테니까. 그런데 왜 이런 억지 주장을 펴는 것일까? 그의 시선이 피아와 마주쳤다. 피아는 질문하고 싶다는 신호를 보냈고 그는 가볍게 고개를 끄덕였다.

"조금 전에 양부모를 사이코라고 표현하셨는데 무슨 뜻으로 한 말이죠?"

"그럼 보육원에서 애들 데려다 놓고 자기네들 분풀이하는 걸 뭐라고 불러야 합니까?" 돌이 되물었다. "전 리타를 볼 때마다《짐 크노프》《모모》의 저자이기도 한 미하엘 엔데의 동화—옮긴이)에 나오는 용 부인 같다고 생각했어요."

그가 헛웃음을 쳤다.

"리타 라이펜라트에게 학대당한 적이 있습니까?" 보덴슈타인이 단도직입적으로 물었다.

"학대요?" 돌이 놀란 척 되물었다. "누가 그런 소리를 해요?"

19

"아이들이 말 안 들을 때 리타 라이펜라트가 어떻게 했는지 형제자매들에게 다 들었습니다."

"아니요, 전 무슨 말인지 모르겠는데요. 뭐, 말썽 부리면 보육원으로 돌려보낸다, 그런 말은 들었죠. 하지만 그런…… 아뇨……. 그런 일은 없었습니다."

보텐슈타인은 더 이상 캐묻지 않았다. 앙드레 돌처럼 겉으로 보이는 모습을 중요하게 생각하는 사람에게 자신의 약점을 인정하기란 결코 쉽지 않은 일이었다.

"그럼 양부모와 원만한 관계를 유지했다는 말입니까?"

"네, 그렇습니다." 그는 어깨를 으쓱했다. 입으로는 사정없이 껌을 씹어댔고 불안정한 시선은 끊임없이 보텐슈타인의 얼굴에서 미끄러졌다.

"라이펜라트의 옛 공장부지에서 클라스 레커와 함께 카센터를 운영하셨죠?"

"클라스!" 돌은 표정이 험악해지며 투덜댔다. "나쁜 자식! 그 자식 이름은 입에 올리지도 마십쇼."

"레커와 연락하고 지내십니까?"

"아뇨! 연락 끊은 지 오래됐습니다."

"그래도 레커에 대해 좀 듣고 싶은데요."

"뭐, 도움이 된다면." 그가 손가락으로 수염을 쓸자 서걱거리는 소리가 났다. "어릴 땐 클라스가 대단해 보여서 그림자처럼 따라다녔습니다. 그땐 몰랐는데 알고 보니 노친네들과 똑같은 사이코였어요. 자기밖에 모르고 대장 노릇하길 좋아하는 인간인데 막상 손가락 하나 까딱 안 해요. 한동안은 가게가 잘됐어요. 그런데 이 인간이 점점 미쳐가는 거예요. 와이프 이름이 산드라인데, 가게에서 일하라고 강요하더라고요. 그렇게 싫다는데도 싹 무시하고요. 자기 와이프를 통제하고 싶어서 그러는 거예요. 일 분 일 초도 그냥 내버려두질 않아요. 그래서 산드라가 가끔 저한테 울면서 하소연을 했어요. 그런데 그걸 알고 바람을 피웠느니 뭐니 하면서 난리를 치는 거예요!" 몇 년 전 일이지만 그는 아직도 분이 삭지 않은 듯했다. "클라스가 정신병원에 들어가게 되자 노인네가 카센터 계약 연장을 안 해주더라고요. 마치 클라스가 자기 와이프 들볶은 게 나 때문이라는 것처럼! 정말 기가 막혀서!"

돌은 자기 얘기 할 때만 입이 무겁지 다른 사람 얘기 할 때는 무척 수다스러웠다.

"그렇게 원망했다면서 왜 양아버지의 차와 트랙터를 관리해준 겁니까?"

"아, 그거야 불쌍해서 그랬죠. 알고 보면 불쌍한 사람이에요. 평생 마누라, 어머니, 죽은 형의 약혼녀까지, 여자들 등쌀에 죽은 듯이 살았어요. 테오 그 노인네 집에선 어깨에 힘 한 번 못 줘봤어요. 등신이에요, 등신. 말년엔 이빨 빠진 호랑이였고요."

"말년에는?" 보덴슈타인이 말꼬리를 잡았다. "그럼 그전엔 호랑이였던 적도 있나요?"

데이비드 하딩은 대화에 별 관심 없는 척하고 있었고 피아는 '클래식카 드림즈'의 대형 카탈로그를 넘기고 있었다.

"뭐, 언제 터질지 모르는 수류탄이라고 하는 편이 낫겠네요. 지금도 눈에 선합니다. 턱을 쭉 내밀고 화가 나서 부들부들 떨다가 어느 순간 펑 하고 폭발하는 거죠." 그는 웃으며 양아버지의 표정을 흉내

냈다. "괜히 그 옆에서 얼쩡거리다 혼난 적이 몇 번 있어서 그 뒤론 얼른 피했죠."

"그럼에도 불구하고 양아버지에게 좋은 감정을 가졌다는 거죠?"

"어휴, 그게 언제 적 일인데!" 앙드레 돌은 맘몰스하인에서의 일을 진즉 잊었다는 듯 굴었다. "뭐, 조금은 좋아했던 것 같습니다. 테오는 잠자리에서 동화책 읽어주고 같이 놀아주는 아버지는 아니었지만 트랙터에 태워주기도 하고 짐승 돌보기도 함께 하고 더 커서는 차나 트랙터도 운전할 수 있게 해줬습니다. 우리랑 같이 몰래 맥주를 마시기도 하고 담배 피우는 거 들켜도 눈감아줬고요. 매번 느낀 건데, 마치 리타의 규칙을 어기는 게 재미있어서 그러는 것 같았어요."

"친부가 누군지 아세요?" 피아가 물었다.

"그건 왜요?" 그의 오른쪽 관자놀이에서 맥박이 툭 불거지며 뛰기 시작했다.

"혹시……." 피아가 질문을 계속했다. "테오가 돌 씨에게도 그런 말 하던가요, 자신의 혼외자식이라고?"

"제게도라니요?" 돌의 불안한 시선이 잠시 피아를 응시했다.

"레커 씨는 자신이 테오 라이펜라트의 아들이라고 믿고 있던데요. 테오가 계속 그런 암시를 줬기 때문이죠. 하지만 리타가 알면 안 된다는 이유로 한 번도 인정한 적은 없대요."

"아마 테오가 일종의 전략을 쓴 게 아닌가 싶습니다." 보덴슈타인이 덧붙였다. 돌은 자신과 싸우는 모습이 역력했으나 결국은 포기했다.

"아동복지국 서류 보기 전까지는 정말 그렇게 믿었습니다." 그의 입에서 원망이 터져나왔다. "언젠가는 테오가 저를 아들로 인정해줄 거라고 믿고 기다렸습니다. 다른 아이들에게도 똑같이 말한 줄은 몰랐어요! 다른 아이들이 질투하니까 절대 말하면 안 된다고, 꼭 약속 지켜야 한다고!"

돌이 고개를 들었을 때 보덴슈타인은 그가 얼마나 상심했는지 알 수 있었다. 하딩 박사의 추측은 적중했다. 테오 라이펜라트는 부모 없는 아이들의 가장 취약한 지점을 찾아내 어린 마음을 뻔뻔하게 이용해먹은 것이었다.

"이 노인네 아직 안 죽었으면 내가 찾아가서 죽였을 겁니다." 돌은 이를 부득부득 갈았다. "노라 바르텔스 일 기억나십니까?" 보덴슈타인이 물었다. 돌은 마음이 어수선해진 상태라 맑은 정신일 때보다 더 많은 진술을 토해낼 가능성이 있었다.

"당연하죠. 마을이 발칵 뒤집어졌었는데. 경찰이 한 명도 빼지 않고 다 신문했습니다. 어린아이들까지도요."

"노라를 좋아했죠?" 피아가 불쑥 끼어들었다.

"그랬던 것도 같네요. 하도 오래된 일이라 기억이 안 납니다."

"아주 예뻤다고 하던데요."

"그랬겠죠. 여자에 아직 관심이 없을 때라."

"클라스가 보트 타러 갈 때 빼놓고 가서 섭섭했나요?"

"아뇨! 제가 왜요?" 돌은 피아와 보덴슈타인을 번갈아 쳐다봤다. 하딩은 그런 그를 물끄러미 관찰했다. 돌은 순간 자신의 반응이 그들에게 어떤 의미가 있다는 것을 깨달았다.

"섭섭했을 것 같은데요." 피아가 다시 말을 받았다. "노라를 많이 좋아했잖아요. 이걸 보면 아주 많이 좋아했던 것 같은데……."

피아는 주머니에서 여러 번 접힌 종이를 꺼내 펼친 다음 돌에게 내밀었다. 돌은 그것을 힐끗 쳐다봤다.

"이게 뭔데요?"

"돌 씨의 옛날 수학책에서 우연히 발견한 낙서예요."

"옛날 수학책이요? 별걸 다 찾아냈네."

"N&A. 노라 앤드 앙드레." 피아가 종이 위의 낙서를 소리 내어 읽었다. "아이 러브 노라, 노라, 노라, 노라, 사랑, 사랑, 사랑." 솔직히 제가 보기엔 노라에게 완전히 빠져 있었다고밖에 생각이 안 되는데요. 클라스와 노라가 보트 타러 갔을 때 어디 있었죠?"

"그때 어디 있었는지 모르겠는데요." 돌은 팔짱을 끼고 턱을 움츠렸다. "아마 텃밭에서 일하고 있었거나 풀장을 닦고 있었겠죠. 그런 일 다 애들한테 시켰으니까요."

"아까는 클라스를 그림자처럼 따라다녔다면서요? 그리고 노라 사건이 있었던 날은 일요일, 어머니날이었어요. 일요일에 풀장을 닦진 않았을 거 아니에요? 게다가 리타는 매년 어머니날을 성대하게 치렀는데."

돌은 앉은 자세를 자꾸 바꾸며 안절부절못했다. 별생각 없이 가볍게 시작한 대화가 점점 난감한 방향으로 치닫고 있었다.

"그날 일을 잘 기억해보세요." 피아가 말했다.

"기억 안 납니다." 그가 고집스럽게 말했다. 목젖이 사정없이 움직이고 시선은 자꾸 옆쪽으로 미끄러졌다. 뭔가 숨기는 게 있다는 뜻이었다.

보덴슈타인은 그를 한번 떠보기로 했다.

"프리트요프에겐 친구이자 '부관'인 요아힘이 있었죠. 둘이 함께 김나지움에 진학했죠. 돌 씨도 클라스 레커의 '부관'이었나요? 리타와 다른 아이들로부터 보호해주는 대가로 보상을 요구하던가요?"

"보상이요?" 돌은 무릎 위에 팔꿈치를 대고 보덴슈타인을 쳐다보았다. 눈에는 경계의 빛이 번뜩였다. "그게 무슨 뜻입니까?"

"예를 들면 클라스가 어떤 아이를 아이스박스에 가두고 나서 아무에게도 말하지 말라고 했다거나?" 보덴슈타인은 대답이 질문처럼 들리도록 했다. 돌은 턱 근육만 움직일 뿐 무표정하게 굳은 표정이었다. 그가 긴장했음을 알려주는 것은 그의 손이었다. 왼손 엄지손톱으로 가운뎃손가락 손톱 윗부분을 마구 잡아 뜯고 있었다. 약간의 시간이 흘렀다.

"아니면 가두는 걸 도왔나요?"

침묵.

"사샤를 도와 라이크 게르만을 랩으로 감싸서 개울가에 버린 것처럼?"

"왜 그런 짓을 했죠?" 돌이 아무 말도 하지 않자 피아가 물었다. "왜 랩을 둘렀죠? 그냥 때릴 수도 있었잖아요. 잘못하면 익사할 수도 있었어요! 그런 생각을 못 했어요?"

"그 순간에는…… 그런 생각을 못 했던 것 같습니다."

"처음에 그렇게 하자고 한 사람이 누구였죠?"

"모릅니다."

"돌 씨." 피아는 그에게 다가앉으며 간곡하게 말했다. "당시 리타 라이펜라트가 아이들에게 무슨 짓을 했는지 잘 알고 있어요. 그런 짓이 어린 마음에 얼마나 큰 상처를 남겼는지 저희가 다 헤아릴 수는 없겠죠. 하지만 그런 과거를 부끄러워할 필요는 없어요. 돌 씨는 죄 없는 피해자였잖아요."

순간 그의 눈동자에 놀란 빛이 스쳤다. 그의 입가가 꿈틀거렸다. 돌 같은 유형의 남자들은 타인의 공감을 받아들이는 데 서툴다. 그는 자리에서 벌떡 일어나더니 뒷목을 문질렀다.

"정신과 의사예요, 뭐예요?" 그가 헛웃음을 쳤다. "소파에 누워서 뭐 간증이라도 하라고요?"

"우린 폭스바겐 불리가 개조된 기록을 보러 온 겁니다." 보덴슈타인이 말했다. "자료만 주면 갈 겁니다."

"컴퓨터에 있는지 한번 보죠." 돌의 눈에 안도의 빛이 돌았다. 말 백 마디보다 많은 것을 말해주는 눈빛이었다. 그는 노트북이 있는 책상 앞에 앉았다. "아, 여기 있네요." 그는 경찰을 떨쳐버리고 싶은 생각에 조금 전 개조기록이 없다고 말한 사실을 잊은 듯했다. 그는 책장 앞으로 가서 서류철 하나를 꺼내 오더니 탁자 위에 털썩 내려놓았다. "거기 다 들어 있습니다. 그럼 잘 가시오."

"감사합니다!" 보덴슈타인이 서류철을 챙겼고, 모두 일어나 문 쪽으로 걸음을 옮겼다. "아, 참! 1997년, 1998년쯤에 사샤 린데만과 함께 테오의 집에서 철쭉나무 옮겨 심고 구덩이 판 적 있죠? 무슨 구덩이였죠?"

"제가 어디서 뭘 했다고요?" 돌이 이마를 찌푸리며 물었고, 보덴슈타인은 질문을 반복했다.

"아, 네, 맞아요. 테오가 좀 도와달라고 해서 간 적이 있습니다. 그때 뭐를 새로 만든다고…… 네, 견사를 새로 만든다고 했었죠." 그는 질문에 무슨 뜻이 담겼는지 알아채고 잠시 말문이 막혔다.

"감사합니다." 보덴슈타인이 미소를 지으며 말했다. 그리고 문을 열다 말고 마지막 질문을 던졌다. "그런데 아까 그 사고 당했을 때 자우어란트에는 왜 가셨습니까?"

돌의 그 커다란 덩치가 순간 얼어붙은 듯 꼼짝도 하지 않았다. 심지어 껌 씹는 것도 잊은 듯했다.

"아, 자우어란트요?" 돌은 시간을 벌어보려는 듯 보덴슈타인의 말을 곱씹었다. 목소리가 갈라져서 나왔다. "그…… 그거야 차 보러 갔었죠."

"어떤 차를 보러 갔는지, 간 곳이 정확히 어디였는지 기억납니까?"

"지금 뭐 하는 겁니까?" 돌이 버럭 화를 냈다. "그따위 질문이 어디 있어요?"

"기억납니까, 안 납니까?" 보덴슈타인이 지지 않고 맞섰다.

"안 납니다!" 돌은 그를 매섭게 노려보며 어깨를 폈다. 순간적으로 위협적인 분위기가 그를 에워쌌다. "그날 일 하나도 기억 안 납니다. 사고 나고 두 달간이나 병원에 누워 있었어요. 알겠어요?"

"잘 알겠습니다. 귀한 시간 내주셔서 감사합니다!"

"서류철은 돌려주는 거죠?"

"물론 돌려받으실 수 있습니다. 안내직원에게 받았다는 영수증을 써드리죠."

아스만 정신건강클리닉은 바트 홈부르크 인근 도른홀츠하우-젠에서도 약간 외곽에 있었다. 피오나는 지나쳐온 게 틀림없다고 생각했지만 렌터카의 내비게이션은 숲을 관통하라고 이른 뒤 목적지에 도착했음을 알렸다. 카타리나 프라이탁은 이메일, 전화, 문자메시지, 그 어느 것에도 답하지 않았다. 그 침묵은 피오나에 대해 알고 싶지 않다거나 만날 뜻이 없다는 명확한 의사 표현이었다. 예전 같았으면 망설였겠지만 그 부활절 일요일 프랑크푸르트 대성당 앞에서 깨달음을 얻은 뒤로 피오나는 변했다. 목적지를 눈앞에 두고 포기할 수는 없었다. 그녀가 원하는 것은 그저 그 여자, 어머니를 한번 만나보는 것뿐이었다. 카타리나 프라이탁이 어디서 일하는지는 인터넷을 통해 바로 알아낼 수 있었다. 그리고 바트 홈부르크는 프랑크푸르트에서 25킬로미터밖에 떨어지지 않은 곳이다. 피오나는 오전에 역 앞에서 차를 빌렸다. 내비게이션과 자동기어가 장착된 자그마한 검은색 아우디였다. 그녀는 차를 타고 카타리나 프라이탁이 살면서 거쳐간 곳들을 차례차례 둘러보았다. 바트조덴이라는 이름의 작은 마을에서 태어났고 학교는 그 옆 마을 쾨니히슈타인에서 다녔다. 피오나는 어머니가 다닌 학교까지 찾아냈다. 부활절 연휴라 교문은 닫혀 있었다. 그런 다음 구시가지의 골목을 따라 성터까지 걸어 올라갔다. 성터는 그림 같은 풍경을 만들어내며 마을 위로 우뚝 솟아 있었다. 어머니가 다녔을 길을 직접 따라 걷는다고 생각하니 가슴이 뭉클해졌다. 성터에서 내려온 뒤에는 피자 레스토랑에서 샐러드를 먹었다. 문득 외조부모가 아직 이 근처에 살고 있을지도 모른다는 생각이 들었다. 24년 전 그녀가 생겨난 것도 이곳에서였을까? 카타리나 프라이탁에겐 형제자매가 있었을까? 혹시 이모, 삼촌, 조카가 있을지도 모른다고 생각하니 가족에 대한 그리움이 뼛속 깊이 사무쳤다. 피오나는 마음속으로 다짐했다. 어머니를 보는 것만으로는 부족하다. 이 모든 질문에 대한 대답을 듣고야 말리라.

피오나는 오후 3시가 조금 지난 시각 병원 부지 밖에 있는 아스만 정신건강클리닉의 주차장에 차를 세웠다. 면회시간이 아닌 듯 주목 울타리로 둘러쳐진 주차장에는 흰색 승합차 한 대와 검은색 SUV 차량 한 대뿐이었다. 그녀는 차에서 내려 점퍼 지퍼를 끝까지 올린 후 담배를 피웠다. 차가운 바람이 살갗을 파고들고, 잿빛 하늘에는 짙은 구름이 몰려오고 있었다. 카타리나 프라이탁에게 어떻게 접근하는 것이 좋을까? 이미 이메일과 문자메시지를 보내놨기 때문에 취리히 대학병원이나 바젤란트 난임클리닉에서 써먹은 방법으론 안 될 것이다. 처음에는 나올 때까지 기다렸다 말을 걸 생각이었으나 몇 시간씩

병원 앞에서 기다릴 수도 없는 노릇이었다. 게다가 다른 길로 나가는 문이 있을 가능성도 있었다. 그리고 카타리나 프라이탁이 오늘 비번 이라면? 그럼 모든 게 헛수고가 된다. 지금은 부활절 연휴 기간이니 여행을 갔을 수도 있는 일이다. 젠장, 그 생각은 하지 못했다! 피오나 는 건너편에 서 있는 유겐트스틸 양식의 화려한 건물을 쳐다보았다. 그리고 마지막 한 모금을 빨아들인 뒤 담배를 바닥에 버렸다. 정면돌 파하는 수밖에 없었다. 그녀는 크게 심호흡을 하고 병원을 향해 뚜벅 뚜벅 걷기 시작했다.

***

"왜 레커와 돌이 그 혼외자식 이야기를 그렇게 오랫동안 믿었는지 이해가 안 가요." 피아가 고개를 설레설레 저었다.

"저는 이해합니다." 하딩이 말했다. "아이들의 입장에서 한번 생각 해보십시오! 두 아이 모두 보육원 혹은 열악한 환경의 가정에서 자랐 습니다. 그 아이들에게 테오는 유일한 아버지상이었고요. 테오에 대 한 믿음이 있었던 겁니다."

그들은 뢰델하임의 건축자재 백화점 옆 간이 카페에 서서 커피를 마시고 있었다.

보덴슈타인이 돌에게 받아온 서류철 속의 사진들을 들여다보다가 말했다. "전처가 1960, 1970년대 보육원 상황에 대한 기록영화를 만 든 적이 있어요. 70년대 말까지도 존재 자체에 대한 굴욕을 주는 식 으로 폭력 시스템이 작용했더군요. 당시에는 대개 종교단체에서 보 육원을 운영했고 아동복지국의 통제가 거의 없다시피 했습니다. 세

월이 지나면서 보육원 아이들이 정신적, 신체적으로 큰 상처를 받아왔다는 것이 사실로 받아들여지는 추세인데, 교회는 오랫동안 그런 사실을 은폐했고 보도가 나올 때마다 개인의 일탈로 치부하곤 했죠. 그런데 몇 년 전 코지마의 영화가 상영되고 난 뒤에 디아코니(독일 기독교봉사단체-옮긴이)에서 보육원 출신들에게 공개적으로 사과를 표명했습니다."

보덴슈타인은 탁자 위의 빵부스러기를 쓸어낸 후 사진을 내려놓았다.

"그런 환경에 오래 노출되지 않은 유아들에게서조차 자존감과 원초적 신뢰의 상실이 발견됩니다." 하딩 박사가 말했다. "그런 정신적 상처를 입은 아이들이 라이펜라트 집안에 들어간 겁니다. 그런데 거기서도 언제 불벼락이 떨어질지 모르는 공포 분위기 속에서 살아야 했던 겁니다. 그 자신 또한 무력함에 시달리던 테오는 바로 그 점을 이용했습니다. 자신의 권위를 세우고 지배욕을 충족시키기 위해 비열한 방법을 쓴 거죠. 자신의 혼외자식일 수 있다고 속이고 그것을 철저히 비밀에 부침으로써 아이들을 매우 강력한 감정적 끈으로 엮었습니다. 그 효과를 증대시키기 위해 늘 불확실한 상태가 유지되도록 머리를 썼죠."

"그건 그렇다 쳐도 그들이 왜 나중에 성인이 된 다음에 그에게 진실을 말하도록 강제하지 못한 거죠?" 피아가 이해가 안 된다는 듯 물었다.

"그렇게 했다면 진실은 밝혀지지만 희망이 사라졌을 테니까요. 그 희망은 이미 그들의 자아정체성에 아주 중요한 부분이 돼 있었던 겁니다. 그 누구도 근본을 모른 채 살고 싶어 하지 않습니다. 차라리 아무엇도 묻지 않고 거짓을 받아들이는 거죠. 아까 테오가 클라스 레커에게도 혼외자식이라고 말했다고 전하자 앙드레 돌은 충격을 받았습니다. 아이들끼리 그런 말을 전혀 하지 않았다는 거죠. 성인이 되어서도 마찬가지고요. 이것만 봐도 테오가 아이들에게 끼친 영향이 얼마나 컸는지 알 수 있습니다. 이것으로 위탁 자녀들이 테오와 계속 연락을 취한 이유도 설명되고요."

"일종의 스톡홀름 신드롬인가요?" 피아가 물었다.

"비슷하다고 할 수 있습니다." 하딩이 고개를 끄덕였다. "우리가 아까 한 말은 돌의 마음에 깊이 뿌리박혀 있는 테오에 대한 충성심을 송두리째 흔들어놓았습니다. 그러니 아마 다음번엔 더 쉽게 입을 열 겁니다."

"만일 우리가 찾는 범인이 아니라면요." 피아는 사진 한 장을 끌어당겨 찬찬히 들여다보았다. 폭스바겐 버스 안에는 애완동물 운반용 철창과 함께 스티로폼을 덧댄 관 모양의 나무상자가 판 아래 설치돼 있었다. 안타깝게도 돌은 5년 전 회색 불리를 개조하면서 내부설비를 모두 들어내버렸다. "버스 내부를 다 들어내고 멀리 일본에 팔아버린 이유가 혹시 돌이 범인이기 때문은 아닐까요?"

"차량 등록 말소가 언제였는지 알 수 있으려나?"

"그거야 알아보면 되죠."

커피를 다 마신 그들은 종이컵을 휴지통에 버리고 차로 돌아갔다.

"자우어란트 어디에 갔냐고 물었을 때 왜 대답하지 않았을까요?" 돌이 그 단순한 질문에 답하지 않은 것이 피아는 무척 의심스러웠다. "하필 시체가 발견된 장소에 돌이 있었다는 건 너무 엄청난 우연이지 않아요? 사고 때문에 기억이 안 난다는 말은 분명 거짓이에요."

32

"사고로 인해 트라우마를 겪은 거죠." 하딩이 대꾸했다. "사람도 한 명 죽었잖아요."

"그러니까 더 기억이 잘 나야죠." 피아가 반박했다. "트렁크에 시체를 싣고 자우어란트에 가서 숲 같은 데 시체를 버렸을지도 몰라요. 그런 다음 차를 팔고 다른 차로 돌아왔을 수도 있어요. 제가 보기엔 시체를 버리고 얼른 도망치려고 서두르다가 그런 것 같아요."

"그래, 맞아." 보덴슈타인이 맞장구를 쳤다. "재판할 때 사고 전에 어디 있었는지도 언급됐을 거야. 재판기록 열람신청 해야겠군."

***

아파트 8층 흡집 난 문이 열리고 나온 여자는 어마어마하게 뚱뚱했다. 민소매 티셔츠에 칠부바지를 입었는데 바지 밑으로 종아리 살이 툭 튀어나올 것 같았다. 빨갛게 염색한 생머리는 살찐 어깨 위로 길게 드리워져 있었고 얼굴은 기괴하게 부어올라 있었다. 카첸마이어 부인의 사진첩 속에서 웃고 있던 앳된 금발 소녀의 모습은 찾아볼 수 없었다. 40년간 계속된 건강하지 못한 식생활과 술, 운동 부족으로 인해 괴물처럼 변한 몸은 문을 가득 메울 정도였다.

"브리타 오가르추닉 씨?" 보덴슈타인이 친절하게 물으면서 공무원 증을 들어 보였다. "저희 동료 오스터만과 통화하셨죠? 호프하임 경찰서에서 나온 보덴슈타인이라고 합니다."

여자는 보덴슈타인을 위아래로 훑어보다 피아에게, 곧이어 하딩에게 시선을 돌렸다.

"들어오세요." 그녀가 말했다. 하딩이 먼저 들어가려다 그녀의 덩치에 막혔다. "너무 좁아서 내 앞으로는 못 지나가요." 그녀가 잠긴 소리로 웃음을 터뜨렸고, 웃음은 곧 밭은기침으로 변했다.

그녀는 거대한 몸뚱이를 이끌고 좁은 복도로 앞장서 들어갔다. 피아는 산적소굴 같은 곳을 상상했지만 거실은 의외로 간소하고 깨끗했다. 소파 탁자 위에는 봄 분위기를 물씬 풍기는 꽃다발이 놓여 있었고 벽에는 대형마트에서 흔히 볼 수 있는 값싼 그림액자가 몇 개 걸려 있었다. 발코니 밖으로 타우누스 산이 잘 내다보이는 위치였다. 피아는 전 동료 프랑크 벤케를 찾아 몇 년 전 크리스티안 크뢰거와 동행했던 일이 문득 떠올랐다. 브리타 오가르추닉은 그다지 행복하지 못한 삶을 살았다. 남편 세 명에게서 난 아이들 넷을 키우던 어머니는 브리타를 굶기다시피 하며 방임했고 결국 아동복지국에서 그녀를 데려갔다. 브리타는 이 보육원에서 저 보육원으로 옮겨 다니다 여섯 살 때 역설적이게도 아이들의 '천국'으로 알려진 리타 라이펜라트 집안에 들어가게 됐다. 그녀는 제빵사 과정을 밟다가 열일곱 살 때 임신하는 바람에 그만둬야 했다. 남편 두 명이 그녀를 거쳐갔고 자녀 여섯 명을 키우다 보니 돈도 직업도 남편도 없는 신세가 됐다. 그녀는 동유럽에서 담배를 밀수입해 팔았지만 여기서도 운은 따라주지 않았다. 불법을 저지르다 세 번이나 걸린 후 지금은 실업급여를 받으며 살고 있다.

"어유, 난 좀 앉아야겠네. 무릎 관절염이 있어서요." 브리타 오가르추닉은 끙 소리를 내며 소파에 털썩 주저앉았다. "저한테 무슨 볼일이 있으신가? 하늘 안 무너져요. 앉아요."

보덴슈타인과 하딩은 긴 소파에 나란히 앉았고, 피아는 또 다른 일인용 소파에 앉았다. 열린 발코니 문으로 들어온 찬바람에 피아는 몸을 부르르 떨었다.

"양아버지였던 테오도르 라이펜라트가 사망했습니다." 보덴슈타인이 먼저 입을 열었다.

"저런!" 브리타 오가르추닉은 양부의 사망 소식에 크게 슬퍼하는 기색은 아니었다. "지금까지 살아 있었는지도 몰랐네."

"그리고 저택 부지에서 리타 라이펜라트의 유해도 발견됐고요."

"얼씨구! 그럼 그렇지, 그 마귀할멈이 자살했을 리가 없지! 누가 그 모가지를 비틀었답디까? 겁쟁이 노인네가 드디어 용기를 내셨나?" 상상만 해도 즐겁다는 투였다. "아니면 금쪽같은 미남 왕자 프리트요프? 아니면 그…… 이름이 뭐였더라? 화상 자국 있고 기분 나쁜 어린놈 있었는데…… 알렉스?" 그녀는 손을 내둘렀다. "아냐, 그런 이름 아니었는데…… 흠, 앙드레! 맞아. 엄마라는 년이 술 취해서 담배 물고 잠들었다가 젖먹이 얼굴을 태워먹을 뻔했지. 그치, 맞아요?"

"아직 모릅니다. 그날 있었던 일 좀 얘기해주시겠습니까? 저희가 듣기론 따님이 구덩이에 빠져서 큰 소동이 있었다고 하던데요."

"아주 큰 소동이었죠." 브리타 오가르추닉이 몸을 뒤척이자 소파가 삐걱거렸다. "처음엔 조용히 잘 흘러갔어요. 리타는 매년 어머니날에 커피 마시러 오라고 우릴 불러들였어요. 그리고 마치 퍽이나 귀한 자식들이라는 듯이 웃는 얼굴로 대했죠. 속마음이야 어쨌건 우리도 똑같이 화목한 가족을 연기했어요. 물론 역겨워서 못 봐주겠다며 발길 끊은 애들도 있었지만요. 집 뒤에 있는 넓은 뜰에서 커피 마시고 케이크 먹고 아이들은 뛰어놀고 그랬죠. 날씨도 좋아서 풀장에서 놀기도 했어요. 그러다 집에 가려고 보니까 엘로디가 없어진 거예요. 미친 듯이 찾으러 다녔죠. 그러다 남편이…… 그땐 아직 남편이 있었어요.

남편이 애를 찾았는데 우물 구멍 속에 빠졌더라고요. 그 구덩이를 보는 순간 내가 그냥 돌아버린 거예요."

"왜요?" 피아는 그렇게 물었다가 따가운 눈총을 받았다.

"맞을 짓 했다고 생각되면, 평생을 교육에 헌신하신 그 잘나신 분이 우릴 구덩이 속에 가뒀거든요." 그녀는 독기 어린 웃음을 지었다. "그러곤 물 한 병을 던져준 뒤 뚜껑을 닫았어요. 그 소리가 얼마나 크던지……. 다른 몹쓸 짓도 수두룩했어요. 우물은 그나마 나은 편이었는데 내 새끼가 그 속에 웅크리고 있는 걸 보니까 속이 확 뒤집어지더라고요. 왜 베자부 같은 거 있잖아요."

"베…… 뭐요?" 하딩이 조심스럽게 물었다.

"기억 말이에요. 갑자기 그때로 돌아간 것처럼 생생한 거!"

"데자뷰 말씀인가요?" 피아가 물었다.

"그래요, 그거. 내가 방금 말했잖아요. 내가 막 미친년처럼 고함치고 왜 저 빌어먹을 뚜껑이 열려 있느냐고 리타한테 따지니까 분위기가 걷잡을 수 없게 됐어요. 라모나가 소리를 지르고 앙드레까지 합세해가지고 난리가 났죠. 리타도 우리한테 무섭게 소리를 질렀어요. 원래 그런 거 아주 잘하거든요. 하지만 우린 기죽지 않고 한꺼번에 몰아붙였어요. 그러는 동안 프리트요프와 남편이 엘로디를 꺼냈어요. 그때 테오가 왔어요. 완전히 고주망태가 돼가지고 제대로 서 있지도 못할 정도였어요. 리타는 먼저 테오를 보고 클라스도 발견했어요. 클라스는 차에서 안 내렸거든요. 내릴 만하지 않으니까 안 내린 거지!" 그녀는 잠시 숨을 돌리더니 눈을 반짝이며 말을 이었다. "참! 정말 대단했어요! 내가 그때 평생 한 맺힌 걸 다 퍼부었어요. 네가 얼마나 죽일 년인지 아느냐, 영영 지옥에서 썩어라, 다시는 이 집구석에 발 안 들여놓는다, 그러고는 차 타고 나왔어요!"

"그때 남아 있던 사람이 누구누구였나요?"

브리타 오가르추닉은 눈을 감고 기억을 더듬었다.

"프리트요프, 앙드레, 라모나 그리고 사샤요."

"클라스 레커는요?"

"클라스는 우리보다 일찍 출발했어요. 그러고 나서 며칠 후에 라모나에게서 전화가 왔는데 리타가 자살했다더라고요. 참! 그 말 들으니까 울컥하더라고요. 리타가 스스로 죽을 사람이 아니라서 믿기진 않았지만 자살했다고 하니까 그런가 보다 했죠. 사람도 온데간데없고 차는 어디 강가에서 발견됐다고 하더라고요."

"그 이후로 다시 맘몰스하인에 간 적이 있나요?"

"다시는 안 갔어요." 브리타 오가르추닉은 고개를 저었다. "앞으로도 절대 안 갈 거고 그때 사람들 만나고 싶지도 않고 소식도 전혀 듣고 싶지 않아요. 지금도 가끔 악몽을 꿀 때가 있어요. 그때 그냥 보육원에 있었으면 차라리 나았을 텐데, 하는 생각도 하고요. 가끔 매 맞거나 굶기는 했지만 보육원 친구들 중에 나 같은 일을 당한 애들은 없더라고요!"

"예를 들면 어떤 일을 당했습니까?" 보덴슈타인이 물었다.

그녀는 말없이 그를 응시하다가 말했다.

"말해봐야 누가 믿겠어요……."

"아닙니다, 믿습니다." 보덴슈타인이 그녀를 안심시켰다. "이미 여러 얘기를 들었습니다. 욕조에 처박고 아이스박스에 가두고……."

갑자기 울컥한 브리타 오가르추닉은 애써 눈물을 참았다.

"상업학교 다닐 때 담임한테 얘기한 적이 있어요. 담임이 얘가 미쳤나 하는 표정으로 쳐다보더라고요. 그다음에 아동복지국 아줌마한 테도 말했어요. 좀 컸을 때라 어린 동생들이 당하는 걸 보고만 있을 수가 없었던 것 같아요. 그런데 그 멍청한 년이 리타한테 바로 일러 바쳐가지고 내가 된통 당했죠!"

그녀는 몸을 옆으로 틀어 팔뚝 아래 툭 불거진 상처를 보여주었다.

"나를 발로 걷어차서 구덩이 속에 밀어넣었는데 그때 팔꿈치 뼈랑 그 아래 요골이 부러져서 밖으로 튀어나왔어요. 그렇게 며칠을 웅크 리고 있었더니 이 지랄할 것들이 다 곪아가지고 하마터면 팔을 절단 할 뻔했어요. 병원에 갔더니 어쩌다 이랬냐고 묻더라고요. 그때 내가 뭐라고 대답했냐면……." 그녀는 더 이상 말을 잇지 못하고 눈물을 삼켰다.

"계단에서 굴렀다고 했군요?" 피아가 안쓰러운 듯 대신 말해주 었다.

"맞아요." 그녀는 메마른 미소를 지으며 오른손으로 상처를 문질렀 다. "왜 아무도 내 말에 귀를 기울이지 않았을까요? 계속 누군가가 계 단에서 구르고 나무에서 떨어지는데 아무도 자세히 알려고 하지 않 았어요. 오갈 데 없는 고아에 어디서도 받아주지 않는 문제아들이었 으니까요. 우리 같은 미천한 것들을 받아준 은혜로운 라이펜라트 집 안에서 그런 일이 일어난다는 게 가당키나 했겠어요!"

"리타가 아이들 중 누군가를 랩으로 싼 적도 있었습니까?" 보덴슈 타인이 물었다.

"그런 적이 있었냐고요? 일상이었어요!" 브리타 오가르추닉은 웃 음 같기도 하고 흐느낌 같기도 한 소리를 냈다. "작업실 수납장에 랩 이 한가득 들어 있었어요. 사샤라는 남자애가 있었는데, 한 다섯 살

때쯤에나 들어왔을 거예요. 귀엽게 생긴 애였는데 가만히 있질 못해요. 한번 발작을 하면 악을 쓰고 발버둥을 치고 난리인 거예요. 그 애가 발작을 할 때마다 리타는 머리부터 발끝까지 랩으로 둘둘 말았어요. 그리고 식사시간에도 미라처럼 앉아서 음식을 핥아먹게 했어요. 그래도 멈추지 않으면 욕조에 찬물을 받아놓고 물속에 던졌어요. 조용해질 때까지 그냥 그대로 놔두는 거예요. 가끔은 랩을 싼 상태로 잠을 자기도 했는데 자다 오줌을 싸면 바로 찬물 샤워 행이었어요."

피아, 보덴슈타인, 하딩은 잔혹한 학대와 믿을 수 없는 사이코테러에 아이들이 속수무책으로 노출된 이야기에 가만히 귀를 기울였다. 리타 라이펜라트는 누구도 말리지 못했다. 신체적으로 힘이 보통이 아니었기에 좀 큰 아이들에게도 주저 없이 횡포를 부렸다.

"금쪽같은 프리트요프만은 예외였죠." 브리타 오가르추닉이 경멸에 찬 표정으로 말했다. "심지어 벌을 줄 아이를 데려다놓고 무슨 벌을 줄까 물어보기도 했어요. 그럼 그 미친 자식이 아무거나 하나 생각해내고는 옆에서 웃으면서 지켜보는 거예요. 지금도 그 표정이 잊히지 않아요. 그건 정말…… 비열했어요!"

"그런데도 나중에 어른이 돼서 찾아간 이유가 뭐예요?" 피아가 물었다.

"나도 모르겠어요." 그녀는 난감한 듯 손을 들어올리더니 힘없이 떨어뜨렸다. "나도 그 생각을 여러 번 해봤어요. 어찌 됐든 부모라고는 그 사람들뿐이니까요. 그리고 계속해서 뭔가 빚지고 있다는 생각을 했던 것 같아요."

그녀의 집에 들어가는 건 식은 죽 먹기였다. 그냥 아무 초인종이나 누르고 나서 그에 응답하는 이에게 딱한 사정을 하소연하니 바로 문이 열렸다. 세 들어 사는 사람들이 흔히 그렇듯 그녀 또한 문을 한 번만 잠그는 경솔한 사람이었다. 기록 갱신하려고 단기간에 건물을 올리는 건설회사들이 늘 그렇듯 이곳도 외관장식에만 투자하고 안전설비에는 돈을 아낀 곳이었다. 로비에는 휘황찬란한 대리석을 깔았지만 정작 각 집의 현관에는 안전수준 2단계의 값싼 문이 달려 있었다. 그는 스패너와 락픽으로 2분도 채 안 돼 자물쇠 훼손 없이 간단히 문을 땄다. 감시카메라나 알렉사(가상의 개인비서가 장착된 아마존 에코를 부르는 이름—옮긴이)가 있을 경우를 대비해 이미 복도에서부터 눈과 입까지 막는 복면을 썼다. 하지만 문 앞에 그런 장치는 없었다. 그녀가 집에 돌아오려면 아직 한참 있어야 한다. 그는 볕이 잘 드는 펜트하우스를 둘러보며 질투심이 일었다. 감정서 써주고 돈 잘 버는 모양이군, 나쁜 년. 지하 주차장에서부터 집 앞까지 전용 엘리베이터로 올라오고 타우누스가 훤히 내려다보이는 전망에 사방에 발코니가 설치돼 있고 목재 바닥에 욕실 두 개, 방 네 개짜리 집이라니! 그의 취향에는 너무 미니멀하고 동양적인 스타일이었다. 자신이 다른 사람들에게 어떤 고통을 줬는지도 모르고 옥상 테라스에 앉아 화이트와인을 마시고 값비싼 월풀 욕조에 누워 있었겠지. 타우누스 산이 내다보이는 책상 앞에 앉아 사람의 운명을 뒤흔들 거짓말을 컴퓨터에 써넣으면서 과연 그가 정신병원에서 어떻게 살고 있는지 한 번이라도 생각해봤을까? 이젠 다 글러버린 신세지만 전에는 그도 이런 좋은 집에서 살았다. 점점 짜증이 치미는 것을 느끼며 침실로 향했다. 서랍장을 모두 열어젖히고 옷 냄새를 맡아보고 옷장에 걸린 옷들을 바라보았다. 다리미판 하나만 덜렁 세워진 작은 방에는 이삿짐 상자가 쌓여 있었다. 집 안 어디에도 배우자나 가족, 친지의 흔적은 보이지 않았다. 서재에는 전공서적이 가득했고, 그 밖에 영국 추리소설과 다른 소설 들도 꽂혀 있었다. 거실과 하나로 연결된 부엌은 깔끔하게 정돈돼 있었고, 냉장고 안에는 저지방 요구르트, 생수, 개봉한 화이트와인, 두유 1리터뿐이었다. 식기세척기 안은 비어 있었고 쓰레기통에도 새 봉지가 걸려 있었다. 그는 식탁으로 가 거리가 잘 내다보이는 의자에 앉았다. 라텍스 장갑을 낀 손에서 땀이 났다. 규칙적인 삶을 사는 여자이니 5시 반에는 집에 돌아올 것이다. 이제 세 시간만 지나면 그녀는 그의 손아귀에 들어온다. 그에 대해 그런 헛소리를 지껄인 걸 땅을 치며 후회하게 될 것이다.

***

"끔찍해라!" 아파트를 나와 주차장으로 가는 길에도 피아는 여전히 소름 끼치는 이야기에서 벗어나지 못했다. "아이를 발로 차서 우물 구덩이에 집어넣는다는 게 말이 돼요? 상처가 곪을 정도면 얼마나 오래 그 속에 있었겠어요. 사람으로 태어나 어떻게 그런 짓을 저지를 수 있죠? 그것도 아무 힘 없는 아이들에게?"

"아동복지국의 완전한 실책이야." 아이들이 당한 정신적, 육체적 학대에 충격을 받은 건 보덴슈타인도 마찬가지였다. 그는 수년 전 마인 지역에서 사망한 소녀의 일을 떠올렸다. 국제적 아동성범죄조직

수사의 단초가 된 사건이었다. 그 사건과 리타 라이펜라트가 저지른 행각 사이에는 경악할 만한 유사점이 존재한다. 두 사건 모두 주변에 방관한 사람들이 있었다. 고발자에 대한 시선이 두려워서, 나만 괜찮으면 된다는 무사안일주의 때문에, 혹은 설마 내 주변에서 그런 일이 일어나리라고 상상하지 못해서 외면한 사람들 말이다. 하지만 사회에 봉사한 공로를 인정받아 나라에서 철십자훈장까지 받은 여자를 비방한다는 소리를 들을까 봐 두려워한 사람들을 마냥 나무랄 수 있을까? 만약 그 자신이라면 어떻게 했을까? 시간이 지난 뒤나 시비가 가려진 뒤에 왈가왈부하는 것은 손쉬운 일이다.

"제 생각에 리타 라이펜라트는 정상이 아니었던 것 같습니다." 하딩 박사가 말했다. "가해자가 되기 전엔 자신도 피해자였던 거죠."

"지난번에 페터 레싱에게 한 말 기억나?" 보덴슈타인이 피아에게 물었다. "스위스 정신의학자 말을 인용했었잖아."

"C. G. 융이요." 피아가 고개를 끄덕였다. "보통은 괴롭힘을 당한 사람이 남을 괴롭힌다고 했죠. 하지만 고통스러운 유년기가 아이들을 학대하거나 사람을 죽인 데 대한 변명이 되는 건 아니죠!"

"변명은 안 됩니다." 차문이 열리기를 기다리고 서 있던 하딩이 말했다. "하지만 설명은 되죠."

***

니콜라 엥엘 과장은 4시에 특수본 회의를 소집했다. 피아, 보덴슈타인, 하딩 박사가 3시 15분에 경찰서에 도착해보니 공보 담당인 스미칼라가 신문을 쫙 펼쳐놓고 걱정스러운 표정으로 일일이 읽고 있었다. 옆에는 노트북이 펼쳐져 있고 휴대전화는 끊임없이 진동음을 냈다.

"변사체 발견 사실이 새어나갔어요." 그가 하소연했다. "인터넷에서 톱기사로 쭉쭉 뽑아내고 있다니까요!"

"언론에 새어나가는 건 시간문제였죠." 피아가 의자 등받이에 가방을 걸며 어깨를 으쓱했다. "그동안 여러 사람 만나서 물어보고 다녔으니 누군가는 소문을 냈겠죠."

"기자들이 하도 전화해서 전화기가 뜨거울 지경이에요." 스미칼라가 자신의 휴대전화를 가리켰다. "기자들한테는 뭐라고 하죠?"

"오늘 저녁에 기자회견 열 거라고 해." 보덴슈타인이 대꾸했다.

벽에는 갖가지 색깔의 핀이 꽂힌 독일 지도가 붙어 있었고 화이트보드에는 카이가 정리한 내용이 일목요연하게 적혀 있었다. 그간 수사를 통해 알아낸 것들, 언론이 '타우누스 리퍼'로 이름 붙인 범인이 살해한 희생자들의 정보였다.

"과학수사 분석실에서 온 보고서입니다." 카이 오스터만이 얇은 서류철 여러 개를 쥐고 흔들었다. "라이펜라트의 벤츠에서는 개털, 테오와 레커의 지문 말고는 발견된 게 없습니다. 집 안에서 나온 아이스박스에는 식료품만 들어 있었고요. 도축장에 있던 아이스박스에서는 혈흔이 나왔지만 짐승의 것으로 밝혀졌습니다. 차고에서 발견된 아이스박스 위에 상자 여러 개가 쌓여 있었는데, 거기서는 실제로 사람의 유전자가 발견됐습니다. 니나 마스탈레르츠와 야나 베커가 그 안에 있었던 게 거의 확실시되고 있습니다."

"뭐?" 피아가 얇은 서류철을 받으며 말했다. "야나 베커는 라인란트-팔츠의 주차장에서 발견됐고 니나 마스탈레르츠는 심지어 프랑스에서 발견됐잖아!"

"아마 범인이 피해자를 집에 데려갔다가 유기한 것 같아." 카이가 말했다. "고양이도 쥐 잡아다가 가지고 놀잖아."

"아이스박스가 어디 있었다고?"

"도축장 있는 차고 옆 창고에."

"테오가 한 짓이 아니라면 범인이 왜 그런 위험까지 감수했을까?" 피아가 심각한 표정으로 고개를 갸웃했다.

"그건 이따 하딩 박사에게 물어보는 게 낫겠는데." 보덴슈타인이 말했다.

동료들이 하나둘씩 도착했다. 셈과 카트린이 손에 커피를 든 채 들어왔고, 화장실에 갔던 하딩 박사도 돌아왔다. 탐문수사에서 돌아온 타리크와 메를레 그룸바흐까지 K11팀 전원이 모여 앉았다.

셈, 카트린, 타리크, 메를레가 가져온 정보는 실망스러울 정도로 빈약했다. 에바 타마라 숄레의 아들에게서도 리아네 반 부렌의 직장동료에게서도 별 새로운 정보를 얻지 못했다.

셈이 학교에서 발표할 때처럼 손을 들었다.

"제가 보기엔 죽은 노인이 모든 걸 다 알고 있었습니다." 그가 말했다. "여성에 대한 증오심, 특히 어머니날에 집착하는 아내에 대한 증오는 병적인 수준이었습니다. 나이가 들어 스스로 나설 수 없게 되자 후계자를 양성한 게 아닌가 싶습니다. 카이가 데이터뱅크를 샅샅이 뒤졌지만 이 어머니날 살인자의 범행패턴과 유사한 양상을 보이는 미제사망사건을 발견하지 못했습니다. 그렇다면 1988년부터 1997년까지 살인 다섯 건, 2012년 이후 세 건이 됩니다. 물론 나중에 피해자가 더 나올 수도 있겠지만, 우리 중에 그걸 바라는 사람은 아무도 없겠죠. 어쨌든 범인은 마치 15년간 범행을 쉬었던 것처럼 보입니다. 사실은 범인이 두 명이라는 것 아니겠습니까? 테오 라이펜라트, 그리고 양자나 손자가 그 뒤를 이어 후계자 혹은 모방범이 된 거죠."

수사의 초기 단계에서는 너무 과감하다 싶은 추리도 허용해야 한다. 사실상 수사의 진척상황은 그 정도로 미미한 상태였다. 셈은 자유로운 사고방식의 소유자로 과거에 기발한 추리를 통해 수사에 올바른 방향을 제시한 적이 여러 번 있었다.

"네, 그것도 하나의 가능성입니다만, 저는 좀 의구심이 듭니다. 단독범의 소행이라는 것이 제 소견입니다." 하딩 박사가 말했다. "연쇄살인범이 휴지기를 갖는 것은 그리 드문 일이 아닙니다. 일정 기간 범행 촉발요인을 약화시키거나 억누르는 생활환경의 변화, 교도소 수감, 병, 이주 등이 원인이 될 수 있겠죠. 물론 '스스로 연출한 추적 본능 중단'이라고 부르는 현상이 있기는 합니다. 스스로 살인 행각을 멈추는 건데요, 여기엔 여러 가지 이유가 있습니다. 많은 연쇄살인범들이 강박에 시달리는데 개중에는 살인 욕구를 견디지 못하고 경찰에 자수하거나 자기를 잡아가도록 그냥 놔두는 사람들이 있습니다. 다른 경우는 마치 술이나 담배를 끊는 것과 같은 경우고요."

"왜 범인이 두 사람은 아니라고 생각하십니까?" 셈은 쉬이 물러서지 않았다.

"범인의 행동방식, 이른바 '모두스 오페란디(modus operandi)'는 마치 지문과 같이 개인적인 것입니다." 하딩 박사가 대답했다. "두 사람이 어떤 일을 똑같이 한다고 해도 조금은 다른 점이 있게 마련입니다. 어제저녁에 피해자들의 사진과 부검보고서를 다시 한 번 살펴봤는데 랩으로 시체를 싸는 범인만의 고유한 방식이 눈에 띄더군요. 발에서부터 시작해 머리로 감싸 올라가는 식입니다. 그런데 이상하지 않습니까? 피해자를 움직이지 못하게 하는 게 목적이라면 몸통부터 싸는 게 더 쉬울 텐데요. 두 번째로 제 눈에 띈 것은 랩을 끊거나 자르지 않고 매번 10미터짜리 두루마리 두 개를 다 썼다는 점입니다. 그리고 세 번째는 피해자의 양팔을 몸통 위로 고정해서 손바닥이 아랫도리 위에 오도록 했다는 겁니다."

"누구라도 그렇게 할 수 있지 않습니까?" 셈이 반박했다.

"직접 한번 해보십시오." 하딩이 제안했다. "뭔가를 랩으로 싼 다음에 동료에게 똑같이 해보라고 하세요. 똑같이 할 수 있는 사람은 없을 겁니다."

셈은 납득할 수 없다는 듯 고개를 절레절레 흔들었다.

"랩으로 싸는 행위는 범인이 치르는 의식의 한 부분입니다." 하딩 박사가 설명을 이어갔다. "아마 이때 피해자는 의식이 없는 상태일 겁니다. 범인은 충분히 시간을 가지고 한 인간을 완전히 자신의 권력 아래 두며 그 순간을 즐기는 겁니다. 하지만 여기에 개인적 감정이 끼어드는 건 아닙니다."

"누가 저를 랩으로 싸서 죽인다면 전 무척 감정적으로 받아들일 것 같은데요." 카트린이 한마디했다.

"피해자들은 모두 옷을 입은 상태였고 신체적 학대의 흔적이 발견되지 않았습니다." 하딩 박사가 대꾸했다. "여기서 알 수 있는 건 피해자 개인이 중요한 게 아니라는 겁니다. 피해자들은 누군가를 대표할 뿐입니다. 그래서 연령, 외모, 머리색 같은 외모가 중요하지 않았던 거고요."

"누구를 대표한다는 말씀인가요?" 타리크가 물었다.

"바로 그걸 알아내야 하는 겁니다." 하딩 박사는 입을 앙다물며 심각한 표정을 지었다.

잠시 침묵이 흘렀다.

"카이, 라이펜라트 위탁 자녀들을 담당했던 아동복지국 직원 찾아냈어?" 보덴슈타인이 물었다.

"네, 알아냈습니다." 카이가 수첩을 뒤적였다. "1962년부터 1981년까지 위탁 자녀 모두를 동일한 사람이 담당했습니다. 엘프리데 슈뢰더라는 여성입니다."

"아직 살아 있는지, 살아 있다면 어디 사는지 알아봐." 보덴슈타인이 카이에게 지시했다.

"반장님, 저를 그렇게 모르세요?" 카이가 혀를 끌끌 차며 고개를 내둘렀다. "이 부인 잘 살고 있습니다. 85세이고 거주지는 바트 나우하임의 한 실버타운입니다."

"역시 최고야!" 보덴슈타인이 씩 웃었다. "이 부인을 만나는 게 시급하겠군, 오늘은……."

그는 니콜라 엥엘 과장이 들어오는 것을 보고 말을 멈췄다. 크리스티안 크뢰거가 따라 들어왔다. 엥엘 과장은 곧장 보덴슈타인을 향해 걸어왔다.

"무기 이야기가 나오던데 어떻게 된 거죠?" 그녀가 다짜고짜 묻더니 뒤늦은 인사를 덧붙였다. 보덴슈타인은 요아힘 보크트의 제보로 풀장 기계실 지하에서 무기 상자들을 발견했다고 설명했다.

"소형 권총부터 칼라슈니코프, 수류탄에 대전차화기까지 없는 게 없습니다."

"아마 프리트요프 라이펜라트의 소유인 것 같아요." 피아가 덧붙였다. "내일 물어볼 생각이에요. 세기 홀에서 비정기 주주총회가 열리는데 분명히 거기에 참석할 겁니다."

"그래서 어떻게 할 생각인데요?" 엥엘 과장이 눈을 가늘게 뜨고 물었다.

"사실 체포해야 해요. 불법 총기 소지죄에 걸리니까요. 총기 소지 허가증도 없어요."

"그 무기가 라이펜라트의 소유라는 증거 있어요?"

"아니요, 아직 증거는 없는데 거의 확실합니다."

"백 퍼센트 확실해지기 전까지는 체포하지 마세요." 엥엘이 딱 잘라 말했다.

피아는 뭘 하고 뭘 하지 말아야 하는지 사사건건 간섭받고 싶지 않았다. 특히나 과장의 인맥관리 때문에 간섭받기는 더더욱 싫었다. 피아는 자리에서 일어서서 허리춤에 양손을 척 올렸다.

"라이펜라트는 중요한 사항을 숨기고 말하지 않았습니다. 도주 및 증거인멸의 가능성도 있고요."

엥엘 과장은 콧방울을 벌름거리더니 턱을 쑥 내밀며 공격적인 태세를 취했다. 보덴슈타인도 얼른 일어나 보란듯 피아 옆에 가서 섰다.

"산더 형사, 다시 한 번 말하는데, 공공장소에서 모든 언론이 지켜보는 가운데 라이펜라트를 체포하는 일은 없도록 하세요." 엥엘이 낮으면서도 위협적인 목소리로 말했다.

주위는 순식간에 침묵에 휩싸였다. 이 기싸움은 과장의 승리로 끝날 공산이 컸다. 그녀가 호프하임 경찰서에 온 뒤로 직원들이 모두 보는 앞에서 자신의 뜻을 꺾은 적은 한 번도 없었다.

"체포할 필요가 있다고 판단되면 체포할 겁니다." 피아는 과장의 레이저광선 눈초리에도 끄떡하지 않았다. 그러나 과장을 지나치게 자극하고 있다는 것은 알았다. 대립이 첨예해질 경우 정직처분을 받거나 징계위원회에 회부될 위험도 있었다. "이건 우리 사건입니다. 정치적인 이유로 수사를 망치고 싶은 생각 없습니다."

니콜라 엥엘은 그녀를 빤히 쳐다보았다. 엥엘의 굳어진 얼굴 위로 존경스럽다는 듯한 표정이 짧게 스치고 지나갔다. 좋게 말하면 존경이라 해석할 수도 있을 표정. 혹시 기싸움의 전운이 피아 쪽으로 기우는 것일까? 그러나 엥엘은 바로 태도를 바꿨다.

"내게 이런 식의 불복종이 허용되지 않는 거 알죠?" 엥엘 과장이 웃음 띤 얼굴로 말했다. 친절이 담긴 웃음이 아니라 피 냄새를 맡은 상어가 입맛을 다시는 듯한 웃음이었다. "이게 산더 형사를 떼어낼 수 있는 가장 쉬운 방법이 아닌가 싶네요. 그 똥고집 이젠 나도 지겨워. 이 정도 하는 건 그나마 서장님이 아직 산더 형사를 좋게 봐주시는 덕분인 줄 알아요. 내가 분명히 '아직'이라고 했어요. 그 도박 같은 수사 실패하면 난 더 이상 뒤 못 봐줘요."

그들은 서로를 노려보았다. 피아는 그럼 성공할 경우 실적도 안 챙길 테냐고 쏘아붙이고 싶었지만 과장을 더 자극하면 안 될 것 같아 꾹 참았다.

"알겠어요. 그럼 얘기 끝났네요." 피아가 말했다. "그런데 다른 문제로 상의드릴 게 있어요."

"얘기해요." 엥엘 과장은 언제 그랬냐는 듯 차분한 표정이었다.

"피해자 유족들의 진술을 서둘러 들어봐야 하는데요." 보덴슈타인이 설명했다. "유족 중에 아직 못 만나본 사람들이 있습니다. 그래서 오마리와 그룸바흐를 내일 유타 슈미츠와 맨디 시몬 유족에게 보내려고 합니다."

"에르푸르트와 노이스인데요, 도저히 하루에 다 다닐 수가 없어요." 메를레 그룸바흐가 얼른 나서서 말했다. "제가 동선을 짜봤는데요. 자동차로 가면……."

"이 두 사람 여기 없어도 괜찮아요?" 엥엘 과장은 메를레의 말을 끊고 보덴슈타인에게 물었다. "관할지역에 맡기지 그래요?"

"하딩 박사님이 피해자의 과거에 대해 자세히 듣고 싶어 하십니다. 따로 질문지까지 만들었거든요."

"알았어요." 엥엘은 여느 때와 마찬가지로 빠른 결정을 내렸다. "헬리콥터를 사용할 수 있게 얘기해놓죠." 그녀는 다시 피아를 쳐다보았다. "프리트요프 라이펜라트에게 수갑 채우게 그냥 놔둘 것 같죠? 좋아하기엔 일러요. 오마리 형사와 함께 피해자 유족 만나러 가세요."

"제가 안 가고요?" 메를레가 물었다.

"어제 뮌히 부인의 가족을 만난 보고서 읽어봤어요." 엥엘 과장이 대꾸했다. "보니까 쓸데없이 감정적인 말이 너무 많아요. 유족들은 고마워할지 몰라도 내가 보기엔 수사목표 달성에 도움 될 게 없어요."

메를레 그룸바흐는 감정이 팍 상한 눈치였다.

"과장님이 '쓸데없이 감정적인 말'이라고 말씀하시는 게 바로 저희가 위기개입 훈련에서 배우는 피해자 심리상담지원의 가장 중요한 부분 중 하나입니다." 그녀가 신랄한 말투로 이의를 제기했다.

"급박한 위기상황에서는 당연히 중요하겠죠. 하지만 살인사건의 유족을 만나 질문하는 것은 경찰수사의 일환이에요. 수사에서는 산더 형사가 훨씬 경험이 많지 않아요?" 엥엘은 뭐라 꼬집어 말하기 힘든 표정으로 피아를 쳐다보았다. "물론 최종결정은 산더 형사와 보덴슈타인 반장이 할 겁니다. 난 헬기 알아볼 테니까 일들 시작하세요."

그녀는 휴대전화를 확인하며 책상과 의자들 사이를 뚫고 나갔다.

"정말 가끔은 죽이고 싶도록 밉다니까!" 엥엘이 나가자 피아가 불만을 터뜨렸다. "이런 일이 어디 한두 번이야? 여기에서 과장을 이해할 수 있는 사람 있어요?"

"난 오래전에 포기했어." 보덴슈타인이 건조하게 말했다. "하지만 꼭 틀린 말만 한 건 아니야. 자, 어떻게 할래? 타리크랑 같이 갈 거야?"

피아는 아랫입술을 잘근잘근 씹으며 머릿속으로 이 방법의 장단점을 재보았다.

"그럼 반장님이 셈이랑 같이 라이펜라트를 맡겠다는 거죠?" 피아가 물었다.

"응, 나도 체포의 필요성에 대해선 같은 생각이니까 걱정 말고." 보덴슈타인이 대답했다.

"그럼, 어떻게 움직일지 동선 짜볼게." 카이 오스터만이 말했다. "전, 현직 포함 사건담당자들 연락처도 완벽하게 준비돼 있어."

"알았어." 피아가 동의했다. "그럼, 이렇게 하자. 내일 아침에 먼저 노이스로 출발하고 거기서 에르푸르트로 이동하는 걸로."

"나 헬기 처음 타보는데……." 타리크가 히죽 웃으며 말했다. "완전 기대돼요!"

"저택 부지에서 발견된 여성 변사체 네 구, 거기다 정황상 동일범의 소행으로 보이는 여성 피해자가 네 명입니다." 카이 오스터만이 설명했다. "리타 라이펜라트는 여기 포함되지 않는데 이 이야기는 나중에 따로 할 거고요. 21세부터 48세까지 다양한 연령층에 속하는 이 여덟 명은 전국 여러 곳에 흩어져 있었으며 모두 익사한 것으로 추정되거나 판명된 상태입니다. 그중 여섯 명은 사망 전에 냉동됐고 모두 랩에 싸여 있었습니다."

"천하의 몹쓸 놈!" 누군가 중얼거렸다.

"피해자 모두 방어흔이 발견되지 않았고 강간이나 고문의 흔적도 없습니다." 카이가 노트북에 뭔가 입력하자 큰 영사막에 피해자들의 사진이 떴다. "화이트보드에 보시면 현재 수사상황이 정리돼 있습니다."

모두들 고개를 돌려 끔찍한 세부사항을 읽었다.

성명/신상	수사상황	발견 장소/상태
에바 타마라 숄레 *1966년생(24세) 바이터슈타트 거주, 미혼, 미용사, 아들 1명, 1988월 5월 12일 실종.	1988년 5월 12일 00시 30분 아샤펜부르크 뷔르츠부르거 가에서 아이리시 펍 직원들이 마지막으로 목격.	1989년 10월 베르크하우젠/슈파이어 알트라인 지역에서 발견, 의복 착용한 상태, 상체 랩에 싸여 있었음, 학대 흔적 없음, 방어흔 없음, 사인 : 익사.
맨디 시몬 *1971년생(21세) 만하임 거주(에르푸르트 출생), 미혼, 기획자, 아들 1명, 1991년 5월 12일 실종.	1991년 5월 11일 18시 15분 만하임-네카라우 소재의 쿨만 가구 택배회사에서 퇴근하는 것을 직장동료들이 마지막으로 목격.	2017년 4월 18일 맘몰스하인에서 발견, 의복 착용한 상태, 전신이 랩에 싸여 있었고 냉동, 부분유골, 개에게 뜯겨 시신 일부 훼손, 학대 흔적 없음, 방어흔 없음, 사인 : 익사로 추정.

성명/신상	수사상황	발견 장소/상태
안네그레트 뮌히 *1961년생(32세) 발도르프 거주, 스튜어디 스, 별거 중, 남편 : 베른하 르트 뮌히(2001년 자살), 아들 2명, 1993년 5월 9일 실종.	1993년 5월 9일 17시 30 분경 발도르프 주유소에 서 이웃 여성이 마지막으 로 목격, 랑엔에 별도 거 주지, 비행기 조종사 마르 코 프리제(38)와 불륜관계. 1993년 5월 23일 클로스 터-에버바흐(라인가우) 인 근 숲에서 혼다 시빅(OF- AM112) 차량 발견, 차 열쇠 없음.	2017년 4월 18일 맘몰스하 인에서 발견, 의복 착용한 상태, 전신 랩에 싸여 있었 고 냉동, 학대 흔적 없음, 방어흔 없음, 사인 : 익사 로 추정.
유타 슈미츠 *1954년생(42세) 카르스트 거주, 미혼, 딸 1 명, 1996년 5월 11일 실종.	1996년 5월 10일 16시 30 분경 뷔트겐 국철 역에서 한 남성(약 60세, 흰 턱수 염, 안경)과 대화 중인 것 을 이웃 여성 수잔네 콜이 마지막으로 목격, 이케아 주차장에서 스바루 포레스 터(NE-XX801) 차량 발견, 차 열쇠 없음.	2017년 4월 18일 맘몰스하 인에서 발견, 의복 착용한 상태, 전신 랩에 싸여 있었 고 냉동, 학대 흔적 없음, 방어흔 없음, 사인 : 익사 로 추정.
엘케 폰 도너스베르크 *1949년생(48세) 함부르크 거주, 기혼, 무직, 아들 2명, 1997년 5월 11일 실종, 에메랄드 반지 없어 짐.	1997년 5월 11일 6시 45분 경 엘름쇼세/홀츠트비테 소재의 예니쉬 공원 입구 에서 야구모자와 선글라스 를 쓴 남성(25~35세)과 함 께 있는 것을 힐코 브레데 가 마지막으로 목격.	1997년 7월 24일 엘베 강 한스칼프잔트 섬에서 발 견, 의복 착용한 상태, 상 체 랩에 싸여 있었고, 학대 흔적 없음, 방어흔 없음, 사인 : 익사.

성명/신상	수사상황	발견 장소/상태
리아네 반 부렌 *1974년생(38세) 그라펜브루흐 거주, 별거, 은행원, 아들 1명, 2012년 5월 15일 실종.	2012년 5월 15일 6시 45분 토마스 얀센(내연남)이 마 지막으로 목격.	2012년 10월 빈터베르크/ 자우어란트 인근에서 발 견, 의복 착용한 상태, 전 신 랩에 싸여 있었고 냉동, 학대 흔적 없음, 방어흔 없 음, 사인 : 익사.
니나 마스탈레르츠 *1990년생(23세) 밤베르크 거주(폴란드 출 생), 미혼, 딸 1명, 2013년 5 월 10일 실종.	2013년 5월 10일 16시 15 분 야구모자, 선글라스, 하 나로 묶은 금발 차림의 여 성(약 40세)과 함께 있는 것을 버거킹 드라이브스 루 직원이 마지막으로 목 격, 폭스바겐 골프(BA- NM331) 차량 산업지구 주 차장에서 발견, 차 열쇠 없 음.	2013년 12월 프랑스 생아 볼트 인근에서 발견. 부분 적으로 랩에 싸여 있었고 냉동, 부패 진척된 상태, 남은 의복도 냉동상태, 사 인 : 익사.
야나 베커 *1993년생(23세) 림부르크 거주, 미혼, 무직, 딸 1명, 2014년 5월 10일 실종.	2014년 5월 10일 11시 집 에서 모친이 마지막으로 목격, 기아 스포티지(LM- JB234) 차량 2014년 5월 14일 바트 캄베르크 A3고 속도로 휴게소 주차장에서 발견, 차 열쇠 없음.	2014년 10월 4일 베른카스 텔-쿠에스 고속도로 주차 장에서 발견, 의복 착용한 상태, 시체 상태 양호, 냉 동, 랩에 싸여 있었고 학대 흔적 없음, 사인 : 익사.

"보시는 바와 같이 많은 정보가 모였는데요." 카이가 말했다. "몇 가지 유사점을 발견할 수 있었습니다. 피해여성들 모두 어머니날 직전이나 당일에 실종됐고요, 네 명의 피해자가 차를 가지고 있었는데, 모두 잠긴 채 발견됐습니다. 트렁크에는 피해자의 가방이 들어 있었고, 가방 안에는 지갑, 열쇠꾸러미, 신분증, 신용카드 등 소지품이 그대로 들어 있었지만 차 열쇠는 어디에도 없었습니다."

경악과 아연실색. 피아는 동료 경찰관들의 얼굴에서 자신이 느끼는 것과 똑같은 감정을 읽을 수 있었다. 객관적으로 사실을 말하는 것과 별도로 잔혹한 죽음을 앞두고 피해자들이 겪었을 공포를 생각하면 사건으로부터 심적 거리를 두기가 힘들어진다.

"왜 리타 라이펜라트는 다른 피해자들과 다르다고 생각하는 거죠?" 돈야 옌센이 물었다. "똑같이 어머니날에 죽었고 차량도 주차장에서 잠긴 상태로 발견됐는데?"

"맞습니다." 피아가 고개를 끄덕였다. "그런 세부사항은 유사하지만 범행과정이 완전히 다릅니다. 저희는 리타 라이펜라트가 충동적 살인에 의해 희생됐다고 보고 있습니다. 척추에 22구경 총탄이 박혀 있었거든요."

"부연설명 좀 해도 될까요?" 크리스티안 크뢰거가 물었다.

"네, 하시죠." 피아가 고개를 끄덕였다.

"구덩이 속 유골 옆에는 샴페인 병이 하나 있었습니다." 감식반장이 설명했다. "아시다시피 병의 표면에는 흔적이 잘 남습니다. 과학수사연구소에서 오랜 시간 분석한 결과 실제로 병목과 몸체에서 네 개의 지문을 찾아냈습니다. 그 가운데 세 개가 프리트요프 라이펜라트의 지문이라는 것을 알아냈습니다. 오른손 엄지, 검지, 중지입니다."

"그렇지!" 피아는 속으로 쾌재를 불렀다. 순간 엥엘 과장에게 승리에 찬 눈빛을 던지고 싶었으나 간신히 억눌렀다.

"그리고 라이펜라트의 자택에서 방대한 규모의 무기창고를 발견했습니다." 크뢰거가 말을 이었다. "모든 총기의 탄도검사를 마쳤고 리타 라이펜라트를 죽인 흉기도 찾아냈습니다. 발터 TPH(초소형 포켓권총─옮긴이)인데, 손잡이와 총신에 역시 프리트요프 라이펜라트의 지문이 있었습니다."

"그렇다고 해서 꼭 라이펜라트가 조모를 살해하는 데 관여했다는 것은 아닙니다." 보덴슈타인이 덧붙였다. "하지만 이 부분을 정확히 따져 물을 생각입니다. 지난번에 얘기할 때는 조모의 자살을 믿는 것처럼 얘기했거든요."

"증거가 더 있습니다." 크뢰거가 헛기침을 했다. "병에서 발견된 지문들은 모두 병 안의 내용물을 따를 때 생긴 것처럼 병 몸체에 나 있습니다. 그런데 라이펜라트의 지문은 병목에, 그것도 거꾸로 찍혀 있습니다. 마치 무기로 사용하려 한 것처럼요."

피아는 니콜라 엥엘의 무표정한 얼굴을 보고 웃음이 삐져나오려는 것을 참았다. 지문은 반박할 수 없는 증거이기에 라이펜라트도 여기서 빠져나가기는 힘들 것이다. 권총 지문은 나중에 사용했기 때문이라고 둘러댈 수 있겠지만 샴페인 병은 1995년 이후 죽 우물구멍 속 할머니의 시체 옆에 보관돼 있던 것이 아닌가.

***

"뭐 읽어?" 비뉴 베르드(포르투갈산 와인─옮긴이) 한 병과 와인 잔을 들고 온실정원 계단을 내려온 크리스토프가 고개를 쑥 빼고 쳐다보았다.

"용의자 자료야." 피아는 테오 라이펜라트의 서재에서 가져온 서류철을 덮어 바닥에 내려놓았다. "지금까지 피해자가 여덟 명 나왔는데 범인이라고 생각했던 사람이 범인이 아닌 것 같아."

"오이리히(독일 북서부의 도시—옮긴이) 경찰서의 앤 카트린 클라센과 한번 얘기해봐." 크리스토프가 그녀에게 와인을 따라주며 말했다. "연쇄살인범 전문이거든."

"누구라고?" 피아가 물었다.

"농담!" 크리스토프가 장난스러운 미소를 지으며 그녀 옆에 앉았다. "요즘 내가 읽고 있는 추리소설의 주인공 형사야."

"아, 그 말 들으니까 생각나네." 피아는 산뜻한 와인 한 모금을 마셨다. 크리스토프와 포르투갈로 여행 가서 마셔보고 반한 와인이었다. "헤닝이 추리소설을 썼대!"

"부검할 시체가 모자라나 보네. 그런 걸 할 시간이 있게?" 크리스토프가 시큰둥하게 말했다.

"글쎄, 우리가 보낸 것만 해도 네 구인데." 피아는 크리스토프의 어깨에 머리를 기댔다. "소재야 차고 넘치겠지, 뭐. 이제까지 맡은 사건만으로도 열 권짜리 시리즈 하나는 거뜬하겠네."

피아는 유리잔에 비친 남편과 자신의 모습을 바라보며 생각에 빠졌다. 킴의 불행한 연애 상대였던 프리트요프가 과연 프리트요프 라이펜라트일까? 킴이 프리트요프에게서 클라스 레커에 대한 얘기를 들었을까? 아니, 킴은 일에 있어서는 매우 정확하고 철저하다. 만약 그랬다면 편파성을 우려해 감정서 작성을 거절했으리라.

크리스토프는 피아의 어깨에 손을 올렸다.

"어깨가 완전히 굳었네." 그가 피아의 뒷목을 주무르며 말했다.

"당연하지." 피아가 눈을 지그시 감으며 말했다. "만일 내가 이 사건으로 추리소설을 쓴다면 적어도 피해자 네 명, 용의자 세 명은 없애고 시작했을 거야. 안 그러면 독자들이 헷갈릴 테니까."

"그건 독자를 무시하는 거야." 크리스토프가 반박했다. "등장인물이 적게 나오는 추리소설만큼 지루한 게 또 있을까?"

"혹시 프리트요프 라이펜라트라고 알아?" 피아가 눈을 뜨며 물었다. 크리스토프는 입장료 수익과 후원금으로만 운영되는 오펠 동물원의 원장으로서 포더타우누스뿐 아니라 다른 지역의 인사들도 잘 알았다. 역시나 그가 선선히 고개를 끄덕였다.

"코끼리 우리 지을 때 그 사람 은행에서 후원을 많이 받았지. 어릴 때 동물원 근처에 살아서 자주 갔었다고 하더라고. 그런데 그 사람은 왜?"

"견사 밑에서 시체 나온 집이 그 사람 할아버지 집이거든."

"뭐?" 크리스토프의 눈이 휘둥그레졌다. "그 할아버지가 범인이 아니라서 프리트요프 라이펜라트를 의심하는 거야?"

"범인인지 아닌지는 몰라도 뻔뻔한 뺀질이에 사이코임에는 틀림없어." 피아가 대답했다.

"그래, 이 지역에도 그런 인간들이 몇 명 있지." 크리스토프가 씁쓸하게 대꾸했다.

피아는 무릎을 끌어모으고 크리스토프를 향해 앉았다.

"지금부터 내가 이름을 죽 불러볼 테니까 아는 이름 있으면 고개만 끄덕여. 알겠지?"

"알았어."

피아는 지난 사흘간 만나거나 들어서 알게 된 사람들의 이름을 나열했다. 크리스토프는 눈을 감고 그녀의 말에 집중했다.

"게르만은 알지." 그가 말했다. "병원이 우리 동물원에서 멀지 않고 열대동물 전문이라서 가끔 진료받거든."

"어떤 사람이야?"

"사람 괜찮아." 크리스토프는 눈을 한쪽씩 차례로 떴다. "항상 바로 와주고 동물을 잘 다루더라고. 우리 멕시코 독도마뱀과 흑멧돼지도 입양했어. 그 사람 킬러야?"

"멕시코 독도마뱀이라니 아주 중요한 단서인데?" 피아는 농담을 하다가 다시 진지하게 물었다. "그 사람에 대해 뭐 아는 거 없어?"

"많이 알진 못해. 부인이 의사라는 거, 맘몰스하인에 산다는 거. 부친이 거기서 오랫동안 명예시장이었지. 지금은 치매가 심해 쾨니히슈타인 암크라이젤에 있는 요양원에 계신다지, 아마."

그 정도면 정말 많은 건 아니었다. 피아는 계속 질문을 이어갔다.

"아냐 맨티도 알아. 남편이랑 같이 우리 후원회원이거든."

"그 사람들도 동물 입양했어?"

"응, 단봉 낙타."

"혐의 없음. 다음."

이방카 셰비치, 클라스 레커, 요아힘 보크트, 앙드레 돌, 라모나 린데만의 이름에 대해서는 아무 반응이 나오지 않았다.

"사샤 린데만?"

"음, 그 사람 알아." 피아의 예상과 달리 크리스토프에게서 긍정의 대답이 나왔다.

"키 작고 잿빛 머리 맞아? 꼭 뚱뚱한 여자가 남장한 것처럼 생긴 사람?"

"뚱뚱한 여자가 남장한 것처럼 생겼다고? 수배전단 만들 때 인상착의는 당신이 쓰지 않는 게 좋겠어!" 크리스토프가 껄껄 웃었다. "그런데 상당히 맞는 표현이긴 해. 그 사람 약간 여성적인 면이 있거든."

"그 사람은 어떻게 알았어?"

"세일즈맨인데 사료회사 여러 곳을 대리하거든." 크리스토프가 대답했다.

"동물원에 정기적으로 와?"

"일 년에 두세 번?"

"주로 어느 지역에서 왔다 갔다 하는지 알아? 세일즈맨들은 대개 담당구역이 있잖아."

"아니, 그건 모르겠는데. 내일 사무실에 가서 한번 볼게. 그 사람이 대리하는 회사들 모두 코끼리 우리 지을 때 후원금을 냈거든."

"좋아." 피아는 잔을 비우고 하품을 했다. 사샤 린데만은 견사 만들 때 앙드레 돌과 함께 기초공사를 했었다. 그리고 라이크 게르만을 랩으로 싸서 개울에 버리고 올 때도 함께했다. 세일즈맨들이 모는 회사 차는 대개 승합차이고 자주 바뀐다. 수요일에 그는 왜 자기도 라이펜라트의 양자라는 것을 그 자리에서 밝히지 않았을까? 왜 계속해서 견사 쪽을 힐끔거렸을까? 답을 찾아내야 할 질문만 첩첩이 쌓였다. 정말 답답할 노릇이었다! 범인이 라이펜라트의 주변 인물이라는 것이 거의 확실하기에 용의자의 범위도 좁혀질 수 있다. 이미 많은 정보를 모았지만 도대체 논리적으로 맞아떨어지는 지점이 없었다. 피해자들이 언제 어디서 사라졌는지 알 수 없기에 용의자들의 알리바이를 점검할 수도 없었다. 더욱이 범인을 범행으로 이끄는 동기조차 아직 파악되지 않은 상태였다.

"조금 더 따라줄래?" 그녀가 빈 잔을 내밀자 크리스토프가 술을 따라주었다. 그녀는 머릿속에서 사건에 대한 생각을 쫓아냈다. 오늘만 날이 아니니까.

***

밤 11시가 지났지만 그녀는 돌아오지 않았다. 여덟 시간이나 죽치고 기다린 터라 매 순간 짜증이 쌓여갔다. 기다리는 일은 그가 세상에서 가장 싫어하는 일이었다. 예전 같으면 이렇게까지 기다리지도 못했을 것이다. 치료감호소에 있는 동안 인내심 하나는 확실하게 훈련이 됐다.

마음속으로 조금만 더, 조금만 더, 하다가 11시를 넘겼다. 30분만 더 기다리다 간다. 15분만 더. 회의가 있는지도 몰라. 환자에게 무슨 문제가 생겼을 수도 있지. 딱 10분만. 더 이상은 안 돼. 저녁식사가 술자리로 이어졌나? 아니면 남자친구가 있어서 그 집에 갔나? 누구는 여기서 여덟 시간을 기다리는데 남자와 재미를 보고 있어? 복면과 라텍스 장갑으로 땀을 많이 흘렸다. 방광도 터질 것 같다. 이 집에서는 화장실을 이용하지 않을 생각이었다. 공교롭게 화장실에 있을 때 그녀가 들어올 수도 있고, 또 아주 작은 흔적이라도 남기지 않기 위해서였다. 일단 그녀가 그의 수중에 들어오고 실종신고가 들어가면 경찰이 이 집을 샅샅이 뒤지고 비듬 한 톨까지 수집해 분석할 것이다. 다시 한 번 창밖을 내다보았다. 텅 빈 거리에 주황색 가로등 불빛이 젖은 아스팔트를 비추고 있었다. 건물 주변에는 불이 환했고 여기저기 텔레비전이 켜져 있었다. 사람들은 저녁을 먹거나 멍하니 텔레비전을 응시했다. 그는 혼잣말로 욕설을 중얼거리며 손님용 화장실로 갔다. 아무 생각 없이 불을 켜려다 마지막 순간에야 맘을 바꾸어 어둠 속을 더듬어 변기 뚜껑을 열고 바지를 내린 다음 변기 위에 앉았다. 평소에는 서서 소변을 보지만 오줌 방울이 옆으로 튈 위험이 너무 컸다. 익숙하지 못한 자세라 쉬이 오줌이 나오지 않았다. 마치 기다렸다는 듯 다음 순간 엘리베이터 올라오는 소리가 들렸다. 그는 급히 일어나 바지를 올리고 장갑 낀 손으로 어렵게 지퍼를 채웠다. 그리고 점퍼 주머니에서 철삿줄을 꺼내 양쪽 끄트머리에 달린 나무 손잡이를 잡고 시험 삼아 당겨보았다. 손님용 화장실이 엘리베이터 바로 옆이기 때문에 그는 그 자리에 서서 기다렸다. 엘리베이터에서 나오는 그녀를 제압하기에 가장 좋은 위치였다. 그녀는 아마 가방을 하나 들고 있을 테고 아무것도 모른 채 걸어 나올 것이다. 지금부터 벌어질 일은 그가 오랫동안 계획해온 것이었다. 짜증은 눈 녹듯 사라졌다. 그는 매우 차분한 상태로 호흡을 고르고 앞으로 할 일에만 집중했다. 이윽고 엘리베이터가 도착했고 문 열리는 소리가 났다. 그는 철삿줄을 쳐들었다. 불이 켜졌고 발소리가 다가왔다. 그는 금방이라도 튀어나갈 준비를 했다. 그리고 그녀가 화장실을 지나치자마자 한걸음에 그녀 뒤로 가서 섰다. 그런데…… 그녀가 아니었다! 그는 순간적으로 망설였고 그것은 그의 치명적 실수였다. 남자가 번개처럼 뒤로 돌더니 그를 쳐다보았다.

"뭐야……?" 클라스 레커가 어리둥절해서 외쳤다. 다음 순간 목을 찌르는 통증이 느껴졌고, 근육과 무릎에 힘이 풀리며 푹 고꾸라지고 말았다. 그리고 그를 둘러싼 세상이 온통 까맣게 변했다.

***

2013년 5월 10일

예전에는 그들을 찾는 게 이렇게 쉽지 않았다. 인터넷 포럼이나 소셜미디어에서 사람들은 자신들끼리만 있다고 생각해서인지 너무 솔직해지는 경향이 있다. 자신을 내보이고 싶은 욕심에 평소라면 절대 말하지 않을 내용을 죄다 쏟아낸다. 내게는 그들을 찾아내기에 더할 나위 없이 좋은 공간이다. 자기 생각만 하는 그 이기주의자들 말이다. 대충 장단만 맞춰주면 너무 쉽게 비밀을 털어놓는 바람에 혀를 내두를 지경이다. 현재 연락하고 있는 사람만 해도 꽤 많다. 그동안 나는 어떻게 그들의 마음을 열게 할 수 있는지 터득했다. 아이를 버린 여자들이 죄의식을 느끼며 산다고 불쌍해할 일은 아니다. 그들은 가장 나쁜 부류다. 나쁜 짓이라는 걸 알면서도 저질렀으니까. 옛날에는 사생아를 임신하면 몰래 낳아서 어딘가로 보내도록 가족들이 강요했다. 하지만 지금은 옛날처럼 사회의 압박이 심하지 않다. 대개 그런 여자들은 멍청해서 피임도 제대로 못 하고 자기가 저지른 실수에 책임지려고 하지도 않는다. 내가 왜 지우지 않았냐고 물으면 90퍼센트는 어처구니없는 대답을 한다. 임신한 사실을 몰랐다고, 알았을 땐 너무 늦어 있었다고! 그 어리석음 때문에 그녀의 아이들은 고통당한다. 내가 그랬듯이. 그 생각을 하면 화가 나서 견딜 수가 없다.

여기 이 여자는 가장 심각한 부류에 속한다. 남자가 자신과 결혼할 것이라고 생각해 아이를 낳았다는 것이다. 그리고 남자가 도망가버리자 애 딸린 미혼모로서 다른 부양자를 찾을 수 없겠다는 생각이 들어 아이를 버린 것이다. 마치 둘 자리가 없어 내버리는 가구처럼.

어쩌면 그래서 그토록 그녀에게 공을 들였는지도 모르겠다. 그녀는 목숨을 걸고 싸웠다. 나와 협상까지 하려 했다. 냉정한 년! 그러나 죽음은 협상의 대상이 아니다. 지금 그녀는 아이스박스 안에 누워 있다. 몸은 점점 차갑게 굳어간다. 이제까지의 여자들 중 가장 노라와 닮았다. 물론 우연이다. 내게 외모는 아무 상관없으니까. 중요한 건 오직 행동이다. 이 여자는 아이에게 데리러 오겠다고 약속만 하고 결국 그 약속을 지키지 않았다. 우리 엄마처럼. 나는 잠시 그녀를 내려다본다. 모든 일을 완벽하게 마쳤다는 생각에 나는 깊은 만족감을 느낀다. 이제 일 년간 다음 사람을 찾으면 된다. 나는 아이스박스의 뚜껑을 덮는다. 이제 따뜻하게 목욕하고 싶다. 차가운 물속에 너무 오래 있었다.

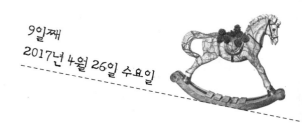

안나 프리데크는 매일 아침 개를 데리고 같은 길로 산책했다. 오버하인에서 출발해 숲을 지나 헤르츠베르크 전망대까지, 거기서 다시 질버퀴펠 숲 주차장을 지나 잘부르크 로마군 요새까지 갔다가 집으로 돌아가는 코스였다. 아침산책 하기에 안성맞춤이었고, 중간에 마주치는 사람도 조깅하는 사람이나 개를 데리고 나온 사람 한두 명뿐이었다. 주차장을 가로질러 가는데 프랑크푸르트 번호판을 단 푸르스름한 소형차가 눈에 띄었다. 4, 5일 전쯤 처음 봤는데, 텅 빈 자갈밭 주차장에 딱 한 대가 똑같은 자리에 계속 서 있었다. 처음에는 산책이나 조깅 나온 사람이 타고 온 차인 줄 알았다. 그녀와 마찬가지로 습관에 맞춰가며 생활하는 이들이 많은지라 다음 날 같은 자리에서 그 차를 봤을 때도 이상하게 여기지 않았다. 그런데 오늘은 좀 이상한 생각이 들었다. 그녀는 개를 불러들여 자그마한 피아트 옆으로 다가갔다. 유리창 안을 슬쩍 들여다보았지만 딱히 이상한 점은 없어 보였다. 내부는 정돈돼 있었고 껌 하나, 휴대용 티슈 하나 보이지 않았다. 그녀는 조심스럽게 문손잡이를 당겨보았다. 잠겨 있었다.

"만일 무슨 일이 생긴 거면 어쩌지?" 안나 프리데크가 혼잣말처럼 개를 쳐다보며 물었다. 개는 자리에 앉아 주인의 일거수일투족을 빤히 지켜보았다. 숲에서는 사고가 일어나기 쉽다. 조깅을 하다 심장마비를 일으켰을 수도 있고……. 혹시 나뭇등걸 같은 데 쓰러져 있는 시체를 지나쳐 왔을지도 모른다고 생각하니 으스스해졌다. 만일 그랬다면 애견 몰리가 냄새를 맡았을 텐데! 그래도 혹시?

"이 차를 처음 본 게 언제였더라?" 돌이켜보니 그날은 비가 내린 날이었다. 이 길에도 사람이 전혀 보이지 않았다.

안나 프리데크는 휴대전화를 꺼내 차 사진을 찍었다. 이럴 때는 어디에 신고해야 하나? 119? 그건 아닌 것 같다. 이따가 병원에 가려면 어차피 바트 홈부르크로 나가야 하니 키르도르프에서 잘부르크 가에 있는 경찰서에 잠시 들러야겠다고 생각했다. 차 주위를 한 번 더 둘러본 뒤 그 자리를 떴다. 로마군 요새 가까이 다다르자 다시 신호가 잡혔다. 그녀는 구글에서 번호를 검색해 경찰서에 전화를 걸었다.

***

경찰항공대의 청백색 유로콥터 145기는 8시가 되어갈 무렵 경찰서 옥상에 마련된 헬기 착륙장에 내려앉았다. 프로펠러가 돌아가는 가운데 피아와 타리크를 맞이했고 부조종사가 그들이 탈 수 있도록 문을 잡아주었다. 객실 공간은 아홉 명이 탈 수 있을 정도로 넓었지만 객석은 네 개만 조립돼 있었다. 그들이 안전벨트를 매자 헬기가 상륙했고 어마어마한 속도로 북서쪽을 향해 날기 시작했다. 피아는 익숙한 거리와 마을이 장난감처럼 작아지는 모습을 창밖으로 내다보았다. 헬기는 몇 분 지나지 않아 펠트베르크를 뒤로하고 타우누스 산맥을 넘었다. 노이스까지의 비행시간은 한 시간 정도라고 조종사가 알려주었다. 헬기는 화살처럼 공중을 가르며 날았지만 안에서는 시끄러운 소리가 거의 들리지 않았다. 피아는 돋보기를 꺼내 쓰고 사건 파일을 읽기 시작했다. 노이스에 도착하면 카이가 짜준 일정에 따라 현 강력반장 외르크 호머스와 그의 전임인 우를리히 베스터호프를 만나기로 되어 있다. 우를리히 베스터호프는 7년 전에 은퇴했는데 은퇴할 때까지도 유타 슈미츠 사건을 완전히 놓지 못했다. 피아 일행은 그와 함께 85세인 유타 슈미츠의 어머니를 만나 딸의 행방을 알릴 계획이었다. 사건파일은 웬만한 소설책만큼이나 두꺼웠다. 피아는 열댓 개 되는 피의자 신문조서, 대화 메모, 보고서, 과학수사 분석 결과를 차례로 읽었다. 베스터호프 팀은 철저하게 수사한 것으로 보였다. 실종된 여성의 친구, 동호회 회원, 이웃, 지인, 직장동료도 모두 만나보았다.

카르스트에서 나고 자란 42세의 유타 슈미츠는 진득한 삶을 살지는 않았다. 동남아시아, 뉴질랜드, 오스트레일리아를 옮겨다니며 몇 년씩 살다가 1994년 고향으로 돌아온 뒤 오토바이 전문 의류회사에서 기획자로 일했다. 할리는 그녀의 모든 것이었다. 친구도 많지 않았고 남편도 없었다. 열여덟 살에 낳은 딸이 하나 있었지만 아이아빠에게 맡겼다. 유타 슈미츠는 실종 6주 전에 갑작스럽게 월세 집을 내놓고 그토록 아끼던 바이크를 팔았다. 그리고 어머니에게 페터라는 남자에 대해 얘기했다고 한다. 1995년 여름 그레펜브로이히 사격 축제에서 그를 알게 되고서 그녀는 뉴질랜드로 이민 갈 생각을 하게 됐다. 경찰은 정보가 거의 없음에도 불구하고 그 페터라는 남자를 찾아냈다. 유타보다 열두 살 연하인 페터 슐뢰머는 그레펜브로이히에서 자동차와 오토바이를 취급하는 카센터를 운영했는데 이민을 간다며 1996년 3월 친구에게 카센터를 팔았다. 유타도 뉴질랜드에 가기 전에 일자리와 노동비자를 알아보고 있었다. 슐뢰머의 집을 수색하던 중에 경찰은 유타가 오토바이를 팔고 받은 돈을 발견했다. 그 일로 슐뢰머는 핵심 용의자 선상에 올랐다. 경찰은 유타 슈미츠의 시체를 찾기 위해 고군분투했다. 대규모 수색대가 수주에 걸쳐 일대를 뒤졌고, 카르스트 호수에 잠수부들을 투입했고, 수색견도 불러왔다. 그러나 모든 게 헛수고였다. 유타 슈미츠를 죽이지 않았다고 주장하던 슐뢰머는 증거재판에서 증거불충분으로 무죄를 선고받았다. 그러나 모아놓은 돈을 변호사비용으로 다 써버렸기에 이민의 꿈을 포기해야 했다. 그는 2년 전에 오토바이 사고로 죽었다. 지금까지의 수사결과에 의하면 유타 슈미츠의 주변인들 그 누구에게도 실종의 책임이 없다. 그렇다면 어디에서 범인을 만났으며 어쩌다가 범인의 눈에 띄었을까? 피아는 1990년대 중반에 앙드레 돌이 뒤셀도르프 지역에 왔다 갔다 한 적이 없는지 알아봐야겠다고 메모했다. 베스터호프 팀은 유타 슈미츠가 실종되기 전 48시간을 끊임없는 탐문과 확인을 거쳐 고생스럽게 재구성해놓았다. 하지만 몇 시간은 여전히 공백으로 남아 그 시간에 뭘 했는지 끝까지 알아내지 못했다.

헬리콥터는 노이스 경찰서 옆 잔디밭에 착륙했다.

"내가 형사 생활 하면서 해결하지 못한 사건이 없는데 유타 슈미츠

사건이 유일한 예외예요." 우를리히 베스터호프가 말했다. 백발에 마른 체구, 지혜로운 눈빛을 지닌 그는 간이 안 좋은지 얼굴빛이 황색을 띠었다. "노모가 매년 딸이 실종된 날 전화해서 새 소식이 없는지 물어봐요."

피아가 가져온 시체 사진을 보여주자 은퇴한 형사와 그의 후임은 충격을 받은 표정이었다. "슐뢰머가 한 말이 옳았군요." 베스터호프가 피아에게 사진을 돌려주며 말했다. "법원이 무죄판결을 내렸기에 망정이지……. 그것도 완전한 무죄는 아니었어요."

그들은 모두 관용차에 탔고 호머스가 운전대를 잡았다. 베스터호프는 조수석에, 피아와 타리크는 뒷좌석에 앉았다. 루이제 슈미츠가 사는 포르스트까지 약 10킬로미터를 가는 동안 피아는 노이스의 동료들에게 상황을 설명해주었다.

"연쇄살인이 분명해요." 그녀가 단정했다. "범행동기는 아직까지 수수께끼이고 언뜻 보면 무작위로 피해자를 고른 것 같아요. 피해자들 사이의 공통점은 성별이 여자라는 것과 어머니날 직전이나 당일에 납치당했다는 것이에요."

"루이제 슈미츠에게서 무슨 이야기를 듣고 싶은 겁니까?" 베스터호프는 피아와 타리크가 이곳에 왔다는 사실 자체가 자신에 대한 무언의 비난이라고 여기는 듯했다.

"당시엔 지역 내에서 범인을 찾을 수밖에 없었을 겁니다." 피아가 말했다. "그동안 저희가 알아낸 바에 의하면 유타 슈미츠를 살해하고 암매장한 사람은 타우누스 출신이 분명해요. 저희가 알고 싶은 건 범인이 어디서 피해자를 만났는가 하는 거예요. 그래서 유타 슈미츠의 딸하고도 얘기를 좀 해보고 싶습니다."

"딸에게 물어보는 게 적절할지는 잘 모르겠군요." 은퇴한 전직 형사가 못마땅하다는 목소리로 중얼거렸다.

"왜요?"

"피해자 실종 당시 딸은 도르트문트 보육원에 있었습니다." 호머스가 대신 대답했다. "게다가 모녀 사이가 좋지 않았어요. 엄마가 아직 아기인 딸을 두고 태국에 갔거든요. 아빠가 혼자 힘으로 아기를 키우지 못하니 아이가 양가 조부모 사이를 왔다 갔다 하다가 문제아들이 가는 청소년 교화시설에 들어갔지요."

"그 딸이 어디 사는지 아세요?" 피아가 물었다.

"아니요, 고향 떠난 지 오래됐습니다. 외할머니한테도 연락 잘 안 할걸요." 호머스가 대답했다. "어디, 베를린에 산다던가? 돈 필요할 때만 노인네한테 전화하는 것 같더라고요."

***

데하그의 비정기 주주총회는 11시 정각 세기 홀에 모인 7백여 명의 주주들 앞에서 시작됐다. 프리트요프 라이펜라트는 연단 위의 다른 이사들 옆에 앉아 있었다. 여기까지가 셈이 보고한 내용이었다. 보덴슈타인은 전직 아동복지국 직원 엘프리데 슈뢰더를 만나기 위해 하딩 박사와 함께 바트 나우하임으로 가기로 했다. 데하그의 주주들이 점심식사를 할 때까지는 이야기가 끝날 테니 셈을 먼저 총회에 보내 프리트요프를 감시하고 그쪽 상황을 보고하게 한 것이었다.

엘프리데 슈뢰더는 자신의 집 발코니에 앉아 구름 뒤에서 반짝 나온 따뜻한 봄 햇살을 즐기고 있었다. 그녀는 눈처럼 흰 백발에 창백한 피부, 커다란 갈색 눈을 가진 연약해 보이는 노파였다.

"나는 좀 앉아 있어야 해요." 그녀가 타고 있는 휠체어의 바퀴를 탁탁 치며 말했다. "몇 걸음씩은 걸을 수 있는데 한 발 한 발 내디딜 때마다 어찌나 힘이 드는지! 서 있지 말고 앉아요."

그녀는 돋보기를 벗고 읽고 있던 책을 무릎 위에 내려놓았다. 젊은 여직원의 안내를 받아 4층까지 온 보텐슈타인과 하딩은 편안해 보이는 라탄 의자에 앉았다. 전직 아동복지국 공무원이 사는 실버타운은 흔히 상상할 수 있는 양로원이 아니라 주택 개념의 거주단지였다. 여섯 집씩 들어선 건물이 죽 늘어서 있고 집 앞으로는 녹지가 펼쳐져 있었다. 정원사들이 나무와 관목에 가지치기를 하느라 바빴다. 가까운 데 놀이터가 있는지 아이들 노는 소리도 들렸다. 해가 다시 구름 뒤로 들어가자 노파는 터키옥색 플리스 재킷의 지퍼를 목까지 채웠다.

"전화 받고 기억을 좀 더듬어봤어요." 엘프리데 슈뢰더는 무릎을 덮은 양모 담요를 반듯하게 펴며 말했다. "지금부터 내가 하는 얘기는 꼭 그 시대배경을 생각하면서 들어주세요. 1950, 1960년대 독일 보육원에는 약 70만 명의 아이들이 살고 있었어요. 이 보육원의 4분의 3 정도를 복지단체나 종교공동체가 운영했죠. 내 담당구역도 마찬가지였어요. 1920년대에 전쟁고아들을 수용하기 위해 생겨난 영아원에 50년대쯤에는 이미 진짜 고아들이 거의 없었어요. 이른바 '사회적 고아', 원치 않았던 아이, 주로 사생아들이 대부분이었죠. 그중 대부분은 입양이 됐어요. 그때는 1977년 개정 전 법률에 따라 아동복지국의 통제 없이 입양이 가능했어요. 아이가 생후 12개월 내에 입양되지 않으면 어쩔 수 없이 보육원을 떠돌아다니게 돼 있어요. 그 당시 보육원의 환경이라는 게 아주 열악했어요. 기본적인 케어는 하지만 아이들에게 애정을 가지고 돌보는 게 아니었거든요. 아이들이 무기력해지고 결국 호스피털리즘(정상적인 자극이 결여된 환경에서 자란 아이들에게 정신적, 육체적 발육부전이 나타나는 현상—옮긴이)으로 가기도 했죠. 그래서 호스피털리즘으로 발달지체나 행동이상이 나타나기 전에 영아들 위주로 입양을 시켰어요."

엘프리데 슈뢰더는 한숨을 푹 쉬었다.

"그런 상황에서 리타 라이펜라트는 그야말로 축복 같은 존재였어요! 모든 환경이 갖춰져 있었고 우리가 보기엔 아이들도 거기서 잘 지내는 것 같았어요. 가끔 연락 없이 방문할 때도 있었는데 가서 보면 아이들 상태가 양호했어요. 옷도 갖춰 입었고 영양상태도 괜찮았고요. 방도 깨끗하고 침대도 정리돼 있고 위생시설은 내가 맡았던 다른 보육원들보다 훨씬 나았어요. 아이들 학교성적도 다들 좋았고요. 라이펜라트 같은 좋은 위탁가정이 있어서 정말 다행이라고 생각했죠. 원칙적으로 보육원보다는 입양이 우선이었거든요. 특히 다른 데서 받아주지 않아서 대안이 없는 아이들에게는요."

"그렇게 많은 아이들을 데려가는 게 이상하진 않으셨습니까?" 보덴슈타인이 물었다. "동시에 열 명이 있었던 적도 있는데!"

"그랬죠." 엘프리데 슈뢰더가 수긍했다. "그런데 나름대로 장점이 있었어요. 왜냐면 그렇게 해서 더 가족적인 분위기가 형성되거든요. 나이 많은 아이들이 동생들을 돌봐주면서 사회적 행동, 존중, 배려를 배울 수 있죠. 오래 알고 지내다 보니 나중엔 리타 라이펜라트와 친분이 생겨서 집에도 자주 초대받았어요. 일 년에 한 번씩은 큰 파티를 열었어요. 성인이 된 자녀들도 찾아왔고요."

"어머니날 파티 말이죠?" 보덴슈타인이 말했다.

"맞아요." 그녀는 미소를 지으며 고개를 끄덕였다. "자폐증상이 있던 아이들, 폐쇄적이고 발육이 더딘 아이들이 밝고 건강하게 자라서 넓디넓은 잔디밭을 뛰어다니는 모습을 보는 게 참 좋았어요." 그녀는 찻잔을 들어 차를 한 모금 마셨다. "가장 까다로운 아이들을 군소리 없이 받아주는 리타 라이펜라트가 있어서 정말 다행이었죠. 보육원이 아이들로 넘쳐났기 때문에 아이를 입양하려는 부모들은 자기 마음에 드는 아이를 고를 수 있었어요. 두 살이 넘어가면 사실상 입양될 가능성이 없다고 봐야 했죠. 영아원에서 영아들만 받는 건 아니에요. 아이를 키울 여력이 안 되는 경우, 여러 가지 개인사정으로 아이를 돌볼 수 없는 경우, 폭력이나 방임을 겪은 아이들이 격리조치로 오는 경우도 있어요. 가정위탁이라는 게 원래는 일정 기간의 교육지원이지만 불가피한 경우 장기간에 걸친 생활형태로 자리잡는 경우도 많았습니다. 그래서 라이펜라트 집안으로 들어가는 아이들은 운이 좋다고 모두 얘기했었죠."

과연 그럴까? 보덴슈타인은 속으로 생각했다. 리타 라이펜라트와의 친분 때문에 엘프리데 슈뢰더가 판단력이 흐려졌던 것일까? 돌이켜보면 아냐 맨티도 라이펜라트네에 갈 때마다 언제나 즐거웠다고 말했다.

"저희가 듣기론, 리타 라이펜라트가 상당히 심한 훈육을 한 것 같던데요." 보덴슈타인이 말했다. "욕조에 거꾸로 처박거나 아이스박스, 토굴, 좁고 어두운 창고에 가두는 게 일상적으로 일어났다더군요."

"절대 그럴 리 없어요!" 엘프리데 슈뢰더는 강하게 반박하며 고개를 저었다. "아까도 말했지만 아이들을 그냥 맡겨놓고 끝난 게 아닙니다. 아이들이 어떻게 자라는지 꼼꼼하게 점검했어요. 개중에는 입양된 아이도 있고 원래 가정으로 돌아간 아이도 있습니다. 그리고 그집으로 실습 나간 젊은 학생들도 있었고요. 그런 일이 있었다면 당연히 우리가 알지 않았겠어요?"

"아이들이 그런 벌을 받을 걸 알면서도 다른 사람에게 사실대로 얘기했겠습니까?" 보덴슈타인이 물었다. "리타 라이펜라트가 자기 마음대로 괴롭힐 대상이 필요해서 아이들을 그렇게 많이 받은 것이라는 얘기도 다른 데서 들었습니다."

노파는 아무 말도 잇지 못했다. 독선적으로 느껴지던 미소도 사라졌다.

"혹시……." 보덴슈타인이 말을 이었다. "문제아들을 맡길 수 있어서 아동학대 정황을 알고도 눈감아준 거 아닙니까?"

"함부로 말하지 마세요!" 엘프리데 슈뢰더가 기분이 상한 듯 쏘아붙였다. 대화가 그녀의 예상을 벗어나고 있었다.

"그리고 아이들을 그렇게 많이 받았으니 지원금도 많이 받았을 거 아닙니까?"

"당연히 지원금을 받았죠. 하지만 단순히 돈 때문에 한 일은 아닐 겁니다." 엘프리데 슈뢰더가 반박했다. "이상행동, 트라우마, 공격성향이 있는 아이들을 20년도 넘게 맡아 키웠는데 그게 희생정신과 신념 없이 가능하다고 생각하세요? 라이펜라트 집안에서는 정말 극단적인 경우도 마다하지 않았어요. 다섯 살이 됐는데 운동신경이 전혀 발달하지 못한 아이, 수녀들이 일손이 모자라서 아이를 침대에 묶어놓는 바람에 말을 못 하게 된 아이까지 있었다고요!"

"아무도 관심을 두지 않는 아이들을 일부러 골라서 받은 건 아닌가요? 보살피는 일가친척이 없는 아이들 아닙니까?" 보덴슈타인은 이렇게 계속 몰아붙이면 노파가 자신에게 완전히 등을 돌려버릴까 봐 한마디 덧붙였다. "물론 아동복지국에서 어떻게 계속 감시할 수 있었겠습니까. 당연히 방문했을 때 본 것만 믿을 수밖에 없었겠죠."

"리타에게 불순한 동기가 있다고 생각해본 적은 없습니다." 그녀가 고집스럽게 말했다. "리타가 거두지 않았다면 많은 아이들이 제대로 살아볼 기회를 갖지 못했을 겁니다."

"저희는 바로 그 아이들 중 하나가 연쇄살인범이 된 것으로 추정하고 있습니다."

"뭐, 뭐가 됐다고요?" 엘프리데 슈뢰더는 너무 놀라 손에서 찻잔을 떨어뜨릴 뻔했다.

"라이펜라트 저택 부지에서 시체 세 구가 나왔습니다." 보덴슈타인이 말했다. "그리고 리타 라이펜라트의 유해도 발견됐고요."

"리타가요? 하지만…… 하지만 리타는…… 자살했다고 했는데!" 놀란 노파가 말을 더듬었다. 손이 덜덜 떨려서 도자기 찻잔이 받침에 부딪쳐 달그락거리는 소리가 날 정도였다.

"1995년 어머니날 파티에 가셨습니까?"

"아니요." 그녀는 시선 둘 곳을 찾지 못했다. "그땐 연락을…… 자주 하지 않던 때였어요. 그러기 몇 년 전에…… 림부르크로 옮겼어요. 남편…… 에…… 남편 직장이 거기 있어서 나도 거기로 지원했어요."

보덴슈타인은 말이 잠깐 막힌 타이밍을 놓치지 않았다. 오랫동안 형사 생활을 하다 보니 육감으로 거짓말을 바로 알아챌 수 있었다. 엘프리데 슈뢰더가 이제까지 말한 것은 진실이었지만 방금 마지막으로 한 말은 그다지 진실성 있게 들리지 않았다. 뭔가 숨기는 게 있을까? 뭔가 더 알고 있는 게 아닐까? 가슴속에 꼭꼭 묻어놓은 죄라도 있는 걸까?

"다른 사람들보다 리타 라이펜라트에 대해 잘 아셨죠? 자살할 사람이라고 생각하십니까?"

노파는 입을 앙다물며 시선을 떨어뜨렸다.

"아니요." 그녀가 순순히 시인했다. "리타는 자살할 사람이 아닙니다. 처음으로 든 생각은 리타…… 남편이 한 짓이 아닐까 하는 거였어요."

"왜 경찰에게 그런 의심을 말하지 않으셨습니까?" 하딩 박사가 처음으로 대화에 끼어들었다. 엘프리데 슈뢰더는 조개처럼 입을 꾹 다물었다. 불안한 기색이 역력했다. 손으로는 자꾸만 찻잔을 만지작거렸다.

"그때…… 신문에서 자살했다는 기사를 읽고 맘몰스하인에 사는 지인에게 전화했어요. 그리고 남편이 의심스럽다는 얘기를 했어요. 그런데 이틀 뒤…… 아침에…… 문 앞 발매트 위에 우리 고양이가 죽어 있었어요. 누가 칼로 목을 그었더라고요." 그녀의 목소리가 떨렸다. 애써 눈물을 참고 있었다. "내가 고양이를 안고 집으로 들어가려는데 누군가 불쑥 나타났어요. 잔인하고 냉정한 얼굴로 나를 보고 웃더라고요. '헛소리 지껄이고 다니면 당신, 당신 남편 다 이 야옹이 꼴 날 줄 알아. 무슨 말을 할 때는 먼저 생각 좀 하라고.' 그렇게 말했어요. 너무 놀라서 움직이지도 못하겠더라고요. 난 우리 플로키를 숲에 데려가 묻었어요. 다른 사람들에겐 집 나간 것처럼 했고요. 내가 더 이상 호프하임에 살고 싶지 않다고 하니까 남편은 고양이 때문에 힘들어서 그런 줄 알더라고요. 남편은 결국 진실을 모른 채 죽었어요."

그녀는 급기야 소리를 내며 훌쩍거렸다. "난 병가를 냈고 다시는 아동복지국에서 일하지 않았어요. 그 많은 아이들…… 난 그 아이들 모두 잘되기를 바랐어요. 아마 내가 아이를 낳을 수 없기 때문에 더 그랬을 거예요. 내겐 일에 대한 사명감이 있었어요. 특히 환경이 안 좋은 아이를 보면 안타까워 어쩔 줄 몰랐고, 동료들은 그런 나를 두고 농담처럼 낯짝이 두꺼워야 이 일을 할 수 있다고 조언했어요. 난 그럴 수 없었어요. 본성이 악한 사람이 존재한다는 걸 오랫동안 믿지 않았죠."

"협박한 사람은 누구였습니까? 테오도르 라이펜라트?" 보덴슈타인은 그가 아니라고 짐작하면서도 그렇게 물었다.

"테오는 아니었어요." 그녀가 고개를 저었다. 아랫입술이 파르르 떨렸다. 그 테러에 대한 기억은 그녀의 인생에 드리워진 어두운 그림자였고, 그녀는 그것을 여전히 떨쳐내지 못한 것 같았다. "내가 특별히 신경썼던 아이였어요. 내게 마음을 연다고 생각해서 입양할 생각까지 했었죠. 그래서 더 충격이 컸던 것 같아요. 리타가 본성이 악하고 위험한 아이라고 했는데, 그 말이 옳았어요." 그녀는 깊은 한숨을 쉬며 눈을 감았다. "그 아이는 클라스, 클라스 레커예요."

***

니더라인의 날씨는 타우누스보다 한결 따뜻했고 자연도 더 푸르러 보였다. 카르스트 포르스트 구역의 막다른 골목에 위치한 루이제 슈미츠의 작은 적벽돌 집 정원에는 이미 봄꽃이 만개해 작은 무릉도원을 연상케 했다. 개나리와 수선화가 활짝 피었고 사과나무와 체리

나무에도 꽃봉오리가 터지기 직전이었다. 그러나 피아는 그런 풍경을 감상할 여유가 없었다. 부엌 식탁에 마주 앉은 노부인의 주름진 얼굴과 노동으로 뼈마디가 굵은 손, 심장을 쥐어뜯는 눈물에 제 일인 듯 가슴이 아팠다. 이제까지는 냉철하게 사건과의 감정적 거리를 유지해왔지만 범인이 피해자의 유족에게 어떤 고통을 안겼는지 목도하니 형사가 아닌 한 개인으로서 분노가 치밀었다. 루이제 슈미츠의 남편은 상심한 채 살다가 10년 전에 세상을 떠났다. 하나뿐인 딸의 실종을 두고 떠도는 나쁜 소문에 그는 깊은 우울로 빠져들었다. 부부는 괜스레 마을에서 소외됐고 딸의 생사도 모른 채 실낱같은 희망과 절망 사이를 오갔다. 게다가 하나뿐인 손녀가 퍼붓는 비난과 모욕을 견뎌야 했다.

이제라도 유타에게 무슨 일이 일어났는지 알게 된 것이 유타의 어머니에게 커다란 안도감을 주었다. 드디어 딸을 땅에 묻고 맘 편히 잘 수 있게 된 것이다.

"우리 유타가 어디서 발견됐다고요?" 노부인이 물었다.

"맘몰스하인이라는 작은 마을이에요." 피아가 대답했다. "프랑크푸르트 암 마인 근처에 있어요."

"프랑크푸르트 근처?" 노부인은 한숨을 푹 쉬었다. "거기까진 왜 갔을꼬?"

"반드시 프랑크푸르트에 갔었다고 단정할 수는 없어요." 피아가 말했다. "저희 생각엔 따님이 이 지역에서 범인과 만나지 않았을까 싶어요."

"여기서요? 그럼 내가 아는 놈일 수도 있다는 말이우?" 루이제 슈미츠는 감정이 복받친 듯 흐느꼈다. 타리크가 휴대용 티슈를 건네자 그녀는 고마워하며 받아들고 콧물을 닦았다.

"슈미츠 부인, 따님은 연쇄살인범에게 희생된 것 같습니다." 타리크가 부드러운 목소리로 말했다. "따님이 발견된 곳에서 다른 여성의 시체가 두 구 더 발견됐습니다. 그래서 따님이 범인과 어디서 어떻게 알게 됐는지 알아내야만 합니다. 따님이 실종되기 전 시절의 이야기를 좀 해주실 수 있겠어요?"

"무슨 이야기를 듣고 싶은데요?" 노부인은 타리크를 빤히 쳐다보았다.

"기억나시는 것 전부요. 태국에서 돌아온 다음에 살던 곳은 어디였나요? 직장은 어디였고 어떤 사람들과 어울렸나요? 니콜과의 관계는 어땠습니까?"

"우리 유타는 어릴 때부터 넓은 세상을 보고 싶어 했다우." 루이제 슈미츠가 말을 시작했다. "다른 여자아이들이 로맨스소설을 읽을 때 세계지도책을 봤지. 태국의 한 호텔에 일자리가 생길 것 같다며 얼마나 좋아했는지 몰라! 그러다 임신을 하게 됐지."

그녀는 잠시 말을 멈추었다. 그녀의 생각은 40년 전으로 달려가고 있었다.

"니콜은 아기 때부터 무척 까다로웠어요. 유타와 베른트는 육아가 힘에 부쳤어요. 둘 다 아직 어릴 때라 제 몸 추스르는 것만으로도 힘들어했죠. 열여덟 살밖에 안 됐을 때니까. 우린 유타가 점점 불행해지는 것을 알고 있었어요. 그래서 우리가 먼저 제안한 거예요. 니콜을 우리에게 맡기고 태국으로 가라고요. 그게 아마 실수였던 게지……. 니콜은 그것 때문에 제 엄마를 계속 욕했어요. 사실 우리나 사돈댁이나 니콜에게 부족한 것 없이 해줬거든요. 오히려 반대였지! 엄하게 할 때는 엄하게 해야 했는데 어린것이 불쌍하다고 너무 싸고돌기만 했어요. 험한 말들이 오갔고, 유타는 언제나 죄의식에 시달렸어요. 나중에는 니콜 때문에 여기 눌러살기로 했지만 니콜은 고마워할 줄도 몰랐어요. 유타는 니콜을 데리고 여기저기 상담치료를 하러 다녔어요. 텔레비전 방송에까지 나갔고요. 그땐 정말 말도 못 했어요. 유타 아버지는 동네 창피하다고 몇 주씩 바깥출입도 안 했고."

"어떤 방송이었습니까?" 타리크가 물었다.

"아유, 이름은 생각 안 나지." 루이제 슈미츠는 휴지로 눈가를 살짝 닦았다. "유타와 니콜은 계속 소리 지르며 싸우고 사람들은…… 웃었어요……. 모두 우릴 비웃었어요……. 너무 끔찍했어요." 노부인은 목이 메어 목소리가 갈라졌다. 다시 어깨를 들썩이며 흐느꼈다. 피아도 RTL이나 프로지벤에서 하던 리얼리티 토크쇼를 잘 기억하고 있었다. 수백만의 시청자들 앞에서 개인사와 가정사가 까발려지곤 했는데, 진행자들은 속마음을 밖으로 드러내도록 게스트들을 자극해 싸움을 붙였다. 딸과 손녀가 카메라 앞에서 서로를 물어뜯듯 싸우는 모습을 본 루이제 슈미츠의 마음은 어땠을까? 게다가 세상 사람들의 조롱거리가 되는 것을 보기란 그녀처럼 평범하고 선량한 사람에게는 견디기 힘든 일이었을 것이다.

"방송 이름 기억 안 나세요?" 피아가 물었다.

범인은 텔레비전을 보고 유타를 피해자로 점찍었을까? 그 방송이 어떤 방송인지 무조건 알아내야 한다!

"안 나요." 루이제 슈미츠가 힘없이 고개를 저었다. "하지만 나중에 그 방송을 만든 사람이 재판받은 건 기억나요. 그래서 내가 천벌을 받은 거라고 했죠." 그녀가 한숨을 쉬었다. "텔레비전에 나가고 나서 유타가 그러더라고요. '엄마, 그건 내 인생에서 가장 큰 실수였어. 나한테 이제 니콜은 죽은 사람이야!' 그 말엔 나도 아니라고 못 하겠더라고요. 그 뒤로 유타는 다시 외국으로 나갈 생각만 했어요. 그런 일까지 있었는데 여기선 눈총 따가워서 못 살죠."

"저한테는 왜 그런 말씀을 안 하셨습니까?" 우를리히 베스터호프가 놀란 표정으로 물었다.

"안 하긴요?" 노부인이 쇠약한 음성으로 반박했다. "했는데 전혀 관심이 없었지! 그때 경찰은 처음부터 그 젊은 남자가 범인이라고 생각했잖아요."

"네, 그렇긴 했죠." 은퇴한 전직 형사는 수긍할 수밖에 없었다. "증거가 너무 확실했으니까요."

"그 텔레비전 방송 이후 따님이 새로 사람들을 알게 됐나요?" 피아가 물었다.

"편지가 엄청나게 왔었죠." 루이제 슈미츠가 고개를 주억거렸다. 피아는 타리크와 짧게 시선을 주고받았다. "대부분은 뜯어보지도 않았어요."

"그 편지 아직 갖고 계신가요?" 피아는 흥분을 지그시 눌렀다.

"그럼요. 유타 물건은 하나도 건드리지 않았어요." 루이제 슈미츠가 대답했다. "유타가 어릴 때 쓰던 방을 니콜이 썼고 나중에 다시 그 방에 살았는걸요."

베스터호프의 표정을 보니 그가 그 편지들을 한 번도 본 적이 없다는 것을 자연스레 알 수 있었다. 너무 일찍 한 용의자에게 초점을 맞추게 되면 크나큰 수사 실패로 이어질 수 있다. 다른 한편으로는 페터 슐뢰머가 의심받기에 딱 좋은 조건을 갖추고 있었던 것도 사실이다. 살인의 동기, 수단, 기회, 모든 것이 맞아떨어졌으니.

"다 그대로 있어요." 루이제 슈미츠가 힘없이 말했다. "유타 아버지도 나도 도저히 치울 수가 없더라고요. 어디 멀리 갔다가 어느 날 갑자기 돌아올 수도 있잖아요."

***

엘프리데 슈뢰더는 오래된 비밀을 털어놓았고, 누에고치처럼 그녀를 꽁꽁 감싸고 보호하던 자기기만의 껍질도 깨졌다. 잠깐 동안은 보덴슈타인도 그녀의 말을 믿을 뻔했다. 그녀는 폭풍처럼 밀려드는 죄의식에 휩싸여 당시 상황을 털어놓았다. 권력에 눈이 먼 나르시시스트 리타 라이펜라트에게 풋내기 공무원이었던 자신이 어떻게 조종당했는지, 큰 아이들 둘이 자살했을 때 책임을 면하려고 어떻게 리타 라이펜라트를 도왔는지 울면서 이야기했다. 1977년 열다섯 살이던 바바라 슈나이더가 욕조에서 손목을 그었고, 그로부터 4년 후 열네 살짜리 티모 분테가 샤워커튼 봉에 목을 매 죽었다. 두 아이는 죽을 때 유서를 남겼고 유서에는 모욕과 학대를 더 이상 견딜 수 없다고 적혀 있었다. 리타 라이펜라트는 그녀에게 그 유서를 보여주었고, 그녀는 리타 라이펜라트에게 의심이 가지 않도록 유서를 고치자는 아이디어를 냈다. 문제아들을 그녀에게 계속해서 보내려는 속셈이었다. 그렇게 해서 그녀는 리타에게 약점을 잡혔다. 그러나 얼마 뒤에, 죽은 바바라 슈나이더의 일기장을 입수한 열다섯 살의 클라스 레커를 통해 두 여자 모두 제대로 주인을 만나게 되었다. 바바라가 절망 속에 써내려간 일기에는 리타 라이펜라트에게 지극히 불리한 내용들이 포함되어 있었다. 아이들의 고통을 모른 척했던 엘프리데 슈뢰더에 대한 내용도 적혀 있었다. 노라 바르텔스 사건이 일어난 뒤 레커는 일기장으로 그들을 협박했다. 자신을 보육원으로 보내면 일기장을 경찰에 넘겨버리겠다고 했다. 정직, 감찰조사, 심하면 공무원직에서 파면될 수도 있는 사안이라 엘프리데 슈뢰더는 결국 협박에 못 이겨 그를 자기 집에 들였다.

"그 아이는 처음부터 악하게 태어났어요." 그녀가 떨리는 목소리로 토로했다. "그 아이가 우리 집에서 살았던 3년은 내 인생에서 가장 끔찍한 시간이었어요! 내가 얼마나 시달렸으면 정신과 치료까지 받았겠어요?"

그녀의 자기연민은 도저히 들어줄 수 없었다.

"왜 그런 짓을 하셨어요?" 하딩 박사가 이해할 수 없다는 듯 물었다. "라이펜라트네에서 아이들에게 무슨 짓을 하는지 다 알고 계셨잖아요! 왜 일이 그 지경이 되도록 그냥 놔둔 겁니까?"

"나도 왜 그랬는지…… 잘 모르겠어요." 그녀는 손등으로 눈가를 훔쳤다. "난 그냥 리타가……"

"리타가 시켜서 한 거라고 말하려는 겁니까?" 보덴슈타인은 자신은 피해자이고 무죄라 성토하는 그녀의 노골적 자기중심성에 기가 찼다. "체면이 중요해서 그랬던 것 아닙니까? 문제아들을 척척 위탁가정에 연결해주고 문제를 빨리 해결하니까 부서에서 영웅 대접을 받았겠죠!"

그녀의 당황한 표정만으로도 대답은 충분했다.

"그까짓 체면이 뭐라고 지옥인 줄 뻔히 알면서 의지할 데 없는 고아들을 거기로 보냈습니까? 한 번이라도 아이들 입장에서 생각해본

83

적이 있습니까?"

엘프리데 슈뢰더는 질문에 답하지 않았다. 40년 동안 거짓말로 양심을 다독여온 그녀에게 그 거짓은 이미 진실이 되어 있었다.

"하지만 라이펜라트 저택의 조건은 정말 이상적이었어요! 넓은 잔디밭에 풀장, 건강한 식재료, 깨끗한 공기, 각종 애완동물까지!" 그녀는 이해와 면죄를 바라는 눈빛으로 호소했다. "약간 엄격하게 하는 것도 좋다고 생각했어요. 나도 엄격한 부모 밑에서 자랐지만 제 앞가림 잘하고 살았잖아요."

"약간 엄격한 거라고요?" 보덴슈타인은 의자를 박차고 일어나 그녀의 어깨를 마구 흔들고 싶은 심정이었다. "아이들이 무슨 짓을 당하는지 뻔히 알고 있었으면서! 지금은 그걸 물고문이라고 불러요. 그걸 알면서 밤에 잠이 잘 오던가요?"

"난 나쁜 사람이 아니에요!" 노파는 휠체어에 앉은 채 고집스럽게 주장했다. "내가 실수를 했다고 쳐요. 하지만 세상에 실수 안 하고 사는 사람이 어디 있어요? 그것 때문에 나를 죄인 취급하려는 겁니까?"

"아닙니다. 그건 제 소관이 아니라 법원에서 할 일이죠." 보덴슈타인은 맥이 탁 풀리는 기분이었다. 분노는 사그라지고 씁쓸한 좌절감만 남았다. 눈앞의 현실을 외면하고 자신의 행동에 책임지지 않으려는 사람들은 어디에나 있는 법인가? "저희가 여기 온 이유는 여덟 명의 여성을 살해한 연쇄살인범을 찾기 위해서입니다. 먼저 익사시킨 뒤 랩에 싸서 냉동한 상태로 라이펜라트 저택의 견사 밑에 암매장하거나 유기한 사람입니다."

"그런 끔찍한 얘기를 왜 나한테 하는 거죠?" 엘프리데 슈뢰더의 얼굴이 허옇게 질렸다.

"왜냐면 라이펜라트네 양자들 중 한 명이 범인이기 때문이죠. 부인이 직접 그 집에 보낸 아이들 중 하나입니다." 보덴슈타인은 그녀에게 바짝 얼굴을 들이대고 말했다. "사소한 실수 하나 때문에 아이스박스에 갇히는 벌을 받았던 아이! 머리부터 발끝까지 랩에 싸인 채 접시의 음식을 핥아먹어야 했던 아이! 욕조에 거꾸로 처박힌 채 죽음의 공포에 질렸던 아이! 그 아이가 똑같은 짓을……."

"그만!" 엘프리데 슈뢰더가 손을 쳐들며 외마디소리를 질렀다. 주름진 얼굴 위로 눈물이 줄줄 흘러내렸다. "나 좀 그만 괴롭혀요! 나도 어쩔 수 없었다고요!"

"부인은 막을 수 있었습니다." 보덴슈타인이 몸을 일으키며 말했다. "리타 라이펜라트를 막을 힘이 있었던 사람은 부인뿐이었으니까요! 그때 아무 일도 하지 않았다면 지금이라도 죄 없는 여성들이 죽어나가지 않도록 범인을 잡는 데 도움을 주십시오!"

"의사가 흥분하면 안 된다고 했어요!" 그녀는 손으로 가슴을 누르며 겁먹은 눈으로 보덴슈타인을 응시했다. 호흡이 빠르고 거칠었다. "난 심장이 약하다고요!"

보덴슈타인은 자신이 너무 압박했음을 깨닫고 자리에서 일어섰다. 가능하다면 하딩에게 뭔가 더 알아내보라는 의미였다.

하딩은 노파에게 보온병에서 차를 따라주었다. 그리고 그녀가 구구절절 늘어놓는 자기연민 섞인 하소연을 끈기 있게 들어주었다. 그리고 실제로 보덴슈타인의 거친 전략이 실패한 곳에서 그의 섬세함은 결실을 거두었다.

***

맨디 시몬에게는 어릴 때부터 따르던 삼촌이 있었는데 그는 통일되기 5년 전에 손수 만든 열기구를 타고 서독으로 넘어갔다. 원칙을 중시하는 집안이라 모두 삼촌을 욕했지만 맨디는 언젠가 자신도 서쪽으로 가야겠다는 꿈을 꾸었다. 그러다 1989년 7월 츠비카우에 있는 친척집에 간 길에 체코슬로바키아로 가는 녹색 국경을 걸어서 넘어 서독에 도착했다. 부모님에게조차 알리지 않고 결정한 일이었다.

헤르타 시몬의 얼굴에는 하나뿐인 딸의 생사 여부도 모른 채 살아온 세월의 흔적이 짙게 남아 있었다. (맨디 시몬 또한 유타 슈미츠처럼 무남독녀 외동딸이었다.) 칠십 대 중반인 그녀는 눈동자가 흐릿하고 눈 밑에 검게 그늘이 졌고 긴 회색 머리를 지녔다. 입에서는 담배 냄새, 페퍼민트 냄새, 그리고 이른 오후 시간인데도 술 냄새가 났다. 아파트 10층에 위치한 그녀의 집은 무척 황폐했다. 좁은 복도에는 빈 플라스틱 병과 맥주병이 든 쓰레기봉투가 잔뜩 쌓여 있었다. 그 옆에는 폐지가 쌓여 있었는데 주로 냉동피자를 포장했던 상자였다. 거실엔 쓰레기장에서 건져온 것 같은 가구들 사이에 하늘색 실이 감긴 캣타워가 세워져 있었고, 고양이 오줌 냄새, 곰팡내, 오래된 땀 냄새가 났다. 헤르타 시몬은 피아, 타리크, 에르푸르트 경찰서의 레아 브뤼게마이어 경장을 부엌으로 안내했다. 그리고 식탁에 앉아 담배에 불을 붙였다. 기름이 잔뜩 낀 레인지 위에 놓인 냄비와 남은 음식이 담긴 프라이팬을 본 피아는 주인이 커피나 음료를 권하지 않아 다행이라고 생각했다.

딸의 시체가 발견됐다는 말에도 그녀는 별 반응 없이 둔감했다.

"우리 맨디에게 무슨 일이 생긴 건지 27년간 하루도 빠짐없이 밤낮으로 생각했어요." 그녀는 단조로운 음성으로 말하며 콧구멍으로 담배연기를 내뿜었다. 그녀의 오른손 검지와 중지는 그동안 피워온 수천 개의 담배로 누렇게 변색돼 있었다. "처음엔 맨디 아빠랑 나랑 함께 생각했지요. 그런데 어느 순간 더 이상 못 견디겠다고 하더라고요. 어떻게 매일같이 맨디 얘기만 하며 사냐고. '그 애는 죽었어. 이제 그만 포기할 때도 됐잖아!' 그러면서 없는 사람으로 치는 거예요, 불쌍한 우리 애를." 그녀의 눈에서 눈물 한 방울이 식탁 덮개 위로 툭 떨어졌다. 그러나 표정에는 어떤 변화도 없었다. "나는 그렇게 못 하겠더라고요. 내가 열 달 동안이나 배 속에 품어 키운 아이인데! 얼마 뒤에 어린 여자를 하나 찾았다더라고요. 어느 날 퇴근하고 오더니 다른 여자가 생겨서 집을 나가겠다고 하데요. 도르트문트로 간다고. 그러곤 나가버렸어요. 그게 끝이었어요."

끈적끈적한 비닐 식탁보 위에는 모서리가 닳고 구겨진 사진 여러 장이 있었다.

"그전엔 우리도 행복한 가정이었어요." 헤르타 시몬은 맞은편 구석에 앉은 피아에게 사진 한 뭉치를 건넸다. 과거를 추억하는 그녀의 눈에 눈물이 그렁그렁했다. "통일 전에는 아무 일 없이 잘 살았어요. 맨디가 서쪽으로 가겠다고 이상한 고집을 부리기 전까지는. 정말 부러울 것 없이 살았거든요! 그런데 맨디에겐 모든 게 너무 좁고 답답하게 느껴졌나 봐요. 발터스레벤에 있는 시댁에서 살았는데 큰 정원도 있었죠. 나중에 오토가 다른 여자랑 결혼해서 난 거기서 나와야 했어요. 차라리 잘된 거죠. 맨디 친구들이 어떻게 사는지 보는 게 정말 견디기 힘들었거든요. 살아 있었으면 올해 마흔여덟이겠네! 맨디가 떠날 때 내 나이가 마흔여덟이었는데……." 그녀는 말끝을 흐리며 담배꽁초를 은빛 회전재떨이에 집어넣었다. 그리고 한가운데 튀어나온 단추를 누르자 빙그르르 도는 금속판 소리와 함께 담배꽁초가 사라졌다. 피아는 사진을 한 장 한 장 살펴보았다. 맨디 시몬은 풍성한 갈색 곱슬머리를 가진 예쁘장한 아가씨였다. 반짝거리는 눈빛 속에 서쪽에서 펼쳐질 새로운 삶에 대한 기대가 비치는 듯도 했다. 헤르타 시몬이 찍힌 사진도 많이 있었는데, 어떤 사진에서는 모녀가 자매처럼 닮아 있었다. 딸의 죽음이 그녀에게 어떤 변화를 가져왔는지 확인하는 마음은 참으로 참담하기 짝이 없었다. 피아는 맨디의 죽음을 미해결 상태로 두지 않겠다고 속으로 다짐했다.

맨디는 서독으로 건너가는 중에 한 청년을 만나 사랑에 빠졌다. 그들은 만하임으로 가서 방을 얻어 살았다. 그러나 그들의 사랑은 일상의 벽을 넘지 못했고, 그녀는 네카라우의 단칸방에 홀로 남겨지게 됐다.

"그 남자 뒤에 맨디에게 다른 남자는 없었나요?" 피아가 캐물었다.

"정식으로 사귄 사람은 없었어요." 헤르타 시몬은 사진 한 장을 지그시 바라보다가 담뱃갑 꽁무니를 톡톡 두드려 새 담배를 꺼냈다. "괜찮은 남자를 알게 됐다고 말한 적은 있어요. 그때도 경찰이 나한테 그 남자 이름을 물어봤지만 한 번도 이름을 들어본 적이 없어요. 하도 비밀스럽게 굴기에 내가 가정이 있는 남자냐고 물어본 적도 있었죠. 맨디가 그 남자에 대해 말해준 게 딱 하나 있긴 했어요. '엄마, 그 사람 눈이 정말 예뻐. 꼭 아기사슴 밤비 같아!'라고 몇 번 말한 적이 있어요."

"따님을 마지막으로 보신 게 언제입니까?" 타리크가 물었다.

"1991년 5월 8일이요. 맨디의 스물한 번째 생일이었죠." 그녀가 서글픈 미소를 지으며 대답했다. 목소리가 가냘프게 떨렸다. "우린 정원에서 성대하게 파티를 했어요. 그리고 다음 날 다시 기차를 타고 서쪽으로 갔어요. 맨디는 직장도 좋은 데 다니고 집도 잘 꾸미고 살았어요. 어찌나 용감한지! 우리 맨디는 겁이 없었어요."

"맨디에게 아들이 하나 있었죠?" 타리크가 물었다.

"네, 리코요. 리코는 우리가 맡아 키웠어요." 헤르타 시몬이 대답했다. "리코가 막 두 살이 됐을 때 맨디가 서쪽으로 갔죠. 나중에 데리러 오겠다고 했지만 결국은 그렇게 하지 못했어요."

"리코의 아버지는요?"

"흥, 엔리코!" 시몬 부인은 얼굴을 찡그리며 경멸이 담긴 표정을 지었다. "그놈은 임신했다는 말 듣자마자 떠났어요. 헝가리를 통해서 1986년에 진즉 서쪽으로 갔어요. 그 뒤로 소식 한 번 없었고요."

한 시간 후 그들은 자리에서 일어섰다. 레아 브뤼게마이어는 시체 운구와 장례 절차에 대해 알아봐주겠다고 약속했다. 피아는 나가면서 거실을 다시 둘러보다가 책장 안에 사진액자 열댓 개가 작은 장식품들과 함께 진열된 것을 발견했다.

"저것도 맨디의 사진인가요?" 피아가 물었다. "한번 봐도 될까요?"

"네, 보세요."

가구와 상자와 신문더미 사이로 소파로 가는 길이 뚫려 있었다. 피아와 타리크는 사진 속에 담긴 맨디 시몬의 짧은 삶과 성장과정을 죽 훑어보았다. 피아는 한 사진에서 시선이 멈추었다. 심장이 덜컹 내려앉는 기분이었다. 피아는 맨디가 콧수염 난 한 남자와 소파에 앉아 있는 사진들 중에서 한 장을 집어 들었다. 배경에 네온사인으로 만든

'나이트카페'라는 글씨가 반짝거렸다.

"시몬 부인?" 피아가 맨디의 어머니에게 물었다. "이 사진 어디서 찍은 거죠?"

"아, 그거! 그거 우리 맨디가 텔레비전에 나갔을 때예요!" 헤르타 시몬의 얼굴에 미소 비슷한 것이 떠올랐다. 잠시 생기를 되찾은 그녀는 피아에게서 액자를 받아들더니 손으로 유리를 쓰다듬었다. "거기서 우리 맨디를 초대했었지! 텔레비전에서 말이에요! 그때 우리 맨디가 프라하에 있는 대사관에 다니고 있었는데, 동독 사람들 다 몰려갔었잖아. 그때 그 일처리를 우리 애가 다 했거든. 그러다 겐셔 외무장관이 와서 여행의 자유를 허용한다고 하니까 우리 맨디를 인터뷰한 거지! 여기, 여기 봐요!"

그녀는 다른 액자를 들어 피아에게 보여주었다. 맨디 시몬이 환하게 웃는 얼굴로 전 외무장관과 함께 찍은 사진이었다. 타리크가 두 사진을 휴대전화 카메라로 찍고서 그들은 우중충한 아파트에서 나왔다.

차를 향해 걸어가면서 피아는 상기된 얼굴로 보덴슈타인에게 전화를 걸었다. 맨디 시몬도 유타 슈미츠처럼 토크쇼에 나갔다! 이건 절대 우연이 아니다!

보덴슈타인은 전화를 받지 않았다.

"참, 피아 선배." 타리크가 말했다. "토크쇼에 나간 사람 더 있는 거 아세요? 안네그레트 뮌히도 나갔어요! 친구가 얘기해주더라고요."

"맞아!" 피아도 타리크에게서 들은 기억이 났다. "범인이 토크쇼에서 피해자들을 본 걸까?"

"어떤 방송이었는지 알아봐야겠어요."

피아는 타리크의 말이 끝나기도 전에 이미 카이 오스터만에게 전화를 걸고 있었다. 그는 바로 전화를 받았다.

"1990년대에 유행했던 쓰레기 토크쇼 진행자 중 재판받은 사람이 누구지?"

"안드레아스 튀르크." 대답이 바로 튀어나왔다. "왜?"

피아는 카이에게 상관관계를 간략하게 설명했고, 그사이 타리크는 카이에게 맨디 시몬의 사진을 전송했다.

"잠깐만, 아, 여기 사진 왔네." 카이가 말했다. "옆에 있는 이 남자는 빌란트 바케스야. SWR에서 '나이트카페' 진행을 오래 했지."

"맨디 시몬이 언제 게스트로 초대됐는지 좀 알아봐줄래?" 피아는 가슴이 콩닥콩닥 뛰었다. 오랫동안 찾아 헤매던 단서가 바로 여기에 있었다니! 그때 다른 통화알림이 왔다. 보덴슈타인이었다!

"바로 알아볼게." 카이가 대답했다. "그리고 니나 마스탈레르츠의 노트북 암호를 풀었어. 돌아올 때쯤이면 뭔가 중요한 게 나와 있을 거야."

***

"그러니까 맨디 시몬은 서쪽으로 가려고 했고, 유타 슈미츠는 뉴질랜드에서 새로운 인생을 시작하려 했다는 겁니다." 보덴슈타인이 피아에게 들은 내용을 하딩에게 전했다. 그들은 A5고속도로 프랑크푸르트 방향으로 가던 중 오버뫼를렌 지점에서 정체돼 있었다. 차선 네 개가 모두 후방조명의 붉은빛으로 일렁였고 교통정체를 알리는 도로전광표지판에서도 계속 경고를 내보냈다. 회히스트로 서둘러 가려던 보덴슈타인의 희망은 자연스럽게 무너졌다. "둘 다 어린 자녀가 있었는데 자신의 꿈을 이루기 위해 남겨놓고 떠난 겁니다. 그러고 보니 에바 타마라 숄레도 미군을 낚아 미국으로 가려는 계획이었잖아요? 어린 아들을 함께 데려가려고 했는지 어쨌는지 모르겠지만 어쩌면 떼어놓고 가려고 하지 않았을까요? 안네그레트 뮌히도 새 인생을 시작하기 위해 아들들을 남편에게 맡기려고 했고, 리아네 반 부렌에게는 아홉 살짜리 아들보다 일이 더 중요했고요. 충분히 가능한 추리 아닙니까?"

"물론이죠." 하딩이 고개를 끄덕였다. 그는 콧수염을 매만지며 생각에 잠겼다.

"니나 마스탈레르츠에게도 폴란드에 있을 때 낳자마자 입양 보낸 아들이 있었습니다." 보덴슈타인이 말을 이었다. "야나 베커의 아들도 결국 보육원으로 갔죠. 아이가 혼혈이라서 조부모가 키우지 않겠다고 했거든요. 야나 베커는 새 남자친구와 결혼해서 남아프리카로 갈 계획이었습니다."

프리트베르크 출구 지점에 이르자 거북이걸음을 하던 차량 행렬이 아예 멈춰버렸다. 좌측 차선에서 일어난 사고가 교통정체의 원인이었다. 보덴슈타인은 뒤에서 파란 경광등이 다가오는 것을 보고 길을 비켜주기 위해 차를 최대한 우측으로 붙였다. 그리고 그 틈을 타 추월하는 몇몇 운전자를 보고 고개를 절레절레 흔들었다.

"바로 이거예요, 올리버!" 하딩 박사가 눈을 빛내며 외쳤다. 평소 차분하기만 한 그의 목소리가 상기돼 있었다. "자신의 장래에 방해가 되기 때문에 아이를 버린 어머니! 이게 바로 우리가 찾아온 공통점입니다! 피해자들에게서 어릴 때 자신을 버린 어머니를 보고 반복해서 자신의 어머니를 죽이는 겁니다. 말하자면 대표자에게 복수를 하는 거죠!"

그 말을 듣자 보덴슈타인은 등골에 소름이 쫙 끼쳤다. 이것이야말로 그동안 고생스럽게 모아온 정보들이 하나로 맞아떨어지며 의미를 획득하는 마법의 순간이다!

"이것으로 범인의 동기를 알아내긴 했지만 용의자의 범위가 좁아졌다고는 할 수 없어요." 하딩 박사의 다음 말은 한껏 고조된 보덴슈타인의 기분을 한풀 꺾어놓았다. "제가 제대로 알고 있다면 우리가 생각하는 용의자들 모두 어머니에게서 버림받은 아이들이잖아요?"

"그럼 아동복지국 서류를 파헤쳐보면 되죠." 보덴슈타인이 대꾸했다. "어머니들이 아이를 버린 이유를 알아내면 됩니다. 피해자들은 모두 어쩔 수 없는 사회적 압박 때문이라기보다는, 정도의 차이는 있지만 자기중심적인 이유 때문에 아이를 버린 경우니까요. 그렇다면 범인은 자신의 어머니에게 복수하려는 것뿐 아니라 자신이 보기에 어머니와 똑같이 행동한 여자들을 처벌하려는 것 아닐까요?"

"맞습니다!" 하딩 박사가 당연하다는 표정으로 고개를 주억거렸다. "아주 중요한 관점입니다! 그리고 이건 피해자들이 외적으로 전혀 공통점을 보이지 않은 것에 대한 설명이 됩니다. 다른 연쇄살인범들과 달리 범인에게는 외모가 전혀 중요하지 않아요!"

"그리고 범인이 어머니날에 살인을 저지르는 이유가 분명히 있을 겁니다. 범인에게 어떤 중요한 의미가 있는 날이었겠지요. 리타 라이펜라트가 어머니날에 집착했다는 것 때문만은 아니라고 봅니다. 어릴 때 어머니날에, 혹은 어머니날마다 무슨 일이 있었던 게 틀림없습니다."

"어머니날이 스트레스 요인으로 작용했다? 그렇죠, 충분히 가능합니다." 하딩 박사는 혼잣말처럼 머릿속의 생각을 풀어냈다. "폭력적 상상은 이미 사춘기에 발달하기 시작하고 점점 강력해집니다. 첫 번째 살인을 저지르기 전 범인의 머릿속에서는 이미 수백 번 범행이 반복된 상태입니다. 말하자면 이론을 실행에 옮긴 것이죠."

그들은 이윽고 사고지점에 도달했다. 차량 여러 대가 추돌했지만 인명피해는 없는 듯했다. 운전자들은 안전조끼를 입고 견인차를 기다리고 있었다.

"혹시 범인의 살인 판타지를 일깨운 사건이 일어난 날이 우연히 어머니날이어서 어머니날이 의식의 일부가 된 건 아닐까요?" 정체가 풀리자 보덴슈타인은 액셀러레이터를 밟았다. "전 노라 바르텔스가 떠오릅니다. 노라 바르텔스도 어머니날에 죽었잖아요."

"그럼, 다시 클라스 레커에게 돌아오게 되는군요." 하딩 박사가 말했다.

"아니요, 꼭 레커가 범인이라는 건 아닙니다. 노라 바르텔스를 죽인 게 레커라 해도 말이죠. 레커는 계속 부인하지만." 보덴슈타인이 대꾸했다. "노라의 죽음과 그 뒤에 이어진 경찰신문은 모든 아이들에게 트라우마로 남았을 겁니다. 모두가 잘 알던 아이가 마을 가까운 곳에서 살해됐으니! 게다가 범인도 끝내 잡지 못했으니까요. 그런 사건이 생각보다 아이들에게 깊은 상처를 남깁니다. 제가 경험해봐서 압니다. 제가 열두 살 때 가장 친한 친구가 실종됐는데, 전 제 책임이라고 생각했죠. 그 사건의 진상이 40년 뒤에야 밝혀졌는데 그게 제게 얼마나 깊은 트라우마였는지 그제야 깨달았습니다."

"흠, 라이펜라트 양자들에게만 국한해서 생각할 일은 아닌 것 같기도 하네요." 하딩 박사도 보덴슈타인의 말에 일면 동의하는 듯했다.

"적어도 라이크 게르만은 계속 주시해야 합니다." 보덴슈타인은 아냐 맨티에게 들은 이야기를 떠올렸다. 그녀는 테오와 함께 간 버스 여행에 대해 이야기하면서 양자 몇 명 외에 명예시장 아들도 끼어 있었다고 언급했다. "게르만은 수십 년에 걸쳐 라이펜라트 집안에 드나들었으니까요."

"네, 시야를 넓혀야 할 필요가 있습니다." 하딩이 맞장구를 쳤다. "전 범인에게 조력자가 있었을 수도 있다고 생각합니다. 아니면 범인이 두 명일 수도 있고요."

"하지만 모방범은 아닐 거라고 하시지 않았습니까?"

"네, 그 생각은 여전합니다. 그러기엔 범인의 필적이 너무 고유하니까요. 만일 그렇다면 이인일조겠지요."

보덴슈타인은 그럴 가능성에 무게를 두지 않았다. 25년간이나 두 사람이 극악한 짓을 하고 돌아다닌다는 건 불가능해 보였다. 부부라면 또 모를까.

"그런데 엘케 폰 도너스베르크가 어떻게 피해자 패턴에 들어맞는지 잘 모르겠습니다." 그는 화제를 돌렸다. "함부르크의 부유한 기업가의 아내이고 결혼생활도 원만하고 아들 둘에겐 좋은 어머니이고, 제가 알기론 가족을 버리고 떠날 계획도 전혀 없었고요."

"어쩌면 그 피해자군에 속하지 않을 수도 있지요." 하딩이 대꾸했다. "흥미로운 건 피해자 세 명 모두 토크쇼에 출연한 경험이 있다는 겁니다. 실제로 그렇게 해서 범인의 관심을 받게 됐을 수 있습니다."

"하지만 설마 텔레비전에 나가서 내가 아이를 버렸다고 얘기했겠습니까?" 보덴슈타인은 회의적이었다.

"그랬을 수도 있죠." 하딩이 말했다. "그건 뭐 알아보면 될 일이고요. 사이코패스들은 철저히 자신에게 이득이 되는 판단을 합니다. 어쩌면 범인이 적극적으로 피해자를 물색하지 않을 수도 있습니다. 하지만 자신의 패턴에 들어맞는 여성을 발견하게 되면 주저하지 않는 겁니다. 그렇다고 성적 의도를 가진 경우처럼 무작정 달려드는 것은 아닙니다. 체계적인 계획을 세워서 실행에 옮깁니다. 이 경우에는 그 시점이 어머니날인 거고요."

하딩 박사가 현재형으로 말한 순간 보덴슈타인은 시간이 촉박함을 새삼 깨달았다. 그러지 않길 바라지만 만일 범인이 새로운 피해자를 주시하고 있다면 그들에게 남은 시간은 3주가 채 안 됐다. 다시 어머니날이 돌아오는 날은 5월 14일이었다.

***

"이자가 일 년에 버는 돈이 얼만지 아세요?" 로비에서 보덴슈타인과 하딩 박사를 기다리고 있던 셈은 기가 막힌 듯 혀를 내둘렀다. "자그마치 7백만 유로예요, 보너스 빼고요! 한참 음미해야 할 금액이지 않아요? 그런데 기업합병 실패로 은행에 자문료 7천만 유로의 손해를 입혔어요. 방금 전까지만 해도 저 안에서 아주 난리였다고요! 주주들이 검찰조사 한다던데 어떻게 된 거냐고 막 묻는데 라이펜라트는 대답도 안 하더라고요."

경찰공무원증을 제시했음에도 회의장에 들어가는 건 제지당했지만 밖에 있는 모니터에서 중계해주었기에 셈은 주주들을 위해 차려놓은 뷔페에서 소시지 여덟 개를 홀랑홀랑 먹어치우며 라이펜라트의 연설뿐 아니라 다른 이사들의 연설도 들을 수 있었다. 기업수익 면에서도 기록적인 한 해였고 배당이익도 올랐는데 이번에는 교통비 지급이 되지 않았다는 불만도 들려왔다.

12시 15분이 되자 배고픈 청중들이 하나둘 계단을 내려오기 시작했다. 셈은 다른 주주들이 밀물처럼 쏟아져 나오기 전에 상관과 프로파일러를 연회색 양탄자가 깔린 회랑을 지나 출연자 대기실이 있는 곳으로 모셨다. 이사들이 그곳을 빌려 점심식사를 한다는 정보를 알아냈기 때문이다.

"고귀하신 분들이라 미천한 백성들과 섞이기 싫다는 거겠지." 셈이 비꼬는 투로 말했다. "자, 이제 라이펜라트에게 가서 입맛 뚝 떨어지게 해볼까요?"

"부러워하면 지는 거야." 보덴슈타인이 한마디했다.

"부러워하는 게 아니죠." 셈이 반박했다. "반장님, 조지 오웰의 《동물농장》 읽어보셨어요?"

"40년 전쯤 수업시간에 읽었지."

"거기 보면 이런 대목이 나와요. 동물들이 창문으로 농부의 집을 보고 있는데, 자기네 지도자가 옛날에 농부가 그랬던 것처럼 좋은 집에서 편안히 지내고 있는 거예요." 셈은 탈의실 복도로 통하는 문 앞에서 걸음을 멈췄다. "연봉 7백만 유로보다 더 마음에 안 드는 건 라이펜라트 같은 사람들이 자기들이 엄청 특별한 줄 안다는 사실이에요. 전 그런 거 보면 울화통이 터진다니까요!"

하딩은 가만히 미소를 지었고 보덴슈타인은 아무 말도 하지 않았다. 보덴슈타인은 힘을 잃은 이사단이 7백 명의 흥분한 주주들 앞에 나서지 않는 것을 충분히 이해할 수 있었다. 셈이 노크하자 바로 문이 열리고 검은 옷의 경호원이 나타났다. 그는 경찰신분증을 보고도 전혀 놀라지 않았고 무표정한 얼굴로 헤드셋 마이크에 대고 뭐라고 중얼거렸다. 잠시 후 그의 상관이 새파랗게 젊은 남자와 함께 나타났다. 젊은 남자는 슈트 정장 차림에 머리에는 젤을 발랐고 향수 냄새가 질게 났으며 거만한 인상이었다. 보덴슈타인은 찾아온 용건을 다시 말했다.

"지금은 라이펜라트 씨를 만나실 수 없습니다. 행사 끝날 때까지 기다리시죠."

"아니요, 그렇게 못 합니다." 보덴슈타인도 호락호락하게 나오지 않았다. "30분 뒤에 체포영장 가지고 다시 올 수도 있습니다. 주주들이 지켜보는 가운데 연단에서 끌려가도 좋다면 마음대로 하시고요."

젤 바른 젊은 남자는 잠시 생각하더니 보덴슈타인이 들이대는 위협적 시나리오보다는 점심식사를 방해하는 편이 낫겠다는 결론을 내린 듯했다. 그는 고개를 까딱하며 보덴슈타인, 셈, 하딩 박사에게 따라오라는 몸짓을 했다.

문이 열리자 언성을 높여 이야기하는 남자 목소리가 그들이 있는 곳까지 들려왔다.

"……멍청이들 같으니라고! 어떻게 제대로 하는 일이 없어!" 누군가 호통을 치고 있었다. "하나같이 머리는 텅 비어서 돈이 어떻게 돌아가는지 아는 사람이 없어! 지금 내가 이런 무식한 인간들하고……."

문이 닫혔다. 젤 바른 남자가 다시 나와 보덴슈타인 일행에게 들어오라고 하기까지는 몇 분이 걸렸다.

성비 구색을 맞추느라 끼워넣은 홍일점을 제외하고는 모두 남자로 이루어진 이사단은 널찍한 탈의실에 편안한 자리를 마련해놓고 있었다. 차갑게 준비된 화이트와인과 아일랜드산 생수가 있고 일회용 종이접시에 담아 먹는 소시지 대신에 송아지고기 요리와 껍질째 구운 돔구이가 도자기 접시에 차려져 있었다. 물론 상사의 호통 때문에 요리를 즐기는 사람은 없어 보였다. 프리트요프 라이펜라트는 언제 그랬냐는 듯 표정을 바꾸었다. 이사단, 직원, 경호원, 서빙 인력들 앞에서 체면을 구기지 않으려는 듯 양복 단추를 잠그고 정중한 미소를 지으며 보덴슈타인 일행을 옆방으로 안내했다. 가까이서 보니 라이펜라트의 건강한 구릿빛 안색은 부분적으로만 진짜였다. 데하그의 대표이사가 카메라에 잘 잡히도록 메이크업을 한 것이었다.

"나한테 원하는 게 뭔지는 모르지만 짧게 하시죠." 라이펜라트는 문을 닫자마자 얼굴에서 미소를 거두고 조급하게 말했다. "45분 후에 다시 시작되는데, 이 총회에 내 미래와 우리 기업 전체의 명운이 달려 있단 말입니다!"

"알겠습니다." 보덴슈타인이 말했다. "조부의 자택을 조사하다 보니 무기고가 나오더군요. 이미 연방범죄수사국에서 몇몇 무기의 출처를 알아냈습니다."

순간 라이펜라트가 움찔했다. 보덴슈타인은 그의 놀란 눈빛을 보며 속으로 흐뭇한 미소를 지었다. 그러나 다음 순간 라이펜라트는 안도하는 빛을 띠었다. 마치 뭔가 상당히 심각한 건 줄 알았는데 그렇지 않았다는 듯.

"수류탄과 대전차화기 소지는 전쟁무기통제법에 저촉됩니다." 보덴슈타인이 말을 이었다. "다른 무기들도 총기 소지 허가증 없이 소지하면 처벌대상입니다."

"전 무기에 대해 전혀 모릅니다." 라이펜라트가 사무적인 말투로 자신 있게 말했다. "할아버지가 철모부터 칼라슈니코프까지 평생 동안 모으셨죠."

"물론 그렇게 주장하실 수 있겠지요. 돌아가신 분이 반박하실 수도 없고요." 보덴슈타인이 친절한 웃음을 지으며 말했다. "그런데 여러 총기와 총기가 담긴 상자에서 라이펜라트 씨의 지문이 나왔습니다."

"정말 그것 때문에 여기까지 온 겁니까?" 라이펜라트가 이미 문손잡이를 잡은 채 비웃는 투로 말했다. "내 비서에게 가서 약속을 잡으세요. 지금은 그런 걸로 지체할 시간이 없으니 그때 얘기하죠."

라이펜라트의 오만한 태도에 보덴슈타인은 크게 신경쓰지 않았다. 반면 셈은 옆에서 금방이라도 폭발할 듯 부글부글 끓고 있었다.

"그런데 할머니를 쏜 권총에도 라이펜라트 씨의 지문이 있었습니다." 보덴슈타인은 다혈질인 셈이 못 참고 끼어들기 전에 얼른 말을 꺼냈다. "22년간 우물 속 할머니의 시체 옆에 보관돼 있던 샴페인 병 병목에도 찍혀 있었고요."

"지금 뭐 하자는 겁니까?" 라이펜라트의 화장한 얼굴이 잿빛으로 변했다. 그는 문손잡이에서 손을 떼더니 주먹을 꽉 쥐었다. 그리고 그 제스처가 자신의 속마음을 드러낸다는 생각이 들었는지 다시 손을 폈다. "나한테 무슨 죄를 뒤집어씌우려고 하는 겁니까?"

"그런 거 아닙니다. 저희는 1995년 5월 14일 무슨 일이 있었는지 진실을 알고 싶은 것뿐입니다." 보덴슈타인이 대꾸했다. "제 동료 형사와 얘기하실 때는 할머니의 자살을 확신한다고 하신 것 같던데요."

"네, 그래요! 할머니 시체가 옛 우물자리에서 발견되기 전까지는 그렇게 믿었죠! 지금 나한테 뭔가 죄를 뒤집어씌우려는 것 같은데 그렇게 쉽게는 안 될 겁니다! 난 할머니의 죽음과 아무런 상관도 없다고요!"

"그럼 누가 상관이 있죠?"

"그걸 내가 어떻게 압니까? 몰라요!" 라이펜라트는 진땀을 흘리기 시작했다. 이 대화가 어떤 방향으로 튈지 몰라 불안한 듯했다. 위치가 위치이니만큼 잃을 게 많은 그는 불안할 수밖에 없었다.

"어떻게 해서 샴페인 병 병목에 지문이 찍히게 된 겁니까?"

"그걸 내가 어떻게 아냐고요! 그게 언제 적 일인데! 아마 병을 잡고 술을 따랐거나 마개를 땄겠죠!"

"그때 병목을 만졌다는 말인가요?"

"그랬겠죠! 정말 미치겠네!" 라이펜라트는 공격적으로 상황을 타개해보려는 듯했다. 그는 어이없다는 듯 팔을 들어올리며 헛웃음을 웃었다. "형사님은 20년 전에 샴페인 병을 어떻게 잡았는지 기억이 납니까?"

"그걸로 할머니를 때려죽였다면 당연히 기억이 나겠죠." 보덴슈타인이 건조하게 받아쳤다. "저희가 보기에 이 상황은 누군가 샴페인 병으로 리타 라이펜라트의 머리를 쳤다고밖에 할 수 없습니다. 그리고 병목에는 라이펜라트 당신 것 말고 다른 지문은 없어요."

프리트요프 라이펜라트는 얼어붙은 듯 꼼짝도 하지 않았다. 그의 관자놀이에서 맥박이 뛰노는 게 보였다. 보덴슈타인은 순간적으로 그의 눈을 스쳐간 두려움의 빛을 놓치지 않았다. 그가 정확히 짚어낸 것이었다. 이로써 이번에도 역시 피아의 직관이 맞아떨어졌음을 확인할 수 있었다.

"지금 장난하십니까?" 라이펜라트는 눈썹을 치켜뜨며 턱을 내밀었다. 그리고 아랫사람에게 겁을 줄 때처럼 매서운 눈초리로 보덴슈타인을 노려보았다. 그러나 보덴슈타인은 그런 위협으로 눈 하나 깜박할 이가 아니었다.

"살면서 이렇게 진지한 적이 없었는데요." 보덴슈타인이 차분하게 대꾸했다.

밖에서 얇은 베니어 합판으로 된 문을 두드리는 소리가 났다. 지난번에 그들을 쫓아내려 했던 검은 머리의 여자 비서가 문틈으로 고개를 쏙 내밀었다. 사람들이 웅성거리는 소리와 식기와 접시 부딪치는 소리가 배경음으로 들렸다.

"대표이사님, 브리핑 잊지 마시라고 합니다." 그녀가 예우를 갖춰 말했다. "그리고 분장도 다시 받으셔야 하고요."

"알았어. 5분 있다 나갈게." 라이펜라트가 뒤도 돌아보지 않은 채 말했다. 곧이어 문이 다시 닫혔다. 아마도 이미 짜인 각본에 따라 움직이는 것이리라. 그 브리핑이라는 것도 적어도 15분 뒤에는 귀찮은 손님으로부터 상사를 구출하기 위해 만들어진 핑계에 불과할 것이다. 그러나 이번 손님은 그렇게 쉽게 떨쳐버릴 수 있는 상대가 아니었다.

"오늘 중으로 다시 연단에 설 수 없다는 건 아시죠?" 셈이 말했다.

"왜 그렇죠?" 라이펜라트는 워낙 제멋대로 사람들을 부려온 탓인지 심각하게 궁지에 몰렸다는 생각을 못 하는 것 같았다. 처음엔 좀 겁먹은 듯했지만 그 순간이 지나자 다시 여유만만해진 모습이었다. 보덴슈타인은 그의 뻔뻔함에 혀를 내둘렀다. "내가 나타나지 않았을 때 어떤 결과가 나올지 생각 못 하는 모양이죠? 여기 이 난리법석도 5시쯤이면 끝날 테니까 내가 직접 호프하임으로 가죠. 가서 얘기합시다."

"상황의 심각성을 잘 모르시는 것 같군요." 보덴슈타인이 말했다. "라이펜라트 씨, 당신은 지금 할머니에 대한 살인, 혹은 살인방조 혐의를 받고 있습니다. 그리고 독일은 살인죄에 공소시효가 없는 나라입니다."

"그래서 어쩌려는 건데요? 체포라도 할 겁니까?" 라이펜라트는 좀 과하다 싶게 큰 소리로 웃었다.

"정확한 표현은 긴급체포입니다." 솀이 말했다. "그리고 지금부터 라이펜라트 씨를 긴급체포할 생각입니다. 도주 우려가 현저하기 때문입니다. 생활의 중심지가 외국에 있고 외국으로 건너갈 수단과 방법도 있으니까요. 1995년 5월 14일 무기를 이용해 리타 라이펜라트에게 치명적 상해를 가한 혐의로 당신을 긴급체포합니다."

그제야 라이펜라트는 더 이상 자신이 상황을 주도하고 있지 않음을 깨달았다. 그는 신경질적으로 눈을 깜박이더니 손바닥으로 면도한 턱을 문질렀다.

"하지만 그건 불가능할 텐데!" 그는 당황스러운 듯 고개를 저었다. "내가 누군지 몰라요? 베를린의 법무부장관이 나와 호형호제하는 사이예요!"

"내가 장담하는데, 살인혐의를 받고 있다는 걸 알게 되면 바람처럼 돌아설 겁니다." 솀이 건조하게 대꾸했다. "뒷문으로 조용히 나가시겠습니까? 아니면 모두 지켜보는 가운데 화려하게 퇴장하시겠습니까? 수갑 차고 로비 지나서 정문 앞에 서 있는 경찰차에 타는 거죠, 화려하게."

***

피오나는 박람회장을 지나 고속도로를 타고 비스바덴 방향으로 달렸다. 오후 2시 40분에 취리히로 가는 ICE가 출발하니까 지베르트 박사를 찾아가 얘기할 수 있는 시간은 딱 여섯 시간이었다. 대학병원의 전 동료들은 그녀의 다음 직장이 어디인지 말해주지 않았다. 하지만 이메일 끄트머리에 붙은 전자 명함에 자택주소가 나와 있었다. 그 주소까지 가는 데 차로 30분 정도가 걸리기에 피오나는 호텔에서 체크아웃을 한 뒤 다시 차를 빌렸다.

프랑크푸르트에서 14일간 지내다 보니 집이 그리워졌다. 어머니라는 여자는 그녀를 만날 뜻이 전혀 없어 보였고 결국 그녀의 노력은 물거품으로 돌아갔다. 본인이 싫다고 하니 어쩔 수 없는 일이었다. 그래도 이름은 알아냈으니 나중에라도 다시 시도해볼 수 있었다.

내비게이션은 입력된 주소로 그녀를 데려가주었다. 그녀는 소형 르노를 지베르트 씨의 집에서 약간 떨어진 곳에 세웠다. 그리고 없는 용기를 쥐어짜내 두근거리는 가슴으로 초인종을 눌렀다. 문이 열릴 때까지는 시간이 좀 걸렸다. 그런데 문을 연 사람은 지베르트 씨가 아니라 웬 남자였다. 그녀를 본 그는 눈이 휘둥그레지며 깜짝 놀란 눈치였다.

"안녕하세요." 그녀가 어색하게 웃으며 인사했다. "이렇게 갑자기 찾아와서 죄송합니다. 전 피오나 피셔라고 하는데요, 지베르트 씨 계신가요?"

"아, 네!" 그도 미소를 지었다. 선한 눈동자에 신뢰감 있는 목소리를 지닌 사람이었다. "아내가 아직 안 들어왔는데 곧 올 겁니다. 들어

와서 기다릴래요?"

"아…… 그러면 폐가 될 것 같아요. 그냥 차에서 기다릴게요."

"폐는 무슨? 전혀 아니에요." 그가 그녀를 안심시켰다. "그래도 싫으시면……."

피오나는 망설였다. 지베르트 씨가 집에 돌아와서 그녀를 보면 뭐라고 할까? 지난번에 만났을 때도 화기애애한 분위기가 아니었는데. 오히려 아주 제대로 협박하지 않았는가.

"조금 전에 차 끓였는데 한 잔 정도는 남아 있을걸요?" 남자가 안으로 권하는 제스처를 취했다.

피오나는 따뜻한 차에 마음이 동했다. 일어나봐야 무슨 일이 일어나겠는가? 심해봐야 쫓겨나는 정도겠지. 적어도 친모를 찾기 위해 최선을 다했다고 말할 수는 있지 않겠는가.

"고맙습니다. 정말 친절하시네요." 그녀는 그렇게 말하며 집으로 들어섰다.

*　*　*

헬리콥터가 경찰서 옥상에 착륙하자마자 피아와 타리크는 회의실로 내려갔다. 이로써 K11팀 전원이 저녁회의를 위해 모였다. 피아와 타리크는 돌아오는 헬기 안에서 루이제 슈미츠에게 받아온 유타의 유품상자를 뒤졌다. 단서를 찾다 보니 안드레아스 튀르크의 토크쇼에 출연한 뒤 받은 편지들이 포함되어 있었다. 편지는 기획사로부터 전달됐고 피아의 기대와 달리 발신인은 모두 여성이었다. 계모보다 못하다느니 이기적이라느니 하며 욕하는 사람이 대부분이고 딸의 행동을 질타한 사람은 단 세 명뿐이었다.

"토크쇼 뒤에 범인이 유타 슈미츠에게 연락을 취하지 않았을까 했거든." 피아가 실망한 목소리로 말했다. "하지만 그런 단서는 전혀 없었어. 범인을 여성으로 보기는 힘들지 않겠어?"

"글쎄, 난 좀 다른 생각인데." 카이가 나섰다. "니나 마스탈레르츠의 노트북 암호를 풀고서 보니까 인터넷 여성 포럼에서 활동했더라고. 여자들이 모여서 직장, 병, 휴가지 추천, 자녀교육 등 온갖 얘기를 다 하는 데야. 니나가 한번은 대화방에서 아이를 폴란드에 두고 왔다는 얘기를 했어. 길게 대화가 이어졌고 니나는 거센 비난을 받았지만 계속 자신을 방어했어. 그런데 이메일 계정에 보니까 그 포럼에 있던 여자들 중 한 명하고 그 후로도 계속 연락을 했더라고. 그 여자도 니나와 상황이 비슷했어. 원치 않았던 임신, 남자가 도망간 뒤에 아이는 보육원행."

"그 여자 이름은?" 셈이 물었다.

"이름은 셸리나 랑에. 사는 곳은 베르멜스키르헨이었어." 카이가 대답했다. "이 여자는 니나와 몇 주에 걸쳐 이메일을 주고받았어."

"베르멜스키르헨? 거기가 어디야?" 보덴슈타인이 물었다.

"베르기쉐 란트 있는 데예요. 렘샤이트 근처요." 타리크가 대신 대답했다. "A1고속도로 바로 옆이에요."

"어쨌든 그러다가…… 두 사람은 만나기로 했어." 카이가 말을 이었다. "셸리나 랑에는 밤베르크로 니나를 만나러 가기로 했어. 5월 10일 어머니날 하루 전에!"

"그래서요? 그 셸리나 랑에라는 여자 신원 확인해봤어요?" 카트린이 물었다.

"그런 사람이 아예 없어." 카이가 고개를 저었다. "베르멜스키르헨에도 그 인근에도 그런 이름의 여자는 없었어. 다 가짜야! 그래서 이메일이 어디서 왔는지 알아내려고 해봤는데 결국 지메일 서버가 나오더라고."

"막다른 골목이네." 피아가 한마디 덧붙였다.

"요아힘 보크트가 IT 전문가잖아." 보덴슈타인이 말했다. "전문가에게 그 정도는 식은 죽 먹기 아니야?"

"인터넷 포럼에 가짜 이름으로 로그인하는 건 전문가가 아니어도할 수 있죠. 그 사람이 남자든 여자든, 원래 있는 이메일 계정 아무거나 쓴 것일 수도 있고 아니면 가짜 신원으로 웹메일 계정을 만들었겠죠. 요즘 그거 못 하면 바보예요."

"그럼 난 바보겠네. 그거 못 하는데." 보덴슈타인의 말에 타리크가곤란한 표정을 지었고, 카이는 어이없다는 듯 웃었다.

"그 주소지를 자세히 봐야 할 필요가 있습니다." 하딩 박사가 나섰다. "아마 임의로 아무데나 생각해냈겠지만 그 속에 어떤 연관관계가있을지도 모릅니다. 그리고 이름에도 어떤 의미가 있을지 모릅니다."

"셀리나 랑에는 그냥 평범한 이름인데요." 셈이 말했다. "거기에 무슨 의미가 있을까요?"

"그냥 추측이긴 한데요. 예를 들어 증인보호 받는 사람들이 가명정할 때 보면 원래 이름의 이니셜을 그대로 사용하는 경우가 많습니다." 프로파일러가 설명했다. "그렇게 하면 새 이름에 익숙해지기가쉽다는 거죠."

"S. L.!" 피아는 그게 무슨 뜻인지 깨닫는 순간 등골이 오싹했다. 그녀는 수첩에 네모와 동그라미를 그리던 손을 멈추고 고개를 들었다.

"사샤 린데만! 라모나 남편이요! 그 사람 처음 봤을 때 뚱뚱한 여자가 남장한 것 같다고 생각했었거든요!"

잠시 아무도 말이 없었다.

"범인이 여자인 척하면서 피해자를 이해한다는 듯이 행동해서 자신을 믿게 만들었군요." 하딩 박사가 말했다. "범인은 그런 식으로 피해자들을 만난 겁니다. 피해자들은 아는 사람이라고 생각해서 아무 의심 없이 만나러 갔겠죠. 이런 걸 '콘 어프로치(con approach)', 사기 공격이라고 합니다."

"그렇더라도 범인을 마주했을 때는 속았다는 걸 알지 않았을까요?" 셈이 의심을 제기했다.

"문제없이 피해자들을 제압할 수 있는 장소에서 약속을 잡았겠죠." 하딩 박사가 대꾸했다. "그곳은 범인이 잘 아는 곳이거나 사전에 잘 답사해둔 장소일 겁니다. 피해자들의 자동차가 발견된 곳을 살펴봐야 합니다. 범인이 차를 다른 곳으로 이동시키진 않았을 테니 차가 발견된 곳이 바로 약속장소입니다."

"맨디 시몬의 차는 만하임-네카라우 국철역 주차장에서 발견됐습니다." 타리크가 기억나는 대로 말했다. "안네그레트 뮌히는 에버바흐 수도원, 유타 슈미츠는 카르스트 이케아 주차장, 니나 마스탈레르츠의 골프는 밤베르크 유원지 식당 주차장, 야나 베커의 차는 바트 캄베르크 고속도로 휴게소 근처 통근자 주차장에 있었습니다."

"사샤 린데만은 사료회사 세일즈맨이었어요." 오전에 크리스토프로부터 동물원 사료공급업체에 대해 자세히 듣고 온 피아가 말했다. "베르스몰트 소재의 그 회사 물건만 취급한 게 아니라 여러 회사를 대리해서 세일즈를 벌였어요. 그중엔 독일-룩셈부르크 국경 너머에 있는 회사도 있어요. 프랑크푸르트에서 가다 보면 야나 베커의 시체가 있던 베른카스텔-쿠에스를 지나가요. 거기서 남쪽으로 80킬로미터도 떨어지지 않은 숲에서 니나 마스탈레르츠의 시체가 발견됐고요! 이게 다 우연일까요?"

아무리 쉥겐 협약으로 국경검문이 거의 없어졌다 해도 차 트렁크에 시체를 싣고 국경을 넘을 생각을 선뜻 할 수 있을까? 피아는 그 질문에 스스로 대답했다. 국경검문이 없다는 것을 확실히 아는 사람, 국경을 넘는 일이 일상이라 아무렇지도 않게 여기는 사람만이 그 일을 저지를 수 있을 것이다.

"어제저녁에 사샤 린데만의 서류와 아동복지국 보고서도 자세히 읽어봤는데요." 피아가 말을 이었다. "라이펜라트 집안에 들어갈 때 네 살쯤이었고, 그전에 위탁가정 세 군데에 있었는데 매번 돌려보내졌어요. 어릴 때부터 공격성향이 매우 강했다나 봐요. 보고서에 보면 다른 아이들뿐 아니라 위탁부모도 물고 때리고 발로 찼다고 나와 있어요."

"친부모에 대해서는 알려진 게 있습니까?" 하딩 박사가 물었다.

"친모는 겨우 열일곱 살이었는데 막달일 때 호프하임 보육원에 와서 출산을 하고 다음 날 바로 사라졌어요."

"좀 바보 같은 질문일 수는 있는데, 그럴 경우 어떻게 되는 거예요?" 카트린이 물었다.

"국가기관에서 돌보는 거지." 보덴슈타인이 대답했다. "위탁가정에 맡겨지거나 소단위 양육시설 아니면 보육원으로 들어가는 거지."

"비용은 누가 내고요?"

"나라에서."

"그럼 원하지 않는 아이를 낳아놓고 그냥 사라져버리는 거예요?"

"비밀유지의무가 있는 상담자에게만 신원을 밝히고 비밀리에 출산하는 게 2014년부터 합법화됐어요." 타리크가 말했다. "출생증명서에도 친모의 이름은 기재되지 않아요. 하지만 아이가 나중에 친모 이름을 알고 싶어 하면 찾는 건 가능해요. 검색하다 보니 이런 것도 있더라고요. 2000년부터 2012년까지 독일에서 익명으로 출생한 아이는 총 652명인데, 그중 278명은 베이비 박스에 담겨 있었고 43명은 익명으로 전달됐어요. 최종적으로 친모를 알지 못하는 아이는 314명이었는데, 엄마들이 나중에 자신의 정체를 밝히거나 아이를 다시 데려간 사례도 많았어요."

"하지만 왜 그런 짓을 하지?" 카트린이 고개를 흔들었다.

"여러 가지 이유가 있죠." 하딩 박사가 끼어들었다. "예를 들면 파트너와의 문제, 사회적 궁핍, 정신적으로 감당이 안 되는 경우도 있고요. 아이아버지에게서 버림받은 경우가 대다수죠. 과거에는 집안의 압박이 컸습니다. 임신한 미혼여성들은 부모에 의해 강제로 보육원에서 출산하고 아이를 입양 보냈습니다."

"사샤 린데만이 딱 그런 경우였어요." 피아가 원래 방향으로 대화를 되돌렸다. "친모가 알렉산드라 린데만이라는 이름을 남기긴 했는데 나중에 알고 보니 진짜 이름이 아니었어요."

"40년 전에도 아이를 데려다 키우면 지원금이 나왔단 말이지." 보덴슈타인이 말했다. "재산을 불릴 만한 큰돈은 아니었지만 라이펜라트 부부는 그걸 사업모델로 삼았어. 요즘은 아동복지국에서 자세히 들여다보지만 예전에는 문제아들을 데려가는 것만으로도 고마워했으니까. 엘프리데 슈뢰더는 다 알면서도 못 본 체했고 직장에서 칭찬

받기 위해 심지어 학대와 자살정황 은폐를 돕기까지 했어."

"세상에!" 카트린이 믿기지 않는 듯 중얼거렸다.

"리타 라이펜라트가 사샤 린데만을 어떻게 '교육'했는지 브리타 오가르추닉에게 들었는데 아주 가관이에요." 피아가 말했다. "그러니까 매달 작성하는 위탁아동 상태 보고서가 사샤 린데만의 경우 전 위탁가정과 판이하게 다를 수밖에 없었던 거예요. 지금 피해자들에게 발견된 모든 학대를 다 당했어요. 랩에 싸고 욕조에 처박고 아이스박스에 가두고. 그리고 세일즈맨들은 회사차, 승합차를 몰잖아요. 그거 2년마다 한 번씩 바꿔주거든요. 사샤 린데만은 1990년대 말 앙드레 돌과 함께 견사 기초공사로 구덩이도 팠어요. 이 두 사람은 어릴 때 라이크 게르만을 랩에 싸서 개울에 버리기도 했고요. 정말 의심스럽지 않은 데가 한 군데도 없잖아요!"

"맞는 말이야." 보덴슈타인이 크게 고개를 끄덕였다. 그리고 손목시계로 시간을 확인했다. "바로 가서 뭐라고 하는지 한번 보자고."

***

지베르트 씨와 담소하는 것은 매우 즐거웠다. 그는 그녀의 억양에서 바로 스위스 출신임을 알아차렸고 취리히에 대해서도 잘 알고 있었다. 피오나는 따뜻한 차에 마음이 한결 차분해졌다. 소파도 푹신해서 긴장이 풀리는 느낌이었다. 그때 뭔가를 치는 듯한 둔탁한 소리가 났다. 소리가 다시 이어졌다. 그는 말하다 말고 자리에서 일어섰다.

"잠깐 실례하겠습니다."

"네."

그가 거실을 나가자 피오나는 휴대전화를 확인했다. 12시가 다 되어가고 있었다! 너무 오래 있다간 기차를 놓칠 수도 있겠다 싶었다.

그때 전화기가 울렸다. 세 번 울리고 나자 자동응답기가 돌아갔다. 다음 순간 지베르트 박사의 목소리가 흘러나왔다. "여보, 나야! 사무실로 해도 안 되고 휴대전화로 해도 통화가 안 되네. 여기 일은 다 잘되고 있어. 직장 사람들도 다 친절하고 집도 정말 끝내주게 좋아! 나 지금 틴토 한잔하면서 지중해를 보고 있어. 상상이 돼? 지금 기온이 몇 도냐면…… 잠깐…… 26도! 거긴 마르베야만큼 따뜻하진 않지? 나 집에 왔으니까 시간 되면 전화해."

피오나는 얼떨떨한 표정이 되었다. 지베르트 박사가 집에 돌아오지 않는다는 사실을 이해하는 데는 잠시 시간이 걸렸다. 지베르트 박사의 남편은 왜 그녀에게 거짓말을 했을까? 피오나는 찻잔을 내려놓았다. 손이 떨리고 있었다. 두려움에 심장이 덜컥 내려앉는 것 같았다. 뭔가 잘못됐다. 그녀는 서둘러 휴대전화를 가방에 넣고 외투를 집어들었다. 나가는 문을 바로 찾지 못하자 당혹감은 공포로 바뀌었다. 그녀는 계단 하나를 잘못 디뎌 철퍼덕 넘어지고 말았다.

"피오나?"

그의 신발과 청바지 끝단이 그녀의 시야에 들어왔다.

"저…… 저기…… 화장실이 급해서……."

그녀는 말을 더듬거리며 일어섰다.

"가방과 옷을 들고 화장실에 가나요?"

그의 말투가 조금 전과 달라졌다. 친절한 표정도 사라졌고 그녀 앞에 버티고 선 태도는 위협적이었다.

"박사님은 오시지 않잖아요?" 그녀가 작은 소리로 중얼거렸다. "방금 자동응답기에서 말하길…… 지금 마르베야에 있다고 했어요."

"아, 맞아요." 그가 파악하기 어려운 표정으로 말했다. "그걸 깜빡했네."

피오나는 공포에 질렸다. 여기서 나가야 해! 그녀는 있는 힘껏 앞으로 돌진했지만 그는 그녀를 거뜬히 막아냈고 거칠게 계단 난간으로 밀어붙였다. 그녀는 그를 피해 문과 반대방향인 복도 반대편으로 뒷걸음질쳤다. '이 집에 들어오지 말았어야 했어!' 하는 생각이 그녀의 머릿속을 스쳤다. '학교에서 호신술 수업이라도 들을걸! 처음부터 프랑크푸르트에 오지 말았어야 했어!'

그는 여유 있게 그녀를 구석으로 몰아갔다. 마치 그녀의 겁먹은 모습이 재미있다는 듯 만면에 미소를 띤 채. 그녀는 뒤돌아 도망쳤다. 문이 있어 열어보니 차고였다! 좋았어! 젠장, 열쇠가 꽂혀 있지 않았다. 순간 차고 셔터를 여는 스위치가 보였다. 그녀의 손이 거의 스위치에 닿았을 때 그가 그녀 앞에 나타났다.

"손 치워." 그가 차분하게 말했다. 거의 다정한 목소리였다.

"제발 가게 해주세요!" 그녀가 눈물을 흘리며 빌었다. "여기 왔다는 말 아무한테도 안 할게요. 정말이에요!"

그때 바로 옆에서 쿵쾅거리는 소리가 나 그녀는 화들짝 놀랐다. 한쪽 구석에 놓인 아이스박스에서 나는 소리였다. 다시 쿵쾅거리는 소리가 났다. 희미하게 비명소리 같은 것이 들렸다. 순간 그녀의 팔에 뭔가 와 닿았고 그녀는 온몸을 관통하는 타는 듯한 아픔을 느꼈다. 피오나는 그 자리에 풀썩 주저앉아 옆으로 쓰러졌다. 손끝 하나 움직일 수 없고 입에서는 침이 흘러나왔다. 그는 그녀를 죽일 것이다. 아니면 강간하거나. 그녀가 여기 온 것을 아는 사람은 아무도 없었다.

다시 사지를 관통하는 아픔에 그녀의 몸이 경련하듯 들썩였다. 그리고 모든 것이 검게 변했다.

***

보덴슈타인이 30분 후 니더회허슈타트의 더블하우스 앞에서 초인종을 눌렀을 때는 이미 날이 저물어가고 있었다. 집 안에 불이 환히 켜져 있고 앞마당에는 흰색 SUV가 세워져 있었다. 열린 차고 안에 스코다 승합차도 보였다. 누군가 집에 있는데 문을 안 열어주는 것 같았다.

"지하실에서 피해자들의 전리품을 만지작거리고 있는 게 아닐까요?" 오른쪽으로 몇 걸음 움직이며 차고 안을 흘깃거리던 피아는 자신의 눈을 믿을 수 없었다. 심장이 흥분해 뛰기 시작했다.

"너무 상상력이 뛰어난 거 아냐?" 보덴슈타인이 핀잔을 주며 다시 한 번 초인종을 눌렀다.

"저기 뭐가 있는지 보세요!" 피아가 속닥거렸다. "상상이 아니라니까요."

스코다 옆에 아이스박스가 네 개나 놓여 있었다! 피아는 휴대전화를 꺼내 아이스박스와 차 두 대의 번호판 사진을 찍었다. 사진을 다 찍을 무렵 문이 열리고 라모나 린데만이 나왔다. 뚱한 표정으로 나온 그녀는 수사관들이 온 걸 보고 표정이 바뀌었다.

"오래 기다리셨죠." 그녀는 모자 달린 회색 풀오버에 회색 트레이닝바지 차림이었다. 화장 안 한 맨얼굴이라 두세 살은 젊어 보였다. "테라스에 앉아 있으니까 소리가 잘 안 들려서요."

"테라스에 앉아 있기엔 너무 추운 날씨 아닌가요?" 보덴슈타인이 한마디했다.

"에…… 흠…… 우리 집은 실내에서는 담배를 피우지 않거든요." 그녀가 어색하게 웃으며 머리카락을 매만졌다. "무슨 일로 오셨죠?"

보덴슈타인이 라모나와 얘기하는 동안 피아는 휴대전화로 차 두 대의 차량번호를 조회했다. 사샤 린데만은 집에 없었다.

"평일에는 항상 집에 없어요." 라모나 린데만이 말했다. "남편에게 무슨 볼일이 있으신지?"

"물어볼 것도 좀 있고 해서 근처에 온 김에 들러봤습니다." 보덴슈타인은 살인혐의에 대해 일일이 다 말해줄 생각이 없었다. 여전히 범인에게 조력자가 있었을 가능성도 있고 부부 살인범일 가능성도 있었다. "언제 돌아옵니까?"

"내일 정오쯤 오는데요. 뭐 전하실 말씀이라도 있나요?"

"아닙니다, 다시 들르죠 뭐. 급한 일도 아니니까요." 보덴슈타인이 친절한 미소를 지었다. "그런데 차고에 웬 아이스박스가 저렇게 많아요?"

"아이스박스요? 아, 그거야 남편이 아일랜드에서 동물사료와 냉동식품을 들여와 파니까 당연하죠. 그거 다 냉동해야 해요. 소고기, 양고기, 골웨이 산 연어." 라모나 린데만이 다시 소리 내어 웃었다. "보고 싶으면 봐도 돼요."

"그러죠, 그럼."

피아는 그녀가 보덴슈타인을 지나쳐 차고로 가기 전에 문을 살짝 닫으며 집 안을 일별하는 모습을 놓치지 않았다.

'MTK-SR443, 차량보유자. 산드라 레커. 핑켄 로 52, 61479 글라

스휘텐.'

피아의 휴대전화로 경찰조회 시스템으로부터 답신이 왔다.

산드라 레커! 클라스 레커의 전 부인 이름이 아닌가! 피아는 앙드
레 돌이 그녀의 이름을 언급했을 때를 떠올렸다.

라모나 린데만은 주저 없이 아이스박스 뚜껑을 하나씩 열었다. 포
장육, 훈제연어, 포장된 개사료가 들어 있었다.

"레커 부인이 와 있나요?" 피아의 물음에 그녀가 화들짝 놀라며 뒤
를 돌아보았다. 보덴슈타인도 흠칫 놀랐다.

"에…… 왜 그런 말을 하시죠?"

"마당에 레커 부인 차가 있잖아요."

"네, 여기 있어요." 라모나 린데만은 거짓말해야 소용없다는 걸 깨
닫고 어깨를 으쓱하며 말했다. "말하자면 피난을 온 거예요."

"클라스 때문에요?"

"네, 그 빌어먹을 놈의 자식이 협박을 한다잖아요!"

"잠깐 레커 부인과 얘기 좀 할 수 있을까요?" 피아가 물었다.

"물어볼게요." 라모나 린데만은 차고의 불을 끄고 셔터를 내렸다.
"잠깐 기다리세요."

잠시 후 그녀는 보덴슈타인과 피아에게 들어오라고 하고는 거실
을 지나 테라스로 안내했다. 행사용 천막 아래 긴 탁자와 의자가 놓
여 있고 탁자 위 등피 안에 든 촛불이 흔들리고 있었다. 두꺼운 오리
털점퍼를 입고 긴 의자에 앉아 담배를 피우던 여자가 뒤를 돌아보았
다. 산드라 레커는 잘해봐야 30대 중반이겠지만 40대 후반으로 보였
다. 눈 밑의 짙은 그늘과 홀쭉하게 야윈 뺨 때문에 아파 보여서 그렇
지 한때는 꽤 예뻤을 얼굴이었다. 그녀는 꿔다놓은 보릿자루처럼 웅

크린 채 앉아 있었다. 담배를 든 손이 가늘게 떨렸다.

"린데만 부인에게 듣자 하니 전남편이 협박했다고요?" 피아가 자신과 보덴슈타인을 소개한 뒤에 물었다. "맞아요?"

"네." 산드라 레커는 입술을 꽉 깨물며 눈물을 참았다. "딸들이랑 같이 다시 바트조덴에 있는 부모님 댁에 들어가 살고 있어요. 이혼 후에 갈 데가 없었어요. 그런데 며칠 전 전남편이 집 앞에 숨어 있었어요." 그녀의 목소리가 파르르 떨렸다. "벤치에 앉아서 몇 시간이고 저희 집 창문을 올려다보고 있는 거예요. 경찰에 말하니까 무슨 일이 있기 전에는 아무 조치도 취할 수 없대요. 다른 곳으로 이사 가야 했는데 그러고 싶지 않았어요. 여기가 제 고향이고 가족들도 다 여기 살아요. 아이들 학교도 있고요. 그리고 클라스는 제가 어디에 있든 찾아냈을 거예요."

"전남편으로부터 보호조치를 신청하실 수 있습니다." 보덴슈타인이 안쓰러운 듯 말했다.

"그때 했었죠. 하지만 콧방귀도 안 뀌어요." 산드라 레커가 손사래를 치며 말했다. "클라스는 규칙이나 법을 지키면서 사는 사람이 아니에요. 그 사람 눈에는 제가 자기 소유인 거예요. 그래서 이혼당했다는 사실을 견딜 수가 없는 거예요. 제가 자기 인생을 망쳤고 저 때문에 집도 잃어버렸다고 생각해요. 하지만 전혀 그렇지 않아요. 이혼할 때 뭐 요구한 것도 없었어요. 그냥 제발 헤어지고만 싶었어요. 집도 월세였고 돈은 좀 있었지만 클라스가 변호사비용으로 다 썼어요."

"그런데 왜 수습직으로 일하는 거예요?" 피아가 물었다. "그 정도 자격증이면 더 나은 일자리도 찾을 수 있지 않나요?"

"무슨 자격증이요?" 그녀가 픽 하고 무표정한 웃음을 지었다. "그 사람은 평생 뭔가를 끝까지 파고든 적이 없어요. 저도 처음엔 몰랐어요. 새로 짓는 공항터미널 책임기술자라고 해서 그런 줄만 알았죠. 그런데 기계공학과에는 몇 학기 다니지도 않았고 졸업장과 성적표도 위조한 게 들통나서 결국 쫓겨났어요. 사기죄로 고발당하지 않은 것만 해도 다행이죠."

그녀는 꽁초로 넘쳐나는 재떨이에 담배를 비벼 껐다. 그리고 전남편이 딸들에게는 아무 짓도 하지 않을 것이며 오직 자신만을 노리고 있을 거라고 했다.

처음에는 띄엄띄엄 대답만 하던 그녀가 점차 속마음을 털어놓았다. 자신이 얼마나 큰 두려움을 느끼고 있는지, 왜 직장에 갈 수 없는지, 왜 병원에서 전남편을 퇴원시켰는지 도저히 이해할 수 없다고 하소연했다.

피아는 곁눈질로 보덴슈타인을 슬쩍 쳐다보았다. 그는 손깍지를 낀 채 그녀의 말을 경청하고 있었다. 말하는 사람이 이 세상에서 가장 중요한 사람이라는 듯한 인상을 주는 그의 자상함은 뜻밖의 자백과 같은 좋은 결과를 가져오기도 하지만 지금 이 대화는 엉뚱한 방향으로 흐르고 있었다. 피아는 산드라 레커가 숨을 돌릴 때까지 기다렸다.

"힘드신 건 이해하겠어요." 피아가 얼른 말했다. "그런데 저희는 지금 살인사건을 수사하는 중이거든요. 지난 25년간 여덟 명의 여성이 매우 유사한 방식으로 살해당했어요. 그중 세 명은 테오 라이펜라트의 집 옆 견사 밑에서 발견됐고요. 전남편이 살인을 계획하고 실행에 옮길 수 있는 사람이라고 생각하시나요?"

산드라 레커는 퀭한 눈으로 피아를 응시했다.

"그 사람은 무슨 짓이든 할 수 있는 사람이에요." 그녀가 답했다. "세상에 대한 증오로 가득차 있어요. 안 겪어본 사람은 몰라요! 거기 서서 나를 쳐다보던 그 눈빛은 정말이지……."

"그런 식의 살인에는 냉철함이 필요해요." 피아가 그녀의 말을 끊고 말했다. "사람을 납치해서 죽이고 랩에 싼 다음 냉동시키는 건 증오만으로 할 수 있는 일이 아니에요."

"세상에!" 산드라 레커의 창백한 얼굴이 한층 더 창백해졌다. 그녀는 긴장한 듯 마른침을 꼴깍 삼켰다. "클라스가 그런 짓을 했다고 생각하세요?"

"저희는 부인에게서 그 대답을 듣고 싶은 겁니다." 보덴슈타인이 말했다. "부인이 다른 누구보다도 전남편을 잘 아실 테니까요."

"클라스 레커는 어릴 때 열세 살짜리 이웃 소녀를 물에 빠뜨려 죽였다는 혐의를 받았어요." 피아가 바로 말을 이었다. "함께 자란 형제자매들을 폭군처럼 괴롭혔고 전처를 감금하고 때리고 총기로 위협했어요. 법원은 폐쇄병동으로 보낼 만큼 위험한 인물이라는 판결을 내렸고……."

"그만! 그만하세요!" 산드라 레커는 어린아이처럼 양손으로 귀를 틀어막았다. "더 이상 듣고 싶지 않아요!"

"왜요?" 피아가 차갑게 물었다. "전남편에게 위협받지 않았나요? 그래서 여기 숨어 있는 것 아니에요? 직접 증언해서 전남편을 치료감호소로 보냈잖아요."

"모두들 그렇게 해야 한다는데 그럼 어떡해요!" 산드라 레커는 주먹으로 탁자를 쾅 쳤다. 그 바람에 재떨이가 껑충 뛰며 담배꽁초들이 주위로 흩날렸다. "난 그러고 싶지 않았어요! 그 잘난 변호사, 우리 가족, 내 친구라는 것들이 날 그렇게 압박하지 않았다면 난 그런 증언 하지도 않았을 거라고요!" 그녀는 눈물을 펑펑 쏟으며 새된 목소리로 외쳤다. "그래요, 난 다른 누구보다 그 사람을 잘 알아요! 그 사람 나한테 해 끼칠 사람이 아니란 거 잘 알고 있었어요. 왜냐면 날 사랑했으니까요. 자기 방식대로지만 사랑했다고요! 그런데 이젠 내가 배신했다고 생각해서 나를 미워해요! 그런데 그 사람이 풀려난 지금은 어떤지 아세요? 그렇게 고소하라고 주장하던 사람들 모두 나 몰라라 하고 있어요! 그 사람들에겐 다 지나간 일이겠지만 난 매 순간 두려움에 떨며 살아야 한다고요! 경찰은 그 사람이 나를 죽인 다음에나 출동하겠죠!"

피아와 보덴슈타인은 그녀의 긴 독백을 가만히 듣고 있었다. 라모나 린데만 또한 친구를 달래거나 하지 않고 문가에 서서 지켜보기만 했다.

"그래요, 클라스가 날 집 안에 가뒀고 손에 총을 들었어요. 하지만 그 총은 제대로 작동하는 총이 아니었어요. 그 사람은 그때 감정적인 소요상태였어요, 아시겠어요? 내게 무슨 짓을 하려고 한 건 아니었다고요! 가만 놔뒀으면 다시 진정했을 거고 평화롭게 헤어질 수 있었어요! 다들 쥐뿔도 모르면서! 친구랍시고 걱정하는 척했지만 다 내가 부러워서 그런 거예요. 그리고 그 재수 없는 심리상담사한테 얼마나 세뇌를 당했는지! 그 사람 편지도 읽지 마라, 숙려기간 없이 이혼신청해라, 처녀 적 성으로 다시 바꿔라! 그러면 아이들하고 성이 달라지는데? 난 너무 혼란스럽고 생각을 제대로 할 수 없는 상태였어요. 그 사람들은 그런 날 이용했다고요!" 그녀는 발작적으로 흐느껴 울었다.

산드라 레커는 자신에게 모욕과 위협을 가한 전남편을 옹호하고 있었다. 피아는 정신적, 육체적 폭력에 장기간 노출돼온 여자들이 수년씩 남자의 괴롭힘을 참으며 살거나 심지어 헤어졌다가 다시 남자에게 돌아가는 것을 보며 의아하기만 했었다. 여러 번 접하다 보니 이제는 그 상호의존적 현상을 이해하게 됐다. 정신질환이 있는 사람과 파트너 관계로 엮인 사람들은 그 병을 주위에 숨기고 그로 인해 불행하게도 증상을 더욱 악화시키곤 한다. 특히 클라스 레커 같은 나르시시스트들의 파트너는 혼자서는 살 수 없다는 확신 때문에 그 파괴적 관계에서 쉽게 빠져나오지 못한다. 산드라 레커만 해도 3년이 지났는데도 전남편으로부터 거리를 두지 못하고, 오히려 그를 두둔하고 있었다.

"클라스가 사람을 죽였다고 생각하지 않아요! 프리트요프나 앙드레라면 모를까! 둘 다 자기 자신밖에 모르고 남들은 안중에도 없는 사람들이에요!" 그녀는 코를 훌쩍이며 옷소매로 눈물을 닦았다. 격정적인 순간이 지나자 그녀는 맥이 빠진 듯 다시 어깨를 축 늘어뜨렸다. "끔찍한 일이 벌어질 거예요." 그녀가 예언하듯 음산하게 내뱉었다. "내가 원해서 그런 건 아니지만 그 사람을 너무 몰아붙였어요. 그 사람이 계획을 실행하면 그건 내 잘못이 아니에요."

"그 계획이 구체적으로 뭔데요?" 피아가 물었다.

산드라 레커는 고개를 들고 벌게진 눈으로 피아를 쳐다보았다.

"자기 인생을 망친 사람 다 죽인다고 했어요." 그녀가 속삭였다. "나랑 여자 판사, 그 사람을 정신병원에 가게 만든 정신감정 전문가요."

피아는 방금 산드라 레커가 한 말이 바로 이해되지 않았다. 그리고 그 의미를 깨닫는 순간 심장이 얼어붙는 느낌이었다. 당시 클라스 레커를 치료감호소로 보낸 정신감정서를 작성한 사람은 다름 아닌 그녀의 동생 킴이었다!

"그걸 왜 이제야 말하는 거예요?" 피아가 버럭 화를 내며 튕기듯 일어섰다. "자기 생각만 하고 남 생각은 눈곱만큼도 안 해요?"

"아, 저기 난……." 산드라 레커가 얼떨떨해서 말했다.

"아무 생각이 없었겠죠!" 피아가 그녀의 말을 끊고 거칠게 내뱉었다. "스스로는 그 말을 심각하게 받아들이고 경찰에 전화도 하고 여기 와서 숨었으면서 다른 두 사람에 대해선 아무 생각도 안 했죠! 내가 장담하는데, 만약 당신 전남편이 누군가에게 해코지하거나 하면 당신도 분명히 책임이 있어요!"

"경찰이 아무것도 해줄 수 없다고 했단 말이에요!" 산드라 레커는 그렇게 받아치더니 고집부리는 어린아이처럼 보란듯이 팔짱을 꼈다. "내 말을 제대로 듣지도 않았다고요."

"자기 신세 한탄만 하지 말고 전남편이 제삼자에 대해 구체적 협박을 언급했다고 말했어야죠!" 피아는 더 이상 그녀와 마주보고 얘기할 수가 없었다. "실례합니다."

그녀는 당황해서 어쩔 줄 모르는 라모나 린데만을 지나쳐 밖으로 나갔다. 그새 9시가 넘어 밖은 칠흑처럼 깜깜했다. 하늘에서는 추적추적 비가 내리기 시작했다. 피아는 떨리는 손으로 휴대전화를 꺼내 킴에게 전화를 걸었다. 어서 연락을 취해 조심하라고 알려야 한다! 아무 일 없다는 것을 확인해야 한다. 신호가 갔다. 적어도 휴대전화가 켜져 있긴 한 것이다.

"제발 받아!" 그녀가 주문을 걸듯 중얼거렸다. "제발, 제발, 전화 좀 받아라, 동생아!"

그녀는 신호가 다할 때까지 기다리다가 전화를 끊고 왓츠앱으로 메시지를 보낸 다음 문자메시지도 보냈다.

어느새 뒤에 보덴슈타인이 와 있었다.

"어때? 연락됐어?" 그가 물었다.

"아뇨! 연락이 안 돼요!" 피아는 절망스러운 눈길로 그를 올려다보았다. "멍청한 년! 바로 얘기할 것이지!"

그들은 거의 30분간 산드라 레커의 이야기를 들었다. 복수에 눈이 먼 사이코패스가 그녀의 여동생에게 해코지를 했을지도 모를 시간, 그걸 막아야 할 귀한 시간이 흘러가버린 것이다. 그녀의 머릿속은 뒤죽박죽이 됐다. 문득 지난 크리스마스 때 오빠가 했던 말이 떠올랐다. 수많은 범죄자와 정신질환자 들을 상대하는데 무섭지도 않으냐고 묻자 킴은 대답할 필요도 없다는 듯 어깨를 으쓱했었다. 피아 또한 자신이 잡아넣은 범죄자가 형을 치르고 나와 자신에게 보복하리라는 것은 상상할 수 없는 일이었다. 수사관이 위험에 빠지는 설정은 영화나 책에서나 나오지 현실에서는 거의 일어나지 않는 일이다. 문득 몇 년 전 자신이 납치, 감금됐던 일이 떠올랐다. 그 끔찍한 시간을 용케도 잊고 살았던 것이다.

"켈스터바흐에 있다는 레커의 직장동료 집으로 순찰차 한 대 보내고 나서 킴 집으로 가보자고." 보덴슈타인은 차에 앉아 전화를 걸었다. 피아는 다시 킴에게 연락을 시도했다. 그는 아무 일 없을 거라며 그녀를 달래줄 수도 있었지만 그렇게 하지 않았다. 이제까지 몇 번 본 적 없는 심각한 표정이었고, 그로 인해 그녀는 잔뜩 겁을 집어먹었다.

***

실수였다. 돌이킬 수 없는 실수를 저질렀다. 어쩌다 그 아이를 집에 들이게 된 거지? 바로 표정을 수습하긴 했지만, 내가 그 아이를 보고 깜짝 놀란 걸 그 아이도 눈치챘다. 그냥 돌려보냈어야 했는데. 왜 그러지 않았을까? 젊었을 때의 그녀와 너무 닮아서? 그녀가 언젠가는, 길었던 내 사랑에 보답해주리라는 기대에 젖어 살았던 그때의 그녀와. 컵에 물을 따르는데 손이 떨린다. 나 자신도 스스로 놀랐다. 그 오랜 세월 동안 나는 단 한 번도 충동적으로 행동하지 않았다. 매번 엄격한 기준에 따라 골랐고 매번 정당하다는 확신이 있었다. 이번엔 아니다. 그녀가 내 발밑에 쓰러져 전기충격에 꿈틀거릴 때 나는 느끼고 싶지도 않고 느끼지도 말아야 할 것을 느껴버렸다. 성적 흥분. 이건 허용되지 않는다. 그런데 이제 어떡해야 하지? 그녀를 어떻게 처리해야 하지? 그녀가 여기 온 걸 아는 사람이 있을까? 가장 쉬운 방법은 기억이 끊기도록 충분히 주사해서 어딘가에 갖다 버리는 것이다. 아니지, 아니지, 아니지, 작은 단서라도 남겨선 안 된다! 그렇다면 그녀를 죽이는 수밖에 없다. 물론 다른 여자들처럼은 아니다. 그건 안 될 말이다. 그녀는 죄가 없고 남에게 해를 끼치지도 않았다. 나는 심호흡을 크게 하고 물을 한 잔 더 마신다. 그래, 실수였다. 이 실수는 만회하면 된다. 이 아이는 어쩔 수 없는 경우다. 사명을 완수하려면 원치 않은 희생도 따르는 법. 이제 돌이킬 수 없고 이걸로 시간을 낭비해서는 안 된다. 더 중요한 할일이 있지 않은가.

***

9시 24분. 피아의 휴대전화로 생각지 못한 문자메시지가 온 것은 그들이 이미 A66고속도로에서 프랑크푸르트 방향으로 달리고 있을 때였다.

'하이, 전화 못 받았어.' 킴의 메시지였다. '이동 중인데 신호 안 잡히고 무선랜 안 되는 곳도 있음. 연락할게!'

마지막에는 인사 대신 프랑스 국기와 스마일리 이모티콘이 붙어 있었다.

"킴이에요!" 피아의 입에서 탄성이 튀어나왔다. "휴, 다행이다. 무사한 것 같아요! 제가 해석하기로는 프랑스에 있다는 말 같아요!"

그녀는 안도감에 맥이 탁 풀렸다. 지난 30분간 머릿속으로 온갖 흉흉한 상상을 다 하며 부모에게 어떻게 그 소식을 알려야 할지까지 고민하던 참이었다.

"그럼 집으로 갈 필요는 없겠네?" 운전대를 잡은 보덴슈타인이 물었다.

"네, 안 가도 될 것 같아요." 피아는 클라스 레커가 복수하겠다고 했다니 몸조심하고 돌아오자마자 연락하라고 답장을 썼다. 일 분도 안 돼 엄지손가락을 치켜든 이모티콘 답장이 왔다.

"휴! 이제 집에 갈 수 있겠다. 오늘은 정말 힘들었네요." 피아가 시트에 머리를 기대며 말했다.

카이가 K11단체대화방에 메시지를 올렸다. 피아는 보덴슈타인에게 그 내용을 전달했다.

"레커가 친구 집에 없대요. 카이가 수배했다는데요."

"그래? 오늘 할 수 있는 건 다 했네." 보덴슈타인이 하품을 하며 액셀러레이터를 밟았다. "카이도 그만 퇴근하라고 해."

10일째
2017년 4월 27일 목요일

피아는 밤새 뒤척이느라 잠을 제대로 자지 못했다. 눈을 붙일라치면 어느새 뭔가에 쫓기는 악몽을 꾸어 한 시간에 한 번씩 잠이 깼다. 게다가 허리 통증이 두 다리에까지 뻗쳐 어떻게 누워도 편한 자세를 찾을 수가 없었다. 결국 6시도 못 돼 일어난 그녀는 크리스토프가 깨지 않게 조심조심 일어나 욕실로 가서 옷을 갈아입었다. 통증 때문에 힘들어 청바지를 입을 때는 욕조에 걸터앉아야 했다. 옷을 입고 부엌으로 내려가 휴대전화를 확인했다. 킴에게서 온 메시지는 없었다. 피아는 커피를 마시고 진통제 두 알을 삼킨 다음 냉장고 옆 칠판에 크리스토프를 위한 메모를 남겼다. 그리고 어젯밤에 다짐한 대로 사건이 끝나면 바로 병원에 가봐야겠다고 생각했다.

그녀는 바트조덴을 가로질러 가며 옌스 하셀바흐에게 전화를 걸었다. 킴에게 해코지하겠다는 클라스 레커의 말이 그냥 큰소리이길 바랐지만 그녀가 오랜 지인에게 전해 들은 것은 좋은 소식이 아니었다. 레커가 화요일부터 직장에 나오지 않고 있으며 그에게 숙소를 제공한 직장동료도 그가 어디 있는지 모른다는 것이었다. 피아는 전화를 끊고 혼잣말로 욕설을 내뱉으며 킴에게 전화를 걸었다. 그러나 여동생의 전화기는 다시금 꺼진 상태였다. 하이데스지들룽을 막 지나칠 때 피아는 그곳에 단속카메라가 있다는 사실을 떠올리고 브레이크를 밟았다. 또 리더바흐 시로부터 기념사진을 받고 싶지는 않았다. 클라스 레커는 땅속으로 꺼진 듯 싹 자취를 감추었다. 킴도 마찬가지였다. 피아에게는 이 우연이 대단히 우려스러웠다. 복수하겠다는 레커의 말을 가볍게 들을 것이 아니었다. 그는 대단히 위험한 인물이다! 하딩 박사는 엥엘 과장의 개입으로 지방법원이 토해낸 정신감정서를 읽었다. 그리고 그 내용 또한 그녀의 걱정을 덜어주는 것은 아니었다. 피아는 킴이 프랑스에 안전하게 머무는 동안 레커를 잡아들인다는 데 희망을 걸고 있었다. 적어도 조심해야 한다는 건 알고 있으니 다행이었다.

B519연방도로 초입에서 신호에 걸린 피아는 그 틈을 이용해 킴의 연락처를 찾아보았다. 그런데 킴이 새로 옮긴 바트 홈부르크 직장의 전화번호가 저장돼 있지 않았다. 젠장! 잠깐 전화라도 해줄 것이지. 신호등이 녹색으로 바뀌었다. 피아는 호프하임으로 차를 몰며 킴에게 이메일을 써볼까 생각했다. 그러나 킴은 그런 일에 꽤 민감해서 그녀가 걱정해주는 것을 애 취급 한다거나 통제하려 든다고 생각할지도 몰랐다.

10분 뒤 피아는 엥엘 과장의 차 옆에 자신의 미니를 세웠다. 이른 시간인데도 정문 앞에는 여러 언론사 기자들이 모여 있었다. 텔레비전과 라디오 방송국 중계차도 보였다. 타우누스 리퍼에 대한 관심 때문이라기보다 프리트요프 라이펜라트 때문이리라. 피아는 옆문으로 조금 돌아서 건물 안으로 들어갔다. 그리고 무심코 오른쪽으로 꺾으려다가 잠시 생각한 후 마음을 바꿔 계단을 올라갔다. 문을 두드렸지만 아무 반응이 없었다. 엥엘 과장의 비서는 파트타임 직이라 목요일에는 10시가 되어야 출근한다. 그녀는 할 수 없이 다음 문을 두드렸다.

"들어와요!"

문을 열고 들어간 피아가 인사도 건네기 전에 엥엘 과장이 선수를 쳤다.

"헬리콥터 타고 간 소풍은 어땠어요? 천문학적 액수가 들었는데 그만큼의 소득을 건졌나 모르겠네?"

"그건 보시면 알겠죠." 피아도 최소한의 예의로 건네려던 인사를 목구멍 속으로 도로 밀어넣었다. "클라스 레커의 전 부인에게 들었는데, 레커가 전 부인뿐 아니라 판결을 내린 판사와 킴까지 위협하고 있다고 합니다."

"어떻게 위협한다는 거예요?" 순간적으로 걱정스러운 눈빛이 스쳤지만 엥엘 과장은 전혀 감정을 드러내지 않았다.

"세 여자 모두 죽여버리겠다고 했답니다. 그 세 사람 때문에 자기 인생을 망쳤다면서요." 피아가 설명했다. "이 위협은 매우 심각하게 받아들여야 합니다. 레커는 월요일 저녁에 풀려난 뒤로 자취를 감췄습니다. 현재 수배가 내려진 상태입니다. 어제 바로 킴에게 문자메시지로 연락했는데 이동 중이고 휴대전화 신호가 잘 안 잡힌다고 답장이 왔습니다. 프랑스 국기 이모티콘을 보낸 걸로 봐서 프랑스에 체류 중인 걸로 짐작되지만 확실하진 않습니다."

"그럼 우선적으로 필요한 대처는 다 한 걸로 보이네요." 과장이 대 꾸했다. "더 할 말 있어요?"

"킴에게 전화 한번 걸어주실 수 없을까요?" 피아는 치밀어 오르는 분노를 억누르며 부탁했다. 어떻게 킴에 관련된 일을 생판 모르는 남 일 대하듯 한단 말인가? 5년간이나 가장 가까운 관계로 함께했던 사 람이 위험에 처했는데? "과장님 전화는 받지 않을까 해서요."

"그래야 마음이 놓이겠다면 나중에 해보죠. 다른 용건 있어요?"

"지금 해주시면 안 될까요? 부탁드려요……."

"전화할 때까지 가만 안 놔둘 거죠?" 엥엘 과장은 한숨을 푹 쉬고 는 휴대전화를 들었다. 그리고 화면을 두드리더니 전화기를 귀에 갖 다댔다. "전화기 꺼져 있어요. 이제 됐어요?" 그녀는 휴대전화를 도로 내려놓았다.

피아는 한마디하고 싶은 것을 꾹 참고 속으로 셋까지 셌다. 서장의 총애를 받는 것과 별개로 엥엘과 대적해봐야 어차피 그녀에게 유리 할 게 없다.

"네, 고맙습니다." 피아가 감정을 자제하고 말했다.

"라이펜라트 씨와 얘기하기 전에 나한테 먼저 알려요." 엥엘 과장 은 돋보기를 다시 썼다. "나도 참석할 테니까. 밖에 기자들 몰려온 거 봤어요?"

"네, 봤습니다." 피아는 나갈 채비를 했다. 엥엘에 대한 분노로 속은 부글부글 끓고 있었다. 피도 눈물도 없는 인간! 동정심이라고는 조금 도 없는 인간! 피아는 니콜라 엥엘이야말로 하딩 박사가 말한 '성공 적인 사이코패스'일 거라고 생각했다. 막 문을 열고 나가려던 피아는 이대로는 안 되겠다 싶어 휙 뒤돌아 물었다. "킴에게 무슨 일이 생겨도 괜찮으세요? 아니, 사실 제가 상관할 일은 아니지만 거의 5년간이나 함께한 사이잖아요?"

"잘 알고 있네요." 엥엘 과장이 차갑게 대꾸했다. "산더 형사가 상관할 일이 아니에요."

"혹시 킴의 집 열쇠 갖고 계세요?"

"왜요?"

"괜찮은지 한번 가보려고요. 오늘 일 끝나고 나서요."

"없어요." 엥엘은 읽고 있던 서류로 다시 시선을 돌렸다. 피아는 상사에게서 오랫동안 소중한 존재였던 사람을 걱정하는 눈빛을 본 듯해 잠시나마 인간미 같은 것을 느꼈다. 그러나 다음 순간 그것이 착각임을 알게 됐다. "지금 오로지 동생 생각밖에 안 하는 것 같은데 이래가지고 라이펜라트 씨를 신문할 수 있겠어요? 집중 못 하고 실수할 수도 있으니 보덴슈타인 반장과 셈이 맡아서 하는 게 좋겠어요."

그때 피아의 휴대전화가 울렸지만 피아는 전화를 받지 않고 엥엘의 책상 앞으로 성큼성큼 걸어갔다. 왜 바로 눈치채지 못했을까? 킴에 대한 엥엘의 차가운 반응은 엥엘이 차가운 인간이어서가 아니라 킴에게 받은 상처 때문이었다. 피아는 전략을 바꿔야겠다고 생각했다.

"그만 나가서 일 보세요." 엥엘이 고개도 들지 않고 말했다. 그러나 피아는 그녀가 고개를 들 때까지 그 자리에 꼼짝 않고 서 있었다.

"제가 눈치가 없어서 죄송해요." 피아가 부드럽게 말했다. "킴에게 큰 상처를 받으신 것 같네요. 어떤 기분인지 저도 잘 알아요. 킴이 어릴 때부터 잘하는 짓이거든요. 마음이 아프신 거 알겠어요."

피아는 엥엘의 완벽한 가면에 금이 가는 것을 보며 제대로 짚었구나 싶었다. 만년필을 쥔 손에 힘이 어찌나 들어갔는지 손가락 마디가 허옇게 드러날 정도였다. 그녀는 마른침을 꼴깍 삼키더니 자제심을 잃지 않으려고 애썼다. 천장에서 떨어지는 할로겐 조명 속에 엥엘의 눈주름과 목주름이 적나라하게 드러났다. 피아가 전에 미처 보지 못한 부분이었다. 그녀 앞에 앉아 있는 여자는 늙어가고 있었고 어린 연인에게서 버림받았다. 그녀보다 어린 다른 여자 때문에? 아니면 남자 때문에? 엥엘이 감정을 추스르는 동안 피아는 재빨리 방을 빠져나갔다. 엥엘이 다시 불러 세우지 못하도록 휴대전화를 귀에 댄 채.

***

하딩 박사, 카이, 타리크는 아마도 야근을 한 듯했다. 보덴슈타인도 이미 나와 카이가 경첩으로 연결한 세 개짜리 책상 앞에 앉아 이마에 주름을 잔뜩 잡은 채 신문을 읽고 있었다.

"좋은 아침!" 피아는 모두에게 인사를 건네며 카이 옆의 빈 의자에 가방을 내려놓았다. "어, 왔어?" 보덴슈타인이 신문을 접어놓으며 고개를 들었다. "타우누스 리퍼에 대한 새로운 추측기사가 나왔는데 들어볼래?"

"아니요, 사양할게요." 피아의 시선은 의자에 앉아 꼼짝도 않고 화이트보드를 바라보고 있는 하딩 박사를 향했다. 화이트보드에는 뭔가 잔뜩 쓰여 있었다.

"지금 두 시간째 저러고 있어." 카이가 작은 소리로 알려주었다. "잠도 거의 못 잤을 거야. 어제 내가 10시 반에 나갔는데 그때도 남아 있었거든. 그런데 오늘 새벽 5시에 서류를 한 보따리 들고 택시 타고 왔더라고."

"그래도 옷은 갈아입으셨네." 피아가 카이를 위아래로 쓱 훑었다. "자기도 마찬가지고. 둘 다 비슷하게 못 잤을 거 같은데?"

"난 네 시간이면 충분한 거 알잖아." 카이가 씩 웃었다. "사이사이 커피 두세 잔 정도 마셔주고 에너지 드링크 하나, 그리고 파워 낮잠이면 거뜬하지."

"그 여판사한테는 연락해줬어?"

"어제저녁에 바로 했지. 휴가 내고 바이에른에 있는 친척집에 가 있겠대."

"누구라도 그렇게 했을 거야." 피아가 고개를 끄덕였다. "프리트요프 라이펜라트 신문할 때 과장님 참석하신대. 신문 언제야?"

"회의 끝나고 나서 바로."

사람들이 하나둘 들어오기 시작했다. 기동대장이 공보담당 스미칼라와 함께 들어왔고, 잠시 후 니콜라 엥엘 과장도 도착했다. 보덴슈타인은 열심히 일해주고 묵묵히 초과근무를 해준 '어머니날' 특별수사팀 모두에게 감사의 말을 전한 다음 하딩 박사에게 발언권을 넘겼다.

프로파일러 하딩은 어제와 똑같은 갈색 조끼정장 차림에 셔츠만 주황색으로 갈아입었는데, 갈색과 주황색 줄무늬가 그려진 심히 보기 흉한 넥타이를 매고 있었다. 잠을 못 잔 티는 전혀 나지 않았다. 오히려 눈빛이 초롱초롱하고 집중된 상태였다.

"사건분석은 다음의 세 가지를 기반으로 합니다." 그가 말을 시작했다. "첫째, 사건현장에 남겨진 단서입니다. 이건 안타깝게도 우리가 갖지 못한 것이죠. 시체 발견장소가 사건현장이 아니니까요. 둘째, 시체에 남겨진 단서입니다. 이건 확보된 것도 있지만 그렇지 못한 경우도 있습니다. 그리고 셋째, 피해자의 신원입니다. 그동안 우리는 범인 프로필을 작성할 만큼 충분한 정보를 확보했습니다. 범인이 피해자를 나름의 기준에 따라 의식적으로 선택했다는 것을 알 수 있습니다. 피해여성들은 모두 아이를 버린 어머니였습니다. 어쩔 수 없는 사회적 압박 때문이 아니라 새로운 인생을 시작하려는 자기중심적인 생각 때문이었다는 공통점이 있습니다. 그래서 저는 범인이 어려서 어머니에게서 버림받았으리라고 생각합니다. 피해여성들은 어머니를 대표하는 존재들인 거죠. 범인은 피해자를 죽이며 매번 새롭게 어머니를 죽이는 겁니다. 그와 동시에 범인은 자신이 사명을 띠고 있다고 생각합니다. 그가 당한 것처럼, 이기적인 이유로 아이를 보육원에 버린 여자들로부터 이 세상을 구해내야 한다는 사명이죠."

하딩 박사는 목을 가다듬은 뒤 화이트보드 하나를 가리켰다. 그리고 핵심단어로 요약된 내용을 차례로 짚어갔다.

"범죄자 프로필을 작성하는 데 중요한, 또 다른 조건 하나는 이른바 범죄행동분석이라는 것입니다. 지금 우리가 알고 있는 게 뭡니까? 범인은 미리 계획된 행동으로 피해자를 손아귀에 넣었습니다. 알다시피 범인이 피해자를 보자마자 무작정 달려든 게 아니라는 겁니다. 아마 어떤 핑계를 대고 접근했을 겁니다. 이것은 또한 범인의 자신감과 단정한 외모를 추측하게 해줍니다. 어쩌면 변장을 했을 수도 있습니다. 피해자들은 범인이 자신들을 제압할 정도로 가까이 올 때까지 의심하지 않았습니다. 사이코패스들은 상대를 자기편으로 만드는 데 능합니다. 겉모습만 보면 사회성도 뛰어납니다. 우리가 찾는 범인은 무시무시한 괴물이 아닙니다. 아마 지극히 평범한 사람일 겁니다."

보덴슈타인은 머릿속으로 라이펜라트의 양자들을 하나하나 떠올려보았다. 그들 중 특별히 못생기거나 잘생긴 사람은 없었다. 앙드레돌도 팔뚝 문신만 제외하면 짧은 머리에 잘 손질된 수염이 단정한 인상을 주었다. 문신이야 긴소매 옷으로 쉽게 가릴 수 있으니 문제되지 않으리라.

"범인은 영리하고 사회적으로 비특권층에 속하지 않습니다. 이른바 로우퍼포머가 아닙니다. 분명히 가정이 있을 겁니다. 이런 범죄자들은 대개 체포될 때까지 관련 전과가 없습니다."

"그걸 다 어떻게 아시죠?" 누군가 회의적으로 물었다. "사실입니까, 추측입니까?"

"물론 어떤 면에서는 추측으로 볼 수 있죠." 하딩 박사가 순순히 인정했다. "하지만 지난 50년간의 수많은 수사결과에서 얻은 경험치를 기반으로 한 추측입니다."

"그 '로우퍼포머'라는 개념을 좀 정리해주시죠." 보덴슈타인이 말했다.

"자신의 능력을 완전히 발휘하지 못하는 성인 근로자를 '로우퍼포머'라고 할 수 있습니다." 하딩 박사가 설명했다. "근로자는 자신에게 잠재된 능력을 발휘해 맡은 일을 제대로 꼼꼼하게 처리해야 합니다. 이 근로자가 평범한 기술자이건 기업총수이건 그건 중요하지 않습니다. 로우퍼포머들의 특징은 한 가지 일을 진득하게 해내지 못하고 자주 직장을 바꾸거나 장기간 실직 상태일 때도 별로 개의치 않는다는 것입니다."

이 점에서는 라이펜라트네 양자들 모두 해당되지 않았다. 굳이 찾는다면 클라스 레커 정도였다. 그 외 다른 양자들에 대해서는 정보가 거의 없었다. 그리고 그들은 범인의 가장 중요한 조건, 눈에 띄지 않게 라이펜라트 저택을 수시로 드나들었어야 한다는 조건을 충족하지 못했다. 이 조건을 충족시키는 사람은 앙드레 돌, 사샤 린데만, 프리트요프 라이펜라트, 요아힘 보크트, 클라스 레커뿐이다. 그 밖에 수의사 라이크 게르만, 테오 라이펜라트의 주치의, 애완동물 사육자협회의 친구들 몇 명이 있지만, 하딩 박사는 이들과 테오 라이펜라트는 빼고 생각했다.

"범죄행동에 대해 더 이야기해봅시다." 하딩 박사가 말을 이었다. "범행이 실행된 방식을 분석하는 것이 중요한 이유는 범인의 실질적 능력에 대해 많은 것을 알게 되기 때문입니다. 알려진 바와 같이 몇몇 피해자들은 비교적 먼 거리를 이동했습니다. 사망상태였든 의식이 없는 상태였든 움직이지 못하는 상태였든 그러기 위해서는 힘이 필요합니다. 말로 하는 것처럼 쉬운 건 아니거든요."

하딩 박사는 잠시 멈추고 물을 한 모금 마셨다.

"피해자들은 모두 랩에 싸여 있었습니다. 사망한 상태였든 아니든 이 일은 상당히 힘든 일입니다. 그리고 범인이 피해자들을 익사시켰다는 단서가 있는데, 포박 여부와 관계없이 죽음의 공포에 질려 있는 성인 여자를 물속에 담가 죽을 때까지 잡고 있는 데는 막대한 힘이 필요합니다. 그래서 범인은 30세에서 50세 사이의 건장한 남성일 것입니다."

그는 두 번째 화이트보드를 가리켰다.

"저는 범행동기보다는 행동패턴에 집중합니다. 행동패턴으로부터 범인의 생활, 일상적 태도를 추론할 수 있기 때문입니다. 범인은 작업 방식에서 볼 수 있듯이 의식을 중요시합니다. 범인에게는 특정한 환상과 욕구가 있습니다. 이 욕구는 특정한 의식의 절차를 통해 채워집니다. 거기에는 경우에 따라 전리품을 보관하는 것도 포함됩니다. 전리품을 꺼내보며 매번 그 순간을 새롭게 되새기는 거죠. 용의자의 범위는 좁습니다. 범인은 테오 라이펜라트의 주변인물이니까요." 그는 라이펜라트네 양자들과 라이크 게르만의 이름이 쓰인 화이트보드를 가리켰다. "범인은 이 속에 있습니다."

하딩 박사는 엄지와 검지로 콧수염을 매만지더니 양손을 다시 허리 뒤로 가져갔다.

"사이코패스들은 일단 그 행동패턴을 알아내기만 하면 예측 가능합니다. 항상 똑같은 패턴을 따르거든요. 아까도 말했지만 범인의 행동은 그가 가진 욕구의 표현입니다. 그것을 안다면 그에 대해 이미 많은 것을 아는 것입니다."

"저는 그 욕구가 뭔지 잘 상상이 안 되는데요." 동료 한 명이 물었다. "어떤 의미로 그 말을 사용하시는 겁니까?"

식상한 질문이라는 둥 웅성거림이 퍼져나갔다.

"아니요, 아닙니다. 좋은 질문이고 아주 중요한 질문이기도 합니다." 하딩이 웅성거리는 사람들을 제지했다. "심리학에서는 '욕구'를 실제로 혹은 느낌으로 존재하는 결핍을 해소하고자 하는 소망, 요구로 정의합니다. 욕구는 욕망의 전 단계이며 욕망은 정신이 특정한 목적을 추구하는 것이라고 볼 수 있습니다. 우리가 쫓는 범인의 중요한 욕구는 타인을 최대한, 그리고 가학적으로 통제하는 것입니다. 그에게 범행을 유발하는 요소가 뭔지는 아직 모르지만 그에게는 육체에서 생명이 떠나는 순간을 보고 또 느끼고자 하는 욕구가 있습니다. 그런 점에서 피해자가 천천히 고통스러운 죽음을 맞았을 것이라고 봐도 될 겁니다. 범인은 숱한 위험을 무릅쓰고 계획을 실행시켜 언은 성과를 오랫동안 음미하고 싶어 합니다. 하지만 피해자가 죽는 순간을 보는 것만으로는 충분하지 않습니다. 그는 피해자의 고통과 죽음의 공포를 느끼는 것을 넘어서 이 행복감을 보존하고 싶어 합니다. 그래서 시체를 얼려서 한동안 집에 두는 겁니다. 여기서 죽음을 넘어선 권력, 통제에 대한 강박적 동경을 엿볼 수 있습니다."

"죄송한데 더 이상 못 듣겠어요!" 어디선가 날카로운 목소리가 울려 퍼졌다. 곧이어 콰당 하고 의자 넘어가는 소리가 났고, 사람들은 모두 그쪽으로 시선을 돌렸다. 특별수사팀에 자원한 절도 담당의 젊은 여직원이 벌떡 일어났다. 얼굴이 허옇게 질려 있었다.

"그런 역겨운 말을 어떻게 아무렇지도 않게 할 수 있죠? 그 여자들은 상상할 수도 없는 끔찍한 고통을 당했을 거예요. 그런데 '피해자'라고 부르면서 사람 취급도 안 하시잖아요! 모두 사랑하는 가족과 자녀를 두었던 사람들이에요. 애타게 기다리는 사람들이 있었을 거라고요. 그런데 박사님은 마치 그런 건 전혀 중요하지 않다는 듯 말씀하시잖아요! 이 일에 너무 닳고 닳아서 이 여자들의 운명에 무감각해진 건가요?"

"아니요, 오히려 반대입니다." 하딩 박사가 부드럽게 말했다. "저는 이 흉악한 살인자에게 희생된 피해자들을 위해서 이 모든 것을 하고 있습니다. 저는 이 사건을 맡을 때 적어도 피해자와 유족들의 원한은 풀어줘야겠다고 다짐했습니다. 살인사건 전담반의 동료들에게 물어보십시오. 강력범죄의 피해자를 탈개인화하는 것은 결코 그들을 존중하지 않아서, 혹은 그들에게 관심이 없어서가 아닙니다. 수사를 하면서 객관성을 유지하고 감정적 타격을 받지 않기 위한 자기보호 차원입니다. 세상의 악을 상대해야 하는 입장에서 우리가 이런 것들을 견뎌낼 수 있는 유일한 방책인 겁니다."

"하지만 왜 그런 걸 그렇게 자세히 알아야 하는 거죠?" 그녀는 긴 장한 듯 마른침을 꼴깍 삼키며 팔짱을 꼈다. "용의자 범위가 좁은 편이라고 조금 전에 말씀하셨잖아요. 그럼 모두 잡아다가 조사하면 되잖아요."

"생각 없이 아무 말이나 지껄이지 말아요!" 엥엘 과장이 따끔하게 나무랐다. "범죄수사 교육시간에 졸았나?"

전체가 보는 앞에서 무안을 주니 젊은 여직원도 얼굴이 발갛게 달아올랐다. 몰래 웃는 남자 직원도 몇몇 있었다. 여자들은 너무 감정적이라 이런 직업에 어울리지 않는다고 생각하는 남자들이 여전히 많은 것이다.

"주변에서 사이코패스를 만나면 알아봐야 하지 않겠어요? 그래서 자세히 알아야 하는 겁니다." 하딩 박사가 말을 이었다. "범인은 이미 새로운 피해자를 찾아 나섰을 겁니다. 벌써 발견했을 수도 있습니다. 우리가 지금 성급하게 범인을 압박하면 원래 하던 과정을 생략하고 바로 살인을 저지를지도 모릅니다. 중요한 계기가 된 것으로 보이는 어머니날까지 기다리지 않고 말입니다."

"그래도 제겐 너무 버겁네요." 그녀가 보덴슈타인과 피아의 시선을 피하며 작은 소리로 말했다. "함께하지 못해서 죄송합니다."

그녀는 쓰러진 의자를 그대로 둔 채 뒤도 돌아보지 않고 방을 나갔다. 문이 쾅 닫혔다. 아무도 뭐라고 하는 사람이 없었다. 프로파일러 하딩이 말한 내용은 거기 모인 대부분의 수사관들에게도 생소한 것이었기에 충격받는 사람이 나오는 게 이상한 일은 아니었다. 특히나 젊은 수사관들은 인간이 저지를 수 있는 온갖 잔혹함으로부터 자신을 보호하며 거리 두기를 배워야 한다. 그걸 잘하는 사람이 있고 시간이 지나도 잘 못 하는 사람이 있다. 보덴슈타인 반장만 해도 30년 형사 생활에 무뎌질 대로 무뎌졌다고 생각했으나 안식년 들어가기 전 마지막 사건에서는 그 한계가 드러났지 않은가.

보덴슈타인은 자리에서 일어나 좌중을 둘러보았다. 긴장과 의심에 찬 얼굴들도 있지만 단호함과 호기심 어린 얼굴들도 있었다.

"지금 여기서 듣게 되는 말들이 견디기 힘들다는 거 잘 압니다." 그가 말했다. "여기 모인 사람들은 모두 자원해서 특수본 근무를 신청했고 저도 그 점을 높이 삽니다. 그러나 이 일이 너무 버겁게 느껴져서 그만두고 싶다고 해도 충분히 이해합니다. 절대 부끄러운 일이 아니니 그만두고 싶은 사람은 나가도 좋습니다."

그러나 나가는 사람은 아무도 없었다.

"좋습니다, 고맙습니다." 보덴슈타인은 하딩 박사를 향했다. "박사님, 계속하시죠!"

프로파일러는 잠시 생각을 정리했다.

"범인의 욕구로 다시 돌아오겠습니다." 그는 손가락을 하나씩 꼽아가며 설명하기 시작했다. "우리는 범인이 지극히 꼼꼼하다는 것을 알고 있습니다. 흔적을 남기지 않고 위험요소를 차단하기 위해 그 어떤 것도 우연에 맡기지 않습니다. 그런 방식으로 1988년부터 들키지 않고 살인을 저질러왔습니다. 그렇게 규율에 따라 꼼꼼하게 행동하는 사람들은 일상적 삶에서도 십중팔구로 유동적이지 못합니다. 한 직장에서 오랫동안 근무하고 이사 다니는 걸 싫어하고 파트너 관계도 오랫동안 유지합니다. 두 번째, 우리는 범행의 중요한 요소가 권력 행사라는 것을 알고 있습니다. 이것은 랩과 같은 도구의 사용에서 드러나지요. 세 번째……." 하딩은 손가락 세 개를 펼쳐 보였다. "범인에게 는 의식이 중요한 부분이며 동기요소이기도 합니다. 어떤 범죄자들 은 범행 자체, 추후행동뿐 아니라 범행계획까지도 의식에 포함시키 곤 합니다."

프로파일러는 올렸던 손을 도로 내렸다.

"우리가 찾는 남자는 위험천만한 가학적 사이코패스입니다. 동정 심도 없고, 겁도 없고, 양심도 없습니다. 아마 사춘기 전에 트라우마 를 겪었을 겁니다. 가학적 사이코패스들은 어릴 때 감정적 방임과 폭 력, 학대를 경험한 경우가 많습니다. 어린이, 청소년기에 또래로부터 받은 성적 공격이 원인이 되어 유발되기도 합니다. 마지막으로 꼭 기 억해둬야 할 것이 있습니다. 연쇄살인범은 어떤 방법으로도 치유되 지 않는 병든 사람들입니다. 정신의학자든 누구든 치료할 수 없습니 다. 사이코패스를 막을 수 있는 건 더 심한 사이코패스뿐입니다."

**

프리트요프 라이펜라트는 어제 체포된 이후 의외로 태연한 태도 를 보였다. 셈이 권리를 고지한 후 허리띠, 구두끈, 휴대전화를 회수 하고 잘 사용하지 않는 지하 유치장으로 데려갔을 때도 거의 저항하 지 않았다. 전화할 기회를 얻었지만 통화한 곳은 아내나 변호사가 아 니라 데하그 이사회의 한 동료였다. 당직 경찰관은 라이펜라트가 밤 새 잘 잤다고 보고했다. 그날 있었던 일이 그에게 별다른 충격을 주 지 않은 것 같았다.

"잘 잤다는 건 원래 양심의 가책을 느끼지 않는다는 뜻이잖아요."

피아는 보덴슈타인과 엥엘 과장에게 취조를 맡기고 하딩 박사와 함께 옆방에 앉아 특수거울을 통해 지켜보고 있었다.

"저 사람 사이코패스예요." 하딩 박사가 대꾸했다. "사이코패스들에겐 양심이란 게 없습니다. 그래서 저렇게 태연할 수 있는 거죠. 회사에서 어차피 잘릴 거라는 것도 알고 있을 겁니다. 저런 사람들은 이미 잃었다고 생각되면 바로 포기할 줄도 압니다. 명예퇴직하고 퇴직금 수백만 유로를 갖고 크게 얼굴에 먹칠하지 않고 어디선가 새로 시작할 수 있다는 계산인 거죠. 이미 계획이 다 서 있을 겁니다."

프리트요프 라이펜라트는 면도를 하지 못해 수염이 까칠했고 입고 있는 하얀 셔츠는 형편없이 구겨진 채 목 단추가 풀어헤쳐져 있다. 게다가 허리띠가 없어 흘러내리는 바지를 한 손으로 잡고 있어야 했다. 그는 의자에 앉더니 한껏 등을 기대며 다리를 꼬았다. 그리고 누군가 건네준 종이컵 안의 커피를 홀짝홀짝 마시기 시작했다.

"라이펜라트 씨." 보덴슈타인이 날짜, 시간, 사건번호, 참석자 등 기본사항을 녹음한 뒤에 말했다. "오늘은 피의자로서 조사하는 겁니다. 1995년 5월 14일 외조모 리타 라이펜라트를 총기 혹은 흉기로 살해한 혐의입니다. 형사소송법 136조에 따라 이 피의사건에 대해 불만을 표시할 수 있고 진술을 거부할 수 있고 변호인의 조력을 받을 수 있습니다."

"알고 있습니다." 프리트요프 라이펜라트가 커피를 마시며 말했다. "어제도 다른 형사에게 들었습니다. 변호인은 필요 없습니다."

"좋습니다." 보덴슈타인이 고개를 끄덕였다. "조부의 자택에 있는 풀장 기계실 밑에서 무기가 발견됐습니다. 그중 몇 개는 전쟁무기통제법에 저촉되어 처벌대상입니다. 그리고 월터TPH 22구경 권총이 조모에게 발사됐다는 것이 탄도검사 결과 분명해졌습니다. 우물 속 리타 라이펜라트의 유해 옆에 있던 샴페인 병 병목에서 라이펜라트 씨의 지문이 발견됐습니다."

하딩 박사는 팔꿈치를 무릎에 대고 상체를 쑥 내민 채 축구경기라도 보듯 집중하고 있었다. 라이펜라트는 좀 지루하다는 듯 무표정한 얼굴로 고개를 끄덕였다.

"무기는 제 것입니다." 그가 단도직입적으로 말했다. "어렸을 때부터 무기에 환장했었죠. 결혼하고 아이들이 태어나자 다 모아서 할아버지 집으로 옮겼습니다. 그리고 잘 보관해달라고 부탁했습니다."

"할아버지가 흔쾌히 받아주지는 않았을 것 같은데요?" 보덴슈타인이 끼어들었다.

"네, 싫어하셨죠." 프리트요프 라이펜라트가 대답했다. "항상 물건 가져가라고 윽박지르곤 했습니다."

"몇 달 전 통화할 때 '쓰레기 같은 짐'이라고 한 게 그건가요?"

"맞습니다." 라이펜라트는 경찰이 통화내용을 알고 있는 것에 놀라지 않는 눈치였다. 전혀 관심이 없는 것 같기도 했다. "할아버지와 저는 사이가 좋지 않았습니다. 할아버지는 매번 유산을 주지 않겠다고 협박했죠. 유산 받을 생각 없다, 쓰러져가는 집은 물론이고 황폐한 공장부지 같은 거 관심 없다고 하면 불같이 화를 냈죠. 저한테 협박카드로 쓸 수 있는 게 없어서 약 올랐던 거예요. 오히려 반대로 제가 할아버지 약점을 잡고 있었죠. 1995년 5월 14일에 무슨 일이 일어났는지 아는 유일한 사람이 저였으니까요."

"그날 무슨 일이 일어났던 거죠?"

"제가 보는 앞에서 할아버지가 할머니를 쐈습니다." 라이펜라트는 날씨 얘기라도 하듯 짧게 대답했다. "할아버지는 할머니를 미워했고 할머니는 할아버지를 경멸했죠. 사실 더 일찍 터지지 않은 게 이상했어요. 그날 할머니는 심기가 매우 불편했습니다. 할아버지에게 욕을 하고 악담을 퍼부었죠. 누구도 말릴 수가 없었습니다. 저마저도 안 되겠더라고요. 할아버지는 평소처럼 죽여버리겠다고 으름장을 놓고는 집으로 들어가서 소파에서 잠들었습니다. 그렇게 술이 깨도록 놔 뒀으면 아무 일도 없었을 텐데 할머니는 그러질 못했어요. 모두 집에 갔고 저도 막 출발하려는 참이었습니다. 전 그때 약혼녀와 막 동거를 시작했을 때이고 결혼식을 준비하는 중이었죠. 얼른 집에 돌아가고 싶었습니다. 차 타러 걸어가고 있는데 할머니의 비명소리가 들렸습니다. 그길로 다시 돌아갔죠. 부엌에 가보니 할아버지가 샴페인 병으로 할머니 머리를 내리치려 하고 있었습니다. 술 취한 상태였고 엄청나게 화가 나 있었습니다. 저는 겨우 병을 빼앗았습니다." 라이펜라트는 머리를 절레절레 흔들었다. "전 그때 상황의 심각성을 제대로 깨닫지 못했습니다. 할아버지가 나가고 할머니를 달랬는데 잘 달래지지 않았습니다. 그런데 어느 순간 할아버지가 손에 권총을 들고 나타났습니다. '저리 비켜. 오늘 내가 이 마귀할멈을 끝장내버리겠어.' 이렇게 말하자 할머니가 웃음을 터뜨렸어요. 그게 실수였습니다. 할아버지는 방아쇠를 당겼고 총탄은 할머니의 배에 맞았습니다. 전 너무 놀라서 움직이지도 못했습니다. 순간적으로 앞으로 일어날 일들이 머릿속에 떠오르더군요. 구급차 부르고 경찰 오고 신문에 대문짝만하게 날 테고. 장인이 그 당시에 이미 글로벌 기업의 대표였습니다. 세계적인 유명인사였죠. 절 그저 야심 많은 애송이 정도로만 취급하는 양반이었는데 할아버지가 살인자라는 게 알려지면 딱 걸렸다, 했을 겁니다. 분명 결혼도 반대했을 거고요."

"20년 전에도 지금과 똑같은 이기주의자였군요." 하딩 박사가 말했다. "공감능력이라는 게 없어요. 그런 상황에서도 자신이 당할 불이익만을 생각하잖아요."

피아는 '빌어먹을 이기주의자 놈'이라는 말을 떠올렸다.

"할머니는 부엌 바닥에 쓰러진 채 피를 철철 흘렸습니다." 라이펜라트가 당시 상황을 설명했다. "아마 복부 동맥에 맞았는지 몇 분 안 돼 숨이 끊어지더군요. 할아버지는 그냥 다시 소파에 누워 잠이 들었고요. 저만 혼자 어쩔 줄 몰랐죠."

"그래서 자살로 꾸밀 생각을 한 겁니까?" 보덴슈타인이 물었다.

"아니요, 그건 요아힘이 생각해낸 겁니다." 라이펜라트가 대답했다. "요아힘에게 전화하는 것 말고 다른 방법이 생각나지 않더라고요. 요아힘은 제 가장 친한 친구이면서 제가 유일하게 믿는 사람입니다. 요아힘은 바로 출발했고 두 시간 후에 도착했습니다. 그동안 전 완전히 겁에 질린 상태였고 혹시 누가 총소리를 듣고 경찰을 불렀을까 봐 조마조마했습니다. 우린 할머니를 우물구멍 속에 집어넣었습니다. 언제 왔는지 할아버지가 그 안에 샴페인 병을 던지더군요. 우린 무쇠 뚜껑으로 우물을 덮고 그 위에 흙을 덮었습니다. 그리고 밤새 부엌 바닥을 닦았습니다. 그러고 나서 요아힘이 할머니의 차를 어디 갖다 놓고 자살했다고 하자고 제안했습니다. 뭐, 결국 그렇게 했고요."

"왜 하필이면 엘트빌로 갔죠?"

"제가 다닌 학교가 외스트리히-빙켈에 있었기 때문에 그 주차장을 잘 알았습니다. 요아힘은 할머니가 라인 강에 빠져 죽은 걸로 해야 한다고 했습니다. 그때 라인 강에 홍수가 났거든요. 그래서 제가 시체를 다시 우물에서 꺼내다가 강에 던지자고 했는데 생각해보니 시체에 총 맞은 흔적이 있잖아요. 만약 발견되기라도 하면 다 발각됐겠죠. 저는 범죄은폐죄, 뭐 그런 걸로 걸렸을 거고요."

"공무집행방해죄에 해당됩니다." 보덴슈타인이 말했다. "하지만 보크트 씨만 형법에 걸렸을 겁니다. 형사소송법 258조 6항에 따르면 친족을 위해 범한 행위는 처벌받지 않습니다."

"정말요?" 라이펜라트는 그를 빤히 쳐다보다가 한숨을 내쉬며 짧은 머리칼을 쓸어 올렸다. "어찌됐든 요아힘은 바로 돌아갔고, 전 술이 깬 할아버지에게 앞으로 어떻게 해야 하는지 알려줬습니다. 할아버지는 실제로 입을 다물었고 용케 클라스에게도 함구했던 것 같습니다. 뭐, 지금이라면 다르게 행동하겠지만 그때는 다른 대안이 없어 보였습니다. 그 뒤로는 맘몰스하인에 잘 안 가게 되더군요. 장미넝쿨 아래 뭐가 있는지 생각하면 도저히 견디기가 힘들었거든요."

"할머니를 탈개인화하고 있군요." 하딩 박사가 말했다. "할머니를 제대로 못 부르잖아요. 머리로는 그때 한 일이 옳지 않다는 걸 알지만 아무 감정도 느끼지 못합니다." 그는 자리에서 일어섰다. "저 사람은 우리가 찾는 범인이 아닙니다."

"저도 이젠 아니라고 생각해요." 피아는 어제까지만 해도 프리트요프 라이펜라트가 킬러일 거라고 의심했지만 이제는 생각이 바뀌었다. 그는 자신의 평판과 미래를 살리기 위해 깊은 생각 없이 행동했다. 그 행동은 비겁할지언정 전적으로 인간적인 것이었다. 그는 오직 자기 자신만을 생각하는 사람이었다.

"라이펜라트는 직업적인 성공에서 희열을 찾습니다." 하딩 박사가 진단했다. "사람들을 감시하기 위해 복잡한 계획을 세우고 그걸 실행에 옮기는 것 따위는 꿈에도 생각 못 할 겁니다. 그러기엔 손재주나 요령도 부족하고요. 이 사람은 명령을 하달하는 권력자 유형입니다. 실행하는 사람이 아닙니다."

"그럼 먼저 올라가 있겠습니다." 하딩이 문 쪽으로 걸어가며 말했다. 프리트요프 라이펜라트에게는 완전히 관심이 떠난 듯했다.

그가 나가고 문이 닫히자마자 피아의 휴대전화에서 진동음이 났다.

"피아, 너무 놀라지 말고 들어." 카이의 목소리가 흘러나왔다. "방금 바트 홈부르크 서에서 연락이 왔는데 잘부르크 근처 숲 주차장에서 차량 한 대가 발견됐대. 금요일부터 잠긴 채로 있었다나 봐."

"차종은?" 피아가 물었다.

"초록색 피아트 500. 차번호는 F-KF8168이야." 카이가 대답했다. "차량소유주는 카타리나 프라이탁, 위치는 프랑크푸르트 몽골피에르로 164번지."

***

'여기가 어디지?' 피오나는 몽롱한 상태에서 생각했다. '무슨 일이 있었던 거지? 왜 벌써 어두워졌지?'

머릿속이 흐리멍덩해서 생각하기가 힘들었지만 누군가를 찾아 어딘가로 가려 했다는 것은 어렴풋이 기억났다. 대체 누구를 찾아가려 했을까?

눈을 떠보려 해도 잘 떠지지 않았다. 몸뚱이가 제 몸 같지 않고 심한 운동을 하고 난 것처럼 온몸이 쑤시고 아팠다. 팔다리를 움직여보려 해도 움직여지지 않았다. 왜 입을 못 벌리지? 혀는 입천장에 붙어 있고 입속에 뭔가가 끼워져 있었다. 그녀는 손이든 발이든 머리든 움직여보려고 몸에 힘을 주었다. 그러나 아무것도 할 수가 없었다. 아무리 용을 써도 손가락 하나 움직일 수가 없었다!

사고가 난 걸까? 머리끝부터 발끝까지 온몸이 뭔가에 꽉 끼어 있는 느낌이었다. 두려움이 화염처럼 솟구치고 심장이 가슴을 뚫고 나갈 듯 요동쳤다. 보디백 안에 들어 있는 걸까? 산 채로 매장당한 건가? 피오나는 발을 구르고 소리를 지르려 했지만 그녀가 낼 수 있는 소리는 둔탁한 신음 정도였다. 입술, 손발이 경련하듯 떨리고 호흡은 점점 빨라지고 얕아졌다. 명치끝에서 숨이 꽉 막혔다. 원인 모를 두려움이 질식사에 대한 무시무시한 공포로 변했다. 과호흡이 왔다!

'진정해! 숨을 멈춰!' 그녀는 자신에게 명령했다.

피오나는 청소년 적십자단에서 배운 적이 있어 지금 자신에게 일어나고 있는 일이 뭔지 잘 알았다. 산소를 너무 많이 들이마시고 대신 이산화탄소를 적게 배출하고 있었다. 잠시 종이봉투에 대고 숨을 쉬면 괜찮아지겠지만 지금 그녀에게는 종이봉투가 없다. 그녀는 혀로 플라스틱 빨대를 더듬었다. 밖으로부터 입속으로 끼워져 있었다.

악몽이 아니었다. 현실에서 실제로 일어나고 있는 일이었다. 그녀는 어떤 변을 당했고 그녀가 여기 있는 걸 아는 사람은 아무도 없었다! 그녀가 이대로 사라진다 해도 찾을 사람도 없었다! 잠깐, 한 명 있다! 프랑크푸르트에 왔다고 실반에게 편지를 쓰지 않았던가! 어쩌면 실반이 그녀를 찾을지도 모른다. 집에 돌아오지 않은 걸 알고 그녀를 구하러 올지도 모른다.

***

피아는 몇 초간 마비된 듯 멍한 상태였다. 카이의 말은 천천히 그녀의 의식 속으로 스며들었다. 킴의 차가 숲 주차장에서 발견됐고 금요일부터 죽 거기 있었다! 피아는 목덜미에 소름이 쫙 끼쳤다. 유리 너머에서 보덴슈타인과 라이펜라트가 하는 말도 귀에 들어오지 않았다. 보덴슈타인에게 보크트가 거짓말했다는 것을 말해줬어야 하는데 킴에 대한 걱정 때문에 잊어버리고 말았다.

"진정해!" 그녀는 자신을 나무랐다. 어제 분명 킴에게 답장이 왔었다. 그녀는 떨리는 다리로 일어나 방을 나갔다. 그리고 조사실 문을 두드렸다. 제복 차림의 순경이 문을 열어주었다. 과장이 그녀를 노려보았고 보덴슈타인은 의문이 담긴 시선을 던졌다.

"두 분께 급히 드릴 말씀이 있습니다." 피아는 온몸이 덜덜 떨렸다. "지금 바로요!"

"조금 쉬었다 다시 하겠습니다." 보덴슈타인이 프리트요프 라이펜라트에게 말하는 소리가 들렸고 다시 문이 닫혔다. 피아는 가만히 있지 못하고 우리 안의 짐승처럼 좁은 복도를 왔다 갔다 했다. 킴의 자동차가 금요일부터 잘부르크 숲 주차장에 서 있는 데는 분명 납득할 만한 이유가 있을 것이다! 킴이 다니는 직장이 도른홀츠하우젠이라고 하지 않았나? 그렇다면 거기서 그렇게 멀지 않을 텐데? 프랑스에 가기 전에 그냥 거기에 주차하고 간 게 아닐까?

조사실 문이 열렸다.

"피아!" 보덴슈타인이 걱정스러운 얼굴로 나왔다. "무슨 일 있어?"

그 뒤로 엥엘 과장이 모습을 드러냈다.

"잘부르크 숲 주차장에서 킴의 자동차가 발견됐어요." 피아가 폭발할 것 같은 감정을 꾹 누르며 말했다. "지난 금요일부터 거기 세워져 있었고 문도 잠겨 있대요."

"이런, 빌어먹을!" 보덴슈타인의 입에서 탄식이 튀어나왔고, 이에 피아는 겨우 붙들고 있던 이성의 끈을 놓고 말았다.

"어젯밤에 프랑크푸르트에 갔어야 했어요!" 피아가 소리를 빽 질렀다. "가서 확인했어야 했다고요! 동생을 모른 척하고 난 언니 자격도……"

"그만!" 니콜라 엥엘의 따끔한 질책에 피아는 말을 뚝 그쳤다. "금요일부터 차가 거기 세워져 있었다면 어제 집에 갔다고 한들 뭘 할 수 있었겠어요? 정신 차리고 이성적으로 생각해요!"

험한 말로 쏘아붙이려던 피아는 엥엘 과장의 창백해진 얼굴을 보고 입을 다물었다. 그녀도 피아만큼 걱정하고 있었다. 단지 감정을 잘 통제하고 있을 뿐이었다.

"조서에 서명하게 하고 라이펜라트 풀어줘요." 엥엘 과장이 보덴슈타인에게 지시했다. "여권 압수하고 매일 한 번씩 쾨니히슈타인 경찰서에 연락하라고 하고 바로 위로 올라와요."

"알겠습니다." 보덴슈타인이 고개를 끄덕였다.

"산더 형사, 갑시다!" 엥엘은 피아와 보덴슈타인을 남겨둔 채 곧장 뒤돌아 걷기 시작했다.

"킴의 휴대전화 위치추적 신청해야 해요." 피아가 두서없이 말했다. "전 그 병원에 전화해볼게요. 차 확인할 사람도 보내야 하고요! 집에 가볼게요. 뭔가 단서가 있을지도 몰라요! 어쩌면 집에 있을지도 모르죠. 차가 갑자기 시동이 안 걸렸을 수도 있고……"

그녀는 목소리가 뒤집히며 말을 맺지 못했다. 이미 너무 늦었다는 생각이 그녀를 엄습했다.

"혼자 가면 안 돼! 라이펜라트 일 마무리하고 나랑 같이 가." 보덴슈타인이 명령하듯 말했다. 그리고 다시 조사실로 들어가기 전 피아를 꼭 안고 등을 토닥여주었다. 오랜 세월 함께 일하면서 처음 일어난 일이었다.

"동생을 모른 척하지 않았어." 그가 그녀의 귀에 대고 말했다. "계속 연락했잖아."

"하지만 레커가 무슨 짓을 한 거면 어떡해요? 우리가 왜 월요일에 레커를 놓아줬던 거죠?"

"더 붙들어놓을 증거가 아무것도 없었어. 킴을 찾을 수 있어. 내 말 믿어! 모든 수단과 방법을 총동원하자고. 너무 걱정하지 말고 자기 탓 하지 마. 잘못한 거 하나도 없으니까. 알겠지?"

"알았어요." 그녀는 그의 어깨에 얼굴을 기대고 눈물과 두려움을 떨쳐내려 애썼다. 그녀는 킴에게 무슨 일이 일어났다는 것을 알 수 있었다. 느낄 수 있었다.

**

킴의 자동차가 숲 주차장에서 발견됐다는 소식은 경찰서 안에 빠르게 퍼져나갔다. 연쇄살인범의 기존 범행방식과의 유사점도 확연했다. 킴이 피아의 동생이라는 것은 누구나 알았다. 어려운 사건이 있을 때마다 조언자로서 도움을 주곤 했기 때문이다. 아무도 입 밖에 내진 않았지만 킴이 과장의 애인이라는 것도 공공연한 사실이었다. 피아는 그녀가 다가가기만 해도 말을 멈추고 돌아보는 동료들의 표정을 보며 걱정하는 사람이 그녀만은 아니라는 것을 느꼈다.

회의실에는 특별수사팀이 모두 모여 있었다. 엥엘 과장, 셈, 카트린, 타리크는 하딩 박사의 말을 경청하고 있었다. 과장은 연신 고개를 끄덕거렸다.

"차 지금 어디 있는지 알아?" 어깨와 목 사이에 수화기를 끼운 채 컴퓨터 화면을 들여다보고 있는 카이에게 피아가 물었다.

"응." 그가 그녀를 올려다보았다. "바트 홈부르크 다이믈러 가에 있는 견인업체에 있대."

피아는 다음 질문에 대한 답이 두려웠다. 그러나 아무리 동생 일이라고 해도 그녀는 수사관이었다. 수사관으로서 처신하지 않으면 엥엘 과장은 분명히 그녀를 수사에서 빼버릴 것이다. "차 트렁크는 열어봤어?"

"아니, 아직." 카이는 중립적으로 대했지만 눈에는 걱정이 가득했다. "지역범죄수사국으로 옮기라고 말해뒀거든. 거기 차량 전문 분석관들이 있으니까 곧 결과 나올 거야."

"고마워."

"클라스 레커의 행방에 대해 새로 들어온 소식 있어?" 보덴슈타인 반장이 카이의 책상가로 와서 물었다.

"아니요, 없습니다. 방금 아스만 정신건강클리닉에 전화해봤는데요, 킴이 부활절 전날 갑자기 2주간 휴가를 냈다고 합니다. 킴의 휴대전화 위치추적은 지역범죄수사국에서 하고 있습니다."

니콜라 엥엘, 하딩 박사, 셈, 타리크, 카트린도 그들에게 다가왔다. 카트린이 위로하듯 피아의 어깨를 가만히 짚었다.

"지금부터 프라이탁 집으로 갈 겁니다." 엥엘 과장이 말했다. "가서 이웃 탐문하고 최후목격 시간을 알아내세요."

"최근에 저랑 통화했어요." 피아가 말했다.

"최근이 언제를 말하는 거죠?" 과장이 물었다.

"어…… 정확히 기억이 안 나요." 피아는 말을 더듬었다. "리타 라 이펜라트의 유해가 발견된 다음에요."

"그건 지난주 목요일이었어요." 타리크가 말했다.

"그다음엔요?" 하딩 박사가 물었다. "그다음에 메시지 주고받은 적 있어요?"

"그제, 아니 어제요. 어제저녁에 신호도 무선랜도 잘 안 잡힌다면서 나중에 연락하겠다고 했어요. 그리고 프랑스 국기 이모티콘을 보냈어요."

"킴이 보통 그런 식으로 메시지를 보내요?" 프로파일러 하딩이 심각한 표정으로 피아를 쳐다보며 물었다. "문장을 쓰는 방식이 전에 동생이 쓰던 방식이었나요?"

"무, 무슨 말씀인지 잘 모르겠어요." 피아는 혼란스러웠다.

"시간을 국한시켜보려는 겁니다." 하딩 박사가 대답했다. "만약 킴이 어제저녁에 연락한 게 맞다면 조용히 혼자 있고 싶어서 어디론가 간 것이고 무사하다는 얘기가 되는 거지요."

피아는 그제야 그의 말을 이해하고 휴대전화를 꺼내 왓츠앱에서 킴과 나눈 대화를 열어보았다. 킴의 마지막 메시지가 어디 있더라? 그녀는 스크롤을 이동시켜 지난 대화들을 살펴보았다. 없다! 하지만 어제저녁에 분명히 메시지가 왔는데? 그런 걸 착각할 리가 없지 않은가! 갑자기 주위가 조용해졌다. 피아는 그제야 모든 시선이 그녀를 향해 있다는 것을 알았다.

"어제 분명히……." 그녀는 말하다 말고 휴대전화 메뉴로 들어갔다. 화면을 누르는 손가락이 가늘게 떨렸다. 그때 문득 문자메시지를 받은 기억이 났다. "왓츠앱이 아니라 문자메시지였어요! 수요일 저녁 9시 24분에 받았어요." 피아는 재빨리 앱으로 들어갔다. 그리고 킴의 메시지를 바로 찾아내 짧은 텍스트를 소리 내어 읽었다. "'하이, 전화 못 받았어. 이동 중인데 신호 안 잡히고 무선랜 안 되는 곳도 있음. 연락할게!'"

"킴이 평소 이런 식의 문장을 썼나요?" 하딩 박사가 물었다.

"네, 네, 그럼요." 피아가 고개를 주억거렸다.

"한번 줘봐요." 엥엘 과장이 손을 내밀었다. 피아는 휴대전화를 그녀에게 건넸다.

"이건 킴이 쓴 게 아니에요." 엥엘이 단정하듯 말했다. "킴은 문장부호를 생략하지 않아요. 완전한 문장으로 쓰지 명사형으로 끝맺지도 않고요. 그리고 '하이'라고 인사하는 거 한 번도 못 봤어요."

"운전 중에 썼을 수도 있잖아요." 피아도 말은 그렇게 했지만 상사의 말이 옳다는 것을 알았다. 킴은 문자메시지를 보낼 때 시간이 절약된다는 이유로 문장을 잘라먹는 것을 싫어했다. 그리고 이것 전에 킴에게 받은 마지막 문자메시지는 몇 년 전 왓츠앱이 생기기 전에 받은 것이었다.

"그렇다 치고, 이게 뜻하는 게 뭐죠?" 피아는 자신의 목소리가 떨리는 것을 느꼈다.

"수요일 저녁에 이미 문자메시지나 전화를 할 수 없는 상태였다는 거죠." 하딩 박사가 말했다. "피아, 마음이 아픈 건 알지만 현실을 직시해야 해요."

***

분명 물이 문제였다. 매번 물을 몇 모금씩 마실 때마다 눈꺼풀이 주체할 수 없이 무거워지고 사지가 나른해지면서 결국 생각이 멈추고 꿈도 없는 깊은 잠속으로 빠져들었다. 잠에서 깰 때는 머리가 깨질 듯이 아프고 몹시 목이 탔다. 피오나는 시간관념이 없어졌다. 여기가 어디이고 누가 그녀를 가뒀는지도 몰랐다. 그리고 그 누군가가 뭣 때문에 그녀를 납치하는 수고를 했는지도 알지 못했다. 몽롱한 와중에도 강간당한 것 같지는 않았다. 옷도 마지막으로 기억나는 날 입었던 옷 그대로였다. 가장 놀라운 건 그리 두려운 마음이 들지도 않는다는 것이었다. 두려움을 느낄 수 없을 정도로 정신이 몽롱했다. 그녀가 있는 방은 직사각형 모양이고 텅 비어 있었다. 벽과 바닥은 매끈한 콘크리트로 돼 있고 4미터 높이의 천장에는 형광등 하나가 달려 있었다. 그 맞은편 벽을 타고 어두운색 관이 천장으로 뚫려 있었다. 그리고 다른 쪽 벽에는 그녀의 손이 닿지 않는 높이에 둥그런 모양의 감시카메라가 설치돼 있어 빨간 램프가 60초마다 한 번씩 깜빡거렸다. 그 밖에는 보통 보일러실에 있는 철문이 전부였다. 공기는 무척 건조하고 더웠다. 그녀가 누워 있는 바닥은 깨끗했다. 처음에 눈을 떴을 때 그녀는 구석에 놓인 뚜껑 달린 양동이를 발견했다. 아마 변기 대용으로 갖다놓은 것 같았다. 그녀 옆에는 약간 짠맛 나는 물이 든 500밀리리터들이 생수병 스무 개와 버터 비스킷 여러 개가 놓여 있었다. 적어도 조만간 굶어 죽지는 않을 것 같았다. 이걸 좋게 해석해야 할까, 나쁘게 해석해야 할까? 아마 그녀를 납치한 사람은 당분간 그녀를 감금하려는 것이지 죽일 의도는 아닌 듯했다. 피오나는 오줌이 마려웠지만 누워서 꼼짝도 하지 않았다. 누군가 보고 있는 걸 아는데 차마 양동이 위에 앉아 소변을 볼 수 없었다. 그리고 무엇보다 일어나서 거기까지 세 발짝을 걸어갈 기력이 없었다. 그녀는 방광에 가해지는 압력을 잊기 위해 띄엄띄엄한 기억의 공백을 채워보려고 노력했다. 마지막으로 기억나는 것은 호텔에서 체크아웃을 한 일이었다. 그녀는 기차를 타고 취리히로 돌아갈 생각이었다. 그게 언제였을까? 언제부터 여기 누워 있는 거지? 그리고 왜?

생각하는 것도 너무 힘들었다. 기억은 몇 초간 머물 뿐 어느새 그녀의 손아귀를 빠져나가버렸다. 그녀는 혀로 메마른 입술을 적셔보았다. 얼음을 둥둥 띄운 시원한 콜라 생각이 간절했다. 레몬 한 조각을 띄운 콜라, 그리고 담배도 피우고 싶었다. 스위스식 감자전을 곁들인 슈니첼도 먹고 싶었다. 집에 있는 침대가 그립고 그 위에서 책을 읽고 싶었다. 정원에 앉아 멀리 보이는 취리히 호수의 풍경을 보고 싶었다. 두려움이 독약처럼 소리 없이 그녀의 혈관으로 흐르는 것 같았다. 만약 영영 여기서 못 나가게 되면 어쩌지? 납치범이 사람을 잘못 데려왔다는 것을 알게 되면? 한 번이라도 실반과 얘기를 하고 죽고 싶은데! 파란 하늘이 보고 싶은데! 얼굴을 스치는 신선한 바람을 느끼고 싶은데! 그녀는 울고 싶은 심정이었다. 그러나 눈물샘이 말랐는지 눈물도 나오지 않았다. 갈증이 그녀를 괴롭혔다. 그녀는 팔을 뻗어 생수병 하나를 집었다. 뚜껑을 열고 통이 빌 때까지 그 미지근한 물을 길게 들이켰다. 그리고 눈을 감았다. 머릿속의 모든 질문을 지우고 두려움을 쫓아내는 달콤하고 묵직한 나른함에 몸을 맡겼다.

***

킴의 집은 몇 년 전 쿠발트 주택단지, 렙슈토크바트, 유로파 지구 사이에 새로 생긴 신시가지 8층 건물 꼭대기에 있었다. 킴은 이미 3년 전 그 집을 산 모양이었다. 호프하임에서 프랑크푸르트로 가는 차 안에서 엥엘 과장에게 들은 바에 의하면 그랬다.

"전 전혀 몰랐어요." 피아가 말했다. "최근에 월세로 들어간 줄 알았는데!"

킴이 그녀에게 말하지 않은 것이 또 하나 늘었다.

"그럼 언제부터 거기서 산 거야?" 운전대를 잡은 보덴슈타인이 물었다. 다른 사람이 없을 때는 니콜라 엥엘에게 말을 놓는다.

"일 년쯤 됐을걸." 엥엘이 뒷좌석에서 대답했다.

"둘이 같이 사는 거 아니었어?" 보덴슈타인이 의외라는 듯 물었다.

"뜻대로 안 되더라고." 엥엘이 순순히 인정했다. "그리고 헤어진 지 몇 주 됐어."

"아니, 왜?"

"왜 남의 일에 간섭이지?"

"평소라면 그 말이 맞지만 지금은 상황이 다르잖아." 보덴슈타인이 주장했다. "킴에게 무슨 일이 일어났을 수도 있는 상황이라 헤어진 이유가 수사에 중요하다고."

"그냥 이대로 계속할 수는 없다는 걸 깨달은 것뿐이야." 니콜라 엥엘이 말했다. "둘이 협의해서 좋게 헤어졌어."

"최근에 주차장에서 싸우는 거 보니까 좋게 헤어진 것 같진 않은데요?" 피아는 엥엘과 눈을 맞추려고 뒤를 돌아보며 말했다.

"우리 얘기를 엿들은 거예요?" 엥엘이 눈을 부라렸다.

"아니에요, 엿듣지 않았어요." 피아가 반박했다. "킴이 소리 지르는 건 들었지만 무슨 말인지는 전혀 못 알아들었어요."

"니콜라, 제발." 보덴슈타인이 다시 끼어들었다. "킴이 혹시 나쁜 마음 먹은 건 아니겠지? 아니면 새로 사람이 생겨서 그 사람 집에 함께 있다거나 한 건 아니야?"

"너무 사적인 일이라 대답 못 해."

엥엘이 대답을 거부하자 피아는 속에서 열불이 났다. 혹시 처음에 잘못 생각한 걸까? 킴이 엥엘을 찼다고 생각했는데 그게 아니라 반대인 건가? 엥엘이 얼마나 정교하게 상대의 약점을 건드리는지 익히 아는 피아로서는 그런 의심이 들지 않을 수 없었다. 사실 킴이 나쁜 마음을 품고 충동적인 행동을 했으리라고 생각되지는 않았다. 피아가 아는 킴은 그런 사람이 아니었다. 그러나 킴에 대해 아는 게 별로 없다는 것만은 인정해야 했다.

"도대체 얼마나 못살게 굴었으면!" 흥분한 피아가 저도 모르게 외쳤다. "과장님이 얼마나 괴롭혔을지 안 봐도 빤해요! 자기 말 안 듣는 사람은 어떻게든 괴롭히잖아요!"

"아니거든요!" 니콜라 엥엘이 맞받아쳤다.

"과장님은 피도 눈물도 없는 인간이에요! 남의 감정 같은 것 안중에도 없잖아요! 우리 서에 그거 모르는 사람 없거든요!" 피아는 보덴슈타인의 눈총에도 아랑곳하지 않았다. 너무 화가 나서 속에서 용암처럼 치밀어 오르는 분노의 말들을 도저히 자제할 수 없었다.

"피아!" 보덴슈타인이 꾸짖었지만 소용없었다.

"저랑 킴을 떼어놓으려고 온갖 짓을 다 하셨죠!" 피아가 엥엘 과장에게 계속해서 쏘아붙였다. "킴이 저를 그렇게 멀리한 건 다 과장님 때문이라고요! 우리 집에 오라고 해도 안 오고 자기 집에 초대하지도 않았어요! 부하직원인 제가 킴의 언니인 게 너무 마음에 안 드셨죠? 혹시라도 사생활 엿보고 직원들에게 퍼뜨릴까 봐 걱정되셨어요? 그렇게 의심 많고 모든 걸 자기 뜻대로 해야만 직성이 풀리는 분이니 어련하시겠어요!"

피아는 어느 순간 입을 다물었고 차 안에는 불편한 침묵이 감돌았다.

"지금 매우 격앙된 상태인 걸 감안하죠." 과장은 피아의 엄청난 질타에도 마음의 중심을 잃지 않았다. "만약 다른 때였다면 그런 식의 감정폭발 용인하지 않습니다. 심각한 책임도 따를 테고요. 아무 근거 없이 사람 의심하지 말아요."

피아는 체념한 듯 한숨을 푹 내쉬었다. 그녀가 아무리 난리를 쳐도 엥엘은 자신에게 불리한 말은 절대 인정하지 않을 것이다. 피아는 킴에게 무슨 일이 일어났는지 혼자서라도 반드시 알아내리라 마음먹었다. 그리고 그게 만일 엥엘 때문이라면 천벌을 받으리라!

한동안 침묵이 이어졌다. A66고속도로의 차량 흐름은 마인타우누스 센터 즈음에서 도로공사로 인해 막히기 시작했다. 피아는 그 틈을 이용해 어머니와 오빠 라르스에게 전화를 걸어 킴과 마지막으로 연락한 게 언제인지 물었다.

"오빠는 지난 크리스마스 때 얘기한 게 마지막이라고 하고 어머니는 부활절 며칠 전에 전화가 와서 잠깐 통화했대요."

"그 밖에 알아볼 만한 사람은 없어?" 보덴슈타인이 엥엘에게 물었다. "친구나 직장동료 중에 마음 털어놓을 사람이 있지 않았을까?"

"모르겠어." 엥엘 과장이 대꾸했다. "내가 알기론 없어."

***

그들이 몽골피에르 로에 도착했을 때는 열쇠수리공과 순찰차 한 대가 이미 와서 대기하고 있었다. 보덴슈타인은 주차 칸에 차를 집어 넣었다. 프랑크푸르트는 호프하임 강력반 관할이 아니라서 그가 미리 프랑크푸르트 서에 출동 사실을 알려두었다. 건물에는 열두 세대 가 살았다. 보덴슈타인은 문이 열릴 때까지 아무 초인종이나 계속해 서 눌렀다. 결국 플로리안 파우스트라는 사람이 문을 열어주었다. 7층에 사는 40대 중반의 뚱뚱한 남자로 머리를 대머리로 싹 민 사람 이었다. 그는 원래 직장에 있어야 할 시간인데 주말에 독감에 걸려서 월요일부터 휴가를 냈다고 했다.

"프라이탁 씨는 지난주 목요일에 마지막으로 봤습니다." 그는 질 문에 적극적으로 답했다. "지하 주차장에서 바로 옆 칸을 사용하거든 요. 그날도 무척 바쁜 것 같았습니다. 그분이야 원래 몇 시간씩 서서 수다 떠는 사람은 아니지만 그날은 특히 바빠 보였습니다. 그냥 인사 만 하고 자기네 엘리베이터로 가더라고요."

"자기네 엘리베이터요?" 피아가 물었다.

"펜트하우스는 전용 엘리베이터가 따로 있거든요." 킴의 이웃 남자 가 말했다. "그래서 지하 주차장 아니면 우편함 앞에서 어쩌다 한번 봅니다."

"그 뒤로 기억나는 일 없습니까?" 보덴슈타인이 물었다. "누군가 프 라이탁 씨에 대해 묻진 않았나요?"

"오빠가 방문한 걸로 압니다." 플로리안 파우스트의 말에 피아는 귀를 쫑긋 세웠다. "사람 좋아 보이더라고요. 집에 열쇠를 두고 나갔다가 문이 닫혀버렸다면서 방금 하신 것처럼 우리 집 초인종을 눌렀습니다."

"그게 언제였죠?"

"잠깐만요." 그는 이마에 주름을 잡으며 기억을 떠올렸다. "월요일 아니면 화요일입니다. 그때 제가 상태가 아주 안 좋았거든요. 열이 나고 오한이 심하게 들었을 때니까 화요일 오후쯤인 것 같네요. 쾰른에 사는데 프랑크푸르트에 출장 왔다가 동생 집에 들렀다고 했습니다."

"어떻게 생겼던가요?" 피아가 물었다.

"키는 형사님이랑 비슷하고요." 플로리안 파우스트가 피아를 보며 말했다. "몸이 좀 좋은 편이고 연갈색 눈동자였습니다."

피아는 휴대전화에서 클라스 레커의 수배사진을 찾아 보여주었다.

"네, 이 사람 맞아요." 플로리안 파우스트는 문득 자신이 속았다는 사실을 깨달은 듯했다. "프라이탁 씨의 오빠가 아닙니까?"

"아마 아닐걸요." 피아가 대꾸했다.

그들은 그에게 고맙다고 한 뒤 계단을 통해 펜트하우스로 올라갔다. 계단을 한 칸 한 칸 밟을 때마다 피아의 마음속에서 두려움은 커져만 갔다. 킴의 집에서 무엇이 기다리고 있을 것인가.

"킴의 자동차는 지난 금요일부터 잘부르크 주차장에 세워져 있었고……." 니콜라 엥엘은 수사관으로서의 객관성을 지키려 애썼다. "레커는 월요일 저녁에야 풀려났어. 그리고 화요일에 이곳에 나타났어. 이걸 어떻게 봐야 하는 거지?"

"킴을 이미 어딘가에 데려다놓은 상태에서 뭘 가지러 왔거나 흔적을 지우러 오지 않았을까?" 보덴슈타인이 말했다. 그들은 킴의 집 앞에서 걸음을 멈추었다. 열쇠수리공은 3분도 되지 않아 문을 땄다. 피아는 그를 밀치고 안으로 뛰어 들어가고 싶은 것을 겨우 참았다.

"내가 먼저 들어가서 살펴볼게." 보덴슈타인이 총집에서 권총을 꺼내며 말했다. "여기 있다가 내가 들어오라고 하면 들어와, 알았지?"

피아는 함께 들어가겠다고 우기고 싶었지만 곧 어깨를 으쓱하며 힘없이 고개를 끄덕였다. 복도에 남은 피아와 니콜라 엥엘은 서로 눈길을 피하며 서 있었다.

"내가 아니라 킴이 떠난 거예요." 엥엘 과장이 낮은 목소리로 말했다. "이미 몇 달 전부터 나랑 있으면 답답하다고 했었는데 그 뒤로도 얘기할 사람이 필요하거나 울고 싶을 때면 날 찾아왔지. 난 그게 싫어서 자기 물건 가져가고 열쇠도 돌려달라고 여러 번 부탁했어요. 킴은 그렇게 하지 않았고. 그래서 자물쇠를 바꾸고 킴의 물건을 상자에 담아 문 앞에 내놨죠. 그래서 그날 그렇게 화를 낸 거였어요."

갑작스러운 고백에 피아는 무슨 말을 해야 할지 몰랐다.

"그리고 언니 집에 발길을 끊은 것도 나 때문이 아니에요." 엥엘 과장은 벽에 시선을 고정한 채 말을 이었다. "형부 때문이에요."

"제 남편 때문이라고요?" 피아는 할 말을 잃었다.

"형부가 무슨 말인가를 했는데, 킴이 그 말 때문에 무척 마음이 상했어요." 니콜라 엥엘이 말했다. "벌써 몇 년 됐어요. 나도 얘기 들어보니 틀린 말은 아니었어요."

피아는 엥엘을 빤히 쳐다보았다. 속이 메슥거리는 기분이었다. 크리스토프가 킴에게 무슨 말을 했기에? 그리고 왜 킴과 다퉜다는 말을 한마디도 하지 않은 것일까? 킴이 왜 발길을 끊었는지, 왜 한 번도 자기 집에 초대하지 않는지 자주 얘기했었는데 그는 매번 이유를 모르겠다고 하지 않았던가! 피아는 갑자기 자신이 너무 초라하게 느껴졌다. 이 세상에서 그 누구보다 믿는 사람인데 과연 남편이 그를 속였다는 것일까?

"대체 무슨……?" 피아가 막 입을 열었을 때 보덴슈타인이 나왔다. 표정이 어두웠다.

"킴은 없어." 그가 말했다. "욕실에 클라스 레커가 있는데 죽었어."

***

그런 지독한 두통은 처음이었다! 피오나는 수만 개의 바늘이 찔러대듯 시신경을 자극하는 쩡한 불빛에 눈을 뜰 수가 없었다. 계속 딱딱한 바닥에 누워 있으니 꼬리뼈고 골반이고 어깨고 할 것 없이 온몸이 아팠다. 그러나 가장 심각한 것은 두통이었다. 마치 좁은 복도를 빠져나가느라 이리저리 부딪치는 가구처럼, 생각이 긴 뇌 주름에 막히고 눌리며 겨우 빠져나오는 느낌이었다. 그녀는 속으로 백까지 셌다. 그리고 다시 한 번 반복했다. 언젠가는 눈을 떠야 한다. 소변이 급하니까. 왜 이렇게 기억이 하나도 없지? 몽롱한 기운이 약해질수록 두려움은 강해졌다. 잠에서 막 깰 때는 마치 아련한 꿈의 한 조각처럼 희미하게만 느껴졌다. 그러나 이 두려움은 꿈과 달리 사라지기는커녕 점점 고조되어 파괴적으로 변했다. 결국 패닉으로 치달아 악을 쓰고 비명을 지르며 발이 아플 때까지 벽을 차다 히스테리적인 울음을 터뜨리고 말았다. 이 콘크리트 감옥에서 죽게 된다는 확신이 들면 거의 돌아버릴 지경이었다. 왜? 왜 그녀를? 그녀가 무엇을 잘못했기에? 그녀를 납치해 감금할 이유가 도대체 누구에게 있단 말인가? 이 질문에 대한 답을 모르는 것도 답답하지만 그녀를 기다리는 사람이 아무도 없다는 사실은 더욱 절망적이었다. 어쩌면 그녀가 집에 돌아오지 않았다는 걸 이웃들이 눈치챌 수도 있으리라. 그러나 그렇다고 경찰에 신고를 할까? 그리고 실반은? 그녀의 이메일을 받았을까? 그녀에게 더 이상 연락이 없으면 걱정을 할까? 피오나는 그런 생각을 하지 않기 위해 좋은 것만 떠올리려고 노력했다. 그녀가 좋아하는 냄새, 예를 들면 여름에 뜨겁게 달궈진 아스팔트에서 피어오르는 비 냄새, 글라루스(스위스에서 가장 작은 주—옮긴이) 알프스의 눈 덮인 봉우리에 붉게 번지는 아침 햇살 같은 것들……. 그녀는 문득 무슨 소리를 들은 것 같아 흠칫했다. 또! 피오나는 온몸이 마비되는 것만 같았다. 다시 낮은 신음소리가 나자 팔에 소름이 쫙 끼쳤다. 그녀는 움직이지 않고 살짝 눈을 떠보았다. 심장이 덜컹 내려앉았다. 그녀는 혼자가 아니었다! 5미터도 떨어지지 않은 곳에 누군가가 등을 보인 채 누워 있었다. 목에서 골반까지 상체가 온통 랩으로 감겨 있는 여자의 모습에 피오나는 자신도 전에 저런 모습이었을 거란 생각이 들었다. 그런데 왜 랩을 풀어주었을까? 왜 저 여자는 풀어주지 않았지? 여자의 머리에는 코만 빼고 온통 은색 테이프가 덧대져 있었다. 피오나는 네 발로 기듯이 해서 그 여자에게 다가갔다. 여자는 다시 신음소리를 냈다. 그러다 피오나가 건드리자 깜짝 놀라 몸을 떨었다.

"걱정 말아요. 난 해치지 않아요." 피오나가 속삭였다.

은색 테이프를 뜯어내는 일은 결코 쉽지 않았다. 너무 딱 붙여놔서 얼굴이 아플 것 같았다. 그러면서도 피오나는 납치한 사람이 그들을 감시하고 있다가 금방이라도 문을 열고 들이닥칠 것 같아 조마조마했다. 이 여자를 풀어준 벌로 다시 그녀에게 랩을 씌울 것만 같았다. 두려움에 진땀이 흐르고 손이 벌벌 떨렸다. 피오나는 테이프를 뜯어내며 여자에게 안심하라고 계속 이야기했다. 그러나 그녀는 아무 반응이 없었다. 마지막 테이프 층을 떼어내고 나서야 귀에 귀마개가 꽂혀 있다는 사실을 깨달았다. 드디어 그녀는 머리카락이나 속눈썹이 너무 많이 뜯기지 않은 상태로 테이프를 전부 제거하는 데 성공했다. 여자는 켁켁거리더니 크게 숨을 들이마셨다. 그리고 눈을 떴다. 그 순간 피오나는 눈이 번쩍 떠졌다. 금발, 높은 광대뼈, 파란 눈. 그녀가 독일에 온 목적이 그녀 바로 앞에 놓여 있었다. 콘크리트 바닥에 누워 있는 여자는 다름 아닌 카타리나 프라이탁 박사, 카타, 그녀의 어머니였다.

"물!" 그녀가 중얼거렸다. "물 좀 줘요!"

피오나는 다시 제자리로 기어가 생수병의 뚜껑을 열었다. 새 제품을 열 때 나는 딸각 소리가 나지 않았다. 분명 마약을 섞어놓았으리라. 악마 같으니라고! 그들은 목말라 죽거나 계속해서 의식을 잃은 채 지낼 수밖에 없었던 것이다. 피오나는 잠시 망설이다 그녀, 어머니에게 물을 주기로 했다.

"물속에 사람을 늘어지게 하는 성분이 들어 있어요."

"괜찮아요." 카타리나 프라이탁이 힘없이 중얼거렸다.

피오나가 그녀의 메마른 입술에 물병을 대주자 그녀는 거의 반만 남을 때까지 허겁지겁 물을 마셨다. 그 모습을 보니 피오나도 무척 목이 말랐다. 그녀는 남은 물을 다 마셔버렸다. 이 안에 갇힌 채 미치느니 차라리 의식을 잃는 게 나을 것 같았다.

***

클라스 레커는 물이 담긴 욕조 속에 눈을 뜬 채 죽어 있었다. 옷을 모두 입은 채였고 손에는 라텍스 장갑을 끼고 있었다.

피아는 욕실에서 나와 복도 벽에 머리를 기댔다. 처음에 놀란 가슴은 진정됐지만 클라스 레커의 죽음이 무엇을 의미하는지 생각하자 더욱 경악할 수밖에 없었다. 만약 킴이 레커의 수중에 들어갔다면 이제 킴이 어떻게 됐는지 알 길이 없어진 것이다. 그는 화요일에 왜 여기 왔을까? 여기서 뭘 하려던 것이었을까? 그리고 무엇보다도 그를 죽인 사람은 누구일까?

사인과 사망 시점을 알아내기 위해 보덴슈타인은 헤닝에게 연락했고, 헤닝은 바로 와주기로 했다. 보덴슈타인은 또한 프랑크푸르트 강력반에도 연락을 취했는데 30분도 안 되어 수사관 두 명이 나타났다. 보덴슈타인과 엥엘 과장은 그들에게 이 복잡한 상황을 설명했고 그들은 상관에게 전화를 걸었다. 엥엘 과장이 그들의 상관과 통화했고, 결국 요즘 언론의 주목을 받고 있는 '타우누스 리퍼' 사건에 속한 것 같으니 보덴슈타인이 사건을 넘겨받는 것으로 결정이 났다.

그렇게 결정이 나고 보덴슈타인이 감식반을 부른 다음에야 피아는 동생의 집을 둘러보기 시작했다. 피아는 킴의 사생활을 훔쳐보는 것 같아 내키지 않았지만 피할 길이 없었다. 킴의 집은 누구나 꿈꾸는 멋진 집이었다. 바닥까지 길게 난 창문으로 햇볕이 들어오는 방 네 개, 욕실 두 개, 손님용 화장실 하나, 사면을 두르고 있는 발코니, 발코니에 연결된 거실 앞의 넓은 테라스까지. 옷걸이 옆 엘리베이터는 1980년대 미국 드라마 〈덴버 클랜〉에 나오는 알렉시스 콜비의 집을 연상시켰다. 간소한 동양적 느낌의 인테리어는 호텔방의 별 특색 없는 매력을 지니고 있었다. 거실과 연결된 부엌은 깔끔하게 정리돼 있었다. 냉장고에는 1리터들이 두유 한 팩과 유통기한이 지난 요구르트 하나만 달랑 들어 있었다. 식기세척기도 텅 비었고 쓰레기통에는 다 먹은 요구르트 통 두 개뿐이었다. 어디를 봐도 지저분한 구석이라곤 없었고 킴의 개인적 성향을 알게 해주는 물건도 전혀 없었다. 거실과 침실 벽에는 그림이나 사진이 걸려 있지 않았고 그렇게 여행을 많이 다녔는데도 여행 기념품 하나 눈에 띄지 않았다. 방 하나는 아예 꾸미지 않은 채였고 빨래건조대 옆에 이삿짐 상자 몇 개가 쌓여 있었다. 서재만이 유일하게 사람 사는 곳임을 알게 해주었다. 책장에는 책이 가득했고 책상 위에는 서류가 잔뜩 쌓여 있었다.

"맥북이 없네?" 니콜라 엥엘이 말했다. 집을 둘러보기 시작한 뒤 그녀가 처음 한 말이었다.

"가지고 나가서 차에 뒀는지도 모르죠." 피아가 킴이 쓴 메모를 읽으며 말했다. 킴은 정신감정서를 작성하고 있었던 듯했다. 피아는 어느새 불편한 감정을 떨쳐버리고 킴의 집을 주인이 사라지고 시체가 발견된 여느 사건현장과 다름없이 대하고 있었다.

"이삿짐 상자 내용물 좀 함께 봐주실래요?" 피아가 엥엘 과장에게 물었다.

"그러죠."

크뢰거가 감식반원 세 명을 데리고 들어왔다. 셈과 타리크가 그들과 동행했고 곧이어 헤닝도 도착했다. 이 집이 킴의 집이고 킴이 납치됐을지도 모른다는 피아의 말에 헤닝은 말없이 그녀를 안아주었다.

보덴슈타인은 셈과 함께 집집마다 돌아다니며 퇴근해서 돌아온 주민들을 상대로 탐문을 벌였고 감식반 직원 한 명은 건물관리인을 찾아내 지하 주차장의 감시카메라 녹음자료를 받아왔다.

피아, 타리크, 엥엘이 열어본 이삿짐 상자 안에는 책, 서류철, 문서 자료 외에 킴이 전에 맡았던 환자들에게서 받은 편지 모음도 있었다. 상자 하나에는 개인 물건과 서툰 뜨개질로 짠 노란 곰인형, 사진첩, 학생 때 쓰던 공책, 친구들이 써준 이별 메모, 자잘한 장식품 등 옛 추억이 담긴 물건들이 들어 있었다. 피아는 사진첩을 차례로 넘겨보았다. 어릴 적 기억과 가족휴가의 기억이 새록새록 떠올랐다.

"우엑!" 환자들의 편지를 훑어보던 타리크가 불쑥 내뱉었다. "엄청 무서운 것도 있어요! 여기 이 사람은 사람의 배를 갈라서 내장을 먹어보고 싶다는 이야기를 아주 자세하게 썼어요! 왜 이런 편지를 보관하는 거죠?"

"나도 궁금하게 생각했어." 니콜라 엥엘이 말했다. "물어보니까 나중에 책 쓸 때 자료로 사용할 거라고 하더라고."

"정상이 아닌데요." 타리크는 머리를 절레절레 흔들었다. 편지 쓴 사람이 비정상이라는 건지 킴이 그렇다는 건지는 말하지 않았다.

피아는 마지막 앨범을 들췄다. '1986년 5월 3일부터 10일까지 파리 졸업여행, 장크트 페터 오르딩, 1986년 여름, 졸업무도회, 1986년 10월 크라츠 댄스학원.' 의례적인 전체 사진 옆에 댄스카드가 끼워져 있었다. 킴의 댄스파트너 이름을 본 피아는 너무 놀라 숨이 턱 막혔다. 한 장 더 넘겨보니 파란 드레스를 입은 킴의 사진이 나왔다. 피아는 아직까지도 그 드레스를 기억했다. 그녀의 옆에는 당시 유행했던 폭 좁은 넥타이에 검은색 정장을 입은 댄스파트너가 서 있었다. 그로부터 25킬로그램쯤 더 살찐 몸을 상상해야겠지만 그는 수의사 라이크 게르만임에 틀림없었다.

＊＊＊

그들이 특수본에 도착한 것은 밤 10시가 넘어서였다. 피아가 그 사진을 발견한 후 엥엘 과장은 게르만의 집에 감시를 지시했다. 카이는 배고파하는 사람들에게 피자를 배달시켜줬고 피아와 엥엘 과장을 제외하고 모두 피자를 먹었다.

범죄분석실에서 킴의 민트색 피아트500 트렁크에 들어 있던 물건을 보내왔다. 가방, 점퍼, 운동화, 우산이었다. 맥북과 휴대전화는 거기 들어 있지 않았다고 한다. 집 열쇠와 차 열쇠 역시 발견되지 않았다.

킴의 이웃들은 킴을 본 지 오래됐다고 진술했는데 플로리안 파우스트 말고는 정확한 날짜를 기억하는 사람이 없었다. 우편함에 들어 있던 편지들도 살펴봤지만 통신요금 고지서 말고는 모두 광고전단이었다. 아스만 정신건강클리닉으로 배달된 우편물이 있으면 내일 아침 사람을 보내 가져오기로 했다.

지하 주차장 감시카메라 분석 결과 화요일 밤 11시 7분에 누군가 펜트하우스 전용 엘리베이터에 탄 것으로 드러났다. 그는 1시 43분에야 엘리베이터를 타고 내려갔다. 그가 클라스 레커를 살인한 자라는 데는 의심의 여지가 없었다. 그리고 엘리베이터 열쇠를 가지고 있었던 점으로 미루어보아 킴을 납치한 사람일 가능성이 컸다. 화면 상태가 좋지 않았고 그가 의식적으로 카메라를 쳐다보지 않았지만 용

169

의자들 가운데 한 사람은 아니라는 것을 바로 알 수 있었다. 60대 후반에서 70대 초반, 백발에 하얀 수염, 체구는 좀 뚱뚱한 편이었다.

"킴의 휴대전화는 4월 26일 수요일 저녁 9시 17분 마지막으로 이동통신망에 접속했어." 카이가 보고했다. "그런데 프랑크푸르트 시에서는 정확한 삼각측량이 불가능하고 휴대전화의 GPS와 위치정보 공유기능도 활성화돼 있지 않았어."

"킴이 문자메시지를 보낸 그 시각이야!" 피아가 흥분해서 외쳤다.

"아무래도 다른 사람이 킴의 휴대전화로 메시지를 작성한 것 같아, 피아." 카이가 안타까워하는 표정으로 말했다. "모두 알다시피 이동통신사에서는 각 단말기의 위치정보를 기록해. 이건 위치정보 기능을 꺼놔도 마찬가지야. 그런데 단말기가 꺼져 있으면 안 되거든. 킴의 경우 지난 7일간 딱 네 번 기록이 됐어. 고맙게도 텔레콤에서 협조적으로 나오더라고. 내역을 보내줘서 봤는데 에슈보른에서 두 번, 크론베르크에서 한 번, 시간은 각각 이삼 분 정도."

피아는 힘없이 피자 한 조각을 집어들었다. 그녀가 좋아하는 참치, 정어리 피자다. 배 속에서 꾸르륵거려 먹긴 하지만 아무 맛도 느껴지지 않았다. 머릿속에서는 자꾸만 아까 엥엘 과장이 한 말이 맴돌았다. 킴이 발길을 끊은 게 크리스토프 때문이라니!

"라이크 게르만의 동물병원이 크론베르크에 있잖아." 셈이 말했다.

"사샤 린데만은 에슈보른에 살잖아요?" 타리크가 입속에서 음식을 우물거리면서 말했다.

"그걸 그렇게 중요하게 받아들일 건 없습니다." 하딩 박사가 나섰다. "범인은 우리가 생각했던 것보다 훨씬 영리합니다. 연쇄살인범들이 저지르기 쉬운 실수들을 잘 알고 의식적으로 피하고 있어요."

"어떤 실수 말씀입니까?" 셈이 물었다.

"예를 들면 피해자의 휴대전화를 집에서 켜는 것 말입니다." 하딩 박사가 대답했다. "그리고 제 생각엔 범인이 변장을 하는 것 같습니다. 지하 주차장에서 찍힌 노인 있죠……. 엘리베이터에서 내릴 때 걸음걸이를 잘 한번 보세요!"

카이가 영상을 큰 화면으로 옮겼다. 노인은 오른쪽 차들 사이에서 나와 위를 쳐다보지 않고 뻣뻣한 걸음걸이로 엘리베이터를 향해 걸어갔다. 그리고 약 2시간 후 엘리베이터에서 나올 때는 빠르고 유연한 걸음걸이로 나왔다.

"들어갈 때는 없었는데 어깨에 가방을 메고 나왔어요!" 타리크가 외쳤다.

"아마 맥북이겠죠." 하딩이 진지한 얼굴로 고개를 끄덕였다. "이자가 바로 우리가 찾는 범인입니다. 어머니날 킬러!"

"만일……." 피아가 말을 꺼내다가 헛기침을 했다. 모두들 생각하고 있지만 차마 입에 올리지 못하는 말을 입 밖으로 꺼내는 것이 쉽지 않았다. "만약 저 사람이 킴을 납치했다면 킴이 살아 있을 가능성은 얼마나 될까요?"

하딩 박사는 바로 대답하지 않았다.

"우리가 찾는 남자는 특정한 의식을 따릅니다." 그가 말했다. "이 의식은 그에게 지극히 중요합니다. 아주 세세한 부분까지 치밀하게 계획하고 피해자를 골라 접촉을 시도합니다. 정밀하게 설계한 인물로 위장해 영리하게 접촉하죠. 그런 다음 피해자에게 접근해서 제압하고 마음대로 통제가 가능하도록 랩에 쌉니다. 그리고 익사시킨 뒤 냉동합니다. 왜 그렇게 하는지 그 이유는 아직 모릅니다. 하지만 시체를 보관하기 위해서 그렇게 하는 것 같지는 않습니다. 아마도 적당한 때에 버리기 위해서겠죠."

피아는 벌떡 일어나 뛰쳐나가고 싶은 것을 참느라 이를 악물었다. 하딩의 사무적인 표현방식을 참다못해 뛰쳐나간 젊은 여직원을 이해할 것 같았다. 그녀는 이제까지 사건으로부터 내적 거리를 잘 지켜왔다. 강력반 형사에게 꼭 필요한 것이기도 하다. 물론 그녀도 피해자에게 동정심을 느꼈고 유족의 근심과 슬픔에 마음 아파했다. 하지만 이번 일은 완전히 달랐다. 이것은 그녀의 친동생 킴에 관한 일이었다. 피아는 킴이 익사하는 상상을 하는 것만으로도 미칠 것 같았다.

"이 의식은 어머니날에 치러질 겁니다." 하딩이 말을 이었다. "그런 점에서, 만약 범인이 킴을 납치했다면, 범인의 행동은 규칙을 벗어난 이탈적인 것입니다. 범인은 마음이 불안하고 극심한 스트레스를 받고 있을 겁니다. 그렇게 되면 킴은 더욱 위험해질 수 있습니다. 그런데 하나 이해가 안 가는 건 범인이 왜 킴을 선택했는가 하는 겁니다. 킴은 가장 중요한 요건을 충족시키지 않는데 말이에요."

"어떤 요건 말씀인가요?" 니콜라 엥엘이 물었다.

"아이를 버린 일이 없잖아요." 그가 답했다. "범인에게 어머니날은 트라우마 경험과 연관돼 있기 때문에 기폭제 역할을 하는 겁니다. 어머니날 자체는 기폭제가 아닙니다. 만약 그렇다면 지나가는 사람 아무나 죽이는 '묻지 마 살인'을 하겠죠. 범인의 살인환상은 언제나 자기를 버린 어머니처럼 아이를 버린 여자를 만날 때 생깁니다. 이 사건의 피해자들은 모두 더 나은 인생 혹은 다른 인생을 시작하기 위해 아이를 버린 어머니들입니다."

피아는 가슴이 두근거렸다. 킴은 범인의 피해자 요건에 들어맞지 않는다!

"하지만 엘케 폰 도너스베르크도 아이를 버리지 않았는데요." 셈이 그의 주장을 반박했다.

"그건 알 수 없죠." 하딩이 대꾸했다. "혹시 모릅니다. 남편 얘기를 시급히 들어봐야 합니다. 전 여전히 피해자를 통해서만 범인을 찾을 수 있다고 확신합니다. 아직 만나보지 않은 유족이 누구누구인가요?"

"리아네 반 부렌과 엘케 폰 도너스베르크요." 타리크가 말했다.

"그럼 하루빨리 만나보십시오." 프로파일러는 의자에 등을 기대고 양손으로 얼굴을 문질렀다. 이제 그에게서도 밤낮없이 일하는 동안 쌓인 수면 부족과 피로가 드러나기 시작했다. 그는 무척 피곤해 보였지만 집중력을 잃지 않았다. "범인은 40세에서 50세 사이이며 머리가 좋고 강한 체력을 가진 사람입니다. 자영업자이거나 근무시간이 유연한 직장에 다닐 거고 피해자를 감금할 수 있는 환경도 가지고 있습니다. 예를 들면 자가 주택이요."

"그건 린데만, 보크트, 돌, 게르만 박사 모두 해당되는데요." 보덴슈타인이 실망한 듯 말했다.

"라이크 게르만의 어머니는 어떤 사람입니까?" 하딩 박사가 물었다.

"그건 아직 알아보지 못했습니다." 보덴슈타인이 순순히 인정했다. "어머니에 대한 얘기는 전혀 없었습니다. 아버지는 테오 라이펜라트의 친한 친구였고요. 더 이상 아는 것은 없습니다."

"알아내야 합니다." 하딩 박사가 조언했다.

"참, 보크트가 거짓말한 거였어요. 리타 라이펜라트에게 일어난 일을 물었을 때 모른다고 했어요." 피아가 생각난 김에 말했다.

"거짓말 안 하는 사람이 없군." 보덴슈타인이 중얼거렸다.

니콜라 엥엘의 휴대전화가 울렸다. 그녀가 전화를 받으러 복도로 나가자 회의실은 잠시 조용해졌다. 2분 뒤 다시 돌아온 엥엘 과장은 책상 앞에 와서 섰다.

"피의자 네 명에 대한 위치추적과 감청을 허가하는 법원명령이 나왔어요." 계속 소식을 기다리고 있던 카이는 늦은 시간임에도 불구하고 지역범죄수사국에 전화를 걸었다. IMSI 캐처(가짜 휴대전화 기지국의 역할을 해 도감청을 할 수 있게 하는 휴대용 장비—옮긴이)와 사일런트 SMS를 이용해 목표대상의 현재 위치를 추적하는 도감청 전문가를 신청하기 위해서였다. "그리고 린데만, 돌, 보크트, 게르만에게 감시를 붙일 거예요. 보덴슈타인 반장이 켈크하임, 쾨니히슈타인, 니더회히슈타트 서에 연락해서 주소 전달하세요!"

보덴슈타인이 고개를 끄덕였다. 엥엘 과장은 원래 많은 인력이 동원되는 수사를 꺼리는 사람인지라 피아는 이 파격적 조치에 진심으로 고마움을 느꼈다.

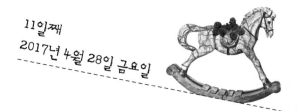

카트린은 집에 갔고, 셈과 타리크는 대기실에서 잠을 청했다. 피아는 의자에 발을 올리고 멍하니 생각에 잠겨 있었다. 크리스토프에게는 오늘 못 들어갈 것 같다고 메시지를 남겼다. 하딩 박사는 그녀에게 등을 돌리고 앉아 화이트보드를 응시하고 있었다. 낮은 목소리로 이야기를 주고받던 보덴슈타인과 엥엘도 조용해졌다. 유일하게 들리는 소리는 카이가 자판 두드리는 소리와 천장에 매달린 형광등 소리뿐이었다.

자정이 막 지났을 때 크리스티안 크뢰거가 사무실에 들어섰다.

"어떻게 됐어?" 보덴슈타인이 물었다. "뭐 발견된 거 있어?"

"없어요." 크뢰거는 빈 의자에 털썩 주저앉더니 차디찬 피자를 우적우적 먹기 시작했다. "깨끗해요! 모발, 지문, 아무것도 없어요! 집주인 것만 여기저기서 나오고 울고 싶을 정도로 깨끗해요!"

"그 집주인이 다름 아닌 내 동생이라고." 피아가 말했다.

"알고 있어, 피아." 크뢰거는 피아의 짜증 섞인 반응을 잘 받아주었다. "그래서 다른 때보다 더 철저히 했다고."

"미안해." 피아가 중얼거렸다. "신경이 너무 날카로워졌나 봐."

"괜찮아." 크뢰거가 피자를 베어 물며 말했다.

침묵 속에서 피아의 휴대전화가 날카로운 소리로 울렸다. 헤닝이었다.

"깨웠어?" 헤닝이 물었다.

"아니." 피아가 대답했다. "아직 사무실이야. 다들 모여 있어."

"아, 그렇구나. 잘 들어." 그가 말했다. "급한 것 같아서 방금 뵈메랑 같이 욕조 시체를 부검했거든. 사인은 익사가 분명해. 혈중 알코올이 약간 나왔고 죽기 두 시간 전쯤 요구르트를 먹었어."

피아는 쓰레기통 속에 있던 빈 요구르트 통 두 개를 떠올렸다. 레커는 킴의 집에서 한참을 기다렸던 모양이다.

"그런데 어쩌면 이게 더 흥미로울 거야. 피해자의 오른쪽 목에 전기충격장치에서 비롯된 것으로 보이는 자국 두 개가 있어."

"그럼, 레커가 전기총으로 제압당했다는 거야?" 피아가 의자에서 일어서며 물었다. 보덴슈타인과 엥엘도 귀를 기울였고 카이도 자판 두드리던 손을 멈췄다. 크뢰거도 귀를 쫑긋했고 하딩 박사도 의자에 앉은 채 뒤를 돌아보았다.

"아마 그런 것 같아." 헤닝이 대답했다. "기억나? 이런 자국은 시랍화 시체 두 구에서도 발견됐었어. 피해자는 라텍스 장갑을 끼고 있었고 목에는 면 재질의 검은색 스키마스크 같은 걸 두르고 있었어. 그리고 손에는 쇠줄이 들려 있었어. 양쪽 끝에 작은 나무 손잡이가 달린 건데, 뵈메 말로는 이탈리아 마피아들이 맘에 안 드는 사람 없앨 때 쓰던 거래. 사진 보내줄게."

"고마워, 헤닝." 피아가 말했다.

"뭘. 참, 피아?"

"응?"

"내가 킴이랑 잘 못 지냈던 건 사실이지만 꼭 제때 찾아내길 진심으로 바란다고."

"응, 고마워." 전화를 끊자 갑자기 눈물이 쏟아질 것만 같아 피아는 입술을 꽉 깨물었다. 문득 킴의 집에서 본 사진첩이 떠올랐다. 귀여운 금발 소녀였던 킴의 어릴 때 모습도 떠올랐다. 모두 킴을 사랑했었다. 그런데 언제부터 변한 걸까? 지금은 왜 킴을 좋아하는 사람이 아무도 없지? 대체 무슨 짓을 했기에 남자 두 명이 서로 죽이려고 달려든단 말인가?

피아는 헤닝에게서 들은 말을 요약해서 전달했다. 하딩 박사가 벌떡 일어섰다.

"전기총이 수수께끼의 답일 수 있겠군요! 범인이 피해자들을 어떻게 제압했는가에 대한 답 말입니다." 그가 외쳤다. "피해자들의 부검 보고서를 다시 한 번 훑어봅시다!"

보덴슈타인과 엥엘이 서류를 보기 시작했고, 하딩 박사도 그 옆에 앉아 나머지 서류철을 끌어당겼다.

"전 잠깐 바람 좀 쐬고 올게요." 피아가 의자를 뒤로 빼며 말했다. "반장님, 혹시 담배 있어요?"

보덴슈타인은 재킷 주머니에서 담배와 라이터를 꺼내 말없이 건넸다. 그녀는 그에게 함께 나가자고 권하지 않았고 그도 청하지 않았다. 잠시 혼자 있고 싶어 하는 그녀의 마음을 읽은 것이리라.

***

밖에는 비가 내리고 있었다. 빗방울이 유리로 된 처마를 통통 두들 겨댔고 홈통에서 빗물이 쿨럭쿨럭 쏟아져 나왔다. 경찰서 뒷마당에 가로등 하나가 덜렁 켜져 있을 뿐 울타리 너머 건너편 민가는 온통 어둠에 잠겨 있었다. 피아는 계단참에 앉아 담배에 불을 붙였다. 몇 달 만에 처음 피우는 담배였다. 니코틴은 바로 효과를 나타냈다. 손의 떨림이 멈췄고 정신없이 돌아가던 생각도 잠잠해졌다. 그녀는 벽에 머리를 기대고 눈을 감았다.

그때 문이 열리고 니콜라 엥엘이 나왔다. 피아는 자신의 옆에 와 앉는 엥엘을 보고 어안이 벙벙했다.

"나도 담배 하나 줘요." 그녀가 말했다. 피아가 담뱃갑을 건네자 그 녀는 담배에 불을 붙이고 길게 두 모금 빨았다. 그녀는 그새 옷을 갈 아입었는지 청바지에 흰색 운동화 차림이었다. 피아가 엥엘 과장을 안 이래 투피스 정장에 스틸레토 힐을 신지 않은 모습은 처음이었다.

"아까 한 말은 죄송해요." 피아가 사과했다. "화나시게 할 생각은 아 니었어요."

"알아요, 괜찮아요." 엥엘 과장은 길게 한숨을 쉬었다. "틀린 말도 별로 없었는걸, 뭐."

두 사람은 한동안 말없이 담배만 피웠다.

"산더 형사 틀린 적 별로 없잖아요." 과장이 허공에 대고 말했다. "직관력 있고 옳다고 생각되면 과감하게 밀어붙일 줄 알고. 그 누구도 못 막지. 심지어 나조차도."

피아는 숨을 헉 들이마셨다. 엥엘이 웬 바람이 불었을까?

"킴에게 산더 형사는 자신이 한 번도 가져보지 못한 것, 앞으로도 절대 가지지 못할 것을 가진 사람이에요." 엥엘 과장은 피아를 쳐다보지 않고 어둠 속을 향해 말했다. "어떤 문제가 닥치든 산더 형사는 정면승부해서 돌파하잖아요. 전사 유형이지. 결단이 필요한 상황에서는 결단을 내리고 중요한 일이면 고집을 부릴 줄도 알고. 남들에게 무슨 말을 듣든 상관 안 하고. 반면 킴은 도망자 유형이에요. 모두에게 사랑받고 싶어 하고 세상이 자신에게 감탄하길 바라지만 갈등이 생기면 일단 피하고 문제에서 빠져나오려고 해요. 어릴 때 얘기를 많이 듣진 못했지만 뭔가를 얻기 위해 딱히 노력할 필요가 없었던가 보더라고요."

"네, 맞아요." 피아가 고개를 끄덕였다. "막내인 데다가 정말 예뻤거든요. 저랑 비교도 되지 않았어요. 친척들 모두 킴을 떠받들었죠. 저는 여드름도 나고 뚱뚱했는데 킴은 안 그랬어요. 항상 사람에 둘러싸여 있었고요. 하지만 진짜 친한 친구는 없었어요. 제 친구들도 너무 잘난 척한다고 부담스러워했고요."

"어땠을지 상상이 되네." 니콜라 엥엘이 미소를 지었다. 그러나 그 미소는 금세 사라졌다. "킴은 자신을 존중해주지 않는다고 불만을 말하곤 했어요. 사소한 일에도 질투하고 억지를 썼죠. 언제나 관심받고 싶어 했고 그게 안 되면 바로 자신 없어 하고 다른 사람 탓, 세상 탓을 하고 모두를 욕했어요. 그렇게 매력적이고 능력 있는 여성이 어떻게 그렇게 자존감이 낮을 수 있는지 난 지금도 잘 이해가 안 가요. 똑똑하고 말 잘하고 박식하고 경제적인 능력도 있고 직장에선 그 분야의 독보적인 전문가인데 감정적인 면에서는 열다섯 살에 머물러 있었어요."

"그런데 제 남편이 킴에게 뭐라고 한 거죠?" 피아가 물었다. "킴이 얘기하던가요?"

"대충은 얘기했어요." 니콜라 엥엘은 바닥에 담배를 비벼 끈 뒤 옆에 있는 쓰레기통에 던졌다. "킴이 형부에게 불만을 늘어놓았는데 형부가 연극 그만하고 자기 자신의 모습으로 살아라, 그랬다나 봐요. 그러면 진정한 친구도 찾을 수 있고 좋은 인연도 만날 수 있을 거다, 레즈비언도 아니면서 레즈비언 흉내 내지 말라고."

뭔가 더 심각한 걸 예상했던 피아는 한결 마음이 놓였다. 그 대화는 킴이 비르켄호프에 와 있을 때의 대화로 피아도 크리스토프가 말한 걸 기억했다.

"그 말이 옳았어요." 엥엘이 말했다. "형부가 킴을 꿰뚫어봤고 킴은 그걸 견딜 수 없었던 거예요. 킴에게는 자신은 이런 사람이어야 한다는 분명한 상이 있어요. 한편으론 그렇게 특별한 사람, 독립적인 사람이 되고 싶어 하는데 다른 한편으론 언니가 사는 방식, 언니의 남편, 언니의 집을 부러워하는 거예요."

"킴이 저를요?" 피아가 어리둥절해서 물었다. "그럼 왜 저한테 그렇게 연락을 뚝 끊었을까요? 그리고 그때 옷차림 문제 있었을 때도 그렇게 무시하는 태도로 나오고."

"그건 나도 모르죠." 니콜라 엥엘이 어깨를 으쓱했다. "킴은 이해하기 힘든 사람이에요. 자신의 삶에 불만이 많은데 바꾸려고 하진 않아요. 아무리 좋은 의도로 해주는 조언도 듣지 않고 그냥 발전이라는 걸 거부하는 것 같았어요. 그래서 나하고도 계속 다투게 됐던 거고. 난 평생 아이를 원하지 않았는데 킴은 마치 사춘기 아이처럼 굴었어요. 어느 순간 보니 나는 엄마 역할을 하고 있고 킴은 나한테 간섭당한다고 느끼고, 그랬던 거예요."

엥엘의 허심탄회한 태도에 피아는 놀랍기도 하고 기쁘기도 했다. 짜증나는 상사이기도 하지만 결단력과 용기, 논리적 분석력만은 대단한 사람이라고 생각해왔기에, 이 솔직한 이야기는 자신을 진심으로 신임한다는 뜻으로 받아들여도 될 것 같았다.

"함부르크 병원에 그렇게 오랫동안 붙어 있었던 것도 자기 뜻을 거스르거나 진지하게 이의를 제기하는 사람이 없었기 때문이었지." 니콜라 엥엘이 말을 이었다. "환자들도 다 킴 뜻대로 할 수 있었고. 중범죄자들, 정신질환자들의 운명이 모두 킴에게 맡겨져 있었어요. 그런데 25년간 수감 중인 연쇄 성폭행범에게 외출을 허락한 거예요. 딱 24시간이었는데, 감시인을 떨쳐버리고 도주해서 아홉 살짜리 여자아이를 성폭행하고 살해했어요. 킴에게 비난이 쏟아졌죠. 킴은 그 위기를 이겨내고 발전의 계기로 삼으려 하지 않고 먼저 사표를 냈고요."

"전혀 몰랐어요." 피아가 말했다. "그런 말 한마디도 안 했거든요."

"나한테도 안 했어요." 엥엘이 어두운 표정으로 말했다. "나도 우연히 알게 돼서 물어봤는데 말도 못 꺼내게 하더라고. 킴은 실패를 인정하지 않고 무시해버려요. 비밀이 아주 많은 사람이지. 아마 그 비밀 중 하나에 덜미를 잡힌 게 아닌가 싶어요."

빗줄기는 점점 거세어졌다. 선선한 공기 중에 쇳내가 났다. 니코틴과 피로, 예상치 못한 상사의 솔직함에 피아는 멍해진 기분이었다. 그녀는 니콜라 엥엘이 자신을 훌륭한 경찰로 본다는 것을 알게 됐다. 근무평가에도 그렇게 쓰여 있었다. 보덴슈타인이 일 년간 쉬었을 때도 엥엘은 그녀를 후임으로 지목했었다. 그러나 이렇게까지 자세하게 속엣말을 해준 적은 없었다.

"춥네." 엥엘이 일어섰다. "난 그만 들어가야겠다."

"저도요." 피아가 뒤따라 일어섰다.

"방금 한 얘기는 딴 데서 말 안 하는 걸로 합시다." 엥엘이 날카로운 눈빛을 보냈다.

"물론이죠." 피아가 대답했다. "아무한테도 말 안 할게요. 제 남편만 빼고요."

그 말을 들은 니콜라 엥엘의 얼굴에 비꼬는 듯한 미소가 스쳤다.

"산더 형사의 그런 점 내가 참 높이 사요." 엥엘은 그렇게 말하며 피아에게 문을 열어주었다. "너무 솔직해."

***

막 문이 닫혔을 때 모퉁이를 돌아나오는 보덴슈타인이 보였다. 그의 긴장된 표정에서 무슨 일인가 일어났음을 감지할 수 있었다.

"무슨 일이에요?" 피아가 잔뜩 긴장해서 물었다.

"카이가 킴의 지메일 계정을 해킹했어." 보덴슈타인이 말했다. "얼른 와봐."

그들은 서둘러 복도를 걸어가다가 계단 앞에서 셈, 타리크와 부딪칠 뻔했다.

"킴의 이메일 우편함을 열어봤는데 4월 22일 전의 메일은 모두 삭

제됐어." 이윽고 카이가 말했다. "아직 읽지 않은 4월 24일 메일이 있었어. 발신인은 피오나 피셔야."

피아와 니콜라 엥엘은 서로 얼굴을 마주 보았다. 엥엘이 그 이름을 들어본 적이 없다는 뜻으로 어깨를 으쓱했다. 메일이 카이의 모니터 중 하나에 나타났다. 모두의 시선이 몇 줄 안 되는 이메일에 집중됐다.

안녕하세요. 또 저예요. 지난번 메일에 답장을 안 주셔서 유감이에요. 제 연락처를 아시니 나중에라도 연락 주세요. 그럼 잘 지내세요. 피오나 피셔.

"이게 대체 무슨 뜻이야?" 피아가 중얼거렸다.

"피오나 피셔가 4월 16일에 이미 메일을 보냈었어." 카이가 설명했다. "그런데 킴이 답장을 안 한 것 같아. 그 메일이 첨부파일로 붙어 있더라고."

그는 마우스를 움직이고 자판 몇 개를 눌렀다. 그리고 피아와 니콜라 엥엘이 화면을 잘 볼 수 있도록 의자를 뒤로 밀어 살짝 물러났다.

안녕하세요. 저는 피오나 피셔라고 합니다. 1995년 5월 4일 취리히에서 태어났습니다. 평생 크리스티네와 페르디난트 피셔의 딸이라고 생각하며 살았는데 한 달 반 전에야 그게 아니라는 걸 알게 됐습니다. 출생 직후 다른 사람에게 저를 넘겨준 사람이 누군지 찾아내는데 시간과 노력이 많이 들었습니다. 저는 저희 엄마의 보호를 받으며 잘 자랐습니다. 어린 시절의 좋은 추억도 많고요. 그래도 친어머니가 궁금해서 꼭 만나

보고 싶습니다. 저는 지금 프랑크푸르트에 있으니 연락 주시면 좋겠어요.

피아는 몸이 굳어 멍하니 모니터 화면을 바라보았다. 글자들이 눈앞에서 흐릿해진 채 춤을 추었다.

"킴에게 아이가 있다고?" 그녀가 믿기지 않는 듯 중얼거렸다.

"나도 처음 듣는 말인데." 니콜라 엥엘도 피아만큼 충격을 받은 듯했다.

"킴이 콴티코로 온 게 1995년 6월이었는데……" 하딩 박사가 말했다. "출산한 지 몇 주 안 됐을 때로군."

세 사람은 놀라고 충격받은 얼굴로 서로를 쳐다보았다. 모두 킴 프라이탁을 안다고 생각했던 사람들이었다. 그러나 이제는 전혀 그렇지 않다는 걸 인정해야 했다. 킴은 그 비밀을 혼자만의 것으로 간직하고 있었던 것이다.

"이게 뭘 의미하는지 모두 알겠죠." 보덴슈타인이 말했다.

＊＊＊

킴은 왜 그렇게 했을까? 왜 아무에게도 말하지 않고 아기를 출산한 다음 바로 남에게 줘버렸을까? 임신 사실은 어떻게 숨겼을까? 피아는 머리를 감싸고 1995년 5월의 일을 생각해내려 애썼다. 당시 그녀는 28세였다. 그때 킴과 연락을 했던가? 피아는 어렵사리 머릿속에서 당시의 기억을 재구성했다. 1995년 3월 24일 헤닝의 서른 번째 생일 그녀는 병원에 누워 있었다. 응급수술로 나팔관을 다 떼어낸 뒤였다. 의사들이 자연적인 방법으로는 더 이상 임신이 불가능하다고 말하던 그 끔찍한 순간을 그녀는 선명하게 기억했다. 당시 그녀가 아이만큼 바라는 것이 있었던가! 그녀는 헤닝의 바람대로 일을 그만 두고 말을 타러 갈 때 아니면 늘 집에 처박혀 있었다. 너무 힘들어서 우울증에 걸리기 직전이었다. 어디를 봐도 임신한 여자, 유모차를 끌고 가는 여자들만 보였다! 자신이 가치 없는 인간으로 느껴지고 어딘가 모자란 것 같고 패배자로 느껴졌다. 그런 상황에서 헤닝은 별 도움이 되지 못했다. 피아는 그가 아이를 원하지 않았는데 못 낳게 돼서 좋아하는 것 같다는 생각까지 했었다. 그렇지, 그때 그녀는 킴과 꽤 자주 연락을 했더랬다. 킴은 당시 베를린 대학병원에서 전문의 과정을 마쳤고 때때로 피아에게 전화해서 힘들다고 불만을 토로하곤 했다.

근심과 절망감이 피아의 가슴을 옥죄어왔다. 목에는 눈물이 커다란 돌멩이처럼 걸려 있었다. 언니가 얼마나 아이를 원하는지 킴은 잘 알고 있지 않았던가! 얼마나 괴로워했는지도! 왜, 도대체 왜 아이를 언니에게 주지 않았을까? 언니에게 주느니 차라리 남에게 줘버리겠다는 생각이었을까? 왜? 언니에겐 그런 특혜를 주고 싶지 않았던 건가? 그때 이미 언니를 시기하고 있었던 걸까? 피아는 가슴속에서 갑자기 울분이 치밀었다. 그동안 얼마나 바보 같았는가! 킴이 10년간이나 연락하지 않았는데도 그녀는 킴을 두 팔 벌려 환영하고 자신의 삶속으로 기꺼이 받아들였다. 한 번도 동생을 비난한 적이 없었고, 자신에 대해 말하지 않는 것도 존중했다! 어린 시절부터 시작해 청소년기를 지날 때까지 그녀는 항상 동생을 옹호하고 보호하는 입장이었다. 킴이 그녀에게 상처 주고 배신하고 면전에 대고 창피하다고 말했을 때조차도 동생을 감쌌다. 운명은 행운과 지성과 아름다움이 잔뜩 든 선물상자를 동생 킴에게 안겨주었다. 그러나 그녀의 내면에는 어두운 어떤 것이 도사리고 있었다. 시기심과 부정직함. 헤닝과 크리스토프는 그것을 꿰뚫어보았지만 피아 자신은 단 한 번도 그것을 직시하려 하지 않았던 것이다.

"괜찮아, 피아?" 보덴슈타인이 그녀의 옆자리에 앉아 걱정스러운 눈길로 바라보았다. 그녀는 그에게 속마음을 말하지 않을 생각이었다. 이제까지 살면서 수많은 좌절을 겪어왔고 이것도 잘 헤쳐 나가리라 다짐할 뿐이었다. 킴이 기적적으로 살아 나온다면 자매에겐 할 얘기가 많으리라. 아니면 아예 없거나.

"네." 피아는 고개를 끄덕이고 어깨를 쫙 폈다. "네, 괜찮아요."

***

새벽 4시경 니더회히슈타트의 린데만 집 앞에서 잠복 중이던 순찰차로부터 연락이 왔다. 린데만 부부가 막 집에 돌아왔다는 것이었다.

"바로 출발하자고." 보덴슈타인이 결정을 내렸다. "하딩 박사님, 함께 가시고요. 피아, 피해자들 사진 챙겨. 그거 보여주면서 쪼아보자고. 감식반도 출동해!"

"수색영장은요?" 크뢰거가 물었다.

"그건 내가 알아서 해요." 니콜라 엥엘이 말했다. "그때까진 긴급상황이고."

그들이 차를 타러 밖으로 나왔을 때 비는 이미 그쳐 있었다. 구름 걷힌 까만 밤하늘에서 별들이 빛났다. 피아는 피곤한 몸을 뒷좌석에 앉히고 차가운 유리창에 이마를 기댔다.

"피오나." 그녀는 속으로 생각했다. "어디 있는 거니?"

카이는 취리히 주민센터에 연락해 피오나 피셔만의 신상정보를 요청했다. 그리고 피오나가 킴에게 보낸 이메일에서 밝힌 휴대전화 번호로 스위스 이동통신사에 위치정보를 요청해볼 생각이었다. 일단 피오나에게 전화를 걸어봤지만 전화기가 꺼져 있었기에 바로 연락하라는 메시지를 남겨놓았다.

또 다른 의문은 어머니날 킬러가 킴이 아이를 버렸다는 사실을 어떻게 알아냈느냐 하는 것이었다. 피아가 알기로 킴은 여러 토크쇼에 게스트로 출연하기는 했지만 항상 전문가로서였다. 인터넷 포럼 같은 데서 활동한 걸까? 아니면 피오나 피셔가 킴을 찾는 과정에서 자신도 모르게 범인이 킴에게 주목하도록 만들었을까? 피오나 피셔를 찾는 일이 시급했다. 피오나가 어떻게 생겼는지 알지 못하는 것도 문제였다. 피오나를 수배자 명단에 올린 타리크는 그 문제를 해결하기 위해 이미 인터넷과 소셜미디어를 열심히 뒤지고 있었다. 피오나는 어떻게 생겼을까? 킴을 닮았을까? 피오나의 아버지는 누구일까?

***

라모나 린데만은 잠옷 차림으로 문을 열었다. 그녀는 경찰들을 보더니 잠이 싹 달아난 듯했다.

"남편 어디 있어요?" 보덴슈타인이 거두절미하고 물었다.

"침대에서 자고 있는데요." 라모나 린데만은 흰색 오버올 차림의 크뢰거와 감식반이 그녀 옆으로 뚫고 들어가자 흠칫 놀라며 물러섰다. "어이, 뭐 하는 거예요, 지금? 한밤중에 이렇게 남의 집에 들이닥치는 게 어디 있어요? 가택수색영장인지 뭔지는 갖고 왔어요?"

"그건 사후에 제출할 겁니다." 보덴슈타인이 말했다. "침실이 어디예요?"

"어휴, 이제 본색을 드러내네!" 라모나 린데만이 고래고래 소리를 질렀다. "이건 뭐 순전히 나치 경찰이잖아! 나 민원 넣을 거예요!"

유니폼 차림의 경찰 두 명이 피아와 보덴슈타인을 따라 이층으로 올라가려는 라모나를 제지했다. 하딩 박사도 일층에 머물렀다. 이층으로 올라간 피아는 전등 스위치를 찾아 켰고, 보덴슈타인은 방마다 문을 열어보고 다녔다. 복도 맨 끝 방이 침실이었다. 그들은 세상모르고 자고 있는 사샤 린데만을 거칠게 흔들어 깨웠다. 그는 영문을 몰라 두리번거렸고 아래층에서는 라모나 린데만의 날카로운 목소리가 들려왔다.

"질문할 거 있으니까 일어나서 옷 입어요." 보덴슈타인이 말했다.

"그런데…… 왜…… 무슨 질문이요?" 잠옷을 입어 더욱 여성스러워 보이는 사샤 린데만이 더듬거리며 물었다. 그리고 창피한 듯 이불을 걷더니 무거운 몸을 이끌고 침대에서 내려왔다.

5분 후 그는 식탁 앞에 앉았고 그의 아내는 팔짱을 낀 채 그의 뒤에 버티고 섰다. 그사이 크뢰거와 감식반은 지하실에서부터 다락까지 단서를 찾기 위해 바삐 움직이고 있었다.

"아니요, 모르는 여자입니다." 피아가 에바 타마라 숄레의 사진을 보여주자 린데만이 고개를 저었다. 맨디 시몬, 안네그레트 뮌히, 유타 슈미츠, 엘케 폰 도너스베르크, 리아네 반 부렌, 니나 마스탈레르츠 역시 모른다고 도리질을 했다.

"도대체 왜 이러는지 말 좀 해보시죠!" 라모나 린데만은 튼실한 허리춤에 양손을 얹고 공격하는 권투선수처럼 턱을 쓱 내밀었다. "이 여자들 대체 누구예요? 내 남편에게 원하는 게 뭔데 이래요?"

"이 여성들 가운데 세 명의 시체가 양아버지 집 견사 밑에서 발견됐습니다." 보덴슈타인은 린데만 부부 앞에 사진을 내놓았다. "물에 빠뜨려 죽이고 랩에 싸고 냉동해서 매장한 겁니다."

피아는 사샤 린데만이 허옇게 질린 채 벌벌 떠는 것을 놓치지 않고 보았다. "다른 여성들도 똑같은 죽음을 당했고 독일 전역에서 시체가 발견됐습니다." 보덴슈타인은 린데만 바로 앞에 앉아 그를 노려보았다. 하딩 박사는 의자 등받이에 팔을 얹은 채 린데만을 주의 깊게 관찰했다. "베른카스텔-쿠에스 안 데어 모젤, 프랑스 생아볼트, 자우어란트 빈터베르크, 함부르크 엘베."

"지금 말한 장소에 린데만 씨가 간 적 있다는 거 다 알아요. 혹은 업무상 이동경로 속에 들어 있던 장소라는 거 다 확인하고 왔어요!" 피아가 으름장을 놓았다.

"제발!" 린데만이 손바닥을 모으며 입술 모양으로만 말했다. 겁에 질려 눈이 휘둥그레져 있었다. "무슨 말인지 하나도 모르겠습니다! 제발 믿어주십시오. 이 여자들이 누군지 난 모릅니다!"

"어릴 때 리타 라이펜라트가 랩에 싸고 욕조에 처박고 아이스박스에 가둔 게 사실입니까?" 보덴슈타인이 물었다.

린데만은 아랫입술을 덜덜 떨었다. 눈에는 눈물이 그렁그렁했다. 그는 시선을 떨어뜨리며 고개를 끄덕였다.

"지금 뭐 하는 짓이에요?" 라모나 린데만이 화를 내며 끼어들었지만 보덴슈타인은 개의치 않고 말을 이었다.

"앙드레 돌과 함께 다른 아이들에게, 예를 들면 학급 친구인 라이크 게르만에게 똑같은 짓 했어요, 안 했어요?"

"했어요!" 린데만은 흐느꼈다. "네, 했습니다! 제가 리타에게 그런 일을 당한다는 걸 알고 라이크가 아이들에게 소문을 냈습니다! 모두 날 비웃었어요!"

"내가 그렇게 하라고 했어요! 그런 나쁜 놈은 벌을 받아야 하니까요!" 라모나 린데만이 눈을 부라리며 나섰다. "내가 몇 번이나 그러지 말라고 했는데 라이크는 말을 듣지 않았어요. 계속 그걸로 놀리고 농담하기에 우리가 한번 손을 봐줬죠. 그 뒤론 절대 놀리지 않았어요. 다시는 그런 얘기 입에 올리지도 않았고요. 그 뒤론 조용했어요. 우린 라이펜라트네에서 끔찍하게 살았어요. 장담컨대 그건 지옥이었어요! 지금까지도 그걸 다 떨쳐내지 못했다고요! 우리 남편은 그것 때문에 몇 년째 심리치료를 받고 있는데 잠자는데 쳐들어와서는 여자들을 죽였네, 어쩌네 하고 의심을 해요? 정말 살다 살다 별꼴을 다 보겠네!"

그녀는 울고 있는 남편의 어깨에 한 손을 얹고 다른 손으로는 연신 그의 머리를 쓰다듬었다. 그 모습이 너무 애틋해서 피아는 조금 전 그에게 윽박질렀던 것이 순간적으로 미안해졌다. 그럼에도 불구하고 의심이 사라진 것은 아니었다. 아무리 빼도 박도 못할 증거를 내놓아도 모두들 죄가 없다고 항변하고 있었다. 사샤 린데만의 경우는 증거가 아닌 추측이었지만.

"어젯밤에 어디 있었습니까?" 보덴슈타인이 한층 누그러진 말투로 물었다. "그리고 화요일 밤 11시부터 새벽 2시 사이에는요?"

"우리가 뭘 했든 무슨 상관인데요?" 라모나 린데만이 공격적으로 물었다.

"상관이 있습니다." 보덴슈타인은 한 치도 물러서지 않았다. "지금 당신들은 한 여성을 납치하고 그 여성의 집에 침입해서 거기 있던 클라스 레커를 살해한 혐의를 받고 있는 겁니다."

"클라스가 죽었다고요? 정말이요?" 부부는 눈이 휘둥그레졌다. 그런 즉각적인 반응은 연기일 수 없다고 판단한 피아는 긴장이 무너지면서 좌절감에 휩싸였다. 잘못 짚었다. 그녀가 꼽은 제1용의자는 무죄였다.

"그거 잘됐네!" 라모나 린데만이 기뻐했다. "이 우라질 사디스트 놈! 아주 고통스럽게 죽었으면 좋겠다!"

"어디 있었냐고요!" 보덴슈타인이 재차 답을 요구했다.

"화요일에는 일 때문에 룩셈부르크에 있었습니다." 사샤 린데만이 대답했다. "제가 묵은 호텔 이름도 댈 수 있습니다."

"아까는 어디 갔었죠?"

그는 망설이다 어깨너머로 아내의 눈치를 살피더니 목소리를 낮췄다.

"함부르크에 갔다 왔습니다." 그가 작은 소리로 말했다. "〈라이온 킹〉 뮤지컬 보러요. 아내가 제 생일선물로 예약한 겁니다."

"그런데 왜 그렇게 속삭이는데요?" 피아가 물었다.

"산드라가 들을까 봐요. 직장동료 생일파티에 간다고 했거든요. 안 그러면 따라간다고 할까 봐……."

***

수면제를 먹고 잠든 산드라 레커는 경찰이 온 것도 모를 정도로 깊은 잠을 자다가 그들이 가려고 할 때쯤 깨어났다. 라모나 린데만은 그녀를 보자마자 전남편이 죽었으니 이제 무서워하지 말라고 속사포처럼 말했다. 안도할 줄 알았던 그녀는 예상과 달리 그 자리에 풀썩 주저앉으며 오열했다.

어쨌든 그들은 라모나 린데만에게서 중요한 정보를 들을 수 있었다. 라이크 게르만이 아버지 밑에서 자랐고, 어머니는 남편과 아들을 버리고 일찍이 집을 나갔다는 것이었다. 그는 아버지로부터 물려받은 집에서 자녀 없이 아내와 단둘이 살았다. 아내는 프랑크푸르트의 병원에서 의사로 일한다고 했다.

더 이상 사샤 린데만을 어머니날 킬러로 의심하진 않았지만 감식반은 차 두 대의 트렁크를 조사했고 차고 아이스박스 안에 있던 육류의 표본을 떼어가지고 왔다. 이제 알리바이를 확인하고 사후영장을 제출할 일만 남았다. 피아는 샤워를 하고 옷을 갈아입기 위해 잠깐 집에 들렀다. 킴에 대해 알아낸 것을 어서 빨리 얘기하고 싶었지만 크리스토프는 이미 동물원에 나가고 없었다. 피아는 킴의 실종 사실을 부모에게 알려야 할지 고민하던 끝에 알리지 않기로 했다. 늙은 부모를 공연히 놀라게 할 필요가 있겠는가? 보덴슈타인이나 엥엘이 수배를 지시하기 전까지는 막내딸이 어떤 위험에 처했는지 알지 못하는 편이 어쨌든 나으리라.

집에 들러 옷을 갈아입고 면도를 한 보덴슈타인도 피아와 동시에 회의장에 나타났다.

휴대전화 위치추적 결과 라이크 게르만, 요아힘 보크트, 앙드레 돌, 혹은 그들의 휴대전화가 밤새 집에 있었다는 것이 드러났다. 정확한 이동내역은 오전 중에 각 이동통신사에서 보내오기로 했다.

셈은 리아네 반 부렌의 남편과 전 직장동료였던 여자에게 전화를 걸어 이것저것 물어봤지만 수사에 도움이 될 만한 진술은 얻지 못했다. 결국 리아네 반 부렌이 범인을 어디서 만났고 아이의 존재에 대해 범인이 어떻게 알게 됐는가는 그녀가 무덤까지 비밀로 갖고 가게 됐다.

엥엘 과장은 정확히 8시 반에 도착했다. 투피스 정장과 옷 색깔에 맞춘 하이힐 대신 청바지에 회색 캐시미어 스웨터, 갈색 앵클부츠 차림이었다. 금빛 도는 빨강머리도 젤을 발라 뒤로 넘겼지만 화장만은 여느 때처럼 완벽해서 밤샘 근무로 생긴 다크서클도 전혀 눈에 띄지 않았다. 단 하나 가리지 못한 것이 있다면 부은 눈두덩이었다. 그렇게 차리니 10년은 젊어 보였지만 너무 연약해 보여서 피아는 왠지 마음이 짠했다. 할 수만 있다면 어제 프랑크푸르트로 가는 차 안에서 그녀에게 퍼부은 말들을 주워 담고 싶은 심정이었다.

"방금 게로 폰 도너스베르크와 통화했어." 보덴슈타인이 말했다. "혹시 작고한 부인에게 혼외자식이 있지 않았냐고 물었더니 놀라면서 그럴 리 없다고 하더라고. 처음 만났을 때 22세였고 막 '도너스베르크&선스' 커피회사에서 수습직원으로 일하기 시작했을 때라고. 흥미로운 건 그 부인이 바트 캄베르크 출신이라는 거야. 더 흥미로운 건 매년 어머니날에 고향에 계신 어머니를 찾아갔다는 거지. 1980년에 어머니가 돌아가신 뒤로는 어머니날에 바트 캄베르크를 방문하는 일도 없었어. 1980년대 초반에는 심각한 우울증으로 병원치료를 받았다는군. 도너스베르크는 아내가 사라지자 처음에는 우울증 때문에 자살한 거라고 생각했대. 그런데 아들들이 어머니날마다 일부러 영국에서 어머니를 보러 왔다는 거야. 그래서 자살을 했더라도 절대 그 날 죽진 않았을 거라고 하더라고."

"그럼 혼외자식이 있었는지 없었는지 알 방도가 없는 거잖아요." 피아가 실망한 표정으로 말했다. "막다른 골목이네."

"꼭 그런 건 아니야." 보덴슈타인이 서둘러 말했다. "도너스베르크가 부인 유품을 가지고 있는데 와서 함께 살펴보자고 집으로 오라고 하더라고. 2006년에 재혼했는데 나중에 아들들 주려고 다 상자에 싸서 챙겨놓은 모양이야."

"그래서 함부르크에 갈 생각이야?" 니콜라 엥엘이 물었다.

카이가 한쪽 눈썹을 치켜 올리며 피아에게 의미심장한 시선을 던졌다. 여러 사람이 보는 앞에서 엥엘이 보덴슈타인에게 반말을 쓴 것은 이번이 처음이었다. 엥엘이 이 사건을 정말 심각하게 생각한다는 뜻이었다.

"응." 보덴슈타인이 대답했다. "오늘 내로 출발하려고."

"좋아." 엥엘 과장이 고개를 끄덕였다. "내가 비서실에 비행기표 두 장 예약하라고 할게. 나도 같이 가."

***

타리크는 피오나 피셔가 킴에게 이메일을 보낸 서버의 IP주소를 통해 이메일을 쓴 장소를 알아냈다. 혹시 그곳에서 피오나를 만날 수 있을지도 모른다는 생각에 피아와 타리크는 아침회의가 끝난 후 프랑크푸르트 역 근처 '홀리데이 인 익스프레스 호텔'로 향했다. 취리히 주민센터와 스위스 이동통신사 스위스컴은 이른 시간이어서인지 아직 연락이 닿지 않았다. 피오나 피셔는 소셜미디어에서도 그리 활발한 활동을 하지 않은 것으로 드러났다. 타리크는 인스타그램에서 똑같은 이름을 가진 여성을 50명도 넘게 발견했는데 적어도 그중 4명은 스위스에 살고 있었다. 다들 어찌나 보안수위를 높여놨는지 사진을 보려면 구독을 해야만 했다.

피아는 현재 상태에서 아침 출근길 운전에 발휘할 인내심이 남아 있지 않았으므로 타리크에게 운전대를 맡겼다. 하딩 박사는 킴을 공식적으로 수배하는 것은 좋지 않다는 의견이었다. 범인을 더 압박하면 혹시 섣부른 행동을 하게 될 수도 있다는 우려 때문이었다.

요아힘 보크트와 앙드레 돌은 평소와 똑같이 출근했고, 프리트요프 라이펜라트는 아직 팔켄슈타인 켐핀스키 호텔 스위트룸에 머물고 있고, 라이크 게르만은 7시가 되자 바로 크론베르크 동물병원으로 출근했다.

킴은 어디 있는 걸까? 살아 있을까?

엘베 가에 위치한 '홀리데이 인 익스프레스' 데스크 여직원은 피오나 피셔에 대해 잘 기억하고 있었다. 그녀는 피오나가 수요일 오전 11시에 체크아웃하고 렌터카를 빌리기 위해 역으로 갔다고 전했다.

"여기서 얼마나 묵었죠?" 타리크가 물었다.

"그건 원칙적으로 말하면 안 되게 돼 있어요. 개인정보보호 차원에서요."

"경찰한테는 말해도 돼요." 타리크가 그녀를 안심시켰다.

"알았어요." 베디아 카라불루트는 체크아웃 손님들을 상대하고 있는 동료 두 명을 힐끗 쳐다보더니 컴퓨터를 확인했다. "4월 13일에 도착해서 13일간 묵었어요."

"그 아가씨랑 얘기해본 적 있어요?" 피아가 물었다.

"네, 일 끝나고 같이 카페 간 적도 있어요." 그녀가 소리 낮춰 말했다. 그리고 그제야 이상한 생각이 들었는지 눈을 동그랗게 떴다. "무슨 일 생겼어요?"

"몰라요." 타리크가 그녀를 안심시키려는 듯 웃었다. "그냥 뭐 좀 물어보려는 거예요. 혹시 그 아가씨 사진 있어요?"

"네, 있을 거예요." 베디아 카라불루트는 휴대전화에서 피오나와 같이 찍은 사진을 찾아 보여주었다. 사진을 본 피아는 한 방 먹은 기분이었다. 사진 속의 젊은 금발 여자는 20대 초반의 킴과 똑같았다!

타리크는 에어드롭으로 사진을 전송받은 후 불안해하는 베디아 카라불루트에게 피오나가 의도치 않게 범죄사건에 엮였다며 이 사진을 수배에 사용할 거라고 설명했다.

중앙역으로 간 피아와 타리크는 근처에 렌터카 업체가 있는지 물어 결국 식스트에 도착했다. 피오나 피셔는 거기서 4월 26일 12시 7분에 흰색 르노 클리오를 24시간 빌렸다. 그리고 컴퓨터에 나와 있듯 아직 차를 반납하지 않은 상태였다.

"담보로 신용카드 맡겼네요." 직원이 말했다. "만약 그 차 타고 스위스로 가버린 거라면 진짜 재미없을걸요."

그는 피오나 피셔가 계약서에 기재한 주소를 알려주었다.

"여기 차들 GPS 트래커 장착돼 있나요?" 타리크가 물었다.

"중형급 이상부터 장착돼 있습니다." 직원이 안타깝다는 표정으로 대답했다. "소형차는 안 돼 있어요."

***

피아의 휴대전화가 울린 것은 피아와 타리크가 막 차에 탔을 때였다. 카이였다.

"피오나 피셔 사진 보냈는데……?" 피아의 말은 카이의 다급한 목소리에 끊겼다.

"게르만 지키고 있던 애들한테 연락 왔는데, 크론베르크 동물병원 뒤뜰에 있는 창고에서 커다란 자루를 꺼내서 차 트렁크에 싣고 방금 출발했대. 어떻게 하라고 해?"

"쫓아가야지, 눈에 띄지 않게!" 피아가 흥분해서 외쳤다. "어디로 가는지 알아야 하니까 나한테 계속 보고하라고 해!"

"알았어."

"출발! 밟아!" 피아가 타리크에게 지시했다. 그리고 떨리는 손으로 조수석 뒤에 있는 휴대용 경광등을 꺼내 창문을 열고 차 지붕에 붙였다. "더 밟아!"

"어디로 가는데요? 무슨 일이에요?"

"게르만이 방금 동물병원에서 출발했어." 피아가 상황을 설명했다. "트렁크에 커다란 자루를 실었대. 크론베르크 방향으로 달려!"

타리크는 차들 사이를 요리조리 빠져나갔다. 박람회장 앞에서는 정지신호를 모두 무시하고 시외 쪽으로 속력을 냈다. 피아는 휴대전화를 꼭 붙들고 말없이 정면만 바라보았다. 킴은 죽었을까? 게르만은 시체를 자루에 담아 내다버리려는 걸까? 거기까지 생각하니 등줄기에 소름이 쫙 끼쳤다. 부모님에게는 뭐라고 한단 말인가? 킴이…… 아니야! 피아는 부정적인 생각을 하지 않으려고 애썼다. 아직 모르는 일이다. 킴이 살아 있을지도 모른다.

에슈보른을 지날 때 카이에게서 다시 연락이 왔다. 게르만이 샤프호프 양마장에서 맘몰스하인으로 방향을 돌렸다는 것이었다. 아마 집으로 가는 것 같았다.

타리크가 바로 고속도로에서 나가려는 찰나 피아는 마인-타우누스 센터에서 B8연방도로로 가다가 B519연방도로로 올라가서 쾨니히슈타인까지 가라고 외쳤다. 거리는 더 멀지만 쾨니히슈타인 로터리에만 신호등이 있기 때문에 훨씬 빨리 갈 수 있다.

15분 뒤 그들은 맘몰스하인 이정표를 지나쳤다. 피아는 타리크에게 계속 길을 일러주며 작은 마을의 초등학교를 지났다. 무선으로 계속 연락하던 사복 순찰팀은 게르만이 집으로 들어가는 것을 확인했다고 알려왔다.

"잠깐!" 차가 멈추기도 전에 피아가 문을 열어젖히자 타리크가 날카롭게 외쳤다. "일단 방탄조끼 먼저 입어요! 그리고 제가 먼저 들어갈게요!"

사복 순찰팀은 약간 앞쪽에 차를 세우고 길 건너편에서부터 집으로 접근하고 있었다. 피아는 트렁크를 열어젖히고 정신없이 방탄조끼를 꺼내 입었다. 심장이 터져버릴 것만 같았다. 그녀의 마음속에서는 두려움과 희망이 거칠게 롤러코스터를 탔다. 그들은 순찰팀 두 명과 함께 게르만의 집 마당으로 잠입했다. 피아는 약간 뒤쪽에 설치된 차고 앞에 트렁크 덮개가 열린 채로 서 있는 은색 승합차에 재빨리 시선을 던졌다.

"갑시다!" 타리크가 낮은 소리로 말했다. 그들은 총을 빼들고 빠른 걸음으로 마당을 가로질러 가 차 뒤로 몸을 낮췄다. 차 주변에는 아무도 없었지만 차고 안에서 뭔가 덜그럭거리는 소리가 났다. 잠시 후 덩치 큰 게르만이 열려 있던 차고 문밖으로 나왔다. 그는 휘파람을 불며 트렁크 안으로 몸을 기울였다. 타리크가 피아에게 고개를 끄덕여 신호를 보냈다.

"게르만 씨!" 그녀는 벌떡 일어나 게르만에게 총을 겨누었다.

"어이구, 이게 뭐……!" 그는 깜짝 놀라 뒤로 물러서다 트렁크 덮개에 뒤통수를 부딪쳤다. 그리고 겁에 질린 눈으로 피아의 손에 들린 총을 응시했다. 타리크와 나머지 두 명도 차 뒤에서 나와 양쪽에서 게르만을 에워쌌다.

"무, 무, 무슨 일입니까?" 게르만은 허옇게 질린 얼굴로 말을 더듬었다. 놀라서 덜덜 떨고 있었다.

"손 머리 뒤로 올려!" 피아가 떨리는 목소리로 명령했다. 게르만은 순순히 명령에 따랐다. "차에서 떨어져! 떨어지라고!"

피아는 승합차 짐칸에 실린 검은 쓰레기봉투를 외면하지 않도록 자신을 몰아세워야 했다. 썩은 내가 콧속으로 스며들자 피아는 위장이 뒤집히는 것 같았다. 곧 목구멍에서 쓴맛이 느껴지며 구역질이 났다.

***

루프트한자 LH12기는 12시 정각에 풀스뷔텔 공항에 착륙했다. 수하물을 맡기지 않았기 때문에 보덴슈타인과 니콜라 엥엘은 바로 공항을 빠져나올 수 있었다. 함부르크의 하늘은 파랗고 공기 중에선 봄 기운이 물씬 풍겼다.

"우리 둘이 함부르크에 온 건 35년 만이네." 엥엘 과장이 택시를 잡으며 말했다. "1982년이었지. 세상에, 시간 빠르네!"

"그동안 많은 일이 있었지." 보덴슈타인이 중얼거렸다.

그들은 벤츠 밴의 뒷좌석에 앉아 택시기사에게 게로 도너스베르크에게서 받은 오트마르쉔 주소를 댔다. 택시를 타고 가는 동안 두 사람은 별로 말을 하지 않았지만 보덴슈타인은 1980년 11월 한 대학 동기의 파티에서 니콜라를 알게 된 일을 떠올렸다. 당시 그는 연애할 마음이 별로 없었다. 그 전해에 말에서 떨어지는 사고를 당해 장애물 비월 선수로서의 큰 꿈이 좌절된 데다 어릴 때부터 좋아했던 잉카 한젠이 그의 오랜 경쟁자 잉바르 룰란트와 사귄다는 사실을 알게 됐기 때문이다. 그는 아픈 기억과 타우누스로부터 멀리 떨어지고 싶어 함부르크 대학 법학과에 등록하고 황급히 고향을 떠났다. 그 파티에서 말을 걸어온 니콜라는 곧 그를 자신의 애인으로 만들고 제멋대로 끌고 다녔다. 그는 지난 아픔을 잊을 수 있었기에 그렇게 하도록 내버려두었다. 몇 주 뒤 니콜라는 샨첸 지구에 있는 그의 자취집으로 이사를 했고 그의 삶을 좌지우지했다. 니콜라는 곧 폰 보덴슈타인이 될 꿈을 꾸었고 보덴슈타인은 그녀의 그런 적극적 공세가 싫지 않았다. 그러다 니콜라가 두 사람의 약혼을 발표하기 위해 준비한 파티에서 코지마가 나타났고 보덴슈타인은 그녀를 처음 본 순간부터 마법에 걸린 듯 그녀에게 빠져들었다. 그로부터 반년 뒤 그는 법학 공부를 포기하고 다시 헤센 주로 돌아가 경찰학교에 들어갔다. 보덴슈타인과 코지마는 만난 지 일 년 만에 결혼했고 6주 후에 장남 로렌츠가 태어났다.

"만일 그 파티에 코지마가 오지 않았다면 우린 어떻게 됐을까? 그런 생각 해본 적 있어?" 한동안 말이 없던 니콜라가 물었다. 그녀도 같은 생각을 하고 있었던 것이다.

"응, 여러 번 해봤지." 보덴슈타인이 대답했다. "아마 잘 안 됐을 거야. 코지마와는 상관없이."

"사실 나도 같은 생각이야." 니콜라의 목소리에서는 회한이 느껴졌지만 얼굴은 그를 향해 웃고 있었다. "그래도 여기 함부르크에서 너와 함께한 그 2년이 내 인생에서 가장 행복한 시간이었어. 우리 그땐 정말 젊었잖아!"

"맞아, 젊었지." 보덴슈타인이 미소를 지었다. "난 열아홉, 넌 막 스무 살이 됐었지."

"쥘트 섬에 히치하이킹해서 갔던 거 기억나?" 그녀가 웃으며 말했다. "섬에 가려면 기차 타야 한다는 것도 모르고 가는 바람에 베스터란트에 도착했을 때는 돈 한 푼 없는 거지 신세였잖아!"

"해변 바구니의자에서 밤을 새웠지." 보덴슈타인이 씩 웃었다. "모래언덕 아래서 자다가 노숙자로 몰려 체포될 뻔도 했지!"

두 사람은 잠시 덴마크와 오스트제로 갔던 주말여행, 플렌스부르크 피오르드에서 친구들과 함께한 요트 체험, 슐라이 만에서 하우스보트 탄 기억을 떠올리며 추억에 잠겼다.

"허구한 날 파티였지!" 니콜라가 킥킥거렸다. "아마 그 2년 동안 마신 술이 그 뒤로 지금까지 마신 술보다 많을걸."

"건강엔 안 좋지만 진짜 재미있긴 했지." 보덴슈타인이 말했다.

"그래야 제대로 대학생활 한 거지."

일 년 뒤 가장이 되자 즉흥적으로 떠나는 주말여행, 술자리, 이름도 들어보지 못한 밴드의 콘서트 같은 것은 남의 일이 되었다.

택시는 아임스뷔텔 지구를 관통해 플로라 극장을 지나 홀스텐 가로 꺾어 들어갔다. 다음 교차로에서 엘베 강으로 이어지는 막스 브라우어 로가 시작됐다.

"내가 의심 많고 모든 걸 내 뜻대로 해야 직성이 풀리는 사람이야?" 니콜라가 불쑥 물었다. "주변 사람들 괴롭히고?"

역시 그녀는 그 말을 마음에 담고 있었던 것이다!

"글쎄." 보덴슈타인은 뭐라고 대답해야 할지 잠시 고민했다. 그리고 솔직하게 말하기로 했다. "뭐든 잘 통제된 상태이길 바라는 건 맞지. 그리고 다른 사람을 잘 믿지 못한다는 인상을 줄 수도 있고."

"사람 너무 믿으면 안 된다는 걸 새삼 깨달았거든." 니콜라가 대꾸했다. "난 살면서 사람에게 실망을 너무 많이 했어. 너 만나기 전에 알았던 남자부터 시작해서 너도 그랬고 다른 사람들도 마찬가지였어. 그게 킴까지 이어진 거야."

"그건 너한테도 책임이 있지 않을까?" 보덴슈타인이 말했다. "진짜 무서울 때 많거든."

"그래도 피도 눈물도 없는 인간은 아니거든!" 그녀가 고집스럽게 반박했다. "산더 형사가 그렇게까지 말하다니! 나 엄청나게 충격받았다고!"

"나도 뭐라고 조언할 처지는 못 돼." 보덴슈타인이 대꾸했다. "타인에게 마음을 잘 열지 못하는 건 나도 마찬가지거든. 그런데 조금씩이라도 마음을 열고 다른 사람을 믿으려 노력하지 않으면 결국 혼자 외롭게 살게 되겠더라고."

니콜라는 입술을 꽉 깨물었다.

"킴과의 관계는 처음부터 허세였어." 택시가 알토나 시청을 지날 때 니콜라가 말했다. 아직 이파리가 달리지 않은 나뭇가지 사이로 함부르크 부두의 대형 크레인들이 보였다.

"그런 것치고는 꽤 오래 사귄 것 같은데." 보덴슈타인이 건조하게 대꾸했다.

"직업적으로 성공한 여자 둘의 만남, 멋질 거라고 생각했어." 니콜라가 말했다. "남자들은 성공한 여자들을 무서워하잖아. 그리고 킴도 나도 혼자 사는 데 지쳐 있었거든. 그런데 내가 킴을 너무 몰랐던 것 같아. 킴은 내게 믿음이 없었던 거야. 믿음이 있었다면 아이를 낳은 적이 있다고 얘기했을 텐데, 안 그래?"

"그러는 넌 킴을 얼마나 믿었는데?" 보덴슈타인이 물었다. "넌 킴에게 어떤 비밀을 얘기했어?"

이에 니콜라는 깊은 한숨을 쉬었다.

"네 말이 맞아. 나도 별로 나을 건 없었어. 우리 둘 다 서로에게 솔직하지 못했어. 만약 그랬다면 둘이 맺어지지도 않았을 거고."

택시는 엘프쇼세 안쪽에 위치한 커다란 철문 앞에서 멈췄다. 보덴슈타인이 요금을 계산한 후 두 사람은 차에서 내렸다.

***

"모모입니다." 게르만이 머리 뒤로 손을 올린 채 말했다. "며칠 전에 안락사시켜야 했죠."

피아는 멍하니 동료가 풀어헤쳐놓은 검은 쓰레기봉투 속의 털가죽 더미를 바라보았다. 그것이 사람 시체가 아니라 레온베르거 수컷이라는 것을 파악하는 데는 약간의 시간이 걸렸다.

"병원에 있는 저온창고가 고장나서요." 수의사가 말하는 소리가 들렸다. "우리 스태프가 고양이 넣으려다가 조금 전에야 발견했는데 아마 고장난 지 며칠 된 것 같아요. 그래서 좀 냄새가 심합니다. 반려동물 장의사나 박피하는 사람 올 때까지 차고 아이스박스에 넣어두려고 가져왔습니다."

"미안합니다." 피아는 총을 도로 집어넣었다. "우린…… 아닙니다. 이제 됐습니다."

"이제 손 내려도 됩니까?"

"네, 그럼요." 피아는 다리가 후들거려 잠시 승합차에 몸을 기대야 했다. 온몸에 기운이 쑥 빠지는 것 같았다.

타리크는 게르만이 죽은 레온베르거를 차고로 옮기는 것을 도왔다. 아이스박스 안에는 죽은 고양이 두 마리와 잡종견 한 마리가 들어 있었다.

"오늘 오후에 반려동물 장의사가 옵니다." 게르만이 말했다. "개 한 마리와 고양이 두 마리와 함께 화장할 겁니다."

"놀라게 해서 미안합니다." 피아가 재차 사과했다. 그를 연쇄살인범인 줄 알았다고 말할 수는 없었다. 타리크는 그동안 차에 가서 피해자들의 사진을 가지고 와 게르만에게 차례차례 보여주었다.

그는 아무도 모른다고 했다.

갑자기 집으로 들이닥친 경찰에 그는 혼이 쑥 빠진 듯했다. 피아는 그의 말을 믿었다. 게르만은 지금 제정신이 아니었고 이런 순간에 거짓말을 할 수 있을 정도로 냉혈한도 아니었다. 피해자의 사진들 속에는 킴의 얼굴도 들어 있었다. 킴의 사진을 본 게르만은 눈이 휘둥그레지며 피아를 쳐다보았다.

"이 여자는 알 것 같습니다!" 그가 말했다. "옛날에 알던 사람과 닮았어요. 그런데 이름이 딱 떠오르질 않네요."

"카타리나 프라이탁." 피아가 말해주었다.

"맞아요! 카타!" 게르만의 둥그런 얼굴에 화색이 돌았다. "저보다 서너 살 위였는데 꽤 괜찮은 사람이라고 생각했었죠!"

"크라츠 댄스학원 무도회 때 파트너였죠?" 피아의 말에 게르만은 놀란 표정을 지었다.

"그래요, 맞아요!" 그는 믿기지 않는다는 듯 머리를 흔들었다. "까맣게 잊고 있었네요."

"어떻게 해서 댄스파트너가 된 거죠?" 피아가 물었다. "보통은 같은 학년끼리 연습하지 않나요?"

"항상 남자가 부족했거든요." 게르만이 대답했다. "전 열네 살 때부터 춤을 배워서 남자가 부족하면 항상 끼곤 했습니다. 그런데 왜 경찰이 이 사진을 갖고 있는 겁니까? 카타에게 무슨 일이 생겼습니까?"

"저희도 잘 모릅니다. 화요일 밤 11시부터 새벽 2시 사이에 어디 계셨죠?"

"네?" 수의사는 겁먹은 표정이 되었다. "그걸 왜 물으십니까?"

피아는 반쯤만 진실을 얘기하기로 했다.

"클라스 레커가 변사체로 발견됐어요." 피아가 말했다. "그래서 레커를 알았던 사람들에게 다 물어보는 겁니다."

"클라스가 죽어요?" 게르만은 콧방귀를 뀌었다. "별일이 다 있네! 본 지 오래됐습니다."

"그럼 화요일 밤에 어디 계셨는지 말씀해주시죠."

"우리 집 침대에 누워 있었습니다. 증인은 아내밖에 없습니다만." 그는 이마에 고랑을 만들며 기억을 불러냈다. "쾨니히슈타인 '마이타이'에서 음식을 포장해 와서 넷플릭스에서 〈하우스 오브 카드〉 시리즈 두 편을 봤습니다."

"부인은 지금 어디 계시죠?"

"아마 직장에 있겠죠?" 게르만이 삐딱한 미소를 지으며 말했다. "프랑크푸르트 마르쿠스 병원의 의사입니다."

"전문분야는요?"

"방사선과입니다."

피아는 그에게 명함을 주며 최대한 빨리 그곳에 있는 번호로 연락해달라고 일렀다.

"참, 게르만 씨, 그거 알고 계셨어요?" 피아가 생각난 듯 물었다. "테오 라이펜라트의 유언장에 게르만 씨가 단독 상속인으로 올라와 있던데요."

"네? 제가요? 세상에!"

"저도 이상하다고 생각했어요." 피아가 그를 물끄러미 바라보며 말했다. "우리가 처음 만났을 때 테오 라이펜라트를 잘 모른다고 했었죠?"

수의사 게르만은 당황한 표정이 되었다.

"그런데 알고 보니 라이펜라트네서 살다시피 하셨더라고요. 그리고 사샤, 라모나, 앙드레가 랩에 싸서 개울에 버리고 간 이유도 알아냈어요."

게르만은 그 큰 덩치로 부끄러운 듯 고개를 푹 숙였다.

"그런 사소한 것들로 거짓말하다 보면 갑자기 살인혐의를 받아도 놀랄 일이 아닌 겁니다." 피아가 따끔하게 한마디했다.

***

긴 진입로 끝에 주랑과 하얀 기둥들을 거느린 그뤼더차이트 풍의 새하얀 저택이 보였다.

"와!" 니콜라의 입에서 탄성이 터져나왔다. 그녀가 보덴슈타인을 힐끗 쳐다보며 놀리듯 말했다. "너도 귀족이니까 저런 성에 수시로 드나드는 거지?"

"누가 들으면 정말인 줄 알겠다." 보덴슈타인이 머리를 흔들며 초인종을 눌렀다. 그가 자신의 이름을 대자 삐 하고 문이 열렸다. 그는 보행자용 작은 문을 열었다.

"게로 폰 도너스베르크가 너희 가문보다 더 귀족인 거야?"

"아니야, 도너스베르크는 그냥 남작이야." 보덴슈타인은 그렇게 대답하고 '그냥'이라고 말한 것을 바로 후회했다. 그는 평소 귀족 태생이라는 것을 아무것도 아니라는 듯 말해왔기 때문이다. "폰 보덴슈타인 가문은 명목상의 백작으로 하위귀족에 속해. 남작은 백작보다 한단계 밑이고."

"그럼 원래는 도너스베르크가 너한테 허리를 굽혀야 하는 거네." 니콜라는 깔끔하게 정돈된 자갈길을 걸어가며 빙긋 웃었다.

"지금 독일에 사는 사람들은 그 누구에게도 허리를 굽히지 않거든." 보덴슈타인이 대꾸했다. "통치하는 왕가의 구성원은 예외겠지만. 말이야."

죽은 엘케를 이어 안주인이 된 리디아 도너스베르크가 문 앞에서 그들을 기다리고 있었다. 그녀는 동글동글한 얼굴에 완벽한 스타일의 밤색 머리, 따스한 밤색 눈동자를 가진 단아한 중년 여성이었다.

"오늘 아침 전화를 받고 크게 충격받으셨어요." 그녀가 소리 낮춰 말했다. "아직도 엘케의 죽음을 완전히 극복하지 못하셨거든요. 한 번도 입 밖에 꺼내신 적은 없지만 누가 어째서 엘케를 죽였는지 밝혀지지 않았기 때문에 그냥 잊어버릴 수가 없는 거죠. 전처를 아주 많이 사랑했었기 때문에 당신이 모르는 비밀이 있었으리라는 게 너무 끔찍한 거예요."

그녀는 진심으로 남편을 동정하는 듯했다. 전처의 그림자가 드리워진 집에서 산다는 것이 쉬운 일은 아니었을 텐데도 짜증이나 화난 기색이 전혀 없었다.

"아까 창고에서 엘케의 유품을 꺼내오라고 하셨어요." 리디아 폰 도너스베르크가 말했다. "그동안 한 번도 꺼내본 적이 없었거든요. 그런데 그…… 그러니까…… 엘케에게 정말 숨겨진 아이가 있었을지 모른다는 증거가 나왔어요."

보덴슈타인은 그 말을 듣는 순간 흥분으로 전율이 일었다. 잠재적으로만 존재하던 가능성이 현실이 되어가는 믿기지 않는 순간이 다시 찾아온 것이다.

"이쪽으로 오시죠." 안주인이 말했다. "남편이 청색 살롱에서 기다리세요."

보덴슈타인은 아름다운 저택의 고급스러운 인테리어도 창밖으로 보이는 엘베 강과 선박 정박장의 풍경도 눈에 들어오지 않았다.

청색 살롱의 이름은 벽지 색깔에서 따온 것이 아니라 대리석 벽난로 위에 걸린 표현주의 작품에서 나온 것 같았다. 청마를 표현한 그림으로 프란츠 마르크(독일 청기사파 출신의 표현주의 화가―옮긴이)의 진품일 가능성이 컸다.

게로 폰 도너스베르크는 반들반들하게 윤이 나는 마호가니 책상 앞에 앉아 있었다. 책상 위에는 서류가 잔뜩 펼쳐져 있고 서류철 열댓 개가 나란히 세워져 있었다.

"여보?" 리디아 폰 도너스베르크가 남편을 불렀다. "경찰분들 오셨어요."

노인은 고개를 들어 그들을 보더니 안경을 벗고 의자에서 일어섰다. 그는 창백한 얼굴에 키가 크고 마른 사람이었다. 가느다란 백발 사이로는 검버섯 핀 두피가 내비쳤다. 한때는 정말 거구였을 체격이었다. 보덴슈타인은 인터넷에서 그의 사진을 많이 보아왔지만 이렇게 깡말랐을 줄은 몰랐다. 고령과 노환, 아마도 살해당한 아내 때문에 수심이 쌓여 그리된 것이리라. 그는 와인색 카디건 차림이었고 목에는 공단으로 된 스카프를 두르고 있었다. 동작은 굼떴지만 푸른 눈동자에는 총기가 번뜩였다. 78세의 나이에도 여전히 함부르크 경제의 주춧돌 역할을 톡톡히 하는 전통 깊은 커피 로스팅 기업 '도너스베르크&선스'의 일선에서 활동하고 있었고 문화행사와 승마행사의 중요한 후원자이며 슐레스비히-홀스타인에 개인 양마장을 운영하며 성공적으로 경주마를 길러내고 있었다.

"며칠 있으면 엘케가 실종된 지 20년이 됩니다." 그가 정중하게 인사를 건넨 후 말했다. "그 20년 동안 아무것도 모른 채 살아왔지요. 당시 경찰은 무슨 일이 있었는지 전혀 알아내지 못했습니다. 처음엔 납치당했을 거라고, 곧 돈을 요구하는 협박전화가 올 거라고 했었죠. 나도 차라리 그러길 바랐습니다. 돈은 얼마든지 내놓을 용의가 있었으니까요. 그런데 시체로 발견되더군요." 그는 목이 메는지 헛기침을 두어 번 했다. "모든 가능한 방법을 다 동원했습니다. 단서를 주는 사람에게 보상금도 내걸었죠. 하지만 연락하는 사람은 미친놈들뿐이었습니다. 밤이고 낮이고 엘케 생각에 골몰하다가 결국 모르는 채로 살아가야 한다는 결론에 이르렀습니다. 그런데 오늘 아침 전화를 받고서 다시 한 번 엘케의 서류와 기록을 읽어본 겁니다."

그가 손짓으로 책상 위를 가리켰다. 보덴슈타인은 그 어마어마한 양에 지레 겁부터 났다.

"먼저 간 전처가 수많은 복지사업을 후원했다는 것을 우선 말해둬야겠군요. 저 서류철들은 다양한 기관에서 보내온 감사편지를 정리해놓은 겁니다. 엘케가 실종되고 나서, 또 나중에 변을 당한 채 발견된 후에도 경찰이 편지 한 장 한 장 다 읽어보고 종이쪽지 한 장도 허투루 넘기지 않았습니다. 하지만 그럴듯한 단서는 나오지 않았지요. 그런데 보덴슈타인 씨가 아까 말씀하신 것과 관련시켜 생각해보니 편지 중 일부가 예전과 완전히 다른 의미로 다가오더군요. 여기 앉아서 이 편지들을 한번 읽어보십시오."

보덴슈타인은 재킷 안주머니에서 돋보기를 꺼내 쓰고 도너스베르크가 차곡차곡 정리해놓은 종이더미를 끌어당겼다. 그리고 누렇게 변색된 편지지에 타자기로 적은 첫 번째 줄을 읽자마자 온몸을 관통하는 전율에 몸서리쳤다.

1973년 11월 17일 맘몰스하인

존경하는 폰 도너스베르크 부인께,

저희에게 보내주신 관대한 후원에 진심으로 감사드립니다! 요아힘도 테디베어를 받더니 너무 좋아하면서 떨어지려 하질 않습니다. 요아힘은 그동안 이곳에 잘 적응했고 잘 자라고 있습니다. 중이염도 다 나았고 마음 써서 보내주신 비타민주스도 잘 먹고 있습니다. 간유보다 비타민주스를 좋아합니다. 소아과 의사에게 보였더니 아주 건강하다고 합니다. 매일 요아힘과 말하기 연습을 열심히 하고 있습니다. 아마 다음번에 오실 때는 짧은 시 하나 정도는 외울지도 모르겠습니다.

존경을 담아,
리타 라이펜라트 드림

***

피아와 타리크가 숲을 관통해 쾨니히슈타인 방향으로 달리고 있을 때 카이에게서 전화가 왔다.

"비클라스에서 1987년 8월에 있었던 미제살인사건을 찾아냈어." 카이가 말했다. "이번엔 그리스야."

"잠깐만. 타리크도 함께 들을 수 있게 블루투스 연결하고 있거든." 피아가 말했다. 잠시 후 카이의 목소리가 차내 스피커에서 흘러나왔다.

"1987년 8월 12일 크레타 섬에서 프랑스 국적의 21세 여성 마갈리 보샹이 흔적도 없이 사라졌어. 리옹에서 온 배낭여행객이었어. 그로부터 열흘 후 어부의 그물에 시체가 걸렸는데, 익사였고 목 조른 흔적이 선명했어. 팔에 방어흔도 있었고. 목격자의 진술에 따르면 보샹은 '포티아'라는 작은 호텔에 묵었는데 거기 묵었던 독일 청년들과 자주 어울렸다고 해. 그런데 그 독일인들이 8월 13일에 서둘러 그 호텔에서 나갔대."

"아, 그래." 피아는 왜 카이가 이 사건을 어머니날 킬러와 연결시키는지 선뜻 이해가 가지 않았다.

"머리카락 한 줌이 잘려나간 상태였거든." 피아의 물음에 카이가 답했다. "시체로 발견됐을 때 팔찌도 없어졌고."

피아는 그것만으로 두 사건을 연관 짓기는 어렵다고 봤다. 그녀는 라모나 린데만에게 전화를 걸어 물어봐야겠다고 생각했다. 라모나 린데만은 기억력이 좋으니 당시 일을 기억하고 있을지도 몰랐다. 그러나 막 번호를 누르다 보니 이건 아니다 싶었다. 라모나 린데만은 못 말리는 수다쟁이이기도 하다. 만약 섣불리 정보를 누설했다가 그것이 범인의 귀에 들어가고 연쇄작용이 일어난다면 킴의 생명을 위협하는 치명적인 실수가 될 수도 있다.

"왜 그래요?" 타리크가 물었다.

"우리 용의자들 중에 누가 1987년 여름에 크레타 섬에 갔었는지 조용히 알아내는 방법이 뭐가 있을까?" 피아가 아랫입술을 잘근잘근 씹으며 말했다. "누구한테 물어본다?"

"게르만?" 타리크가 제안했다.

"게르만이 알까?"

"라이펜라트네서 살다시피 했다잖아요." 타리크가 대꾸했다.

"그래, 시도해볼 만하지."

타리크는 쾨니히슈타인 로터리를 한 바퀴 돌아서 왔던 길로 다시 차를 몰았다.

***

"라이펜라트 부인에게서 온 편지가 더 있나요?" 니콜라 엥엘이 물었다.

"내가 읽은 건 1977년까지예요." 게로 폰 도너스베르크가 대답했다. "1973년 4월부터 1977년 12월까지는 매달 편지가 왔습니다."

그는 말을 멈추더니 고개를 흔들며 한숨을 푹 쉬었다.

"편지 내용으로 미루어보아 엘케가 매년 어머니날에 요아힘이라는 아이를 만나러 간 것 같습니다."

"전 부인의 처녀 적 성이 보크트입니까?" 보덴슈타인이 물었다. 게로 폰 도너스베르크가 고개를 끄덕이자 보덴슈타인은 예상했다는 표정을 지었다. 니콜라 엥엘은 보덴슈타인이 시킨 대로 1980년 서류철 속의 편지들을 죽 훑었다. 엘케 폰 도너스베르크는 1980년 1월 어머니가 돌아가신 뒤 매년 어머니날에 하던 헤센 방문을 중단했고 아마 요아힘도 더 이상 찾아가지 않은 듯했다. 그러나 재정적 지원은 계속 이어졌다. 리타 라이펜라트도 처음에는 아이의 이름을 거론했으나 나중에는 거론하지 않았다. 매달 보내던 편지도 뜸해졌고 1984년 9월 편지에서는 요아힘이 어머니가 돈을 보낸 사실도, 어머니의 이름도 모른다는 것을 확인시켜주었다.

왜 테오도르 라이펜라트가 요아힘 보크트에게만은 자신이 친부일지도 모른다는 헛소리를 하지 않았는지 이해할 수 있는 대목이었다. 그 놀이는 어머니를 모르는 아이들에게만 해당되는 것이었다.

"왜 그렇게 해야 했을까요?" 보덴슈타인에게 전후관계 설명을 들은 게로 폰 도너스베르크는 크게 상심했다. 창백한 얼굴에 마지막 핏기까지 간 얼굴이었다. 그토록 사랑했고 26년간 함께 살았던 여자가 거짓말을 했다니! 그것도 한 번이 아니라 그 오랜 세월 동안 죽!

"왜 그렇게 꽁꽁 숨겼을까? 나한테 얘기했으면 좋았을 텐데!"

보덴슈타인은 뭐라고 대답해야 할지 알 수 없었다. 인간이 하는 행위 중에 이해할 수 없는 것들은 차고 넘쳤다. 전처의 배신 앞에서 황망해하는 도너스베르크를 보니 그는 마음이 아팠다. 뒤돌아보면 그 숨겨둔 아이가 엘케의 모든 의문스러운 행동에 대한 답이었다. 반복적으로 엄습하다 결국 우울증으로 발전한 멜랑콜리, 언제나 슬픔이 가득하던 눈동자, 거의 집착에 가까웠던 고아에 대한 자선활동……이 거짓말로 빚어진 상황들은 앞으로 그가 첫 번째 아내를 회상할 때마다 늘 그림자처럼 따라다니리라. 남은 것은 아내가 평생 불행했으며 자신을 믿지 못해 비밀을 말하지 못했다는 씁쓸한 깨달음뿐.

"사람이 어떻게 그래?" 그가 탄식하듯 낮게 중얼거렸다. 주름진 얼굴 위로 눈물이 흘러내렸다. "데려다 함께 살았으면 될 텐데! 내가 입양해서 야스퍼와 쇠렌의 형으로 키웠으면 될 거 아닌가!"

그가 흐느끼며 큰 숨을 들이마셨다. 이제까지 문가에 서서 지켜보기만 하던 그의 아내가 다가왔다. 그는 그녀의 손을 잡으며 오열했다. 그의 깡마른 등이 울음에 따라 흔들렸다.

보덴슈타인은 잠시 망설였다. 그러나 결국 노인에게 다 말하기로 했다.

"이런 말씀 드리고 싶지 않지만 전 부인이 돌아가시게 된 것도 그것 때문인 것 같습니다. 지금 저희가 수사 중인 연쇄살인사건의 피해자들이 모두 어린 자식을 저버린 여성들입니다."

그렇게 말하는 보덴슈타인의 머릿속에는 언뜻 다른 생각이 스쳤다. 엘케 폰 도너스베르크가 요아힘 보크트의 친모라고 해서 반드시 그가 범인이라는 법은 없었다. 부모 없는 아이들의 존재에 시달리고 조부모의 집이 늘 그런 아이들 위주로 돌아가는 데 신물이 난 사람은 프리트요프였다. 그리고 프리트요프 자신도 어머니에게 버림받지 않았던가? 만약 그가 친구의 친모가 누군지 알아냈다면? 그래서 친구에게 얘기했다면? 그래서 둘이서 계획을 세우고…….

보덴슈타인의 휴대전화가 진동했다. 피아였다! 그는 양해를 구하고 자리에서 일어났다. 그리고 전화를 받기 위해 청색 살롱을 나왔다.

***

"피해자가 한 명 더 늘었어요!" 보덴슈타인이 전화를 받자마자 피아가 외쳤다. "1987년 8월 크레타 섬에서 21세 프랑스 여성이 실종됐고 일주일 후 익사당한 상태로 발견됐어요. 그리고 1987년 8월에 누가 그 섬으로 휴가를 갔는지 아세요? 프리트요프 라이펜라트와 요아힘 보크트가 친구들 몇 명과 함께 마갈리 보샹과 같은 호텔에 묵었어요!"

"그걸 어떻게 알아냈어?"

"라이크 게르만에게서 들었어요!" 피아가 자세히 설명했다. "카이가 라이펜라트 자택 다락에서 나온 상자들을 다시 한 번 샅샅이 뒤졌는데, 프리트요프의 물건이 담긴 상자에서 1987년 8월 11일 아기아 포티아 호텔에 투숙한 영수증이 나왔어요! 그리고 그 당시 사진도 한 뭉치 나왔는데 정리가 하나도 안 돼 있어서 누가 누군지 알 수가 없어요. 그래서 지금……."

"피아, 내 말도 좀 들어봐!" 보덴슈타인이 그녀의 말을 끊었다. "엘케 폰 도너스베르크가 남긴 서류 속에 리타 라이펜라트의 편지가 들어 있었어! 엘케가 요아힘 보크트의 친모야! 1979년까지 매년 어머니날에 요아힘을 만나러 갔었어!"

피아는 머릿속이 뒤죽박죽이 되었다.

"그럼 보크트가 범인이네요!" 그녀가 외쳤다.

"그럴 가능성이 크지." 보덴슈타인이 대꾸했다. "하지만 프리트요프일 수도 있어. 아니면 둘 다일 수도 있고! 지금부터 행동 조심해야 해. 알겠어, 피아? 둘 중 누구라도 우리가 쫓고 있다는 걸 눈치채선 안 돼. 그럼 킴의 목숨이 위태로워져!"

"맙소사!" 피아는 눈을 질끈 감았다. "그리고 아마 피오나 피셔의 목숨도요! 호텔에 13일간 있다가 수요일에 체크아웃 하고 중앙역에서 차를 빌렸어요. 그런데 그 차가 아직도 반납이 안 됐어요. 식스트 직원이 렌터카 계약서에 있는 주소를 알려줬어요. 그래서 칸톤 경찰에 연락해서 그 주소에 한번 가봐달라고 했어요. 그리고 피오나 피셔 사진도 확보했어요. 그런데 반장님, 세상에, 킴 어릴 때랑 너무 똑같아요!"

피아의 마음속에서 두려움이 푸드득거렸다. 차분히 생각하기는커녕 숨쉬기도 힘들 지경이었다. 피오나 피셔는 엄마를 찾기 위해 어떻게 한 걸까? 누구와 얘기했을까? 어떻게 해서 킴이라는 걸 알게 됐을까? 엄마를 찾다가 자신도 모르게 벌집을 들쑤셔 킴뿐 아니라 자신까지도 생명의 위험에 빠지게 된 것일까? 피아는 불현듯 이제까지 그 존재조차 몰랐던 조카가 너무도 보고 싶어졌다. 그녀에게 무슨 일이 생겨선 안 된다!

"여기서 4시 비행기 타려고 그래." 보덴슈타인이 말하고 있었다. "우리가 도착할 때까지 아무것도 하지 말고 기다리고 있어, 알았지?"

"네, 알았어요. 아무것도 안 하고 있을게요. 어느 항공편으로 오는지 메시지로 남겨주세요. 공항으로 차 보낼게요."

***

피아는 완전히 녹초가 되어 그 무엇에도 집중할 수 없었다. 경찰들이 가장 두려워하는 일은 수사 중에 자기 가족의 시체를 발견하게 되는 것이다. 킴과 피오나를 찾아내지 못한 상태에서 시간은 속절없이 흘러갔고 시간이 흐를수록 피아는 그들을 제때 구해내지 못할지도 모른다는 조바심에 애가 탔다. 잠깐 눈을 붙여보려고 해도 도저히 잠이 오지 않았다. 눈을 감으면 킴과 피오나가 랩에 싸인 채 물에 둥둥 떠다니는 모습이 떠올랐다. 피아는 안 되겠다 싶어 킴의 집에서 가져온 상자를 다시 한 번 살펴보기로 했다. 특수본에 들어서자마자 카이가 새로운 소식을 전했다. 스위스 칸톤 경찰이 렌터카 계약서에 기재된 피오나 피셔의 주소지에 가봤더니 아무도 없었고 이웃에게 물어보니 피오나를 마지막으로 본 게 14일 전이라고 했다는 것이다. 피오나는 어머니가 죽은 후 취리히 플룬테른 지구의 큰 집에서 혼자 살았던 모양이었다.

"그게 전부가 아냐." 카이가 바로 돌아서려는 피아를 붙잡았다. 그리고 메모를 슬쩍 확인한 뒤에 말했다. "피오나 피셔 수배 나간 뒤에 제보자가 있었어! 베아트리체 토마라는 여성인데 프랑크푸르트 대학병원 여성의학과 과장 비서래."

217

"아, 그래."

"부활절 전까지 여성의학과 과장이었던 사람이 마르티나 지베르트 박사인데, 이 의사에게 피오나 피셔가 4월 13일 오후 2시 30분 진료를 받았대. 그런데 진료실에서 나올 시간이 됐는데도 나오질 않더라는 거야. 토마 씨 말로는 그 진료 끝난 뒤에 과장이 상당히 흥분된 상태였대. 원래 그날이 그 과장의 마지막 근무일이라 저녁에 환송파티를 하기로 돼 있었는데 그것도 취소했고."

"마르티나 지베르트라⋯⋯." 피아가 입속으로 중얼거렸다. 피오나는 그 의사에게 무슨 용건이 있었을까? 설마 병원진료를 받으려고 취리히에서 프랑크푸르트까지 오지는 않았겠지?

"토마 씨가 고맙게도 전 상사 전화번호를 알려주더라고." 카이가 피아에게 쪽지 한 장을 내밀었다. "지금은 따뜻한 마르베야의 난임클리닉에서 일한대."

"좋았어. 고마워, 카이." 피아는 애써 미소를 지었다. "피오나가 무슨 용건으로 찾아갔는지 바로 전화해서 물어볼게."

그녀는 사무실에서 조용히 전화해야겠다고 생각하고 문을 나섰다. 그리고 막 계단으로 통하는 방화문을 여는 순간 그녀의 두뇌 속에서 시냅스 몇 개가 연결됐고 당시 킴과 함께 동남아로 배낭여행을 갔던 친구 이름이 떠올랐다. 이름은 티나였고 피시바흐에 살았다! 티나, 마르티나? 혹시 그 지베르트 박사라는 여자가 킴의 친구였던 마르티나일까?

피아는 성큼성큼 계단을 올라갔다. 한 번에 세 개씩 건너뛰었다. 까맣게 잊고 있던 기억들이 새록새록 떠올랐다. 마르티나와 킴은 프랑크푸르트에서 셰어하우스 형태로 자취를 했었다! 둘 다 의대에 다녔고 오래된 친구였다! 곤란에 처했을 때 서로 돕는 친한 친구 사이였다!

피아는 의자에 몸을 던지며 급히 전화기를 끌어당겼다. 카이가 준 번호로 전화를 건 후 신호를 기다리는 동안 손이 덜덜 떨렸다.

"네, 지베르트입니다." 호감이 가는 온화한 목소리.

"안녕하세요, 지베르트 박사님. 저는 호프하임 강력반의 피아 산더 형사라고 합니다." 피아가 얼른 대꾸했다. "연락처는 전에 다니시던 직장의 토마 씨에게서 받았고요."

"네, 무슨 일이신데요?"

피아는 킴의 언니임을 밝혀야 할지 잠시 망설이다가 중립적인 경찰로서 이야기하는 게 좋겠다고 결론을 내렸다.

"피오나 피셔 씨 일로 전화 드렸는데요." 피아가 말했다. "아무래도 피셔 씨가 범죄의 피해자가 된 것 같습니다."

"아, 네." 좀 차가워진 반응이었다. "잠시만요, 문 좀 닫고요."

피아는 손을 꽉 쥐며 크게 심호흡을 했다.

"저한테 뭘 알고 싶으신 건가요?" 의사가 물었다.

"저희는 지금 피셔 씨가 왜 프랑크푸르트에 왔는지 알아내는 중입니다." 피아는 킴의 일을 남의 일처럼 말하는 것이 너무 힘들었다. "원래는 카타리나 프라이탁이라는 여성의 일인데요, 이 여성이 며칠 전부터 실종상태예요. 저희가 이메일을 들여다보던 중 피셔 씨가 보낸 메일을 발견했고, 그 메일 내용으로 미루어보아 피오나 피셔가 카타리나 프라이탁의 딸인 듯합니다. 그런데 피오나 피셔도 실종된 상태라 두 사람에게 무슨 일이 생긴 게 아닌지 의심하는 겁니다."

상대방은 잠시 아무 말이 없었다.

"이게 아주 개인적인 이야기라서요." 지베르트 박사가 말했다. "정말 경찰이 맞으신지 저도 확인해야 하니까 전화번호 주시면 바로 다시 전화하겠습니다."

피아는 번호를 말해주고 전화를 끊었다. 30초 후 바로 전화벨이 울렸다.

"호프하임 강력반의 피아 산더입니다."

"이름이 피아세요?" 의사가 물었다. "이거 정말 우연이네요! 카타리나 프라이탁의 언니 이름도 피아였거든요."

피아는 망설이다 사실대로 말하기로 했다.

"카타리나가 제 동생이에요. 그쪽은 졸업시험 끝나고 함께 동남아 여행 갔던 그 티나 맞죠?"

"네, 맞아요. 카타…… 그때는 카타라고 불렀는데, 카타랑 저는 학교 때부터 알았어요." 마르티나 지베르트가 말했다. "오랫동안 친구였죠. 아주 친한 친구요."

"피오나가 찾아간 용건이 뭐였죠?"

"말하자면 길어요."

"시간 있으니까 천천히 얘기해보세요." 피아가 말했다.

"그러니까…… 어…… 카타와 저는 11학년 때 처음 알았어요." 지베르트 박사가 말을 시작했다. "우린 학교에서 아웃사이더였어요. 둘 다…… 음…… 공부벌레였거든요. 의대에 입학했고 1987년 겨울학기부터 프랑크푸르트 대학에서 공부를 시작했어요. 전 집에서 독립하려고 아는 친구가 사는 셰어하우스에 들어갔어요. 일 년 뒤에 카타도 따라 들어왔고요. 당시 카타가 좋아하는 남자가 있었는데 관계가 순조롭지 않고 계속 만났다 헤어졌다 했어요. 그러다 그 남자가 미국으로 유학을 가게 됐는데 카타도 프랑크푸르트에 있기 싫다며 베를린으로 학교를 옮겼어요."

물론 피아도 킴이 베를린으로 옮긴 사실을 알고 있었다. 하지만 그 이유에 대해선 한 번도 들은 적이 없었다.

"그 남자 이름이 혹시 프리트요프 라이펜라트인가요?" 피아가 물었다.

"네, 맞아요." 지베르트 박사는 약간 놀란 듯했다. "카타는 무척 힘들어했어요. 프리트요프 없는 프랑크푸르트를 견딜 수 없을 것 같다면서요. 거기다 저도 취리히로 학교를 옮기게 됐고요. 그렇게 해서 점점 소식이 뜸해졌는데 어느 날 갑자기 카타가 저를 찾아왔더라고요. 임신한 상태였고 너무 힘들어 보였어요."

"그게 언제였죠?"

"1995년 1월이었어요. 중절하기엔 너무 늦었는데 카타는 절대 아기를 키울 수 없다고 했어요. 그리고 저희 집에서 4개월간 거의 바깥출입을 안 하고 집 안에서만 지냈어요. 6월에 자기도 미국으로 가겠다며 미친 듯이 공부만 했죠. 콴티코에 있는 FBI로 갈 생각이었어요. 엄청난 기회였죠. 카타는 아기 때문에 그 기회를 놓칠 수는 없다는 입장이었어요. 매번 아기 이야기를 하려고 하면 말을 딱 끊고 못하게 하더라고요. 전 강간당한 게 아닌가 짐작만 했죠. 취리히 병원에 있을 때 제 환자들은 아이를 원하는데 낳지 못하는 여자들이었거든요. 그중에 특별한 경우가 있었어요. 모든 방법을 시도해봤는데 수포로 돌아간 경우였죠." 지베르트 박사는 길게 한숨을 쉬었다. "제가 결국 아주 큰 실수를 저질렀어요. 그때는 친구끼리니까 무조건 도와야 한다고 생각했거든요. 카타는 공식적으로 흔적이 남기를 원하지 않아서 입양도 거부했어요. 제가 그때 생각이 모자랐던 게, 나중에 아이가 이 상황을 어떻게 받아들일지는 고려하지 못한 거예요. 그 스위스 여자는 가짜 임신을 할 준비가 돼 있었고 전 도움을 줬어요. 그리고 아기가 태어나자 그 부부에게 데려다주고 가정분만 확인서를 써줬어요. 일은 차질 없이 진행됐어요. 카타는 분만 이틀 후에 떠났고요. 아기 데려간 부부를 만나보라고 했는데 안 만나겠다고 하더라고요. 그 뒤로 몇 번 편지가 오가긴 했는데 언제부턴가 답장이 끊겼어요. 그렇게 20년 넘게 소식을 못 듣고 살았는데 어느 날 갑자기 피오나 피셔가 나타난 거예요. 죄짓고는 못 사는 건가 봐요."

피아는 이야기를 듣는 내내 가슴이 먹먹했다.

"아기에 대한 생각을 종종 하긴 했어요. 몇 달 뒤에 저도 임신을 했거든요." 지베르트 박사가 말을 이었다. "연년생으로 딸 둘을 낳았는데 갑자기 남편이 아이를 원하지 않았다는 거예요. 그래서 삼십 대 초반에 애 둘 딸린 싱글맘이 됐죠. 마침 그때 비스바덴에 일자리가 생겨서 전 딸들을 데리고 부모님 댁으로 들어갔어요. 그런데 우연히 대학 때 셰어하우스에 함께 살던 남자를 만난 거예요. 그 사람이랑 결혼해서 18년째 함께 살고 있고, 아이들에게는 아빠가 생겼죠."

"그래서 피오나 피셔 일은 어떻게 된 건가요?" 이야기가 딴 길로 빠지기 전에 피아가 대화의 방향을 돌렸다.

"몇 달 전에 피오나의 어머니가 죽었고, 피오나는 그 엄마가 친엄마가 아니었다는 걸 비로소 알게 됐어요." 지베르트 박사가 말했다. "그리고 제 이름을 알아냈어요. 피오나가 어느 날 갑자기 제 눈앞에 나타났는데 카타와 너무 똑같아서 머리가 멍할 정도였어요. 한편으론 그 아기가 이렇게 똑똑하고 예쁜 아가씨로 자랐구나 싶어서 기쁘기도 했어요. 그리고 다른 한편으론 제가 한 일이 얼마나 엄청난 파장을 일으켰는지 깨달았죠. 공식적인 입양절차를 거치지 않음으로써 아기는 자신의 출생에 대해 알아낼 길이 가로막혔던 거예요. 유일하게 도움을 줄 수 있는 사람이 저였고요. 전 카타에게 연락했어요. 하지만 카타는 피오나에 대해 알고 싶지 않다면서 왜 약속을 지키지 않느냐고 저한테 막 욕을 하는 거예요. 22년이 지난 지금에 와서! 저도 더 이상은 못 참겠더라고요. 그래서 피오나에게 연락처를 알려줬어요."

바로 그 지점에서 무슨 일인가가 일어났고 킬러의 관심이 킴을 향하게 됐으리라! 지베르트 박사와 피오나가 누구에게 그 얘기를 했는지가 문제였다.

"아무한테도 말 안 했죠." 지베르트 박사가 확언했다. "그때 제가 한 일이 알려지면 전 이 직업을 그만둬야 해요."

"하지만 누군가 들은 사람이 분명히 있어요." 피아가 주장했다. "지금 우리가 찾는 범인은 아이를 버린 여자들만 겨냥하는 연쇄살인범이에요. 25년간 여덟 명의 피해자가 나왔다고요."

"연쇄살인범이요?" 지베르트 박사가 놀라서 외쳤다.

"일주일 전에 맘몰스하인에 있는 어느 집 견사 밑에서 여성 시체 세 구가 나왔어요." 피아가 계속 설명했다. "처음엔 집 안에 죽어 있던 노인이 범인이라고 생각했는데 나중에 알고 보니 다른 미제살인사건 다섯 건과 분명한 연결고리가 있었어요. 마지막 세 건은 2012년부터 2014년 사이에 일어났고요."

"방금 맘몰스하인이라고 하셨어요?" 지베르트 박사가 물었다.

"네, 테오도르 라이펜라트라는 사람이 주인인데, 그 프리트요프 라이펜라트의 할아버지예요."

"세상에!" 지베르트 박사가 탄식하듯 내뱉었다. "제 남편도 그 집 양자였어요! 그래서 저도 그분 잘 알아요!"

"남편이 라이펜라트네 양자였다고요?" 피아는 수화기를 쥔 손에 순간적으로 땀이 차는 것을 느꼈다.

"네, 학교 때부터 같이 어울려 다녔어요. 나중에 대학 가서는 남편이 사는 셰어하우스로 이사……."

피아는 귓가에 피가 쏠려 그녀가 뭐라고 하는지 하나도 들리지 않았다.

"……딸들이랑 부모님 댁에 들어가 살았는데 우연히 만나서 반년 뒤에 결혼했어요."

"지베르트 씨, 남편 이름이 뭐예요?" 피아가 목소리를 쥐어짜내 간신히 물었다.

"요아힘이요, 요아힘 보크트."

***

마지막으로 물을 마신 뒤 얼마 동안이나 의식을 잃었던 걸까? 피오나는 차츰 정신이 들고 지끈지끈 아프던 머리도 조금씩 나아졌다. 그녀는 한참 동안이나 가만히 누워서 옆에 잠들어 있는 어머니를 쳐다보았다. 그녀의 마음속에서는 두 가지의 상반된 감정이 일었다.

이윽고 카타리나 프라이탁도 의식이 돌아왔다. 그녀는 눈도 제대로 뜨지 못했다. 그녀에게 대답을 들으려면 독이 든 물을 못 마시게 해야 했다. 그 물을 마시면 다시 잠들어버릴 테니까. 어머니. 생각일 뿐이지만 이 낯선 여자를 어머니라고 부르자니 피오나는 영 기분이 이상했다. 어머니는 그녀보다 더 상태가 나빴지만 어머니가 옆에 있다는 것만으로도 그녀에게는 큰 위로가 되었다. 불확실성 속에 홀로 고립되는 것만큼 끔찍한 것은 없으니까. 머릿속에는 여전히 시커먼 구멍이 뚫려 있었다. 기억나지 않는 구간은 새로이 의식을 잃을 때마다 길어지는 듯했다.

카타리나 프라이탁은 눈을 감은 채 벽에 기대고 앉아 힘없이 자신의 팔을 주물렀다. 피오나는 마치 20년 후의 자기 모습을 보여주는 거울 앞에 앉아 있는 듯했다. 사진으로 볼 때보다 더 닮은 구석이 많았다.

그녀는 눈을 들어 피오나를 쳐다보았다. 그리고 두 사람은 그렇게 마주 보면서 콘크리트 바닥에 앉아 있었다.

"네가 피오나구나?" 카타리나 프라이탁이 메마르고 갈라진 입술로 중얼거렸다.

"네."

"재미있네. 내 상상 속에선 한 번도 스위스 억양을 쓴 적이 없는데."

"상상…… 속에서요?" 피오나가 흠칫 놀라 물었다.

"응, 네 생각 많이 했어." 그녀를 낳은 여자의 입가에 미소 같은 것이 떠올랐다. "어디에 사는지. 잘살고 있는지. 어떻게 생겼는지. 그 사람들이 이름을 뭐라고 지었을지."

"정말이에요?" 피오나가 속삭이듯 물었다.

그녀는 마음속에 작은 불씨가 타올라 온몸으로 따뜻한 기운이 퍼지는 것을 느꼈다. 갑자기 눈물이 솟구쳤다. 출구가 보이지 않는 이런 암담한 상황에서 어머니를 만나게 될 줄 누가 알았겠는가! 두려움에 거의 미쳐가고 있어야 할 시점에 그녀는 이루 말할 수 없는 행복감에 젖어들었다. 남에게 자식을 줘버린 여자에 대한 원망은 눈 녹듯 사라지고 오로지 기쁨과 안도감, 그리고 어머니와 함께하기 위해 살아남아야 한다는 생각만 간절했다.

"우리에게 얼마나 시간이 남았는지 모르겠다." 카타리나 프라이탁이 말했다. "그러니 궁금한 게 있으면 물어봐."

"뭐라고 불러야 할까요?"

"마음대로 불러도 돼. 가족과 친구들은 킴이라고 불러."

"좋아요, 킴." 피오나가 미소를 지었다. "제게 사촌이 있나요?"

"응, 두 명. 라르스 오빠네 아이들이야. 그리고 나한텐 피아라는 이름의 언니도 있어."

"왜 절 안 만나려고 했어요?"

"무서워서." 킴이 솔직히 말했다. "네가 날 비난할까 봐 무서웠어. 그리고 사실 네 이메일에 답장을 쓰려고 했는데……." 그녀는 기억이 나지 않는 듯 얼굴을 찡그렸다. "그다음에 어떻게 됐는지 모르겠어. 모든 게 흐릿하니 기억이 나질 않아."

"저도 그래요. 물에 뭔가를 탄 거 같아요. 물뽕 같은 거요." 피오나가 말했다. "좀 전에 기억이 조금 돌아왔어요. 취리히로 돌아가려는 참이었어요. 그전에 지베르트 박사님과 한 번 더 얘기하고 싶었어요. 내비게이션에 주소를 친 기억이 나거든요."

"마르티나!" 킴은 눈을 가늘게 뜨며 양손으로 관자놀이를 눌렀다. "통화할 때 어디 다른 곳으로 직장을 옮긴다고 했는데……."

"마르베야!" 피오나는 갑자기 생각난 듯 허리를 곧추세웠다. "맞아요! 박사님 집에 찾아갔는데 집에 안 계셨어요. 그리고 박사님 남편이 집에 들어오라고 했어요."

"마르티나 남편이라면?" 킴이 그녀를 빤히 쳐다보았다. "요아힘 말이야?"

"이름은 모르겠어요." 피오나가 어깨를 으쓱했다. "제가 마지막으로 기억하는 건…… 차를 마셨어요. 아니, 그거 말고 또……."

그녀는 기억에 집중했다. 차. 마르티나 지베르트의 목소리. 마르베야! 차고! 그녀는 갑자기 온몸이 오싹해졌다.

"그 사람이 제게 무슨 짓을 한 거예요! 그럼 그 사람이 우릴 납치한 거예요?"

"요아힘이? 왜?" 킴이 혼란스러운 얼굴로 말했다. "한때 모두 친구였어. 같은 집에 살았었고……. 맙소사!" 그녀는 눈을 질끈 감으며 손으로 얼굴을 가렸다.

"왜요? 갑자기 왜 그래요?" 피오나는 킴에게 다가앉으며 킴의 팔을 살짝 건드렸다. "킴? 킴! 그 남자가 왜요? 뭐 잘못됐어요?"

"나도 잘 모르겠어." 킴이 이야기를 시작했다. 처음에는 더디게 진행되던 이야기가 나중에는 술술 풀려나갔다. "옛날엔 많이 친했거든. 그 애…… 그 남자는 오래전부터 날 좋아했어. 하지만…… 난 그런 감정이 없었지. 내가 좋아한 건 그 남자의 가장 친한 친구인 프리트요프였어. 난 그 사람에게 완전히 빠져 있었는데 그게…… 인연이 아니었는지 항상 뭔가가 맞지 않았어. 그러다 완전히 헤어지고 나서 난 베를린으로 학교를 옮겼어. 프랑크푸르트에선 더 이상 견디기가 힘들었거든. 그랬는데…… 어느 날 프리트요프가 날 파티에 초대한 거야. 친구 집에서 열린 여름 파티였어. 거기에 가지 말았어야 했는데……."

그녀는 말을 멈추고 고개를 흔들었다.

"왜요?" 피오나가 물었다.

킴은 말없이 피오나를 쳐다보았다. 그 얼굴 위로 애정이 담긴 표정이 스쳤다. 그녀는 손을 들어 피오나의 뺨을 쓰다듬었다.

"그날 밤 네가 생겨났어." 그녀가 잠긴 목소리로 속삭였다.

"그럼 제 아버지가 누군지 알아요?" 피오나가 깜짝 놀라며 물었다.

"응, 정확하진 않지만." 킴이 어두운 표정으로 말했다. "술이 어느 정도 들어갔을 때 프리트요프가 차고에서 날 유혹했어. 옛정 운운하면서. 난 프리트요프에게 여자친구가 있다는 걸 알면서도 받아줬어." 그녀는 깊은 한숨을 쉬었다. "한 시간 뒤에 자기 여자친구를 안고 약혼선언을 하더구나. 내겐 너무 굴욕적인 상황이었어. 난 어서 그 자리를 뜨려고 했어."

"정말 나빠요!" 피오나가 안쓰러움을 담아 말했다. "얼마나 힘들었을까!"

"거기서 끝이 아니야." 킴은 자제력을 발휘해 말을 이어나갔다. "요아힘도 거기 있었는데, 잔뜩 취해 있던 나를 자기 집으로 데려갔어. 그런데 난 기억이 하나도 안 나고 요아힘은 그 틈을 타서……."

"강간했군요!" 피오나가 분개했다. "이런 나쁜 놈!"

"그래." 킴은 피오나를 보며 다시 한 번 한숨을 쉬었다. "그 나쁜 놈들 중 한 놈이 네 생물학적 아버지야."

***

마르티나 지베르트 박사가 남편을 다시 만난 이야기를 하는 동안 피아는 한 손으로 K11대화방에 '모두 내 방으로 올라와. 요아힘 보크트가 범인이야!'라고 적었다.

셈과 타리크는 1분도 안 돼 피아의 사무실로 들어서며 눈짓으로 어떻게 된 건지 물었다. 그녀는 조용히 하라는 신호를 보낸 뒤에 전화기의 스피커를 켰다.

"킴에게 딸이 있다는 얘기를 남편에게 했나요?" 그녀가 수화기에 대고 물었다.

"아, 네." 상대가 대답했다. "그러고 보니 남편에게 말했네요. 남편도 옛날부터 카타와 잘 아는 사이거든요."

카이가 문가에 나타났다. 뒤이어 하딩 박사가 들어와 먼저 온 두 사람 옆에 가 섰다.

"그 말을 했을 때 남편의 반응은 어땠나요?" 피아가 물었다. 이제 더 이상 떨리지 않았다. 머리도 다시 제대로 돌아가고 있었다. 그동안의 수사가 드디어 결실을 하는 순간이었다!

"흠, 그냥 고개만 설레설레 저었어요. 그래요, 아무에게도 말 안 하겠다는 약속 못 지킨 건 맞는데 그날은 정말 너무 화가 났어요!" 지베르트 박사는 변명하기 시작했다. "카타는 상관하기 싫다면서 아이의 상황이 얼마나 딱한지 알려고도 하지 않았어요! 전 그다음 날 스페인으로 출발하려고 짐을 싸고 있었는데 정말 그런 식으로 모욕할 줄은 몰랐어요. 20년도 넘게 약속을 지켜온 사람이 누군데!"

"지베르트 씨, 결혼생활은 어떤가요?" 피아가 물었다.

"그걸 왜 물으시죠?" 지베르트 박사가 뜻밖이라는 듯 되물었다. "좋아요. 서로 신뢰하는 관계이고요. 우리처럼 부부가 멀리 떨어져 있을 땐 더욱 믿음이 필요하죠. 전 여기 스페인에서 노후를 보낼 계획이라서 준비를……."

"2012년을 전후로 해서 무슨 특별한 일이 있었나요?" 피아가 끝없이 이어지는 상대의 말을 끊고 물었다. "결혼생활에 위기 같은 게 왔었나요?"

셈, 타리크, 카이, 프로파일러 하딩은 귀를 쫑긋 세웠다.

"어, 무슨 말씀을 하시는 건지 잘……." 지베르트 박사가 적당히 빠져나가려 했지만 피아는 그렇게 놔두지 않았다.

"저희가 찾는 킬러가 카타와 카타의 딸을 납치한 걸로 보이는데요, 그 킬러는 1998년부터 2011년까지 살인을 하지 않았어요. 연쇄살인은 2012년 5월에 재개됐어요."

피아의 말을 들은 지베르트 박사는 잠시 할 말을 잊은 듯했다.

"설마 지금 제 남편이 연쇄살인범이라고 주장하시는 거예요?" 그녀는 농담 말라는 듯 약간 과장됐다 싶게 높은 웃음소리를 냈다.

대답을 잘해야 하는 상황이었다. 만일 지베르트 박사가 사건의 심각성을 인지하지 못했거나 킴과 피오나가 어떻게 되든 상관없다고 생각한다면 그녀에게 사실을 말해주는 것이 아주 위험할 수 있었다. 남편에 대한 의리 때문에 연락을 취해 경고할지도 모르기 때문이다. 그렇게 되면 그는 킴을 바로 죽이거나 자살을 택할지도 모른다.

범인이 위험을 감지하면 모든 흔적을 없애버릴 것이므로 그의 아내의 협조가 필요했다.

"용의자들 중 한 명이긴 해요." 피아가 말했다. "라이펜라트의 양자라는 것 하나 때문에요."

카이는 휴대전화를 꺼내들며 복도로 나갔다. 하딩 박사는 피아의 책상에서 종이를 한 장 가져와 뭐라고 썼다.

"다, 당연히…… 그럴 리 없죠." 지베르트 박사가 더듬거리며 말했다. "왜 요아힘이 그런 짓을 하겠어요? 그러니까 제 말은…… 남편은 정말 착한 사람이에요. 성실하고…… 그리고…… 얼마나 자상한데요! 제 상황도 많이 고려해주고 아이들도 친딸처럼 예뻐하는걸요! 그런 사람이 어떻게…… 사람을 죽이고 돌아다닌다는 거예요?"

하딩 박사는 종이에 쓴 것을 피아에게 보여주었다.

'남편에 대한 신뢰를 흔들어요!!!'

피아가 엄지손가락을 치켜 올리며 고개를 끄덕였다.

"2012년에 무슨 일이 있었죠?" 피아가 다시 똑같은 질문을 했다.

"제가…… 제가 직장동료와 바람을 피웠어요." 자백이 이어졌다. "전혀 의미 없는 관계였는데, 요아힘이 어떻게 눈치를 챘더라고요. 그때 많이 힘들어했어요."

"바람피운 사실을 남편이 언제 알았나요?"

"정확히는 모르겠어요. 아마 부활절 즈음이었을 거예요."

2012년 5월에는 리아네 반 부렌이 살해당했다.

"하지만 알고 있었다고 말한 건 여름이었어요. 여름휴가 가기 직전에요. 그때는 그 관계가 이미 정리된 상태였고요. 요아힘과 전 얘기를 많이 했어요. 부부 상담까지 받으면서 노력했어요. 그리고 공동의 꿈인 남쪽에서의 새 삶을 향해 나아가자고 다짐했죠." 그녀는 잠시 말을 멈추었다. "아니에요, 지금 착각하시는 거예요! 요아힘은 정말 여리고 착한 사람이에요! 제가 장담해요, 그 사람은 파리 한 마리 죽이지 못하는 사람이에요!"

"처음으로 토스카나에 간 게 언제인가요?" 피아가 물었다.

"오래전이에요. 1997년 여름이요. 산지미냐노였어요. 휴가 끝나고 바로 빌트작센으로 이사했었죠."

"그전엔 어디 살았죠?"

"저랑 제 딸들은 부모님 댁에서 살았어요. 제가 일하러 가야 해서요. 요아힘은 그때 디덴베르겐에 살았는데 그 집은 우리 넷이 살기엔 너무 좁았어요."

요아힘 보크트는 처음으로 토스카나 여행을 다녀온 직후 견사에 콘크리트를 부었다고 했다. 즉, 1997년이다. 이사를 앞두고 어딘가에 보관하고 있던 맨디 시몬, 안네그레트 뮌히, 유타 슈미츠의 시체를 눈에 띄지 않게 없앨 요량으로 그 기회를 이용했던 걸까?

"제 말 들어보세요." 의사가 말했다. "제 남편은 제가 잘 알아요. 그런 일을 할 수 있는 사람이 아니에요! 우린 서로에게 비밀이 없어요. 신뢰하는 관계라고요."

"남편이 친모를 안다고 말하던가요?" 피아가 물었다.

"아, 아니요." 흔쾌히 나온 대답이 아니었다. 비밀이 없다는 건 여기까지인 걸로. "남편을 낳다가 돌아가셔서 위탁가정으로 간 거라고 알고 있었어요."

"미안하지만 사실이 아닙니다. 친모의 이름은 엘케 보크트였고 바트 캄베르크 출신이에요. 아이를 낳은 후 바로 입양하도록 내놓았어요. 하지만 어떤 이유에선지 입양이 되지 않았고 결국 라이펜라트 부부에게 위탁된 겁니다. 얼마 뒤 함부르크의 부유한 커피 무역상과 결혼해서 엘케 폰 도너스베르크가 됐죠. 그리고 1997년 5월 어머니날에 살해됐어요. 다른 피해여성들과 똑같은 방식으로요. 부인의 남편은 친모를 알았습니다. 어릴 때 매년 어머니날이면 라이펜라트네로 만나러 갔기 때문이죠."

"어머니날……." 지베르트 박사가 중얼거렸다.

"1995년 어머니날에 테오 라이펜라트는 아내인 리타를 총으로 쏴 죽였어요." 피아가 말했다. "프리트요프와 요아힘이 시체를 치우고 자살한 걸로 위장하는 걸 도왔죠. 지난주에 저희가 맘몰스하인에서 리타 라이펜라트의 유해를 발견했어요."

침묵.

"남편이 크레타에 간 적이 있나요?"

"네, 고등학교 졸업시험 끝나고요. 프리트요프랑 같은 학년의 다른 친구 두 명이랑 같이 갔어요."

"그 친구들이 포티아라는 소도시의 작은 호텔에 묵었죠?" 피아가 물었다.

"아마도요."

"그 호텔에 배낭여행 온 마갈리 보샹이라는 프랑스 여학생도 있었어요. 몇 번 독일 남학생들과 어울리는 모습이 목격됐는데 8월 12일에 실종됐어요. 같은 날 독일 남학생들은 그 호텔을 나왔고요. 얼마 안 돼 시체로 발견됐어요."

"아니, 아니야." 의사가 혼잣말로 중얼거렸다. "그럴 리 없어요! 프리트요프라면 그럴 수도 있다고 생각해요. 원래 냉정하고 물불 안 가리는 사람이니까. 그때 프리트요프가 카타한테 어떻게 했는지 아세요? 자기 약혼 발표하는 파티에 카타를 불렀어요, 그 나쁜 놈이!"

"그 파티가 언제 있었죠?" 피아가 캐물었다.

"정확히는 모르겠어요. 요아힘을 다시 만나기 몇 년 전이었어요. 요아힘이 그때 일을 얘기해줬어요. 그 자리에 있었고 나중에 카타를 데리고 나왔다고요."

피아의 머릿속에서는 퍼즐조각들이 맞춰졌다. 전체 그림의 윤곽이 점점 드러나고 있었다. 프리트요프와 요아힘은 킴을 잘 알았다. 킴은 프리트요프를 좋아했고 그는 다른 여자와 결혼했다. 둘 중 한 사람이 피오나의 아버지일까? 그래서 킴은 임신 사실과 아기에 대해 아무도 모르게 하려고 했던 걸까?

"지베르트 씨, 이쪽으로 와주실 수 있겠어요?" 피아가 이해한다는 듯 한껏 부드러운 목소리로 물었다. "말라가에서 프랑크푸르트로 오는 항공편을 예약해드릴게요."

"음…… 그게…… 네……." 그녀가 갑자기 큰 소리로 흐느꼈다. 그녀는 쇼크를 받은 상태였고, 그것은 어쩌면 당연한 반응이었다.

"지금 들은 얘기 절대로 남편에게 하시면 안 됩니다. 따님들에게도 마찬가지고요. 아무에게도 말하면 안 돼요." 피아가 단단히 주의를 주었다. "오늘이나 내일 아침에 남편과 통화하시게 되면 아무 일도 없는 것처럼 말하셔야 해요. 하실 수 있겠어요?"

"네…… 네, 할 수 있어요."

"만일 우리가 생각하는 범인이 맞다면 납치한 두 여자를 그 자리에서 죽이고 모든 흔적을 지우려고 할 거예요."

"알겠어요." 지베르트 박사의 목소리에서 결연함이 엿보였다. "오늘 저녁 8시에 말라가에서 뮌헨으로 출발하는 비행기가 있어요. 서두르면 탈 수 있을 거예요."

"준비되면 연락 주세요." 피아가 말했다. "저희가 뮌헨 공항으로 차 보낼게요."

***

정말 미칠 노릇이다. 이렇게 문제의 해결책을 찾지 못한 적은 없었다. 계획에 없이 즉흥적으로 행동했기 때문이다. 모든 경우의 수를 고려할 충분한 시간이 없었다. 그래서 지금 아무 재미도 느낄 수가 없다. 경찰은 별로 신경쓰이지 않는다. 언젠가 이런 상황이 오리라는 건 이미 예상한 바였고 오히려 일을 흥미진진하게 만드니까. 떠나려고만 한다면 내 인생에 5분 안에 처리하지 못할 일은 없다. 상황이 긴박하게 돌아갈 경우 떠날 준비는 다 해두었다. 문제는 내가 우연에 휘둘렸다는 것이다. 이제까지 이런 적은 없었다! 상트페테르부르크에서 교통사고가 나면서부터 모든 게 어긋나기 시작했다! 내가 집에 있었다면 테오의 시체가 그렇게 오랫동안 방치되지도 않았을 테고 멍청이 클라스가 견사에 개를 가두지도 않았을 것이다. 아무 일도 일어나지 않았을 것이다. 세 여자가 발견되는 일도 없었으리라. 모든 것이 바느질 코가 연달아 빠지듯 하나씩 하나씩 차례로 드러나기 시작했다. 지금 가장 큰 문제는 두 여자를 죽이고 싶은 마음이 사라졌다는 것이다. 이번엔 이상하게 옳지 않게 느껴진다. 이제까지 나는 단 한 번도 나의 즐거움을 위해 살인을 저지르지 않았다. 그렇게 됐어야 하는 일이었기에 감행한 일들이었다. 내 마음에 다시 평온이 찾아오도록. 그러기 위해선 모든 게 정확히 맞아떨어져야 했다. 나는 일주일째 카타에 대해 생각하는 중이다. 왜 카타는 그런 짓을 했을까? 이건 그 어떤 배신보다도 나쁘다. 카타를 잊은 지는 이미 오래됐다. 내가 사랑했던 카타는 이제 없다. 지금 지하실에 있는 여자는 그저

타인일 뿐이다. 늙어 보이고 나이 든 이의 거짓된 냄새가 난다. 문제는 어린 카타다. 그녀는 아무 벌 받을 짓을 하지 않았다. 나는 죄 없는 사람을 죽이지 않는다. 클라스는 예외였지만. 그러나 어차피 죽일 놈이긴 했다. 나는 카메라를 불러내 잠시 두 사람을 관찰한다. 어쩌면 그냥 저렇게 말려 죽이는 게 최선일지도 모르겠다. 시체가 발견됐을 때 나는 이미 스페인에 가 있을 테니까. 그리고 잘만 하면 클라스가 감금한 걸로 믿게 만들 수도 있다.

***

특수본은 바삐 돌아가고 있었다. 카이는 빌트작센에 있는 요아힘 보크트의 자택에 대한 압수수색영장과 감청영장을 청구했다. 피오나 피셔는 살아 있다는 단서가 전혀 없어 이미 죽었거나 보크트에게 납치된 것으로 봐야 했다. 피아는 셈과 타리크를 팔켄슈타인으로 보내 프리트요프 라이펜라트를 다시 데려오도록 했다. 이번에는 사무실이나 조사실이 아니라 특수본에서 취조할 생각이었다. 피아는 하딩 박사, 카트린의 도움을 받아 라이펜라트가 앉은 자리에서 피해자들과 그들의 시체 사진을 계속 봐야만 하도록 화이트보드의 위치를 바꿨다. 사태의 심각성을 인지시키기 위한 조치였다. 카이는 비클라스에 있던 마갈리 보상의 사진을 인쇄해 화이트보드에 붙였다. 그리고 포티아 호텔의 영수증 사진도 확대해서 그 옆에 나란히 두었다.

지베르트 박사가 전화로 얘기한 것들은 하딩 박사가 만들어놓은 범인 프로필과 다 맞아떨어졌다. 요아힘 보크트는 친구가 없고 직장과 관련된 것 외에는 사회적 접촉도 거의 없었다. 직업상 출장이 잦

왔고 언제 어디에 있는지 꼬박꼬박 보고하지 않아도 되는 위치에 있었고 재택근무도 가능했다. 그동안 왜 그렇게 열심히 양아버지를 찾아다니며 돌봤는지도 분명해졌다. 그렇게 함으로써 언제라도 맘몰스하인의 대지를 감시할 수 있었고 무슨 일이 있으면 바로 조치를 취할 수 있었다. 그런데 운이 나쁘게도 하필 양아버지가 죽었을 때 교통사고를 당했던 것이다!

반면 프리트요프 라이펜라트는, 카이가 조사한 바에 따르면, 영국에서 전형적인 상류층의 삶을 살고 있었다. 런던 근교의 전원주택에서 아내와 개 두 마리를 키우며 살았고, 장성한 자녀 둘은 이튼에서 대학공부를 하고 있었다. 그들 부부는 자주 손님을 초대했고 연중에도 몇 번씩 온 가족이 함께 휴가를 즐겼다. 그런 사람이 독일 전역을 돌아다니며 살인을 저지른 연쇄살인범일 가능성은 희박했다.

피아는 킴의 집에서 가져온 사진첩과 라이펜라트의 어린 시절 물건이 담긴 상자에서 라이펜라트에게 보여줄 사진들을 골랐다. 요아힘 보크트의 상자에는 개인사나 과거를 알게 해주는 물건이 거의 없었다. 하딩 박사는 보크트가 자신을 드러낼 만한 물건들을 진즉 치웠을 거라는 견해였다. 그리고 보크트가 범행을 계획할 때 다른 형제들의 생활환경과 이동범위를 고려했을 것이라고 의심하고 있었다. 경찰수사가 진행될 경우 형제들에게 혐의가 가도록 밑밥을 깔아놓았다는 것이다.

"무척 영리해요." 하딩 박사의 감탄에는 거부감이 섞여 있었다. "예를 들어 견사 기초공사에 대해 얘기한 걸 생각해봐요. 테오가 이미 일을 시작했다고 했었잖아요. 그런데 사실은 돌과 린데만이 파놓은 걸 보고 옳다구나 했던 거예요. 새집으로 이사 가기 전에 시체들을 치워야 하는데, 아마 시체 세 구는 그때까지 아이스박스에 보관했겠죠. 그 시체들을 없앨 절호의 기회를 포착한 거죠."

"최고로 좋은 자리죠." 카이가 거들었다. "당분간은 안전할 테니까요. 누가 견사 밑을 파볼 생각을 하겠어요?"

"어쩌면 프리트요프나 자신이 언젠가 그 땅을 물려받을 거라고 생각했을지도 몰라요. 그렇게 되면 문제는 영원히 사라지는 거잖아요." 카트린이 추측을 보탰다.

"하필 멀리 가 있을 때 테오가 죽는 바람에 망한 거죠." 하딩 박사가 고개를 끄덕였다. "게다가 클라스 레커가 개를 견사에 가두는 통에 완전히 망했죠."

"그 점에선 레커에게 정말 고마워해야 해요." 피아가 사진을 차곡차곡 추리며 말했다. "견사에서 인골을 발견하지 못했다면 수사는 바로 끝났을 테니까요."

보덴슈타인과 엥엘 과장이 도착했다. 피아는 마르티나 지베르트와 나눈 통화내용을 재빨리 보고했다.

"보크트 말고 다른 사람에게 얘기하지 않았다면 보크트가 범인인 게 확실하네." 보덴슈타인이 말했다. "라이펜라트에게선 뭘 알아내려는 거야?"

"1987년 크레타에서 무슨 일이 있었는지." 피아가 대답했다. "그리고 보크트가 친모에 대해 어떻게 알게 됐는지. 우리에겐 보크트가 범행을 저질렀다는 구체적 증거가 하나도 없어요. 단서라도 일관성 있게 제시하지 못하면 법정에서 망신만 당할걸요. 그리고 잘못될 경우 보크트가 법정에서 유유히 걸어 나갈 수도 있어요. 보크트의 아내가 오늘 저녁 뮌헨에 도착해서 내일 아침 이리로 올 거예요. 압수수색하는 데 동행할 거고요."

피아의 눈에 멍하니 창밖을 바라보고 있는 엥엘 과장의 모습이 들어왔다. 안다고 생각했고 믿었던 사람이 그토록 많은 비밀을 품고 있음을 깨닫게 됐을 때 그 기분은 참으로 참담할 것이다.

"이게 얼마나 어처구니없는 비극이야! 요아힘 보크트는 게로 본 도너스베르크의 양자로 들어가 잘 살 수 있었는데." 보덴슈타인이 말했다. "그 어머니에게 숨겨둔 자식이 있다고 말할 용기만 있었어도!"

"요즘 생각으로야 충분히 그렇게 말할 수 있죠." 하딩 박사가 대꾸했다. "하지만 1960년대에는 숨겨둔 자식이라는 게 엄청난 치부였어요. 아마 남편에게 버림받을까 봐 두려웠겠죠."

"그러니까 화려한 삶을 포기하고 싶지 않았던 거잖아요." 보덴슈타인이 고개를 세차게 흔들었다. "25년간 혼자 속병 앓고 우울증 걸리고 결국 잔인하게 살해당하고, 이게 얼마나 허망하고 어리석은 짓이냐 이거죠."

"그 여자가 한 짓 때문에 여덟 명이 죽었어요." 피아도 문득 쓸쓸함을 느꼈다. "용기 없고 이기적인 그 여자 하나 때문에 이제 제 동생까지 위험해졌다고요!"

"모든 죄를 그 여자에게 돌릴 수는 없어요." 굳은 표정으로 바깥만 바라보던 엥엘이 말했다. "이건 마치 보크트에게 죄가 없다는 것처럼 들리잖아요. 보크트는 분명 죄를 지었어요. 다른 아이들도 부모에게 버림받았지만 모두 살인자가 되진 않았잖아요?"

"리타 라이펜라트가 엘케 도너스베르크에게 보낸 편지를 모두 가져왔는데, 거기에 보면 엘케가 1979년 어머니날에 마지막으로 아들을 찾아간 걸로 나와." 보덴슈타인이 말했다. "노라 바르텔스가 죽은 게 1981년이야. 내 생각엔 이게 보크트의 첫 번째 살인이야. 그 아이를 물에 빠뜨려 죽였고 그 느낌이 좋았던 거지."

피아의 휴대전화가 진동했다. 셈과 타리크가 프리트요프 라이펜라트를 데리고 도착했다는 소식이었다. 로젠탈 검사도 취조를 참관하기 위해 도착했다.

"여기 특수본에서 라이펜라트를 취조할 생각이에요." 피아가 말했다. "피해자들과 그들의 시체 사진을 보고 얼마나 끔찍한 일인지 좀 느끼라고요."

"그렇게 해요." 엥엘 과장이 고개를 끄덕였다. 그리고 짓궂은 미소를 지으며 말했다. "모두 함께 있어야겠네. 그럼 더 압박을 느끼지 않겠어요?"

***

셈과 타리크가 특수본으로 데려온 프리트요프 라이펜라트는 태연하고 거만한 자세로 들어섰다. 그러나 금세 바짝 긴장하는 태도로 바뀌었고 그 변화를 숨기지 못했다. 피아는 미리 팀원과 동료들에게 자세한 행동지침을 주었다. 라이펜라트가 들어오면 마실 것이나 커피를 권하지 말고 힐끔힐끔 쳐다보거나 쓱 훑어보기만 하고 말은 걸지 말라고 했다. 이 방식은 실제로 효과를 나타냈다. 피아, 보덴슈타인, 니콜라 엥엘, 하딩 박사, 셈, 타리크는 카이의 책상에 둘러서서 나지막하게 대화를 나누며 미적거렸다. 그러면서 라이펜라트 쪽으로 슬쩍슬쩍 시선을 던졌다. 라이펜라트는 창문을 등지고 앉아 있었고 화이트보드는 거기서 5미터도 떨어지지 않은 곳에 있었다. 그에게 잘 보이는 각도로 세워져 있었고 끔직한 사진들이 붙어 있었다. 그는 한 순간도 가만히 앉아 있질 못했다. 끊임없이 엉덩이를 들썩거리고 시선은 반복적으로 사진을 향했다. 손으로 코를 만지고 머리를 쓸어넘기고 이마에 맺힌 땀을 닦았다. 피아가 의도한 대로 그가 얼마나 불편해하는지 알 수 있었다.

"왜 여기 앉아 있어야 하는 겁니까?" 이윽고 피아와 보덴슈타인이 다가오자 그가 항의했다. "그리고 왜 강제로 저 사진들을 보게 하는 겁니까?"

그는 화난 척 언성을 높였지만 사실은 겁을 먹은 것이었다.

피아는 기본적인 의무사항을 녹음하고 라이펜라트에게 조사상황이 영상으로도 찍히고 있다는 사실을 주지시켰다. 그리고 용의자가 아니라 증인으로서 조사받는 것이라고 밝혔다. 변호인의 조력을 받을 것인지 묻는 질문에 라이펜라트는 다시 고개를 저었다.

"저 사진들 중에 아는 얼굴이 있습니까?" 보덴슈타인이 물었다.

"없습니다." 라이펜라트가 굳은 표정으로 고개를 저었다.

"자세히 한번 보십시오."

라이펜라트는 마지못해 보덴슈타인의 요구에 응했다. 피아는 마갈리 보샹을 알아본 그의 얼굴에 스친 경악의 표정을 놓치지 않았다.

"누군지 아시겠어요?" 피아가 물었다. "1987년 크레타 섬에 놀러 갔을 때 만났죠?"

라이펜라트는 얼굴이 벌게지며 마른침을 꼴깍 삼켰다.

"놀러가서 만난 여자가 한둘인가요? 저 여자가 왜요?"

"마갈리는 1987년 8월 12일 실종됐습니다. 그리고 며칠 후 시체가 어부의 그물에 걸렸죠." 보덴슈타인이 말했다.

그 말에 라이펜라트의 눈이 휘둥그레졌다.

"목 졸린 후 익사했습니다. 격하게 방어한 흔적이 있었고요." 보덴슈타인은 화이트보드 쪽을 가리켰다. "저 여성들 모두 익사당했습니다. 노라 바르텔스처럼요."

"그게 나랑 무슨 상관입니까?" 라이펜라트가 언성을 높였다.

"1987년 8월에 크레타에서 무슨 일이 있었는지 얘기해보세요." 피아가 말했다. "마갈리의 목을 조르고 범행을 숨기기 위해 바다에 던졌나요?"

"아니요!" 프리트요프 라이펜라트는 의자에서 벌떡 일어났다. "난 아무 짓도 안 했어요!"

"앉으세요." 보덴슈타인은 무릎에 팔꿈치를 얹으며 상체를 앞으로 기울였다. 그리고 라이펜라트가 다시 자리에 앉을 때까지 기다렸다. "마갈리를 기억하신다니 다행이네요. 자, 더 떠오르는 걸 얘기해보세요!"

라이펜라트는 방금 자신의 행동이 실수였음을 깨달았다. 그러나 평소의 그답게 실수에 연연하지 않고 태연하게 답변했다. 졸업시험이 끝나고 10월에 대학 첫 학기가 시작되기 전 그는 친구 세 명과 함께 크레타로 여름휴가를 떠났다. 그들은 섬 이곳저곳을 둘러보다 포티아라는 도시에 도착했다. 젊은 여행객들이 많이 모여 있는 작은 해변도시였다. 그는 해변에서 마갈리를 알게 됐다. 그녀는 혼자 여행 중이었고 첫눈에 그의 마음에 들었다. 그들은 하루 종일 딱 붙어다녔고 저녁에는 함께 파티에 갔다. 둘 다 술을 많이 마셨다.

"그날 술이 좀 과했습니다." 라이펜라트가 시인했다. "어떻게 돌아왔는지 숙소에서 잠들었고 다음 날 출발했습니다. 왜 그렇게 서둘러

떠났는지 이유는 생각이 잘 안 나네요. 그 여자는 그 뒤로 보지 못했습니다. 나중에도 전혀 소식이 없었고요." 그는 약간 삐딱한 미소를 지었다. "이제 보니 놀랄 일도 아니었네요."

"내가 그 말 믿을 것 같아요?" 피아가 말했다. "마갈리에게 무슨 일이 있었는지 정확히 알고 있잖아요."

"난 아무 짓도 안 했습니다."

"그럼 누가 했어요?"

침묵.

"마갈리에겐 어린 아들이 하나 있었어요. 세상을 구경하기 위해 부모님에게 맡겨둔 아들이요. 마갈리가 그런 얘기 하던가요?"

"아니요!" 라이펜라트가 고개를 저었다. "전혀 몰랐습니다!"

"누군가 그 사실을 알았을 텐데요. 저 사진에 있는 여자들 모두 어린 자녀를 버린 사람들이에요. 라이펜라트 씨와 함께 자란 형제자매들이 어머니로부터 버림받고 보육원에 맡겨진 것처럼."

라이펜라트는 무표정한 얼굴로 피아를 응시했다. 경직된 턱에서 나는 소리만이 그의 내면에 팽배한 긴장을 말해주고 있었다.

"마갈리도 똑같은 이유 때문에 죽었을 겁니다." 피아가 말했다. "범인은 점점 세련된 기술을 사용했어요. 먼저 전기충격기로 피해자를 제압한 다음 저항하지 못하게 머리끝부터 발끝까지 랩으로 싸고 물에 빠뜨려 죽이고는 냉동시켰어요. 그렇게 뒀다가 나중에 땅에 파묻거나 외딴곳에 내다버렸죠."

라이펜라트의 얼굴에서 핏기가 싹 가셨다.

"부모에게서 버림받은 유년기의 경험이 트라우마가 되었고, 당신할머니와 다른 형제들의 학대로 그 트라우마가 더욱 심해져 결국 연쇄살인범이 됐을 거예요." 피아가 말을 이었다. "범인은 살인욕 때문에 살인하는 게 아니에요. 복수나 성적 동기에 의해 움직이는 것도 아니고요. 범인은 성전을 치르고 있어요. 자기중심적인 이유로 아이를 버린 여자들을 죽이는 걸 사명으로 생각하고 있어요."

"범인은 자신의 어머니도 죽였습니다." 보덴슈타인이 거들었다. "그리고 저희는 라이펜라트 씨가 범인을 안다고 확신하고 있습니다."

모든 대화가 멈추었고 커다란 공간에 긴장된 침묵이 감돌았다. 모두 그의 반응에 주목하고 있었다.

라이펜라트는 허리를 똑바로 편 자세로 앉아 굳어버린 듯 꼼짝도 하지 않았다. 목젖만 위아래로 격하게 움직였다. 이마에 송골송골 맺힌 땀방울이 관자놀이로 흘러내렸다. 평소 그토록 완벽한 자제력을 보여주던 라이펜라트의 표정에서 마음속 갈등이 훤히 들여다보였다. 그는 수십 년간 지켜온 의리와 끔찍한 실상 사이에서 어쩔 줄 몰라 하고 있었다. 피아는 더욱 압력을 가했다.

"범인은 지금 이 순간에도 한 여자를 납치해 감금해두고 있어요. 라이펜라트 씨도 잘 아는 사람이에요." 피아가 말했다. "카타리나 프라이탁, 예전엔 카타 혹은 킴이라고 불렀을 거예요."

라이펜라트의 눈썹이 반사적으로 치켜 올라갔고 그의 입에서는 한숨 같은 탄식이 새어나왔다.

"그리고 범인은 수요일 저녁에 카타리나 프라이탁의 집에서 클라스 레커를 죽였어요."

라이펜라트는 입가를 실룩였으나 입을 열지는 않았다. 독한 인간.

40년 넘게 이어온 우정을 뒤흔드는 것은 결코 쉽지 않은 일이었다. 피아도 그 사실을 잘 알았지만 좌절감이 드는 것은 어쩔 수 없었다.

모든 수단을 강구했지만 상대는 입을 열지 않았고, 이로써 그녀의 계획은 실패로 돌아갔다. 이제 남은 것은 최후의 방법 하나뿐이었다. 그 방법은 라이펜라트가 타인을 위해 희생하는 사람이 아니라는 데 기초한 것이었다. 그 타인이 어릴 적부터 알았던 가장 친한 친구일지라도 말이다.

"네, 됐습니다." 피아는 일어서서 서류와 수첩을 챙겼다. 그에게는 시선을 주지 않았다. "여기까지 하죠. 최소 여덟 건의 살해를 공모한 혐의로 긴급체포하겠습니다. 바이터슈타트 교도소로 호송될 거예요. 내일 판사 앞에 나가 영장실질심사를 받아야 하니까 변호인을 부르시는 게 좋을 겁니다. 당신은 묵비권을 행사할 수 있으며……"

"잠깐만요!" 순간 겁을 집어먹은 라이펜라트가 외쳤다. "전 아무 관련이 없습니다! 그 사건들에 대해 알지도 못해요. 하나만 빼고……"

그는 말을 멈추고 도리질을 쳤다. 그러나 곧 마음을 바꾼 듯 진술을 이어나갔다.

"그날 요아힘이 마갈리를 죽였습니다." 그가 갈라지는 목소리로 말했다. "다음 날 술이 깬 다음 말해줄 때까지 전 전혀 몰랐습니다. 요아힘이 말하길 마갈리가 저를 성폭행으로 고발하려고 했다고 했습니다. 경찰서에 못 가게 하려면 죽일 수밖에 없었다고요. 요아힘은…… 저를…… 보호하기 위해서 그런 겁니다."

***

피오나는 하도 소리를 질러서 목이 쉬어버렸다. 킴에게 그 끔찍한 과거를 들은 뒤에 너무 목이 말라서 물 한 병을 다 마셨고 몇 분 되지 않아 잠들었다. 그리고 몽롱한 가운데 적막을 뚫고 들려오는 희미한 경적소리와 쇠붙이끼리 서로 부딪치는 소리를 들었다. 저 위에 누군가 있다는 뜻이다! 그녀는 고래고래 소리를 지르고 발이 아플 때까지 철문을 차며 사람이 있음을 알리려고 했다. 그러나 아무 일도 일어나지 않았다! 목이 너무 아프고 갈증이 나 다시 물 한 병을 벌컥벌컥 들이켜고 싶었으나 참았다. 대신 손바닥에 물 몇 방울을 쏟아 핥아먹으니 아무 반응도 나타나지 않았다. 그녀는 그렇게 어머니 옆에 누워 어머니에게서 들은 이야기를 다시 떠올려보았다. 킴은 크게 상심한 채 베를린으로 돌아갔다. 그리고 외국에서 일자리를 얻기 위해 온 힘을 기울였다. 그 결과 워싱턴 FBI에서 단기 일자리 제안을 받았다. 임신 사실을 알게 된 건 늦어도 너무 늦었을 때였다. 절망에 휩싸인 그녀는 친구 마르티나에게 도움을 청했다. 아이를 볼 때마다 그 끔찍한 날을 떠올리게 될 것을 생각하니 도저히 견딜 수 없었다. 나중에 아이가 좋은 환경에서 잘 자라고 있다는 사실에 위안을 받았다. 그런 다음 미국으로 건너갔고 몇 년 후 마르티나가 요아힘과 결혼했다는 소식을 듣고 연락을 끊었다.

아이를 남에게 넘기기로 결심할 때 킴의 심정이 어땠을지 상상하니 피오나는 억장이 무너지는 듯했다. 그녀는 그렇게 인생을 망쳤다.

그렇다, 피오나는 어머니를 탓하지 않았다! 그녀가 바라는 것이 있다면 그것은 오직 시간, 킴을 알아갈 수 있는 시간, 이모, 삼촌, 할머니, 할아버지, 사촌 들을 만날 시간뿐이었다. 그녀는 죽고 싶지 않았다. 여기 이 감옥 같은 곳에서는 죽고 싶지 않았다. 그리고 죽더라도 지금은 아니었다. 이제 드디어 친척도 생기고 어머니도 만났는데!

"그건 거짓말이었습니다." 보덴슈타인이 말했다. "라이펜라트 씨가 속은 겁니다."

"요아힘 보크트에게 이용당한 거예요." 피아가 거들었다. "이 친구 관계에서 이득을 보는 사람은 항상 본인이라고 생각했죠? 사실은 반대예요. 요아힘은 자신을 없어서는 안 될 존재로 만들었고 학창시절 내내 붙어다니면서 문제를 해결해주고 귀찮은 일을 처리해줬어요. 그건 당신을 위해서가 아니라 오로지 요아힘 자신을 위한 것, 자신의 이득을 위한 것이었어요. 그리고 그게 다른 사람들 눈에는 다 보였어요. 라이펜라트 당신만 몰랐지! 실제로 일이 어떻게 돌아가는지, 요아힘이 당신을 어떻게 조작하는지 평생 모르고 살았던 거예요." 라이펜라트는 뒤늦게 진실을 깨닫는 듯했다. 그 깨달음이 그의 내면을 얼마나 뒤흔들고 있는지 그의 표정에서 읽을 수 있었다.

라이펜라트가 그렇게까지 자기중심적인 사람이 아니었다면 아마 나중에라도 그 친구 관계의 역학관계를 간파했으리라. 그러나 요아힘 보크트는 교묘하게 일을 시작했고 친구가 자신이 대장이라는 착각에 빠져 살도록 만들었다. 그리고 라이펜라트는 오직 하나, 자기 자신밖에 생각할 줄 모르는 사람이었다. 그러나 그가 인생에서 이렇게까지 성공할 수 있었던 것은 실수에 연연하지 않고 패배를 툭툭 털어버렸기 때문이었다. 그는 빠르게 평정을 되찾았다.

"사람이 너무 착해서 다른 사람을 의심할 줄 모르면 그런 일이 일어나기도 하죠." 그가 태연히 말했다. 그 말투가 그렇게 진지하지만 않았어도 피아는 그의 느닷없는 돌려치기에 소리 내어 웃었을 것이다.

"카타리나 프라이탁을 마지막으로 본 게 언제입니까?" 보덴슈타인이 물었다.

"까마득하게 오래됐죠." 그가 대답했다. "아마 제 약혼 파티 때일 겁니다. 1994년 여름이요."

"사귄 적도 있었죠?"

"네, 그렇긴 했죠. 하지만 심각한 관계는 아니었습니다. 만났다 헤어졌다 그랬어요." 그는 어깨를 으쓱했다. "사실 요아힘이 많이 좋아했죠. 제게는 여자보다 우정이 먼저였습니다. 카타는 어차피 제게 어울리는 여자가 아니었고요."

"왜 아니었죠?" 피아는 그의 업신여기는 말투에 비위가 팍 상했지만 이를 악물고 참았다. "꽤 예쁘지 않았나요?"

"네, 예뻤죠. 머리도 좋고요. 집안만 좋았다면 잘됐을 수도 있어요. 전 고루하고 편협한 가족과 좁디좁은 고향마을을 벗어날 생각이었습니다. 그러려면 상류층과 결혼하는 길이 제일 빨랐죠."

대중에게 완벽한 이미지를 연출하던 인사들이 경찰조사를 받게 되면 고해성사라도 하듯 가감 없이 속마음을 드러내는 경우가 있긴 하다. 마치 경찰이 성직자라도 된다는 듯, 자신의 비밀이 안전하게 지켜질 것이라는 듯. 그런데 라이펜라트의 경우는 반성하고 후회하는 마음도 없고 죄 사함을 바라는 마음도 전혀 없어 보였다. 그에게는 누군가를 밟고 올라가는 일이 대수롭지 않은 것이다. 그 사람이 상처받든 굴욕을 당하든 아무 상관이 없었다. 피아는 그의 말 한마디 한마디를 들을 때마다 분노가 치밀어 올랐다.

"그 파티에서 무슨 일이 있었죠?"

"아무 일도 없었어요. 있긴 무슨 일이 있어요?"

"카타리나 프라이탁은 1995년 5월에 아기를 낳았어요." 피아가 말했다. "그러나 아기를 원치 않아서 다른 사람에게 넘겼어요. 그리고 그것 때문에 지금 킬러의 목표물이 됐어요."

라이펜라트는 일의 전후관계를 깨달은 듯 얼굴이 창백해졌다. 피아에게는 충분한 증거가 되는 반응이었다.

"그날 그녀와 성관계를 가졌나요? 약혼 파티에서?"

"나 원, 참! 네, 했습니다!" 그가 어깨를 으쓱했다. "내가 술이 좀 들어간 상태로 지하 차고에 술 가지러 가는데 카타가 따라왔더라고요. 그리고 날 유혹했어요! '옛정을 생각해서'라고 하면서요. 뭐, 그렇게 된 겁니다."

"그 여자가 라이펜라트 씨의 약혼 사실을 알고 있었나요?"

"아니요." 그는 후회하는 기색도 난처한 기색도 없었다. "약혼은 자정에 발표했습니다. 나중에 요아힘에게 들었는데 걸을 수도 없을 정도로 취했었다고 하더군요. 그렇게 부모님 집에 데려다줄 수 없어서 자기 집으로 데려갔다고 하더라고요. 그때 카타는 베를린에 살고 있었고 그 파티 때문에 프랑크푸르트에 온 거였어요. 기사도 정신을 발휘한 보상은 아마 나중에 받았을 겁니다. 요아힘은 10년간이나 그냥 친구로 지냈지만 한 번쯤 카타를…… 어…… 카타에게…… 애인이고 싶어 했거든요."

그 말 뒤에 숨겨진 의미를 깨달은 피아는 골수까지 얼어붙는 느낌이었다. 킴은 그날 밤 프리트요프뿐 아니라 요아힘과도 성관계를 가졌고 그로부터 9개월 뒤에 아기를 낳은 것이다. 그녀에게 그토록 큰 상처를 준 프리트요프, 혹은 취한 상태의 그녀를 강간했을 요아힘, 둘 중 하나가 아기의 아빠였다. 두 경우 다 끔찍하기는 마찬가지였다. 그래서 킴은 어떻게든 아기를 남에게 넘기려 했던 것이리라. 나중에 요아힘 보크트의 아내가 된 사람이 그 과정에서 도움을 줬다는 것은 실로 운명의 장난이라고밖에 할 수 없었다. 요아힘 보크트가 그 무엇도 우연에 맡기지 않는 사람이라는 점을 감안할 때 마르티나 지베르트와의 결혼도 어쩌면 사랑했던 여자와 계속 연락할 여지를 남겨두려는 계산에서 나온 결정이었을지 모른다.

현재 킴은 그의 손아귀에 들어 있다. 그는 과연 자신이 피오나의 아버지일 수도 있다는 사실을 알고 있을까? 아니면 더 끔찍한 버전, 그게 프리트요프일 수도 있다는 사실을 알고 있을까? 과연 그는 한때 사랑했던 여자이기에 킴을 섣불리 죽일 수 없을 것인가? 아니면 자신의 아이에 관한 일이기에 더욱 배신감을 느낄 것인가?

라이펜라트는 언제 의리가 중요했냐는 듯 무자비하게 친구를 고발하기 시작했다.

"노라 바르텔스를 죽인 건 요아힘이었습니다." 그가 배신당한 데 분개하며 털어놓았다. "클라스와 노라가 보트를 타고 나갔을 때 요아힘도 연못에 있었습니다. 클라스가 보트를 뒤집고 가버렸는데 노라는 해초에 발이 걸려 나오지 못했습니다." 그가 소리 내어 웃었다. "저한테 얘기하기론 노라가 나를 욕해서 물속에 처박았다고 했었죠. 그것도 분명 거짓말이겠죠! 제 생각엔 클라스한테 한 방 먹이고 싶어서 그랬던 겁니다. 그리고 실제로도 그렇게 됐고요."

"클라스가 요아힘을 어떻게 괴롭히는지 알고 있었나요?" 보덴슈타인이 물었다.

"네, 어느 정도는 알았습니다. 요아힘은 항상 별거 아니라는 듯이 말하곤 했지만요." 라이펜라트가 대답했다. "클라스는 요아힘이 특별

대우를 받는 것 때문에 요아힘을 시기하고 질투했습니다.”

“요아힘도 랩에 싸여 물에 처박히곤 했나요?”

“네, 뭐.” 라이펜라트가 어깨를 으쓱하며 말했다.

“그런데 친구를 보호해주지 않았나요?”

“몇 번 할머니에게 말했죠. 할머니가 클라스를 벌줬고요. 하지만 클라스는 그럴수록 더 극악해졌습니다. 요아힘이 아이스박스에 갇힌 적이 있었는데 제가 제때 발견하지 못했다면 아마 질식해 죽었을 겁니다.”

어느 날 프리트요프는 요아힘의 친모 이름과 주소를 알아냈고 친구가 어머니를 만나러 함부르크에 갔을 때 거짓말로 핑계를 대주었다.

“어머니를 만났답니까?” 보덴슈타인이 물었다.

“아마 안 만났을걸요.” 라이펜라트가 대답했다. “집 보고 아버지 다른 동생이 둘 있단 얘기 듣고 그냥 돌아왔던가 봐요. 아마 그걸로 됐다고 생각했겠죠. 어쨌든 다시는 입에 올리지도 않더라고요.”

“하지만 몇 년 후 다시 함부르크로 가서 어머니를 죽였는걸요.” 보덴슈타인이 대꾸했다.

“생각이 짧은 거죠.” 라이펜라트는 별 감흥 없이 어깨를 으쓱했다. “엘프쇼세에 으리으리한 저택이 있고 어머니 남편은 돈이 넘쳐나는 사람이고. 나라면 어머니를 죽이는 게 아니라 그 집 양아들이 되려고 모든 수단을 강구했을 겁니다.”

***

피아는 더 이상 그의 말을 듣고 있을 수가 없었다. 그래서 보덴슈타인에게 잠시 쉬겠다는 신호를 보내고 밖으로 나왔다. 신문은 보덴 슈타인 혼자 혹은 엥엘 과장과 함께 계속할 수 있으리라. 피아는 음료수 자판기가 있는 곳으로 갔다. 머리가 지끈거리고 허리가 말도 못 하게 아팠다. 생사도 모른 채 킴과 피오나를 걱정하며 보낸 지난 48시간의 긴장이 그녀를 기진맥진하게 했다. 콜라 한 병으로는 달래지지 않는 무거운 피로감이 그녀를 내리눌렀다.

"피아?" 등 뒤에서 카이 목소리가 들렸다.

"응?" 피아는 만사가 귀찮아 그를 쫓아버리고 싶었지만 그건 불공평한 일일 터였다.

"내 책상에 휴대전화 놓고 갔어." 그가 전화기를 건네며 걱정스레 그녀를 쳐다보았다. "집에 가서 좀 자고 나와."

"위에 올라가서 소파에 좀 누워 있으려고." 그녀가 대답했다.

"로젠탈 검사가 필요한 영장 다 받아냈어." 그가 새 소식을 전했다. "보크트의 자택과 사무실 압수수색, 이동통신, 유선전화 감청영장, 감시영장, 위치추적까지. 적외선 카메라와 벽투시 센서로 무장한 지역 범죄수사국 전문요원들도 동원할 수 있게 됐어. 이걸 사용하면 킴과 피오나가 집 안에 감금돼 있을 경우 바로 알아낼 수 있어."

"만약 거기 없을 경우엔?" 피아가 벽에 머리를 기대며 물었다.

"로젠탈이랑 그 얘기도 했는데, 보크트는 지난 사흘간 집과 직장만 오갔을 뿐 다른 곳으로의 이동은 없었어."

"보크트의 휴대전화가 이동하지 않았겠지." 피아는 눈을 비비며 하품을 했다.

"일거수일투족을 감시하는 중이야. 19시 40분에 공항 주차장에서 출발했고 20시 35분에 집에 도착했어."

"적외선 카메라는 언제 투입돼?"

"지금 이리로 오는 길이래. 도착하면 바로 출동할 거야. 하지만 그건 반장님이 하셔도 되니까 가서 눈 좀 붙여."

거의 9시 반이 되어가고 있었다. 한 시간 반 후에는 마르티나 지베르트가 뮌헨에 도착한다. 그녀를 호프하임으로 데려올 직원이 이미 출발한 상태였다.

"알았어." 피아가 대답했다. "무슨 일 있으면 알려줘."

"그럴게." 카이가 그녀의 등을 토닥거렸다.

그녀는 가방과 외투를 가지고 휘적휘적 이층 회의실로 올라가 가죽이 다 벗겨진 소파에 몸을 던졌다. 그리고 '크리스토프에게 문자라도 보내야지'라고 생각하다가 어느새 잠이 들고 말았다.

"피아? 피아, 일어나봐!"

누군가 그녀의 어깨를 흔들었다. 그녀는 꿈도 없는 무거운 잠에서 화들짝 깨어났다. 눈부신 형광등 빛 속에 크리스티안 크뢰거의 얼굴이 보였다. 어디선가 웅성거리는 소리가 들려왔고 커피 냄새도 났다.

"몇 시나 됐어?" 그녀가 손등으로 눈을 문지르며 중얼거렸다.

"3시 반 돼가고 있어. 피오나 피셔의 렌터카 찾았어!"

그 말에 피아는 정신이 번쩍 들어 자세를 고쳐 앉았다.

"어디서?"

"브레켄하임 레베 슈퍼마켓 주차장에서! 그리고 최고로 좋은 소식은 차 내부 손잡이, 방향지시등 레버, 트렁크에 있던 피오나 피셔의 여행가방과 배낭에서 혈흔이 발견됐다는 거야. 유전자를 확보했으니 보크트의 것과 일치하기만 하면 증거가 생기는 거야!"

"짐이 트렁크 안에 있었어? 그럼 내 동생뿐 아니라 그 애도 데리고 있는 거네." 피아는 머리 고무줄을 푼 다음 손가락으로 머리를 빗어 다시 하나로 묶었다. "적외선 카메라에는 뭐 좀 나왔어?"

"사람 한 명과 애완동물로 보이는 작은 생명체만 잡혔어. 집 위로 드론도 여러 번 띄웠는데 킴이나 킴의 딸은 보이지 않았어. 적어도 일이층에는 없어. 만일 지하실에 감금하고 있다면 보이지 않았을 거야. 적외선 카메라도 두꺼운 콘크리트 벽은 뚫지 못하거든."

보덴슈타인이 회의실로 들어왔다.

"자게 그냥 놔두라니까!" 보덴슈타인이 크뢰거에게 못마땅한 듯 불퉁거렸다.

"괜찮아요." 피아는 천천히 일어서며 아픈 허리를 조심스럽게 폈다. "충분히 쉬었어요. 라이펜라트는 어디 있어요?"

"아래층 유치장에." 보덴슈타인이 대답했다. "그러는 게 안전할 것 같아서. 보크트에게 알리면 안 되니까. 지베르트 박사도 밑에 와 있어. 한 시간 전에 도착했는데 호텔에 안 가겠다고 하네."

"그럼 바로 얘기해봐요. 얼른 세수만 하고 올게요." 피아는 아래층 탈의실로 갔다. 이럴 때를 대비해 사물함 안에 칫솔, 치약, 세안용품, 갈아입을 옷을 준비해두었다.

10분 후 그녀는 비교적 산뜻한 기분으로 거울 앞에 섰다. 거울에 비친 모습도 어느 정도 피로가 가신 듯 보였다. 그녀는 위층으로 올라가며 어젯밤 크리스토프가 보낸 메시지에 답장을 썼다. 킴에게 딸이 있다는 말을 그에게 했던가? 킴 모녀가 연쇄살인범의 손아귀에 잡혀 있다는 말도? 피아의 기억 속에서 지난 72시간은 마치 하루에 일어난 일처럼 뭉뚱그려져 있었다. 언제 남편의 목소리를 마지막으로 들었는지도 가물가물하기만 했다.

하딩 박사와 셈도 약간 잠을 잤지만 팀 전체가 극도로 지친 상태였다. 카이와 타리크는 가끔씩 자는 쪽잠과 엄청난 양의 커피와 에너지 드링크로 버티며 거의 사흘 내내 날밤을 새우다시피 했고 보덴슈타인과 엥엘 과장의 얼굴에도 지친 기색이 역력했다. 크리스티안 크뢰거만 생생했고 여느 때와 같이 에너지가 넘쳤다.

"내가 사건파일을 다시 한 번 살펴봤는데, 1988년 에바 타마라 숄레의 옷에서 정체 모를 유전자가 발견됐었거든." 그가 흥분해서 말하고 있었다. "당시에는 뭘 어떻게 해야 할지 몰라서 그냥 고이 모셔놨는데 이제 그걸로 테스트를 해볼 수 있다니까! 죽이지 않아? 일 년만 지났어도 공소시효 30년이 끝났을 테고 그러면 증거물도 다 폐기했을 거라고."

마르티나 지베르트는 특수본 안쪽 책상에 앉아 두 손으로 찻잔을 감싼 채 정면을 응시하고 있었다. 흰머리가 섞인 갈색 단발머리를 한 자그마한 그녀의 모습에서 피아는 킴의 사진첩에서 본 쾌활한 소녀를 발견할 수 있었다. 그러나 그녀를 만난 기억은 없었다.

"안녕하세요, 지베르트 박사님." 피아는 그녀의 책상 옆으로 가서 섰다. "이렇게 빨리 와주셔서 감사합니다."

그녀가 피아를 올려다보았다. 붉어진 눈 밑에 짙은 그늘이 져 있었다.

"안녕하세요." 그녀는 짧게 인사하고 유일한 의지처라는 듯 찻잔을 움켜쥐었다.

"옆에 좀 앉아도 될까요?"

믿고 사랑했던 사람이 저지른 짓을 목도한 살인자의 가족들이 얼마나 힘들어하는지 피아는 잘 알았다. 충동적 살인의 경우에도 가족이 느낄 죄책감이 심할 텐데 자신의 남편이 수십 년간 여자들을 괴롭히고 죽였다는 걸 알게 된 심정은 말로 표현할 수 없으리라. '지나온 관계에서 거짓 아닌 것이 있었을까?', '내가 일찍 알아채고 막을 수 있지 않았을까?'라는 질문은 살인자들의 가족을 평생 동안 따라다닌다.

"그럼요, 앉으세요." 지베르트 박사가 말했다.

보덴슈타인과 하딩 박사도 합류했다. 마르티나 지베르트는 시선을 탁자 위로 떨어뜨린 채 손으로 찻잔을 빙글빙글 돌렸다.

"정말 확실한가요? 그이가……." 그녀는 고개를 들어 애절한 눈빛으로 보덴슈타인을 바라보았다. 마음 한구석에는 아직도 이 모든 게 착오일지 모른다는 희망을 품고 있는 모양이었다.

"거의 확실시되고 있습니다." 보덴슈타인이 대답했다. "부인의 남편은 이미 어릴 때 이웃 마을의 소녀를 물에 빠뜨려 죽였고, 젊었을 때 크레타 섬에서 만난 배낭여행객 프랑스 여성을 살해했습니다."

"맙소사!" 그녀의 눈에서 눈물이 흘러내렸다. "전 아직도 뭐가 뭔지 모르겠어요. 남편을 안다고 생각했는데! 사람들이 저를 보고 어떻게 생각하겠어요?"

"부인의 남편이 수십 년간 완벽한 이중생활을 했다고 생각하겠지요." 하딩 박사가 부드럽게 말했다.

"제가 그렇게 이기적이지만 않았어도 뭔가 눈치챘을 텐데!" 그녀는 자책감에 괴로워했다. "제 일만 생각하고 딸들과 애완동물에게만 신경썼어요. 남편은 불평불만을 하는 법이 없었어요. 항상 괜찮다고 했고 무슨 일이든 제게 결정권을 줬고……. 제가 너무 신경을 안 쓴 탓이에요. 그 여자들이 그렇게 죽은 것도 결국 제 탓이에요. 만일 카타와 카타의 딸이 죽는다면 그것도요." 그녀는 큰 소리로 흐느꼈다. "집에 있을 땐 주로 컴퓨터 앞에 앉아 있었어요. 항상 일 때문에 많이 돌아다녔고요. 처음 만났을 때부터 그랬고 그걸 이상하다고 생각한 적도 없었어요. 정말 꿈에도 생각 못 했어요. 그렇게 돌아다니면서…… 그렇게 여자들을 죽이고 돌아다닐 줄은!"

"남편을 믿으셨던 거죠." 하딩 박사가 말했다. "남편은 그 믿음을 이용한 거고요. 부인에겐 죄가 없습니다."

"아니요!" 그녀가 외쳤다. 얼굴 위로 눈물이 줄줄 흘러내렸다. "제가 카타에 대해 얘기했잖아요. 제가 아니었다면 아기에 대해 절대 알지 못했을 거예요! 수십 년간 아무에게도 말 안 했는데 그 순간에 그만 약속을 어기고 말았어요. 그날 카타에게 너무 화가 나서! 카타는 제게 정말 소중한 친구였어요. 전 카타에게 아무것도 묻지 않았고 제 신념을 어기면서까지 도움을 줬어요. 그런데 바로 사라지더니 언제부턴가 편지에도 이메일에도 답장하지 않았어요! 전 영문도 모른 채 너무 큰 상처를 받았고요. 정말…… 얼마나 보고 싶었는데!"

그녀의 절망하는 모습에 피아는 심장이 찌릿하니 아파왔다.

"남편이 그러고 다니는 걸 부인이 어떻게 알 수 있었겠어요?" 피아가 끼어들었다. "그리고 킴, 카타가 부인과 거리를 둔 데는 다 이유가 있었던 것 같아요. 부인이 요아힘 보크트와 결혼한 걸 카타가 알았나요?"

"네, 청첩장을 보냈었어요." 마르티나 지베르트는 주머니에서 휴대용 티슈를 꺼내 코를 풀었다.

피아는 프리트요프 라이펜라트에게 들은 얘기를 간략하게 들려주었다. 그러자 마르티나 지베르트는 다시금 충격에 빠졌다.

"그러면 피오나 피셔가 남편의 아이일 수도 있다는 말이에요?" 그녀가 떨리는 목소리로 물었다.

"이론적으로는 그래요." 피아가 안쓰러운 표정으로 대답했다.

마르티나 지베르트는 너무 많은 충격에 금방이라도 쓰러질 듯 위태로워 보였다. 그러나 이제 시작이었다. 하딩 박사는 피해자들의 사진을 그녀 앞에 꺼내놓았다. 시체 사진은 내놓지 않았다.

"이 여자 알아요!" 그녀가 에바 타마라 숄레의 사진을 가리켰다. "대학 때 함께 살던 남학생 중에 토마스라고 있었어요. 토마스 숄레. 그 애의 사촌이에요……. 가끔 프랑크푸르트에 놀러 나오면 자고 가곤 했어요."

이것으로 요아힘 보크트가 세 번째 피해자를 어떻게 알게 됐는지 밝혀졌다.

"오, 맙소사! 맙소사!" 마르티나 지베르트가 탄식했다. "그때 장례식에도 갔었어요! 모두 함께요. 남편도요! 어떻게 그럴 수가 있죠?"

그녀는 하염없이 흐느껴 울었다.

"피해여성들은 모두 어머니날 전후로 납치됐습니다." 그녀가 약간 진정하자 보덴슈타인이 물었다. "2012년, 2013년, 2014년 어머니날에 남편이 집에 있었는지 기억나십니까?"

지베르트 씨는 자신의 목을 감싸 쥐었다.

"남편은…… 어머니날에 집에 있었던 적이 한 번도 없어요." 그녀가 속삭이듯 중얼거렸다. "밸런타인데이든 뭐든 그런 기념일 다 식상하다고 그랬어요. 다 장삿속이라고요. 저도 그렇게 중요하게 생각하지 않았고요. 남편은…… 남편은 그날 항상…… 일하러 갔어요." 그녀는 두 손바닥으로 얼굴을 가렸다.

***

요아힘 보크트는 어려서부터 컴퓨터를 좋아했다. 그래서 일찍부터 정보기술 쪽에서 일을 찾으리라 결심했다. 그러나 2학기가 지난 후 전공을 바꿔 전기공학과 물리학을 공부했다. 1990년대 초반 그는 학업과 병행해 슈투트가르트에 있는 SWR 방송국에서 일하기 시작했다. 거기서 어느 생방송에 출연한 맨디 시몬을 알게 됐다. 네 번째 피해자였다. 겉으로 보이는 그의 모습은 완벽했다. 어디서나 성실하고 친절하고 배려 깊은 사람으로 통했다.

마르티나 지베르트의 진술을 통해 또 다른 수수께끼 하나가 풀렸다. 왜 테오 라이펜라트의 집 도축장에 있던 아이스박스 속에서 니나 마스탈레르츠와 야나 베커의 유전자가 발견됐는가 하는 것이었다. 요아힘 보크트는 원래 빌트작센 집 차고에서 쓰던 아이스박스를 말 수송용 트레일러에 실어 테오에게 선물로 가져다주었다. 그리고 오는 길에 새것으로 사왔다는 것이다. 때때로 피해자의 시체들이 그들의 집 차고에 보관됐을 것이란 말에 마르티나 지베르트는 다시 한 번 까무러치게 놀랐다. 그리고 실용적인 서랍식 냉동고를 사자고 할 때마다 왜 그렇게 심하게 반대했는지 알 것 같다고 했다.

"보크트가 범인이라는 걸 얼마나 확신하시나요?" 지베르트 박사가 직원의 부축을 받으며 방을 나간 뒤에 니콜라 엥엘이 하딩 박사에게 물었다.

"백 퍼센트 확실합니다." 대답은 주저 없이 나왔다. "프로필에 딱 들어맞습니다. 노라 바르텔스와 마갈리 보상을 죽였다는 게 분명해졌고 다른 피해자들과 어떻게 접촉했는지도 충분히 추측 가능합니다.

시체유기장소를 고를 때, 인터넷 포럼에서 가명을 사용할 때, 옛 형제들에게 의심이 가도록 조작해놓았다는 것은 지속적으로 그들의 행동을 주시해왔고 그 어떤 것도 우연에 맡기지 않았다는 것을 말해줍니다."

"알겠습니다." 엥엘 과장은 고개를 끄덕였다. "그럼, 이제 잡아야겠군요."

7시쯤 카트린 파힝어가 큰 봉투 여러 개를 들고 와서 샌드위치, 요구르트, 뮤즐리, 과일샐러드 등을 꺼내놓았다. 그리고 출동회의가 시작되기 전 아침식사를 하도록 동료들을 챙겼다. 피아는 마르티나 지베르트와 프리트요프 라이펜라트에게도 아침식사를 갖다줄 것을 부탁했다. 두 사람은 일층 회의실에서 피해자 심리전문요원 메를레 그룸바흐와 다른 경찰 두 명의 보호와 감시를 동시에 받고 있었다. 요아힘 보크트가 연락해올 경우 마르티나 지베르트는 아무 일도 없다는 듯 행동하기 어려울 것이다.

동료들이 계속해서 들어왔다. 그중에는 지역범죄수사국의 전문요원들과 경찰기동대 대장도 있었다. 보덴슈타인은 만일의 경우를 대비해 공항에 경찰기동대를 대기시켜놓을 생각이었다. 로젠탈 검사도 도착했고 잠시 후 경찰서장도 들어왔다.

공보담당 스미칼라는 기자들의 쏟아지는 질문에 애를 먹고 있었다. 수많은 기자들이 몰려들었고 경찰서 앞에 진을 친 방송국 중계차의 수도 점점 늘어갔다. 밖에서 밤새 대기한 기자들도 있었다. 프리트요프 라이펜라트가 또다시 경찰서에서 하룻밤을 보냈다는 소식에 추측성 낭설이 떠돌았고 선정적 일간지와 인터넷 뉴스채널에서는 굵직한 활자로 경찰이 라이펜라트를 타우누스 리퍼 사건으로 취조 중이라는 제목을 뽑아냈다.

"라이펜라트가 분명 고소할 겁니다." 스미칼라가 걱정스러운 듯 말했다. "어서 시정조치 해야 합니다."

"시정은 무슨 시정!" 니콜라 엥엘이 야멸치게 말했다. "위장전술이에요. 내가 일부러 우회로 통해서 언론에 흘린 거예요. 라이펜라트도 동의했고."

"네? 라이펜라트가 동의했다고요?" 뮤즐리 그릇에 막 과일샐러드를 덜고 있던 스미칼라가 동작을 멈추고 물었다.

"뭐 동의했다고 볼 수 있지." 엥엘 과장이 건조하게 대꾸했다. "보크트가 위험을 감지해선 안 돼. 절대 의심이 생기지 않도록 조심 또 조심해야 해요."

"저한테는 언제 말씀해주실 생각이었나요?" 스미칼라가 어이없다는 듯 물었다.

"지금 얘기하고 있잖아요." 과장이 차갑게 대꾸했다.

"어젯밤에 집에서 쿨쿨 자고 있지 않았다면 진즉 알았을걸." 크뢰거가 핀잔을 주었다.

요아힘 보크트는 아직 집에서 나오지 않았다. 하지만 늦어도 정오에는 출근할 것이다. 마르티나 지베르트는 전자정보 시스템 관리와 구축은 대개 항공운항이 쉬고 가게와 라운지가 문을 닫은 뒤에 이뤄지기 때문에 출근시간에 종종 그런 식이라고 했다. 예를 들어 요아힘 보크트의 팀이 수개월째 작업해온 수하물 처리시설의 컴퓨터 통제시스템 업데이트는 토요일에서 일요일로 넘어가는 새벽 시간에 이루어질 예정이었다.

그가 빌트작센 집을 나오자마자 잠복조가 그의 뒤를 따라붙을 것이다. 정말 공항으로 가는지 잠시 빵을 사러 가는지 확인하기 위해서다. 그의 차가 공항 직원 주차장에 주차된 것이 확인되면 바로 감식반이 투입되어 다락에서 지하실까지 샅샅이 뒤질 것이다.

피아는 아침을 먹은 후 엔스 하셀바흐에게 전화를 걸어 일급비밀이라는 전제하에 공항부지 내에 여성 두 명이 감금돼 있는 것으로 의심된다고 넌지시 일러주었다. 그녀는 성인 두 명을 오랜 시간 숨겨둘 만한 공간이 공항 어디에 있는지 바로 들을 수 있기를 기대했지만 결과는 실망스러웠다. 20평방킬로미터에 이르는 공항은 그도 잘 알지 못했다. 반면 요아힘 보크트는 공항 구석구석을 잘 알았고 무엇보다 출입제한이 거의 없어 어디든 자유롭게 드나들 수 있었다. 노란색 프라포트 안전조끼에 헬멧을 쓰고 노란색 프라포트 명찰을 단 채 돌아다니면 그 누구도 의심하지 않을 터였다.

경찰서장은 니콜라 엥엘에게 출동지휘와 공항운영사의 협조 요청을 맡기고 바로 프라포트 사장단과 접촉했다. 정보 공유는 최소한의 범위 내에서 이뤄져야 했다. 핵심인사 몇 명을 제외하고는 어떤 사안인지 정확히 알아서는 안 되었다.

"가장 끔직한 시나리오는 보크트가 자살하거나 다른 방식으로 죽는 거야." 보덴슈타인이 말했다. "우리의 최우선 목표는 아마도 그에게 잡혀 있을 두 사람의 목숨을 구하는 것이다."

***

출동회의가 끝난 후 기나긴 기다림의 시간이 시작됐다. 요아힘 보크트는 집을 나갈 기미가 없었고 시간은 속절없이 흘러갔다. 민간 차

량 두 대가 번갈아가며 집 주변을 돌았고 K11팀은 하릴없이 특수본
에 앉아 있었다. 극도로 긴장된 분위기였고 과연 두 여자가 살아 있
을지 모두들 속으로만 걱정하고 있었다. 9시쯤 지역범죄수사국 증거
보관실에 있던 에바 타마라 숄레 살인사건의 증거물이 도착해 바로
유전자 테스트에 들어갔다.

12시가 되어갈 무렵 크리스티안 크뢰거에게 전화가 왔다. 그는 잠
시 상대의 말에 귀를 기울이고는 고맙다 말하고 전화를 끊었다. 모두
긴장한 얼굴로 그에게 시선을 집중했다.

"됐어!" 그가 주먹을 치켜들며 외쳤다. "에바 타마라 숄레의 옷에서
발견된 유전자와 렌터카에서 발견된 유전자가 일치해!"

피아와 보덴슈타인은 재빨리 시선을 교환했다. 보크트의 집에 들
어가는 대로 빗이나 칫솔을 이용해 유전자 대조를 해보고 검사 결과
서로 일치하면 보크트에 대한 빼도 박도 못할 증거를 손에 쥐게 되는
셈이었다.

카이 오스터만은 빌트작센의 잠복조와 계속 연락을 취하고 있었
다. 집 안은 조용했고 1시가 다 되어가는데도 보크트의 차는 여전히
집 앞에 서 있었다.

"우리가 가봐야겠어." 보덴슈타인이 말했다. "너무 느린 게 이상해.
아무래도 뭔가 잘못된 거 같아."

공항은 경보태세에 들어가 있었다. 보안검사가 엄격해졌으며 경찰
기동대는 보크트의 사무실이 있는 건물을 에워싸고 눈에 띄지 않게
포진해 있었다.

보덴슈타인, 피아, 경찰서장, 니콜라 엥엘은 기동대장, 프라포트 사
장단과 콘퍼런스 화상회의로 보크트가 집에서 나오자마자 체포할 것

인지 의논했다. 프라포트의 위기관리팀과 기동대장은 늦어도 공항 주차장에서는 잡아야 한다는 의견이었다. 공항운영과 터미널에 있는 여행객들의 안전을 최우선으로 보기 때문이었다. 만약 보크트가 공항에서 잠적해버린다면 재난에 가까운 상황이 펼쳐질 것이었다. 궁지에 몰린 상태에서 그가 무슨 짓을 할지 아무도 몰랐다.

"하지만 저희는 보크트를 통해 인질들의 위치를 알아낼 생각입니다. 보크트가 데려가주지 않으면 인질들을 찾을 길이 영영 없어지고 맙니다!"

"인간적인 관점에서는 충분히 공감합니다." 프라포트 사장단의 보안담당 여성이 말했다. "하지만 상대적으로 생각해봐야지요. 지금 공항에는 수천 명의 사람들이 있고 열 대 이상의 항공기들이 이착륙하고 있습니다. 우리는 이곳에 아무 일도 일어나지 않도록 책임져야 하는 사람들입니다. 그런 위험을 무릅쓸 수 없습니다."

피아는 경찰서장의 생각도 그쪽으로 기울고 있다는 것을 알아채고 절망했다. 사실 그 말이 옳았다. 만일 인질들이 그녀의 동생과 조카가 아니었다면 과연 어떻게 행동했을지 피아는 자기 자신에게 되묻지 않을 수 없었다.

보덴슈타인은 빌트작센으로 출발하기 전 타리크에게 마르티나 지베르트를 데려오도록 지시했다. 크뢰거도 팀원 세 명도 출동 준비를 마쳤다.

"집에서 나왔습니다!" 그 순간 카이 오스터만이 외쳤다. "이제 시작이에요!"

"어떻게 하죠?" 니콜라 엥엘이 경찰서장에게 물었다. 그는 이마에 깊은 주름을 잡으며 잠시 생각하더니 결단을 내렸다.

"체포해, 지금 당장!"

카이가 빌트작센에 있는 동료들에게 지시사항을 전달한 시각은 1시 22분이었다. 피아는 눈을 질끈 감았다. 어깨가 축 처지고 입에서는 한숨이 새어나왔다. 이로써 킴과 피오나를 살아 있는 상태로 구조할 희망은 사라진 것이나 다름없었다.

***

"보크트가 아닙니다!" 카이의 책상 위에 놓인 전화기 스피커에서 급박한 목소리가 튀어나왔다. "여자입니다!"

"지베르트 씨 데려와." 니콜라 엥엘이 손을 내밀며 말했다. 카이가 그녀에게 수화기를 건넸다. "그게 무슨 소리야? 그럼 지금 어디 있다는 거야?"

"잘 모르겠습니다……. 잠시만요……."

막 밖으로 나가려던 피아는 심상치 않은 분위기에 다시 돌아왔다. 스피커에서 웅성거리는 소리가 나더니 신경질적인 여자 목소리가 들려왔다.

"……보크트의 차는 집 앞에 그대로 있습니다……."

"적외선 카메라로 봤을 때 집 안에 한 사람만 있다고 하지 않았나?" 경찰서장이 무섭게 몰아쳤다.

"네, 그건 맞습니다." 밤새 감시 작전을 지휘한 지역범죄수사국 전문요원이 대답했다. "저희는 새벽 5시 직전에 철수했습니다."

"보크트의 가사도우미라고 합니다." 보크트의 집 앞에서 연락이 왔다.

"어떻게 가사도우미가 집에 들어가는 걸 못 봐?" 니콜라 엥엘의 목소리가 심상치 않았다. 대답은 돌아오지 않았다.

"……8시 반에 왔다고 합니다……. 보크트는 그때 집에 있었답니다. 함께 커피를 마셨고 언제 나갔는지는 모르겠다고 합니다."

"그러니까 어떻게 그런 일이 일어날 수 있냐고!" 니콜라 엥엘이 빽 소리를 질렀다. "집 앞에서 계속 감시하고 있었던 거야, 아니야?"

"집 바로 앞에 차를 세울 수는 없습니다." 전문요원이 억울한 듯 변명했다. "그럴 거면 차라리 초인종을 누르죠."

"기가 막히네! 어디 갔었어? 잠깐 눈이라도 붙인 거야? 아니면 느긋하게 아침식사라도 하고 온 거야?"

"당연히 아닙니다! 하지만 눈에 띄지 않으려면 몇 번 위치를 바꿔야 합니다. 여긴 막다른 골목이라 용건이 있는 사람이 아니면 잘 다니지 않습니다. 해가 뜨기 시작하자 숲 쪽으로 위치를 이동했습니다. 대문이 잘 보이는 위치였습니다. 이제 어떡하죠? 가사도우미는 보내줘도 됩니까?"

타리크가 지베르트 씨를 데리고 돌아왔다.

"빌어먹을, 빌어먹을, 빌어먹을!" 엥엘은 분에 못 이겨 욕설을 해댔다. 한 번도 보지 못한 상관의 모습에 부하직원들은 놀란 표정이었다. 엥엘의 시선이 보크트의 아내에게 가 꽂혔다.

"남편에게 연락했어요?" 엥엘이 그녀를 몰아붙였다.

"아뇨, 연락 안 했는데요!" 그녀는 불안한 눈빛으로 주변 사람들의 표정을 살피더니 뭔가 잘못됐다는 낌새를 챘다.

"우리 가사도우미는 2주에 한 번씩 아침 8시 반에 와요. 그래서 집 열쇠를 가지고 있어요. 남편은 아마 자전거로 출근했을 거예요. 날씨가 좋으면 자주 그러거든요."

"지금이라도 생각나셨으니 다행이네요!" 니콜라 엥엘이 쏘아붙였
다. "그런데 어떻게 눈에 띄지 않게 집에서 나갈 수가 있죠?"

"집 뒤 정원 쪽에 뒷문이 있어요." 그녀가 주저하며 말했다. "자전거
로 갈 때는 숲을 가로질러 바로 랑엔하인으로 가는 게 빨라요."

엥엘 과장은 그녀를 쩨려보다가 천천히 심호흡을 했다.

"완전히 망했어." 그녀가 말했다. "공항 쪽 사람들과 기동대에 연락
해. 계획을 다시 세워야겠어."

***

우리 팀의 절반 정도가 건물 입구에서 담배를 피우며 서 있다.
그들은 내 자전거 복장을 보고 악의 없는 농담을 한다. 나는 담배
연기가 역겹지만 잠시 그들 옆에 가서 선다. 그들 중 세 명은 요즘
유행하는 전자담배를 빨고 있다. 역시 역겹긴 마찬가지다.

"5분 있다 들어갈게요." 그들 중 하나가 말한다. 나는 사람 좋은
미소를 지으며 고개를 끄덕인다. 미소는 어느새 나의 한 부분이
되었고 사람들은 모두 나를 친절한 사람으로 생각한다. 우리 팀원
들도 나를 좋아한다. 그러나 내게 있어서 그들은 깊이라고는 찾아
볼 수 없는 무식한 애송이들일 뿐이다. 이 젊은이들은 존중이라는
것을 모른다. 나는 그들의 그런 면을 끔찍이 싫어하지만 절대 티
내지 않는다. 어느새 나는 팀의 최고 연장자가 되었다. 그리고 가
장 높은 연봉을 받는다. 그래서 회사에서는 몇 년째 인건비 절감
을 위해 나를 하청기업으로 밀어내려고 시도하고 있다. 요즘 말로

하면 전산센터를 통째로 '아웃소싱'한 회사다. 나는 고마운 줄 모르는 회사에 화가 나지만 역시 그런 티를 내지 않는다.

엘리베이터를 타고 4층으로 올라가 사무실에서 옷을 갈아입는다. 오늘은 회사까지 오는 데 한 시간 30분이 걸렸다. 새로운 기록이다. 나의 몸 상태는 최상이다. 돌아가는 길은 오르막길이기 때문에 시간이 좀 더 걸릴 것이다. 하지만 괜찮다. 자전거를 탈 때 좋은 아이디어가 많이 떠오르기 때문이다. 게다가 아직 피오나를 어떻게 할지 결정하지 못했기 때문에 생각할 시간이 필요하다.

10분 후 나는 7층에 있는 통제실로 간다. 업데이트를 실시하기 전 몇 가지 준비할 것이 있어서다. 어차피 업데이트는 오늘 마지막 비행기가 들어오고 수하물 처리시스템이 멈춘 뒤에야 할 수 있다. 모든 것을 찬찬히 점검해볼 시간은 충분하다. 나는 일에 집중한다. 이번 일도 완벽하게 해낼 것이다. 무슨 일을 하든 내 목표는 항상 같다.

**

보덴슈타인이 운전대를 잡았고 피아는 조수석에 앉았다. 뒷좌석에는 하딩 박사와 마르티나 지베르트가 나란히 앉았다. 크뢰거가 이끄는 감식반은 폭스바겐 버스 두 대에 나눠 타고 그들의 뒤를 따랐다. 나올 때는 기자들에게 가로막힐 것을 예상해 차고 쪽 샛길로 빠져나왔다.

"제가 킴과 피오나 있는 곳을 알려달라고 요아힘에게 잘 말해볼게요." 마르티나 지베르트가 말했다.

"지금 전화하시면 안 됩니다." 보덴슈타인이 미리 못을 박았다. "지금 어디서 무슨 짓을 하려는지 전혀 모르는 상태입니다."

"남편을 설득할 수 있다는 희망을 버리십시오." 차가 고속도로를 향해 달리고 있을 때 하딩 박사가 마르티나 지베르트에게 말했다. "아마 말해도 듣지 않을 겁니다. 부인의 남편은 사이코패스 중에서도 가장 악질적인 유형입니다. 그런 사람들은 타인의 마음을 전혀 이해하지 못합니다."

"그렇지 않아요." 그녀가 힘없는 목소리로 말했다. 반박하기보다 자신을 설득하기 위한 것처럼 들렸다. "요아힘은 가족을 사랑해요! 저와 딸들을 위해 못 할 일이 없을걸요! 얼마나 자상하고 마음이 여린데요!"

"물론 받아들이기 힘드실 줄 압니다." 하딩 박사가 말했다. "부인의 남편과 같은 사이코패스들은 사회적 규범에 자신을 맞출 줄 압니다. 존중, 애정, 연민을 완벽하게 흉내 낼 수도 있고요. 그런 사람들이 내보이는 감정은 진짜 감정이 아니라 감정의 연출에 불과합니다. 한마디로 연기인 겁니다."

"하지만 18년을 같이 살면서 어떻게 전혀 모를 수가 있나요?" 마르티나 지베르트가 슬픈 얼굴로 말했다.

"남편과 함께 공포영화 보신 적 있습니까? 너무 슬퍼서 눈물이 나오는 장면이나 끔찍해서 눈을 돌려버리게 되는 장면이요."

"네…… 있었던 거 같아요."

"그럴 때 남편이 눈물을 흘리거나 깜짝 놀라거나 얼굴을 찡그리거나 눈을 돌린 일이 있었나요?"

요아힘 보크트의 아내는 잠시 생각하다가 힘없이 고개를 저었다.

"아니요." 그녀가 낙담한 표정으로 중얼거렸다.

"죄송하지만 개인적인 질문 하나 드리겠습니다. 부부간에 성생활은 주기적이었나요?"

"아니요." 마르티나 지베르트는 고개를 떨어뜨리며 아랫입술을 깨물었다. "남편은 원래 그 부분을 중요하게 생각하지 않았어요. 그래서…… 그…… 불륜관계가 있었던 거고요."

말없이 그 대화를 듣고 있던 피아는 크리스토프가 '적극적 외면'이라고 표현한 것을 떠올렸다. 그리고 마르티나 지베르트가, 만일 남편이 그렇게 악질적인 사이코패스라면 자신과 딸들에게도 해를 가하지 않았겠느냐, 뭔가 잘못됐다고 말하는 것을 듣고는 더 이상 참을 수 없었다.

"도대체 얼마나 순진하면 그런 말을 할 수 있는 거예요?" 피아는 한때 동생의 가장 친한 친구였던 여자에게 쏘아붙였다. "당신 남편이 변태적 욕망을 감추려고 당신과 당신 딸들을 이용한 거잖아요! 그 사람은 당신이 어떻게 되든 관심 없어요. 아마 당신도 마찬가지였을 거고. 아니라면 한 번쯤 이건 정상적인 관계가 아니라는 생각이 들었을 거 아니에요?"

"어떻게 그런 말을 할 수가 있어요?" 마르티나 지베르트가 목멘 소리로 중얼거렸다. "안 그래도 죄책감을 느끼고 있다고요."

피아는 갑자기 참담한 기분이 되었다. 분노는 연기처럼 날아가버리고 공허함 속에 고통만이 남았다. 그녀는 조카 피오나를 떠올렸다. 아무 죄도 없이 위험에 처하고 이제 어머니의 죗값을 죽어서 갚아야 하는 신세라고 생각하니 가슴이 미어졌다.

"미안해요." 피아는 뒤로 돌아 마르티나 지베르트를 쳐다보았다.

"그런 말 하면 안 되는 건데. 그냥 너무 걱정이 돼서 그래요."

"괜찮아요. 저도 마찬가지예요." 그녀는 손을 뻗어 말없이 피아의 어깨를 다독였다.

***

그들이 보크트의 집에 도착하고 곧이어 감식반 후발대도 도착했다. 감식반은 여기저기로 흩어져 집 안 구석구석을 뒤지기 시작했다. 검은 고양이는 대문 틈으로 빠져나오더니 수많은 사람들을 보고 놀라 도망쳐버렸다. 피아는 아무것도 만지지 않으려고 손을 점퍼 주머니에 푹 찔러 넣은 채 집 안을 둘러보았다. 따뜻하게만 보이던 지중해식 인테리어가 갑자기 그로테스크한 연극무대처럼 느껴져 그녀는 소름이 돋았다.

마르티나 지베르트는 부엌 한가운데 서서 멍하니 벽만 바라보고 있었다.

"뭐 좀 마시지 그래요?" 피아는 그렇게 말하며 지난번에 이 집에 왔을 때를 떠올렸다. 당시 요아힘 보크트는 눈에 눈물이 그렁그렁한 채 그 자리에 서 있었다. 그녀는 그가 쇼크에 빠진 것을 추호도 의심하지 않았기에 코냑을 가져와 따라주었다.

"여자들을 여기로 데려왔다고요." 마르티나 지베르트가 피아의 질문에 대답하지 않고 혼잣말처럼 중얼거렸다. "여기 우리 집으로. 여기서…… 죽이기도 했나요?"

그녀의 삶은 무너져 내렸다. 앞으로의 삶은 절대로 지금까지와 같지 않을 것이다. 그녀는 믿고 의지했던 남편이 연쇄살인범이라는 사실과 함께 남은 삶을 살아가야 할 것이다. 그는 연민을 모르는 냉혹한 괴물이었다, 그녀의 삶, 집, 기억을 악으로 물들이고 영원히 파괴한 괴물.

피아는 보크트가 이미 죽은 상태의 시체들을 집으로 들여왔을 거라고 차마 말할 수 없었다.

"그렇진 않았을 거예요." 피아는 그렇게만 말하고 전기주전자에 물을 얹었다. 그리고 찬장에서 컵과 꿀과 홍차를 찾아냈다. 물이 끓는 동안 그녀는 마르티나 지베르트를 식탁으로 데려가 의자에 앉혔다.

"전 전혀 몰랐어요." 그녀가 말했다. "어떻게 그럴 수 있죠? 어떻게 제가 그렇게 아무것도 모를 수 있었던 거죠?"

"연기를 아주 잘해요." 피아는 티백 위에 뜨거운 물을 부은 다음 꿀한 숟갈을 넣었다. "모두가 속았어요. 나도 속은걸요."

그때 보덴슈타인과 크뢰거가 부엌으로 들어섰다. 그들의 심각한 표정을 보니 뭔가 발견된 모양이었다. 차고에 아이스박스가 있었다. 마르티나 지베르트의 말에 따르면 동물사료를 넣어두거나 여름에는 세탁한 말 담요를 넣어두는 곳이었다. 현재 텅 비어 있는 그 안에서 감식반이 금빛 머리카락 한 올을 발견했다. 그 옆 책장에는 유리세정제, 제초기용 벤진 등 자질구레한 통들과 대형 랩 여러 팩이 쌓여 있었다.

"이것들은 어디에 쓰는 겁니까?" 크뢰거가 지베르트 씨에게 물었다.

"솔직히 잘 모르겠어요." 그녀는 모든 질문에 결연하게 대답했지만 이미 그 무엇도 감당하기 힘든 상태였다. 쇼크 상태에 놓인 그녀는 남편이 고문, 살해도구를 버젓이 내놨다는 사실 앞에서 더 이상 분노

할 힘도 없었다.

지하실에 있는 보크트의 서재는 지극히 평범했다. 철제 캐비닛, 전
공서적으로 가득한 책장, 말끔히 정리된 책상 위에는 컴퓨터와 프린
터, 팩스, 스캐너, 복사기가 놓여 있었고 수납장 안에는 사무용품이
들어 있었다. 그들은 서랍을 일일이 열어보고 수납장 안의 내용물도
살폈다. 서류철과 통장정리 내역도 뒤졌다. 모든 것이 지나치게 깔끔
하다 싶을 만큼 잘 정리돼 있었고 그의 이중생활을 짐작하게 해주는
단서는 나오지 않았다.

"컴퓨터는 들여다볼 필요도 없어." 보덴슈타인이 책상 앞에 앉으며
말했다. "절대 깰 수 없게 보안장치를 해놨을 테니까."

그는 책상 위를 한번 훑어보더니 어깨를 으쓱하고는 일어서서 밖
으로 나서다가 갑자기 걸음을 멈췄다.

"왜 그래요?" 피아가 물었다.

보덴슈타인은 복도를 한 번 보고 다시 뒤돌아 보크트의 서재를 바
라보았다.

"알 것 같아!" 그가 흥분해서 외치더니 다시 서재로 들어가 책장의
책들을 꺼내 바닥에 내동댕이치기 시작했다. 피아는 영문을 몰라 그
모습을 쳐다보기만 했다.

"이리 와봐, 피아!" 그가 숨을 헐떡이며 말했다. "책장 좀 밀어봐!"

피아는 그를 도와 나무 책장을 옆으로 밀었다. 그 뒤에 있던 회색
철문이 드러났다.

"어떻게 알았어요?" 피아가 깜짝 놀라 물었다.

"복도에 비해 방이 너무 작더라고." 보덴슈타인이 말했다. "부분적
으로 벽을 쌓아서 공간을 분리한 거야."

***

보잉 747-8 LH717은 일본 표준시 15시 15분 도쿄 하네다 공항을 출발했다. 원래는 9482킬로미터를 가는 데 11시간 40분이 걸리지만 오늘은 한 시간이나 늦게 출발해서 기장 베른트 메츠너는 마음이 바빴다. 그는 어떻게든 잃어버린 한 시간을 만회할 생각이었다. 저녁에 있을 아내의 생일파티에 늦지 않겠다고 약속했기 때문이다. 마흔 번째 생일이니 특별히 챙겨야 하고 일본에서 굉장히 특별한 선물도 준비했다. 손님들 앞에서 포장을 뜯고 놀랄 아내의 얼굴을 생각하니 그는 벌써부터 가슴이 부풀었다.

"화장실 좀 다녀올게요." 부기장이 안전벨트를 풀며 말했다. "올 때 커피 갖다드려요?"

"난 됐어." 메츠너 기장이 말했다.

"난 블랙." 시니어 부기장이 말했다.

이제 프랑크푸르트까지는 세 시간 남짓 남았다. 시베리아를 지날 때 연료가 얼지 않도록 고도를 바꿔야 했고 그때 시간이 걸렸기에 기장은 부기장에게 속도를 높이라고 지시했다. 비행은 순조로웠다. 뒤에 앉은 364명의 승객들은 무탈하게 목적지에 도착할 것이다. 항공기는 이미 상트페테르부르크를 지나 탈린에 가까워지고 있었다. 메츠너는 기기를 확인한 후 창밖을 내다보았다. 한참 밑에 오스트제가 보였다. 그는 만족스러운 미소를 지었다. 시간을 만회했으므로 비행기는 정확히 18시 45분 프랑크푸르트에 착륙할 예정이었다.

***

"분명히 문에 보안장치가 돼 있을걸요." 크리스티안 크뢰거가 말했다. "잘못하면 경보음이 울릴 겁니다."

"그건 감수해야지." 보덴슈타인이 휴대전화를 꺼내며 말했다. "공항 상황 어떤지 과장님에게 물어볼게. 벌써 체포했는지도 모르잖아."

그는 밖으로 나갔다. 낮게 통화하는 소리가 들렸다.

마르티나 지베르트는 두 손으로 찻잔을 움켜쥐고 문가에 몸을 기댔다. 눈이 휘둥그레져 있었다. 그녀는 이 집에서 거의 15년을 살았지만 그 문과 그 뒤 공간의 정체에 대해 모르고 있었다.

보덴슈타인이 돌아왔다.

"보크트는 지금 사무실에 있어." 그가 말했다. "기동대가 대기 중이고 공항 보안요원들이 눈에 띄지 않게 공항을 봉쇄했어. 문 여라는 지시야."

"알겠습니다." 크뢰거와 다른 동료 한 명이 애를 써보았지만 묵중한 철문은 꿈쩍도 하지 않았다.

"벽을 부수죠." 기술요원 하나가 말했다. "석고보드라서 도끼로 치면 금방 부서질 겁니다."

"좋아, 시작해." 보덴슈타인이 고개를 끄덕였다.

모두 그들이 철제 캐비닛 치우는 모습을 지켜보았다. 피아는 손톱이 주먹 쥔 손바닥을 파고드는 것을 느꼈다. 억지로 손을 펴 경직된 턱을 바로잡아야 했다. 적외선 카메라가 철제 캐비닛과 두꺼운 철문과 콘크리트 천장을 뚫을 수 있었을까? 만약 그렇지 않다면 어떻게 되는 거지? 킴과 피오나가 저 문 뒤에 감금돼 있는 걸까? 그들은 살아 있을까? 아니면 죽은 시체로 발견될까?

마르티나 지베르트도 똑같은 두려움에 사로잡힌 채 피아 옆에 딱 붙어 있었다. 서로의 팔꿈치가 닿을 정도였다. 그녀는 어딘가에 찻잔을 내려놓고 마치 부수기라도 할 듯 양팔로 몸을 꼭 감싸고 있었다.

도끼질 몇 번에 벽과 알루미늄 뼈대가 먼지를 일으키며 무너져 내렸다. 크뢰거가 먼지 속에서 켁켁거리며 나오더니 남아 있는 벽 뒤로 사라졌다. 그리고 불이 켜졌다.

"이런, 빌어먹을!" 그가 외치는 소리가 들렸다.

"안에 사람 있어요?" 피아는 보덴슈타인이 말릴 틈도 없이 안으로 뛰어 들어갔다. 그러다 석고더미에 걸려 넘어지면서 부서진 벽 사이로 튀어나온 철조각에 장갑과 손바닥이 찢어졌다. 희미한 불빛 속에서 먼지만 춤을 추고 있었다.

"아니, 사람은 없어." 크뢰거가 대답했다. "그런데 전리품을 발견한 것 같아!"

간소한 나무 책장에 열한 개의 투명한 플라스틱 상자가 늘어서 있었다. 그중 열 개에는 피해자의 이름과 사망일자가 꼼꼼히 기재되어 있었다.

"전리품이로군." 보덴슈타인이 목멘 소리로 중얼거렸다. "머리카락, 차 열쇠, 목걸이, 벨트, 그리고…… 사진."

"다 모아놨네요." 크뢰거가 말했다. "맙소사, 이거 진짜 오싹하네! 이거 봐요!"

요아힘 보크트의 범행을 증명해야 할 검사는 단서와 증언에만 의지할 필요가 없을 듯했다. 그곳에는 그의 죄를 증명해줄 물건들이 차고 넘쳤다.

열한 번째 상자를 본 순간 피아는 숨이 넘어갈 뻔했다. 마치 절벽 아래로 떨어지는 것처럼 중력이 느껴지지 않았다. 반듯한 글씨체로 '카타리나 프라이탁'이라고 쓰여 있었고 그 안에는 차 열쇠와 열쇠꾸러미가 들어 있었다. 피아는 낡은 사자 인형이 달린 열쇠고리를 알아보았다. 킴의 손에 들려 있는 것을 여러 번 보았었다.

"이것 좀 보라고." 크뢰거가 상자 하나를 열더니 손끝으로 백발 가발 하나와 흰 수염을 끄집어냈다. "변장할 때 쓴 것들이야. 안에 가발도 몇 개 더 있고 안경, 마스크, 굽 높은 구두도 있어."

"여장도 한 것 같군." 보덴슈타인이 이마를 찌푸렸다. "그런 식으로 피해자들에게 접근한 거야."

"놔요! 나도 들어갈 거라고요." 밖에서 마르티나 지베르트의 목소리가 들렸다.

"지베르트 씨, 이러지 마세요." 하딩 박사가 그녀를 달랬다. "감식반이 일할 수 있게 위로 올라가시죠."

"아뇨, 나도 봐야겠어요. 이 미친놈이 내 집에서 나 모르게 무슨 짓을 저질렀는지! 나도 뭐가⋯⋯." 그새 감시반이 넓혀놓은 구멍으로 들어간 그녀는 방 안의 광경을 보고 말문이 막혔다. 그녀의 시선이 플라스틱 상자들을 훑었다. 그녀의 몸이 휘청거렸다. 곧이어 그녀는 입을 벌리고 비명을 내지르기 시작했다.

***

일에 집중하기 위해 무음으로 설정해놓았던 휴대전화를 확인한다. 순간 맥박이 요동친다. 스마트홈 앱에서 일곱 개의 경보 알림이 와 있다. 그게 무엇을 의미하는지 나는 잘 안다. 이런 날이 오리라고 예상하고는 있었지만 막상 닥치고 보니 너무 놀라 몸이 얼어붙는 것만 같다. 앱을 터치하는데 손이 덜덜 떨린다. 문이 발견된 것이다! 그들이 내 신성한 공간을 열었다! 그것도 이미 한 시간 전에! 제길! 빠져나갈 시간이 빠듯할 것 같다.

나는 마음을 진정시키기 위해 심호흡을 서너 번 한다. 불행하게도 어디엔가 실수가 있었다. 하지만 이럴 때에 대비해 준비를 해 두었다. 그들은 나를 찾지 못할 것이다. 그 두 사람도 마찬가지다. 찾았을 땐 이미 시체가 돼 있겠지.

자, 이제 티 나지 않게 행동하면 된다.

"잠깐 나갔다 올게." 나는 껌을 짝짝 씹으며 모니터를 쳐다보고 있는 옆 직원에게 말한다. 그는 쳐다보지도 않고 고개만 끄덕인다. 나는 태연히 통제실을 나와 엘리베이터 앞으로 간다. 버튼을 누르고 기다리면서 유리문을 통해 창밖 주기장을 내려다본다. 검은 옷을 입은 형체들을 보니 바로 상황파악이 된다. 그들은 이미 여기 와 있다. 나는 순간적으로 계획을 바꿔 계단을 내려간다. 아무도 나를 붙잡는 사람은 없다. 6층으로 내려간 나는 여자 화장실로 숨어든다. 그리고 청소도구 보관함으로 들어간다. 거기로 나가면 지하층까지 연결되는 뒷계단이 나온다. 공항에는 1,260개의 감시카메라가 있다. 하지만 내가 몇 년 전부터 짜놓은 대피로에는 감시카메라가 하나도 없다. 하나도 없게 짜놓았다. 운이 따라준다면 탈출에 성공할 수 있다.

나는 무척 침착한 상태다. 지하층으로 들어가는 철문을 열 때도 손가락 하나 떨리지 않았다. 머릿속에서 여러 버전으로 수천 번이나 실행해본 상황이다. 물론 이렇게 급박해질 줄은 몰랐지만. 그건 인정하지 않을 수 없다. 사실 훨씬 여유 있는 퇴장을 상상했었는데 도망자의 신세가 됐다. 그렇다면 지하무덤을 통해 가는 길 말고는 선택의 여지가 없다. 추적자들은 내가 준비한 작별공연에 혼비백산할 것이다. 존경심 부족에 대한 감사의 표시로 나는 작은 선물을 준비해두었다. 그들은 그 혼란을 수습하느라 정신이 없을 것이다.

내 스마트폰으로 Harmageddon.bin 파일을 열고 백도어를 통해 메인 클러스터에 실행시키는 데 걸리는 시간은 정확히 1분 17초다. 이 시스템을 나보다 잘 아는 사람은 없다. 백업머신의 146테라바이트는 아무짝에도 쓸모없어질 것이다. 약 45분 후에는 지하의 고성능 전산센터가 완전히 마비될 것이다. 공항 곳곳에서, 여객터미널, 사무실, 라운지, 상점가, 활주로, 수하물 처리시설, 화물계류장, 공항소방대, 그렇다. 모든 곳에 혼란이 찾아올 것이다. 10년 전 회사에서 더 이상 내가 필요 없다고 판단하고 전산센터, 서비스 데스크, 네트워크 전체를 아웃소싱했을 때 나는 이 bin 파일을 쓰기 시작했다.

그들은 문제를 해결하려고 애쓰다 자신들에게 접근 권한이 없다는 것을 알게 될 것이다. 그걸 옆에서 보지 못하는 게 아쉬울 뿐이다. 그래도 각종 백업 시나리오와 다양한 위기관리매뉴얼, 다른 전산센터를 하나 더 구축해놓았다는 사실에 당장은 마음을 놓을 것이다. 그러나 그것마저도 Harmageddon.bin에 전염됐다는 걸 알게 되는 순간 공포에 사로잡히겠지. 내게는 10년의 시간이 있었다. 그동안 나는 세부사항을 충분히 점검하고 다듬을 수 있었다.

만약 그 계획이 온전히 작동하지 않는다고 해도 상관없다. 빠르면 37분 만에도 지하통로를 통해 공항을 벗어날 수 있다. 그동안 충분히 연습을 해두었다. 물론 변장에 필요한 준비물과 새 휴대전화, 가짜 신분증, 새 사원증을 가져갈 수 없으므로 좀 힘들어지기는 할 것이다. 그리고 경찰의 손에 넘어간 내 기념품도 아깝기는 하지만 그거야 뭐 새로 만들면 되니까 상관없다. 나는 휴대전화를 바닥에 내려놓고 계속 걷는다. 실행되려면 아직 시간이 필요하다. 하지만 그건 나 없이도 할 수 있다.

***

요아힘 보크트는 흔적도 없이 사라졌다. 5시 직전 보덴슈타인, 하딩 박사, 피아가 프라포트 본사에 도착해보니 안내데스크 뒤에 있는 회의실에 위기극복을 위한 특별위원회가 열리고 있었다. 니콜라 엥엘과 경찰서장도 그곳에 있었고 이사회 전원, 열 명도 넘는 보안 전문가들이 모여 있었다.

보크트는 태연하게 전산통제실에 앉아 있다가 20분 전 화장실에 간다고 한 뒤 돌아오지 않았다. 경찰기동대와 공항 보안요원들은 아직도 9층 건물을 샅샅이 뒤지고 있고 대인탐지견으로 특별훈련을 받은 경찰견들도 지원요청을 한 상태였다.

"어떻게 된 거예요?" 피아는 연달아 일어난 자명한 실수에 어리둥절해졌다. "왜 바로 체포하지 않았어요? 시간은 충분했잖아요!"

"서재 뒤 숨겨진 공간에 카메라가 설치돼 있었어." 보덴슈타인이 덧붙였다. "분명 알람을 받고 재빨리 몸을 피했을 겁니다."

"눈에 띄지 않게 일을 진행하려다가……." 니콜라 엥엘 과장이 대답하며 경찰서장에게 원망의 눈초리를 보냈다. "게다가 중앙통제실은 공항의 두뇌와 같은 곳이라 보크트가 체포에 저항하며 문제를 일으킬 소지가 있었어."

"무슨 일인지 공개하고 일을 진행시켜야 합니다." 보덴슈타인이 상관들을 재촉했다. "그렇지 않으면 인질들을 제때 구해낼 수 없을 겁니다."

"왜 인질들이 공항에 있다고 자신하는 거지?" 경찰서장이 물었다. 그는 민간에 대한 정보공개에 철저히 반대하는 입장으로 알려져 있었다.

"범인의 집에 없었으니까요." 하딩 박사가 대신 대답했다. "보크트 같은 범인들은 인질을 절대 우연히 발견될 가능성이 있는 장소나 자신의 통제가 닿지 않는 곳에 두지 않습니다. 공항은 보크트의 컴포트존(편안함을 느끼는 안락지대를 이르는 심리학 용어-옮긴이)입니다. 잘 아는 곳이기 때문에 안전하다고 느낄 겁니다. 피해여성들은 분명 이곳 공항에 있습니다. 백 퍼센트 확실합니다."

그들은 다시 회의탁자로 돌아갔다. 탁자 위에는 공항 설계도가 펼쳐져 있었다. 그들은 위기플랜 첫 번째 단계에 돌입했다. 사람들이 점점 늘어났다. 각 과의 과장들이 들어왔고 보크트의 직속상관과 가장 가까이에서 함께 일했던 직원도 참석했다. 어깨까지 닿는 드레드록에 니켈 안경을 끼고 수염이 덥수룩한 젊은 직원이었다.

귀한 시간이 흘러가고 있었다.

"왜 다들 이러고 서 있는 거죠?" 피아는 아무것도 하지 못하고 있는 그 상황을 참을 수 없었다. "왜 아무것도 안 하는 거예요?"

"그러게요." 하딩 박사는 이사 네 명이 이야기를 나누고 있는 탁자 상석으로 걸어가며 힘껏 손뼉을 쳤다. 두런두런하던 말소리가 멈추고 모든 시선이 그에게로 쏠렸다. 잘 맞지 않는 갈색 양복에 물개수염을 한 남자에게.

"저는 데이비드 하딩이라고 합니다." 그의 낭랑한 목소리가 회의실에 울려 퍼졌다. "저는 25년간 FBI의 범죄행동분석팀을 이끌었고 연쇄살인 전문가입니다. 현재 호프하임 강력반의 연쇄살인사건 수사에 조언자로 참여하고 있습니다."

여기까지 말하자 예외 없이 모든 관심이 그에게 집중됐다.

"여러분이 알고 있는 그 남자, 우리가 찾고 있는 범인은 연쇄살인범입니다." 그가 말했다. 회의실은 쥐 죽은 듯 조용했다. 모두 경악한 표정으로 귀를 기울이고 있었다.

"방금 저희는 그 남자의 집에서 그가 최소 열 명의 여성들을 야만적인 방법으로 살해했다는 증거를 확보하고 오는 길입니다. 현재 여성 두 명이 그에게 잡혀 있고, 그들은 아마도 이곳 공항 어딘가에 감금돼 있을 겁니다. 요아힘 보크트의 집에 경보장치가 돼 있었으므로 분명 위험을 감지했을 겁니다. 즉, 정체가 탄로 났다는 것을 알고 도주 중에 있습니다. 그는 분명 여성 두 명을 죽인 후 탈출하려고 할 것입니다. 그러기 위해 모든 수단을 동원할 겁니다. 오래전부터 탈출계획을 세워두었을 것이고 대피로도 미리 봐두었을 겁니다."

"앞으로 어떻게 할 거라고 보십니까?" 경악할 소식의 충격에서 제일 먼저 벗어난 인프라 운영팀장이 물었다.

"최대한 빨리 도망치려고 하겠죠." 하딩 박사가 대답했다.

인프라 운영팀장은 이마를 찌푸렸다.

"보크트는 공항 구석구석을 잘 압니다. IT 인프라구조 구현에도 관여했습니다. 게다가 최고 보안등급이라 못 가는 곳이 없습니다."

"그건 강등조치 하면 되죠." 니콜라 엥엘이 반박했다. "통행 권한을 철폐하세요! 전 직원에게 알려서 보는 즉시 신고하게 하시고요!"

"꼭 생포해야 합니다." 피아가 나서서 말했다. "잡혀 있는 여성들이 어디 있는지 아는 사람은 보크트뿐이니까요."

"수색견을 데리고 지하층을 쫙 훑어보는 게 좋지 않을까요?" 누군가 제안했다.

그 말이 떨어지자마자 다시 여기저기서 중구난방으로 떠들기 시작했다. 대표이사가 그들을 제지했다.

"지금 가장 중요한 문제는 이겁니다." 그가 보크트의 직속상사, 영민해 보이는 사십 대 중반의 대머리 남자를 보며 말했다. "보크트가 전산실 팀장으로서 어떤 손실을 가져올 수 있지요?"

"그 어떤 손실도 가져올 수 없을 거라고 생각합니다." 대머리 상사가 거의 오만에 가까운 확신을 담아 말했다. "우리 시스템은 아무나 대충 들어와 해킹할 수 있는 홈네트워크가 아닙니다. 모든 프로그램을 직접 개발하여 사용하는 고유한 시스템이고 통제센터에서 전 작업을 감시하고……."

그의 말이 길어지자 대표이사가 바로 말을 잘랐다.

"내가 알기로는 보크트가 전체 시스템을 구축한 장본인 중 하나라던데?"

"우리 회사에서 사용하는 모든 애플리케이션은 보크트가 개발한 프로그램에 기초하고 있습니다." 드레드록 머리를 한 직원이 걱정스러운 표정으로 말했다.

대표이사는 다른 이사들과 빠르게 시선을 교환했다.

"그렇다면 해킹할 필요가 없겠군. 그냥 시스템에 접근 권한이 있는 거니까. 맞나?" 그가 물었다.

"원론적으로는 그렇습니다." 대머리가 인정하기 싫다는 표정으로 말했다. "그러나 그렇게 간단하지만은 않습니다. 전 시스템을 미러링 해놨기 때문에 공항의 가장 중요한 조작 프로그램들은 두 번째 전산 시스템에서 첫 번째와 똑같이 실행됩니다. 백업도 지속적으로 이뤄지고 있고요. 우리 컴퓨터 시스템은 절대적으로 안전합니다."

"요아힘 보크트는 잃을 게 없는 사람입니다." 하딩 박사가 말했다. "통제에 집착하는 사이코패스라서 분명 여러 개의 탈출 시나리오를 준비해두었을 겁니다."

대머리는 마치 초등학생의 질문에 대답하는 우주물리학자처럼 체념과 관용이 섞인 표정을 지었다.

"우리 시스템은 그 어떤 공격에도 끄떡없습니다. 액세스 보호가 돼 있어서 혼자서 시스템을 휘젓고 다닐 수 없게 돼 있고요. 전일 24시간 모니터링으로 마찰 없이 진행됩니다. 서버가 천 개도 넘습니다."

그때 드레드록 직원의 전화기가 날카롭게 울렸다. 그는 잠시 전화기에 귀를 기울였다. 그의 표정과 제스처가 보기에 우스꽝스러울 정도로 급격히 변했다.

"젠장!" 그의 입에서 욕설이 튀어나왔다. 그는 서둘러 대머리 상사에게 손짓했다. "문제가 생겼습니다! 서버가 차례로 액세스를 거부하고 있답니다!"

"아무 일도 안 생긴다면서요?" 피아가 말했다. "보크트가 떠나면서 특별한 선물을 준비한 모양이네."

대머리는 급히 자리를 떴다.

"잠깐만요!" 보덴슈타인이 상사를 따라 뛰어나가려는 드레드록 직원을 불러 세웠다.

"지금 시간 없어요, 쏘리!"

"도움이 될 만한 사람을 알고 있습니다." 보덴슈타인이 뜻밖의 말을 꺼냈다.

"경찰 IT 전문가 소개시켜주려고요? 아뇨, 그 사람들이 감당하기엔 너무 스케일이 커요."

"루카스 반 덴 베르크라는 이름 들어본 적 있어요?" 보덴슈타인은 비꼬는 말투에 개의치 않았다.

"그럼요, 이 바닥에선 전설이죠! 혹시 전화번호라도 아세요?" 보덴슈타인을 비웃는 그가 거의 문에 다다랐을 때 보덴슈타인이 건조하게 답했다. "그럼요, 우리 직원의 사위인걸요."

***

하딩 박사의 말은 옳았다. 보크트는 프랑크푸르트 공항 컴퓨터 네트워크에 바이러스를 심어놓았고 바이러스는 차례차례 시스템을 공격하며 어마어마한 속도로 퍼지고 있었다. 제일 먼저 보안시스템이 말을 듣지 않았다. 문이 막히거나 열리지 않았다. 자동계단과 엘리베이터가 멈춰 섰고 출입국장과 게이트의 전광판이 꺼졌다. 갑자기 스프링클러가 작동했고 수하물 컨베이어벨트가 제멋대로 움직였다. 공항은 비상계획 체제에 돌입했고 컨트롤타워에도 상황이 전달됐다.

피아는 루카스에게 전화를 걸었고 그는 운 좋게도 집에 있었다. 바트조덴 병원 옥상 위로 헬리콥터가 출동해 그를 공항으로 데려오도록 빠른 조치가 취해졌다. 그렇게 공항 통제실에 도착한 그는 독일 최고의 해커라는 명성에 부합하기 위해 최선을 다했다.

그런 혼란 속에서 킴과 피오나에 대한 공항 책임자들의 관심은 거의 제로에 가까워졌다. 보크트를 찾기 위해 보안요원들을 지하로 내려보내자던 아이디어도 폐기됐다. 여객터미널의 승객들을 대피시키고 군중의 패닉이 일어나지 않도록 하는 데 한 사람이라도 더 필요한 상황이었다.

니콜라 엥엘, 하딩 박사, 피아만 회의실에 덩그러니 남았다. 보덴슈타인은 전산통제실로 동행했고 경찰기동대와 수색견 부대는 건물 밖에서 다음 명령을 기다리며 대기 중이었다.

"내가 그 집착의 정도를 과소평가했어요." 하딩 박사가 낙담한 표정으로 말했다. 그는 이마를 잔뜩 찌푸린 채 공항 시설안내도를 응시하고 있었다. "그리고 생각해보니 그저 도망치기 위해서 이 혼란이 필요했던 게 아니에요."

피아는 의자에 앉아 다리를 책상 위에 올려놓고 있었다. 허리가 너무 아파 도저히 서 있을 수가 없었다. 반면 니콜라 엥엘은 한시도 가만히 있지 못하고 우리 안의 맹수처럼 주위를 왔다 갔다 했다.

"시작한 걸 끝맺으려고 하는 겁니다." 하딩이 공항 시설안내도에서 눈을 떼지 않고 말했다. "그러기 위해선 물이 필요합니다."

"물이요?"

"그의 마음속에는 원래 계획을 따라야 한다는 생각이 내적 강박으로 존재합니다. 일을 끝내려면 의식을 따라야 하는 겁니다."

피아의 휴대전화 울리는 소리가 정적을 깨뜨렸다. 엔스 하셀바흐였다. 그는 어느 쪽의 위기 대응팀에도 속해 있지 않았다.

"듣거나 본 거 있으면 알려달라며?" 그가 목소리를 낮춰 말했다.

"3분 전에 보크트가 지하 배관통로로 들어가는 걸 봤어."

"확실히 보크트였어?" 피아는 튕기듯 의자에서 일어났다.

"그렇다니까! 얼굴 알거든!"

"지금은 어디에 있는데?"

"그건 나도 정확히 모르지."

"따라잡아야 해!" 피아는 가슴이 쿵쾅쿵쾅 뛰었다. "지금 어디야?"

"지하 테크닉센터에 있는데 여긴 지금 난장판이야! 컴퓨터 시스템은 다 고장나고 스프링클러는 혼자 돌아가고……."

"어디로 가야 해?"

"3번 문 지난 다음 11a문 지나와야 해." 하셀바흐가 일러주었다. "지난번에 레커 만나러 갈 때처럼 오면 돼."

"알았어. 바로 갈게." 피아는 전화를 끊고 니콜라 엥엘과 하딩 박사에게 방금 들은 내용을 전달했다.

"아직 여기 있을 줄 알았지." 하딩 박사가 빙긋 미소를 지었다. "일을 끝내기 전엔 여기서 못 나갑니다. 우리에겐 보크트를 잡을 기회입니다!"

***

도쿄 발 LH717기는 타우누스 북동쪽 50킬로미터 게테른 상공에서 홀딩 상태, 즉 항공관제소의 지시대로 착륙 순서를 기다리는 중이었다. 비행기들이 하나둘씩 교체공항으로 보내졌다. 프랑크푸르트에 무슨 일이 일어난 듯했지만 알려진 정보는 없었다. 부기장이 하얀, 뒤셀도르프, 쾰른-본 공항으로 가기엔 연료가 부족하다고 이미 항공관제소와 루프트한자 오퍼레이션에 알려놓았다. 이윽고 허가가 떨어졌다.

"리퀘스트 퍼더 디센트." 베른트 메츠너 기장이 말했다. "시트 벨트 온!"

"기상상태 양호. 우측 07번 기대합니다. 연료상태. 최저. 런웨이는 충분해 보입니다."

"체크드." 부기장이 대답했다. 메츠너는 착륙등을 켰다. 오토파일럿은 점보 항공기를 프랑크푸르트와 타우누스 산맥 사이로 빼내 비스바덴 방향으로 몰았다. 왼쪽에는 프랑크푸르트의 마천루와 공항이, 오른쪽에는 포더타우누스가 보였다. 비스바덴을 지난 후에는 좌측으로 돌아 남쪽을 향했다.

'자, 이제 내려간다.' 메츠너 기장이 속으로 되뇌었다.

"루프트한자717." 항공관제소에서 부르는 소리가 들렸다. "턴 레프트, 헤딩 100. 클리어드 ILS(계기착륙장치—옮긴이) 07 라이트 앤드 체인지 타워 원 원 나인 포인트 나인!"

부기장이 지시사항을 그대로 반복했다.

메츠너 기장은 속도를 줄였다.

"플랩스 10." 그가 명령했다.

"플랩스 10." 부기장이 반복한 후 착륙 보조날개를 10에 맞췄다.

오토파일럿은 착륙비행을 위해 마지막으로 방향을 틀었다. 몇 분 후면 긴 여행을 마치고 집에 돌아가게 되는 것이다.

***

통제센터의 모니터들은 꺼져 있거나 이상한 모양의 글자를 나타냈다. 보덴슈타인은 치프 인포메이션 오피서와 대머리 전산실장 사이에 서서 마치 할리우드 재난영화의 엑스트라 배우가 된 듯한 착각에 빠졌다. 대머리 실장의 얼굴에서는 땀이 비 오듯 흘러내렸다. 그는 끊임없이 어딘가로 전화를 했고 금방이라도 심장마비를 일으킬 것 같았다. 루카스와 다른 컴퓨터 전문가들은 루트 계정에서 컨피규레이션을 하기 위해 안전모드로 부팅하려고 계속 시도하고 있었다. 그렇게 해서 서버 속에 숨어든 바이러스 소프트웨어를 찾아낼 생각이었다.

"스크립트 데이터에 감마레이를 돌려보죠." 루카스가 제안했다. "운이 좋으면 델타를 찾아낼 것이고 그럼 그 데이터로 백업과 비교해 볼 수 있잖아요."

"감마레이가 어마어마하게 빠르긴 하죠." 드레드록 직원이 동조했다. "분당 수백만 개를 처리할 수 있으니까. 하지만 여긴 데이터양이 많아서 하루에 최대 서버 50개까지 될 때도 있어요. 전체 시스템을 훑는 데 시간이 너무 오래 걸려요. 중요한 서버만 골라서 한다고 해도 마찬가지고요. 아니면 VM시스템의 이미지를 따서 격리된 새 서버에 실행시킬 수도 있지 않을까요?"

"바이러스는 메인 클러스터에서 실행됐어요." 다른 사람이 말했다. "그래서 재해복구 사이트까지 전염됐고요. 현재 우린 깨끗한 백업이 없는 상태예요."

"왜 없어요? 있어요!" 다른 누군가가 반박했다.

그들은 제안을 하고 의견을 나누는 와중에도 끊임없이 자판을 두드려댔다. 모니터는 더 이상 시커멓지 않았다. 끊임없이 줄이 바뀌며 알 수 없는 코드들이 엄청난 속도로 지나쳐 갔다. 보덴슈타인 같은 문외한이 보기에는 그 무엇보다 위화감을 느끼게 하는 풍경이었다.

"그렇지, 들어갔어!" 루카스가 외쳤다. "목록을 하나하나 확인하면서 여기 있어야 할 게 아닌 건 다 지워내자고요."

이의를 제기하는 사람은 없었다. 그보다 나은 아이디어를 가진 사람이 없었기 때문이다. 단, 대머리 실장만은 예외였다.

"오, 맙소사, 오, 맙소사, 오, 맙소사……." 그는 곤혹스러운 표정으로 반복해서 되뇌었다. "제발 지금 하는 짓이 무슨 짓인지 알고 하는 짓이길!"

✳✳✳

나는 손목시계로 시간을 확인한다. 저 위에 있는 사람들은 지금쯤 할일이 많을 것이다. Harmageddon.bin이 그들의 숨통을 조이고 있으니 나를 쫓아올 경황은 없으리라. 그들이 시스템에서 바이러스를 찾아내려 애쓸 모습을 상상하니 웃음이 나온다. 하지만 내가 원래 계획했던 길을 가지 못하게 된 걸 생각하면 마냥 웃고 있을 때는 아니다. 배관통로에는 실제로 열쇠로 열어야 하는 오래된 문이 두 개 있다. 내게 열쇠가 없는 건 아니다. 단지 급히 도망치느라 미처 가져오지 못한 비상가방 속에 들어 있을 뿐. 제길! 환기통로를 통해 돌아가는 데는 15분이나 걸린다. 나는 언제 전기가 나갈지 어림셈을 해본다. 시간이 빠듯할 것 같다. 손전등 없이 앞을 더듬으며 나아가려면 힘이 들 것이고 길을 잘못 들거나 하면 큰일이다. 이것 때문에 나는 엄청나게 짜증이 난다. 나는 걸음을 빨리하며 제발 누군가와 마주치지 않기를 바란다. 불필요한 데에 너지와 시간을 허비하고 싶지 않기 때문이다. 환기통로로 들어가는 문은 바로 찾아냈다. 이제부터 약 1.5킬로미터를 가면 33번 문 높이에 있는 비상문에 도달하게 된다. 거기서 수백 미터만 걸어가면 105번 문이 나오고 그 문으로 나가면 제3소방대로 갈 수 있다. 서둘러야 한다. 서두르지 않으면 함정에 갇히게 된다.

***

옌스 하셀바흐는 자신이 거느리는 지하 테크닉센터 직원들뿐 아니라 건물시설관리팀과 소방대까지 모아놓고 있었다. 모두 자신의 관리구역을 손바닥 들여다보듯 잘 아는 사람들이었다. 지하도로뿐 아니라 테크닉센터까지 천천히 잠식해가던 스프링클러의 물은 누군가 양수장 메인밸브를 찾아내 손으로 잠근 뒤에야 그쳤다.

그들은 공항 지도를 중심으로 모여 있었다. 하셀바흐가 그들이 있는 정확한 위치를 일러주었다.

"여기서 어디로 나갈 수 있는 겁니까?" 경찰기동대장이 물었다.

"어디로든 가능합니다." 하셀바흐가 대답했다. "공항 지하터널은 여객터미널 두 개를 지나 활주로, 주기장, 유도로를 따라 남부 화물터미널까지 이어지고 동쪽 33번 문까지 연결됩니다. 전에 관계자가 아닌 사람들이 자꾸 침입해서 비밀번호를 입력해야 들어갈 수 있게끔 수백 미터마다 비상문을 설치했지요. 보안등급이 안 되는 사람은 터널시스템에 출입할 수 없습니다. 비상문이 3분 이상 열려 있으면 공항 보안대에 자동으로 경보가 울립니다."

"컴퓨터 전체가 작동하지 않으면 그 문들은 어떻게 되는 겁니까?" 하딩 박사가 물었다.

"전체 컴퓨터가 작동하지 않는 일은 절대 없습니다." 하셀바흐가 확신을 담아 말했다.

"이미 작동하지 않고 있어." 피아가 말했다. "요아힘 보크트가 도망치면서 시스템에 바이러스를 심어놨거든. 도망치기 전에 분명 여자들을 죽이려고 할 거야. 여기 어딘가에 여자 두 명이 갇혀 있어. 보크트가 위해를 가하기 전에 서둘러 찾아내야 해!"

여자 두 명을 눈에 띄지 않게 장기간 숨겨놓을 수 있는 곳이 어디일지 모두 궁리에 궁리를 거듭했다.

"남의 눈에 띄지 않게 왔다 갔다 하면서 들여다볼 수 있는 곳일 겁니다." 보덴슈타인이 말했다. 전산실에 있어봐야 별 쓸모가 없자 그도 이쪽으로 합류했다. "지하도로를 이용하지 않고 도달할 수 있는 곳이 있을까요?"

"수없이 많죠." 하셀바흐가 대답했다. "그런데 어떻게든 여자들을 그쪽으로 데려갔어야 할 거고……."

"물이 많은 곳이 어디죠?" 니콜라 엥엘이 물었다.

"물이요?" 하셀바흐는 머리를 긁적였다.

"네, 물이요, 물!" 엥엘 과장이 성급히 외쳤다.

"저쪽에 빗물 저류지가 있습니다." 그때까지 아무 말도 안 하고 있던 누군가가 말했다. "공항 반대편 유도로 밑에요."

"맞습니다." 옌스 하셀바흐가 맞장구를 쳤다. "유도로와 주기장의 물을 받아내는 빗물 저류지가 여러 개 있습니다. 그런데 거긴 못 들어가는데…….”

곧 여러 사람이 동시다발적으로 말하기 시작했다.

“한 사람씩 차례로 말씀하세요!” 하딩이 손을 들어 그들을 제지했다.

“남부 화물터미널 구역에서 빠지는 물을 받는 빗물 저류지 30/31이 있는데 구 30번 문에서 가깝습니다.” 누군가가 말했다. “옛날에는 지하도로로 해서 전 지하층을 돌아다닐 수 있었는데 지금은 영역마다 문이 생겨서요. 그래도 그 지하통로로 들어가는 문이 아직 있기는 합니다. 철조망 문이고 잡초가 무성하긴 하지만.”

“그게 어디입니까?” 보덴슈타인이 물었다.

“여기요!” 소방대원 중 하나가 지도에서 한 점을 짚어냈다. 정확히 반대편에 위치해 있었다. “일단 제3소방대 주차장 옆에 있는 105a문까지 차를 타고 가야 합니다.”

“그 빗물 저류지라는 게 어떻게 생긴 거죠?” 피아는 온몸이 찌릿해지는 긴장감에 휩싸였다.

“루프트한자 테크닉 정비공장 가기 바로 전에 인공해수 변전소로 통하는 문이 있습니다. 계단을 내려가면 지하통로가 나오는데 그 길로 쭉 따라가다 보면 각종 조작 장치가 있는 기술실이 나오고 방공호가…….”

“방공호요?” 보덴슈타인이 되물었다.

“네, 방화문이 설치된 방공호가 하나 있습니다. 물이 넘칠 경우에 대비한 거죠. 그 안에 배수관이 있는데 이착륙 활주로로 바로 연결돼 있습니다.”

"시설관리팀 담당 엔지니어에게 연락해보겠습니다." 하셀바흐가
말했다. "거기 있을 수도 있겠네요."

그는 지도 옆 책장에서 무전기를 집어들었다. 그 순간 불이 꺼
졌다.

***

피오나는 60까지 센 다음 금속으로 된 카메라 거치대로 콘크리트
벽에 금을 하나 그었다. 물병을 힘껏 던져서 감시카메라를 떨어뜨린
것이다. 이제 엿보지 못하겠지, 나쁜 놈! 그녀는 원을 그리며 걷기도
하고 팔굽혀펴기, 윗몸일으키기, 몸 돌리기도 하며 굳어진 근육을 풀
었다. 그 우라질 놈이 죽이러 와서 보면 놀라겠지! 그녀는 자신과 어
머니의 목숨을 지키기 위해 싸울 준비가 돼 있었다. 그녀의 시선이
등 뒤 벽에 가 꽂혔다. 그리고 끊임없이 이어지는 물소리를 들었다.
천장 배관에서 물이 흐르고 있지 않은가! 아니, 흐르는 게 아니라 콸
콸 쏟아지고 있었다! 피오나는 얼른 일어나 손으로 벽을 짚고 냄새를
맡아보았다. 정말 물이다! 맑고 신선한 물! 그녀는 벽에 입을 대고 물
을 마셔보았다. 이제까지 살면서 그렇게 맛있는 물은 처음이었다.

"킴!" 그녀가 상기된 목소리로 외쳤다. "킴, 일어나봐요!"

그러나 피오나의 어머니는 일어날 생각을 하지 않았다. 호흡이 거
칠고 불규칙한 간격으로 흉부가 들썩이고 있었다.

피오나는 빈 물통 하나를 가져와 물로 헹궈내고 다시 물을 가득 받
았다. 그리고 킴 옆에 앉아서 코와 입에 물이 들어가지 않도록 조심
하면서 얼굴에 물을 끼얹었다. 이윽고 그녀가 꿈틀거렸다. 바싹 마른

입술을 움직였고 눈꺼풀이 파르르 떨렸다. 그러나 혼수상태와 같은 깊은 잠에서 깨어나지는 못했다. 그 잠은 너무 오래 이어지고 있었다.

"엄마! 엄마!" 피오나는 흐느끼며 그녀를 안았다. 몸이 불덩이처럼 뜨거웠다. "제발 일어나세요! 눈 좀 떠봐요! 어떻게든 버텨야 한다고요! 언젠가 그 나쁜 놈이 와서……."

갑자기 불이 나갔다. 피오나는 칠흑 같은 어둠 속에 앉아 움직일 엄두를 내지 못했다. 들리는 것이라곤 콸콸 쏟아지는 물소리와 어머니의 거친 숨소리뿐이었다. 문득 피오나의 머릿속에 끔찍한 생각이 떠올랐다. 끝까지 생각하기 싫을 만큼 끔찍한 것이었다. 이 물이 갑자기 어디서 왔을까? 물은 어느새 바닥에 고이고 있었다. 그는 그들을 이 지하골방에서 꺼내줄 생각이 없는지도 모른다. 그 우라질 놈은 그들을 여기 가둬놓고 익사시키려는 것인지도 모른다!

"안 돼!" 피오나는 목이 아플 정도로 소리를 질렀다. "싫어! 우린 죽지 않을 거야! 알아들어, 이 나쁜 놈아!"

***

루프트한자 LH717기는 착륙비행 중이었다.

"프랑크푸르트 타워, 안녕하십니까." 부기장이 말했다. "루프트한자 717, ILS 07 라이트."

"LH717, 여긴 지금……." 항공관제사의 목소리가 흘러나오다 갑자기 관제탑과의 연락이 끊겼다.

"프랑크푸르트 타워, 루프트한자717." 부기장이 반복하여 말했다.

"들립니까?"

아무 대답이 없었다. 점보 항공기는 글라이드 슬로프(비행진입코스 유도장치―옮긴이)를 타고 활주로를 향해 내려가기 시작했다.

"롭사 4000피트, 앨티튜드 체크드." 부기장이 말했다.

착륙까지는 이제 2분 남았다.

"고 어라운드 앨티튜드 5000피트 세트, 기어 다운." 메츠너 기장이 말했다.

"기어 다운." 부기장이 반복했다.

랜딩기어가 나오자 동체가 약간 흔들렸다.

갑자기 매스터 워닝 라이트에 붉은 램프가 들어오고 커다란 경보음이 조종실 안에 날카롭게 울려 퍼졌다. 그리고 오토파일럿 세 개가 동시에 꺼졌다.

"아이 해브 컨트롤?" 메츠너 기장은 조종간을 꽉 잡았다. "어떻게 된 거지? 오토파일럿이 꺼졌어!"

"ILS 신호도 사라졌습니다!" 부기장이 덧붙였다.

"원 사우전드." 전파고도계에서 고도를 알렸다.

"저 아래는 완전히 깜깜하네." 시니어 부기장이 말했다. "활주로가 보이지 않는데요! 정전인 것 같습니다!"

"설마. 금방 다시 들어오겠지." 메츠너 기장은 차분함을 유지했다. 그동안 위험한 순간들을 많이 경험해본 덕분이었다.

"타워, 들립니까?" 부기장이 다시 연락을 시도했다. "타워 프랑크푸르트, 여기는 루프트한자717!"

묵묵부답. 프랑크푸르트 관제탑은 아무 대답이 없었다.

"이제 어쩌죠?" 시니어 부기장이 물었다. "고 어라운드?"

"연료가 버티지 못해." 메츠너는 고개를 저었다. "내려가야 해. 다른 데서는 뭐라고 해? 연락되는 데 없어?"

"연락해보겠습니다." 시니어 부기장이 랑엔에 있는 항공관제소에 연락해서 프랑크푸르트에 무슨 일이 있는 것 같으나 자세히는 모르겠다는 답변을 받았다. 관제사가 비행기를 돌려 뒤셀도르프 공항으로 가라고 지시했으나 메츠너는 거부했다.

"연료 때문에 뒤셀도르프까지 못 갑니다."

"파이브 헌드레드." 전파고도계에서 고도를 알렸다.

기장과 부기장은 재빨리 시선을 교환했다.

"다른 방법이 없어." 메츠너가 말했다. "지금 당장 내려간다."

***

헤드랜턴으로 무장한 피아, 니콜라 엥엘, 보덴슈타인은 엔스 하셀바흐를 앞세우고 지하 환기통로를 따라 걸었다. 기동대가 반대편에서 터널시스템으로 기어들어가 보크트의 길을 차단하기에는 시간이 너무 부족했다. 그들에게 남은 것은 컴퓨터 기술자들이 어서 빨리 보안시스템을 되살려내 보크트가 문을 열고 바깥세상으로 유유히 사라지지 못하게 하는 것뿐이었다. 조명뿐 아니라 에어컨도 꺼졌기 때문에 공기 중에서 퀴퀴한 냄새가 났다. 피아는 보크트가 빗물 저류지의 밸브장치를 조작했을 경우 일어날 수 있는 일에 대해 생각하지 않으려 애썼다. 앞으로, 앞으로, 아무리 허리가 아프고 찢어진 손바닥이 아파도 앞으로 간다. 잡아야 한다. 무슨 짓을 해서라도 잡고야 만다!

***

"파일 이름이 Harmageddon.bin이네요." 루카스 반 덴 베르크가 가벼운 한숨을 쉬었다. "좀 과대망상적이지 않나?"

그는 모니터에서 눈을 떼지 않은 채 컴퓨터 자판을 두드렸다. 그리고 보크트가 해놓은 짓을 차츰차츰 밝혀나갔다. Harmageddon.bin은 전 시스템을 마비시키기는 했지만 파괴하지는 않을 것 같았다.

"곁가지를 쳐놨어요!" 루카스가 외쳤다. "아마 전부 종료되고 나면 리부팅되는 것 같아요."

"그게 언젠데요?" 그의 어깨너머로 보고 있던 대머리 실장이 물었다. "밖엔 지금 대혼란 사태가 일어났다고요!"

"모르죠." 루카스가 고개도 돌리지 않고 말했다. "나도 이제 겨우 어떤 놈인지 알아가는 중인데. 아저씨가 좀 조용히 해주면 막을 방법을 찾아낼 수 있을 것 같아요."

***

엔스 하셀바흐의 무전기가 지지직거렸다. 공항 남서쪽 빗물 저류지를 살펴보라고 보낸 시설관리팀 엔지니어에게서 연락이 온 것이다. 말을 알아듣기가 힘들었다.

"……들어갈 방법이 없어요……. 문도 잠겨 있고……. 제어패널도 전혀 작동 안 하고……. 전기가 없어요!"

이것이 바로 디지털화의 급소가 아니고 무엇이겠는가. 옛날에는 열쇠가 있으면 문을 열 수 있었지만 모든 것이 전자식으로 바뀐 지금은 전기가 없으면 아무것도 못 한다.

"젠장!" 옌스 하셀바흐가 욕설을 내뱉었다.

그들은 지하통로가 갈라지는 분기점에 이르렀다.

"어디로 가야 하지?" 맨 앞에 가던 남자가 멈춰 섰다.

"왼쪽!" 다른 사람이 외쳤다. "오른쪽으로 가면 북부 화물터미널이 나온다고."

피아의 얼굴은 땀범벅이 되었다. 허리는 금방이라도 부러질 것 같고 옆구리도 쑤셨다. 그녀는 한 손을 옆구리에 대고 숨을 몰아쉬었다. 몇 달간 운동과 담을 쌓고 지낸 탓이다! 어느 한구석도 안 아픈 데가 없었다. 이대로 드러누워 울어버리고 싶은 심정이었지만 그럴 수는 없었다.

"계속 갑시다!" 니콜라 엥엘의 명령에 행렬은 다시 움직이기 시작했다.

제3소방대도 그 난리통에 모두 공항부지로 출동했기 때문에 폐쇄된 터널 입구에서 보크트를 막을 사람은 아무도 없었다.

피아는 안간힘을 써서 계속 걸었다. 요아힘 보크트를 놓쳐선 안 된다! 피해자들에게, 킴과 피오나에게 못 할 짓이다. 피오나! 한 번도 만나본 적 없는 조카를 만나봐야만 한다! 다른 어두운 터널에 대한 기억이 되살아났다. 크리스토프의 손녀 릴리를 납치했던 또 한 사람의 사이코패스, 릴리를 안고 시커먼 니다 강으로 몸을 던졌던 그 남자. 당시 그놈은 강물을 헤엄쳐 경찰의 그물망을 빠져나갔다. 그녀는 하릴없이 그 모습을 지켜봐야만 했다. 이번엔 절대 그런 일이 일어나지 않도록 최선을 다할 것이다! 그녀의 내면을 모조리 흡수해버린 두려움이 분노로 돌변했다. 고통과 피로를 밀어내는 투명하고 냉철한 분노였다.

"저 앞에 있다!" 앞장서 가던 남자가 흥분해서 외쳤다.

어두운 터널 안 맥라이트 조명 속에서 노란색 안전조끼의 반사띠가 번뜩였다. 피아는 누가 말릴 틈도 없이 남자들을 제치고 앞으로 나아갔다. 걸어가면서 총집에서 권총을 꺼내들었다.

"요아힘 보크트!" 그녀가 소리쳤다. "거기 서! 포기해!"

***

게레온 리히터가 프랑크푸르트 공항에서 관제사로 일해온 지난 16년간 이런 일은 한 번도 없었다. 불과 몇 분 사이에 모든 컴퓨터가 다운되고 곧이어 전기까지 나갔다. 이착륙 활주로 조명도 꺼졌고 다른 조명도 모두 꺼졌다. 주기장 통제도 마비됐다. 공항은 적막에 휩싸여 있었다. 막 어둠이 내려앉기 시작한 창밖으로는 택시웨이에서 게이트로 혹은 활주로로 굴러가는 비행기 조명밖에 보이지 않았다.

"이동한다! 어서 서둘러!" 슈퍼바이저가 명령했다. 그는 막 랑엔 항공관제소에 휴대전화로 연락해 도착하는 모든 항공기들을 다른 공항으로 보내야 한다고 전달했다. 게레온 리히터와 동료들은 커다란 창문으로 들어오는 어스름한 빛에 의지해 짐을 쌌다. 비상훈련을 한 것은 딱 한 번뿐이었고 그것도 3년 전의 일이었다. 그때 그들은 21시에서 23시 사이에 제1터미널의 새 타워에서 공항 남쪽 구 관제탑으로 이동했다. 위기상황에 대비한 '핫 스탠바이'(상시대기 시스템—옮긴이)의 일환으로 독일항공관제소에서 관장한다. 그 밖에는 일주일에 한 번씩 시스템 통제를 위해 모든 컴퓨터를 켜는 것이 고작이었다.

"거기 간다고 전기가 있을까?" 한 동료가 회의적으로 말했다. "불빛이 하나도 안 보이는데."

"대체 무슨 일이 일어난 거예요?" 다른 동료가 물었다.

"지금 그게 문제가 아니야. 어서 서둘러!" 슈퍼바이저가 재촉했다. "1분이라도 빨리 관제탑이 정상가동 되는 게 중요해."

게레온 리히터는 나가기 전 마지막으로 고개를 돌려 창밖을 내다보았다.

"뭐야?" 그가 외쳤다. "한 대가 들어오고 있잖아!"

그의 동료들은 발걸음을 멈추었고 누군가 망원경으로 항공기를 확인했다.

"도쿄 발 LH717인데요." 그가 말했다. "보잉 747-8입니다!"

"내려오면 안 되는데! ILS도 없고 활주로 조명도 없잖아!"

"큰일입니다!" 망원경으로 밖을 내다보던 관제사가 외쳤다. "우측 활주로에 사람들이 돌아다니고 있어요!"

"빌어먹을!" 슈퍼바이저는 책상에서 신호권총을 꺼내들고 밖으로 뛰쳐나갔다.

***

그들이 미처 따라잡기 전에 요아힘 보크트는 사다리를 타고 올라가 맨홀 뚜껑을 힘껏 밀어내고 도망쳤다.

"저 위엔 뭐가 있어?" 피아가 물었다.

"우리 머리 바로 위가 활주로야!" 옌스 하셀바흐가 외쳤다.

피아는 왼쪽 손바닥에 상처가 났다는 사실을 잊고 사다리를 움켜

잡았다. 팔을 타고 어마어마한 통증이 전해졌다. 그녀는 외마디 비명을 지르며 사다리를 놓쳤고 뒤에 오던 기동대원 한 명에게로 떨어졌다. 범인을 잡는 데 집중해 있던 대원은 미처 피아를 받아주지 못했고 피아는 콘크리트 벽에 강하게 머리를 부딪치며 바닥에 나가떨어졌다. 뭔가 와장창 깨지는 소리가 났다. 순간 눈앞이 까매졌다. 거친 숨을 몰아쉬며 누워 있는데 뭔가 따뜻한 액체가 얼굴을 타고 흘러내렸다. 누군가 그녀의 손에서 총을 빼내려 애썼다.

"이제 그만 손 좀 펴요!" 니콜라 엥엘의 목소리가 들렸다.

피아는 손가락을 편 다음 눈을 떴다. 동그란 밤하늘이 보였다. 곧이어 눈부신 조명이 그녀의 얼굴을 비추었다.

"놓치면 안 돼요." 피아는 몽롱한 상태로 말하고 눈을 찡그렸다.

"놓치긴 왜 놓쳐." 니콜라 엥엘이 말했다. "하지만 지금은 기동대가 먼저 가게 해줘야죠. 피도 많이 나고 유릿조각도 많이 박혔어요."

피아가 머리를 들려고 하자 엥엘이 도로 눕혔다.

"뭐 이렇게 고집이 세?" 엥엘이 나무랐다. "일단 유릿조각이라도 뽑읍시다."

피아는 심장이 터질 듯했다. 엥엘은 그녀의 손에 천조각을 쥐여주었다.

"꼭 쥐어요!" 엥엘이 따끔하게 말했다. 그리고 피아를 부축해 일으켰다. 피아는 무릎이 후들거리고 온몸이 떨어져나갈 것처럼 아팠다. 잠시 벽에 기대야 할 정도였다.

갑자기 형광등이 깜박거리더니 불이 들어왔다. 전기가 다시 들어온 것이다! 무슨 뜻일까? 컴퓨터 시스템도 다시 작동하는 걸까?

"킴!" 피아가 외쳤다. "킴을 찾아야 해요!"

니콜라 엥엘은 헤드랜턴을 뺐다. 그녀는 흰색 티셔츠만 입고 있었고 티셔츠는 온통 피투성이었다.

"다치셨나 봐요!" 피아가 놀라며 중얼거렸다.

"내 피 아니에요." 과장은 고개를 저었다. "지금 산더 형사 머리에 구멍이 나서 피가 철철 흘러요. 사다리 올라갈 수 있겠어요?"

"물론이죠." 피아는 안간힘을 썼지만 니콜라 엥엘의 도움으로 겨우 한 발 한 발 올라갈 수 있었다. 엥엘이 밑에서 뭐라고 하는 것 같은데 머릿속에 윙윙거리는 소리가 나서 도무지 무슨 말인지 알아들을 수가 없었다. 피아는 아무래도 크게 다친 모양이었다. 그녀의 머리가 맨홀 밖으로 솟아올랐다. 이제 사다리 한 칸만 더 올라가면 된다. 윙윙거리는 소리는 더욱 커졌다. 그녀는 젖 먹던 힘까지 쥐어짜서 구멍에서 빠져나왔다. 그리고 거친 콘크리트 바닥에 얼굴을 처박고 그대로 엎드려 거친 숨을 몰아쉬었다.

'일어나!' 그녀는 자신을 다그쳤지만 몸이 더 이상 말을 듣지 않았다. 주변은 온통 조명으로 환했다. 입에서 피 맛이 났다. 그녀는 눈을 뜨자마자 자지러지게 놀랐다. 어마어마한 비행기가 그녀를 향해 빠른 속도로 날아오고 있었다.

***

고도 60미터, 시속 300킬로미터, 착륙허가 받지 못함! 메츠너 기장은 진땀이 났다. 지금이라도 다시 급상승해야 할까? 그는 왼쪽으로 시선을 돌려 타워를 쳐다보았다. 붉은색 조명신호를 본 그는 심장이 덜컹 내려앉는 듯했다.

"급상승!" 부기장이 외쳤다.

"너무 늦었어!" 메츠너 기장이 답했다. "신이 함께하길 바라야지!"

비행기 활주로 말단표지를 넘어섰을 때 고도계는 50피트를 가리켰다.

"포티…… 서티…… 트웬티…… 텐……." 단조로운 기계음이 연속해서 고도를 알렸다.

터치다운까지는 이제 100미터가 남았다.

갑자기 활주로 조명이 밝아졌다. 그 순간 메츠너 기장은 왜 타워에서 조명신호를 보내 착륙하지 말라고 했는지 깨달았다. 1,000피트 지점 활주로 바로 옆에 사람들이 돌아다니고 있었다! 11시 방향에서는 소방차 여러 대가 택시웨이를 넘어 빠른 속도로 달려오고 있었다.

"젠장!" 그때 부기장이 외쳤다. "바닥에 뭔가가 있습니다!"

***

점보는 그녀를 향해 곧바로 날아왔다. 네 개의 엔진이 내는 굉음에 귀가 떨어져나갈 듯했고 거대한 기체 앞머리에서 빛나는 헤드라이트가 사정없이 그녀를 향해 쏟아졌다. 혼비백산한 피아는 손으로 귀를 틀어막으며 몸을 웅크렸다. 다음 순간 비행기는 아슬아슬하게 그녀를 지나쳐 불과 몇 미터 앞에 내려앉았다. 그제야 그녀는 자신이 있는 곳이 바로 활주로 옆이라는 것을 깨달았다. 니콜라 엥엘이 구멍에서 얼굴을 쏙 내밀었다.

"괜찮아요?" 그녀가 물었다.

피아는 멍한 상태에서 고개를 끄덕이고는 일어나 앉았다. 괜찮다니! 착륙하는 비행기 바퀴에 깔려 죽을 뻔했는데! 머리는 빠개질 듯 아프고 얼굴 위로 계속해서 피가 흘러내렸다. 왼손은 이제 움직이기도 힘들었다.

"갑시다! 어서 활주로에서 나가야지!" 엥엘은 그녀의 오른팔을 잡아 부축해 일으켰다. 소방차 여러 대가 달려오고 있었다. 수색용 헤드라이트 불빛에 주위가 대낮처럼 밝았다. 소방차들은 그들을 지나쳐 북쪽으로 방향을 틀었다.

피아는 니콜라 엥엘에게 오른손목을 잡힌 채 그녀의 뒤에서 절뚝거리며 걸었다. 어디가 어딘지 도무지 방향이 잡히지 않았다. 그들 앞에 커다란 건물과 강당이 보였다. 보덴슈타인은 어디 있는 걸까? 하셀바흐와 공항 직원들, 그리고 경찰기동대는 어디로 간 걸까? 보크트는 잡았을까?

"방향이 이상해요!" 피아가 숨을 헐떡이며 외쳤다.

엥엘 과장은 그녀의 손을 놓고 멈춰 섰다.

"저 앞에 있는 게 남부 화물터미널일 거예요." 엥엘이 말했다. "아까 지도에서 본 대로라면 여기 어디에 빗물 저류지로 들어가는 입구가 있어요."

그렇지! 빗물 저류지! 킴과 피오나를 잊고 있었다니! 휴대전화는 청바지 뒷주머니에 들어 있었다. 피아는 휴대전화를 꺼내 보덴슈타인에게 전화를 걸었다. 몇 초 지나지 않아 바로 답신이 왔다.

"보크트 놓쳤어!" 그가 말했다. "지금 어디야?"

"활주로 옆이요." 피아는 자신을 축으로 빙그르르 돌며 주위를 둘러보았다. "엥엘 말로는 여기 어딘가에 빗물 저류지 입구가 있을 거래요."

"알았어. 거기 그대로 있어." 보덴슈타인이 말했다. "우리가 지금 그쪽으로 갈게. 소방대랑 공항보안대도 여기 같이 있어. 컴퓨터 시스템은 다시 살아났어."

그때 어둠 속에서 웬 형체가 나타나더니 남부 화물터미널을 향해 바삐 걸어가는 것이 보였다. 피아는 심장이 덜컹 내려앉았다. 그녀는 바로 통화종료 버튼을 눌렀다. 요아힘 보크트! 어둠 속에서 눈에 띄지 않게 움직이려는 심산인지 노란색 안전조끼는 벗어버린 상태였다.

"엥엘 말로는……?" 과장이 피아를 흘겨보며 말했다. "사람을 면전에 두고 그렇게 무시하기……?"

"저쪽에 보크트가 있어요!" 피아가 그녀의 말을 끊었다. 보크트는 이제 밝은 빛 속을 걷고 있었다. 빠른 속도로 서둘러 걷고 있지만 뛰고 있진 않았다.

"보덴슈타인 반장 위치는?" 니콜라 엥엘이 물었다.

"너무 멀리 있어요. 가요. 건물 안으로 들어가지 못하게 해야 해요!" 피아는 달렸다. 달리면서 조끼를 벗어버렸다. 보크트는 부상을 당했는지 다리를 절고 있었다. 절호의 기회였다! 엥엘 과장의 발소리가 바로 뒤에서 들렸다. 보크트는 쫓아오는 사람이 없는지 자꾸만 뒤를 돌아보았지만 그들이 있는 쪽은 쳐다보지 않았다. 킴과 피오나가 있는 곳을 유일하게 아는 사람, 그와의 거리는 이제 콘크리트 포장길 30미터 정도로 좁혀졌다.

"걸음을 멈추고 옆으로 비켜요!" 엥엘 과장이 뒤에서 빠르게 말했다. 피아는 지시에 따랐다. 엥엘의 손에 권총이 들려 있었다. 피아 자신은 다친 손으로 정확한 사격을 할 수 없으리라.

"요아힘 보크트!" 니콜라 엥엘이 장전된 권총을 겨누며 외쳤다. "거기 서!"

그는 곧바로 뛰어 달아나지 않고 그들 쪽으로 고개를 돌렸다. 실수였다!

"거기 서!" 엥엘 과장이 반복해서 말하고 경고사격을 했다. 보크트가 몸을 돌려 도망치기 시작했다. 니콜라 엥엘은 조준 후 방아쇠를 당겼다. 보크트가 비명을 질렀다. 그는 왼발로 껑뚱듯 몇 걸음 더 가다가 비틀거리더니 바닥에 풀썩 쓰러져 꼼짝하지 않았다.

"죽이면 어떡해요!" 피아가 엥엘에게 소리를 질렀다.

"죽은 거 아니에요." 엥엘이 태연스레 말하더니 총을 피아의 손에 쥐여주었다. "조준한 곳에 정확히 맞았어요. 오른쪽 종아리."

그들은 길을 건너갔다. 보크트는 웅크린 채 바닥에 쓰러져 있었다. 양손으로 오른쪽 종아리를 감싼 채였다.

"나를 쐈어!" 그가 흐느끼며 말했다. "내 다리! 피 나잖아요! 부상당했다고요!"

"그러니까 멈추라고 할 때 멈춰야지." 피아는 총을 집어넣고 벨트에서 케이블타이를 하나 꺼냈다. "에바 타마라 숄레, 니나 마스탈레르츠 외 최소 여덟 명에 대한 살해죄로 당신을 체포합니다. 당신은 묵비권을 행사할 수 있고 변호인의 조력을 받을 수 있으며 당신이 한 진술은 법정에서 유죄의 증거로 사용될 수 있습니다."

"잡았어." 뒤에서 니콜라 엥엘이 말하는 소리가 들렸다. "빨리 이리로 와! 부상자 있으니까 구급차 부르고."

우는소리를 하던 보크트는 어느새 조용해졌다. 피아는 몸을 낮추고 그의 팔을 등 뒤로 모아 손목을 묶었다. 그리고 일어나서 그를 내려다보았다. 최소 열 명의 사람들을 무자비하게 고문해서 죽이고 죽음의 공포 앞에 떠는 그들의 모습에 즐거워하며 수많은 이들에게 말 못 할 고통을 안겨준 남자.

"카타리나 프라이탁과 피오나 피셔는 어디 있지?" 그녀가 물었다.

보크트는 고개를 들고 그녀를 쳐다보았다. 그의 얼굴에 미소가 스쳤다. 거의 걱정해주는 듯한 자상한 미소였다. 저 미소로 피해자들을 안심시킨 것이리라.

"형사님도 다쳤네요." 온화한 말투였다. "머리에서 피가 나잖아요! 나 때문에. 미안하게 됐어요."

"사이코 짓 그만하고." 피아가 차갑게 말했다. "그 여자들 어디 있어?"

"알고 싶죠?" 그의 미소에 잔혹한 분위기가 깃들었다. 그는 맹수처럼 이를 드러내더니 조롱하듯 소리 내어 웃었다. "안 알려줄 건데! 거기 있으면 아무도 못 찾아. 굶어죽거나 말라죽기 전엔, 더러운 년들!"

피아는 그의 돌변한 모습에 경악을 금치 못했다. 인간의 탈을 쓴 이 살인마를 한 대 치고 싶은 생각이 간절했다.

"카타 프라이탁을 미워하는 건 이해하겠는데, 피오나 피셔는 무슨 잘못이지? 왜 자기 딸을 죽이려고 해?" 그 말을 들은 보크트의 얼굴에서 미소가 재깍 사라졌다.

"내 딸?" 보크트가 믿기지 않는 듯 중얼거렸다.

"프리트요프의 약혼 파티 날 만들어진 아기지. 프리트요프에게 듣자 하니 당신이 오랫동안 카타를 숭배했다지? 카타는 당신을 거들떠도 안 봤고. 딱 한 번 카타가 인사불성으로 취했을 때 당신에게 기회가 찾아왔지. 그 상태에서라면 지나가던 거지라도 가능했겠지만."

"닥쳐!" 보크트가 버럭 소리를 질렀다.

309

"당신이 그날 카타를 임신시킨 거야." 피아는 친동생에 대해 아무렇지 않게 말하는 게 힘들었지만 계속 말을 이었다. "성공했네! 겨우 빌어먹은 처지에 단번에 통과했잖아."

"입 닥쳐, 이 걸레 같은 년아! 네가 뭔데 내 기억을 더럽혀!"

"카타는 당신을 역겨워했어. 임신 사실을 알았을 때도 아기를, 당신 아기를 떼어내려고 했어. 아기를 볼 때마다 그날의 실수가 생각날 텐데, 그걸 견딜 수가 없었던 거지."

"그 더러운 입 닥치지 못해!" 분노에 휩싸인 보크트는 이를 바득바득 갈며 포박을 흔들어댔다. "당장 그만두지 않으면……."

"그만두지 않으면 뭐?" 피아가 물었다. "날 랩에 싸서 물에 빠뜨려 죽이려고? 여자들한테 그렇게 하니까 좋데? 인생이 불쌍하다, 이 미친 새끼야!"

보크트는 그녀에게 뺨을 맞기라도 한 듯 움찔했다.

"빨리 끝내요. 소방차 거의 다 왔어요!" 니콜라 엥엘이 말했다.

피아는 몸을 낮춰 그의 머리채를 잡아 뒤로 확 꺾었다. 그녀를 노려보는 보크트의 눈 속에 걷잡을 수 없는 증오가 이글거렸다.

"당신 어머니의 남편이 뭐랬는지 알아? 그런 자식이 있는 줄 알았으면 입양해서 키웠을 거라고 했어." 피아가 속삭였다. "상상을 해봐. 당신은 요아힘 폰 도너스베르크라는 이름으로 맘몰스하인이 아닌 함부르크 대저택에서 자랄 수 있었다고! 그런데 당신 어머니는 너무 겁이 많아서 아이가 있다는 걸 숨겼어!"

그 말은 효과가 있었다. 보크트의 눈에서 눈물이 흘러내렸다.

"거짓말!" 그가 잠긴 목소리로 말했다.

"거짓말 아냐." 피아는 잡고 있던 머리채를 놓았다. "매년 찾아오던 어머니가 왜 갑자기 오지 않았는지 알아? 모르지? 당신 어머니의 어머니가 1980년에 돌아가셨어. 그래서 더 이상 어머닐날 헤센까지 갈 필요가 없어진 거야. 가려면 남편에게 핑계를 대야 했을 테니까. 그렇게까지 하면서 계속 갈 필요는 없었던 거지."

요아힘 보크트는 말없이 눈길을 돌렸다.

"제1터미널 밑에 가봐요." 그가 무미건조하게 말했다. "지하도로 쓰레기통 뒤에 맨홀이 하나 있어요. 그리로 들어가면 돼요."

"고맙군!" 피아는 안도감을 느끼며 일어섰다. 킴과 피오나는 빗물 저류지에 있는 게 아니다. 안전한 곳에 있다!

도착한 소방차들이 그들 양옆으로 와서 섰다. 공항보안대 차량 여러 대와 구급차 한 대도 도착했다. 차에서 사람들이 쏟아져 나왔고, 경찰기동대가 그들을 둥글게 에워쌌다. 보덴슈타인은 니콜라 엥엘과 이야기를 나누고 있었다. 피아가 돌아서다 말고 보크트를 뒤돌아보았다.

"참, 보크트 씨, 그 파티에서 카타가 프리트요프와도 성관계를 가졌다는 사실 알아? 그러니까 피오나 피셔의 생물학적 아버지는 당신이 아니라 프리트요프일 수도 있어."

그녀는 그의 반응을 기다리지 않고 돌아섰다. 그리고 눈길 한 번 돌리지 않고 곧장 니콜라 엥엘과 보덴슈타인에게 갔다.

***

요아힘 보크트의 말은 사실이었다. 30분 후 피아, 보덴슈타인, 니콜라 엥엘, 하딩 박사는 지하도로에 서서 공항소방대가 구급의사와 함께 킴과 피오나를 구출해내는 모습을 지켜보았다. 배관 터널을 통해 구조하는 것은 너무 번거로울 것 같아 운반용 스트랩을 사용해 위로 끌어올리기로 했다.

"저기 있으면 절대 못 찾지." 옌스 하셀바흐가 말했다. "일 년에 한 번 들여다볼까 말까 한 곳인데. 저 안에 아무것도 없어요. 제1터미널 지어질 때 쓰던 낡은 빗자루 하나하고 나무 사다리밖에."

구급차 두 대가 막다른 골목으로 들어와 멈췄다. 문이 열리고 구조 대원들이 각각 이동식 들것을 하나씩 내렸다.

"내가 틀렸네요." 하딩 박사가 고개를 저었다. "난 물이 있는 곳에 가뒀을 거라고 백 퍼센트 확신했는데. 하지만 이번만큼 틀려서 기쁜 적은 없었습니다."

"물은 가까이에 있었습니다." 보덴슈타인이 말했다. "스프링클러가 계속 작동했다면 내부에도 물이 범람했을 겁니다."

먼저 끌어올린 킴이 들것에 실렸다.

"과장님이……?" 피아가 상관을 쳐다보았다.

"아니, 먼저 가봐요." 니콜라 엥엘이 말했다.

"고맙습니다!" 피아는 절뚝거리며 킴에게 다가갔다. 킴을 가까이서 본 그녀는 소스라치게 놀랐다. 금빛 머리칼은 형편없이 엉켰고 창백한 얼굴은 여위고 지저분했다. 입고 있는 옷은 완전히 젖은 상태였다. 눈을 감고 있어서 마치 죽은 것처럼 보였다! 하지만 팔꿈치 안쪽에 링거튜브가 꽂혀 있고 관은 링거액에 연결돼 있었다.

"킴!" 피아는 이름을 속삭이며 동생의 손을 잡았다. 불덩이처럼 뜨거웠다. "키미, 나야 피아!"

킴이 눈을 떴다. 멍한 시선으로 쳐다보던 그녀가 이윽고 피아를 알아보았다. 그녀의 손가락이 잠시 피아의 손목을 감쌌다.

"미안해, 언니." 그녀가 메마른 입술로 속삭였다. "그냥…… 처음부터…… 처음부터…… 언니한테 말할걸 그랬어."

"살아 있어서 정말 다행이야!" 피아는 더 이상 눈물을 참을 수 없었다. "일단 몸부터 추슬러. 그 얘기는 다음에 하자."

"그래." 킴의 입가에 옅은 미소가 스쳤다. 그런 다음 시선을 돌리며 눈을 감았다. 피아는 동생을 구조대원들에게 맡기고 들것에서 물러났다. 그사이 피오나도 끌어올려졌다. 킴과 판박이로 닮은 그녀는 킴보다는 나아 보였지만 역시 혼자 설 수 없을 정도로 쇠약해진 상태였다.

"안녕, 피오나." 피아가 미소를 지으며 말을 걸었다. "내가 널 얼마나 보고 싶어 했는지 모를 거야."

"저도요." 피오나도 힘없는 미소로 답했다. "킴에게 얘기 많이 들었어요." 순간 그녀의 얼굴에 그늘이 졌다. "그 남자는 어떻게 됐어요?"

"우리가 잡았으니 걱정 마." 피아가 조카를 안심시켰다. "이젠 무서워하지 않아도 돼."

"잘됐네요." 피오나는 안도의 한숨을 쉬었다.

"네가 안전하다고 전해줘야 할 사람 있니?" 피아의 물음에 피오나는 잠시 망설이다가 고개를 끄덕였다.

"네, 있어요. 실반이요."

피아는 스위스 국가번호로 시작하는 전화번호를 메모한 후 그녀가 구급차에 실리는 모습을 지켜보았다.

"괜찮으세요?" 구급의사가 그녀에게 다가와 물었다. "머리에서 피가 많이 났는데요?"

"전 제가 알아서 할게요. 나중에요."

"뭐, 알아서 잘하시겠죠." 그가 어깨를 으쓱했다.

피아는 기다리고 있는 보덴슈타인, 하딩 박사, 엥엘 과장에게 갔다.

"자, 갑시다." 벽에 기대서 있던 보덴슈타인이 말했다. "어서 여기서 나가죠."

"좋아요." 피아가 힘없이 웃었다. "전 왠지 배가 고픈 것 같아요."

"아, 나도!" 하딩 박사가 말했다. "이럴 땐 제대로 된 스테이크를 먹어줘야 하는데."

그들은 지하도로 출구를 향해 걸었다. 그때 폭스바겐 버스 한 대가 그들 옆에 와서 섰다. 옌스 하셀바흐가 창밖으로 고개를 내밀었다.

"택시 서비스 필요하신 분?"

"아유, 고맙습니다." 피아가 씩 웃으며 조수석에 탔다. "도와줘서 고마워, 옌스. 너희 쪽 사람들 아니었으면 정말 큰일날 뻔했어."

"별로 한 것도 없는걸, 뭐." 하셀바흐가 겸손하게 대꾸했다. "한 가지 아쉬운 건 있어. 내가 왜 거길 생각 못 했을까?"

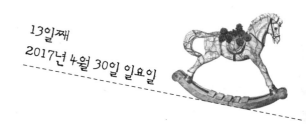

그들이 특수본에 도착한 것은 자정 무렵이었다. 카이, 셈, 타리크, 크뢰거, 로젠탈 검사는 그때까지 기다리고 있다가 그들이 사온 햄버거에 달려들었다. 엥엘 과장은 밤늦은 야식을 사양하고 과장실로 올라갔다.

피아는 오랫동안 손을 씻고 진통제 두 알을 삼켰다. 병원에는 내일 가도 늦지 않으리라.

로젠탈 검사의 말에 따르면 요아힘 보크트는 엄중한 감시하에 병원으로 이송됐고 총상 처치 후 내일 아침 영장실질심사를 받기 위해 프랑크푸르트 제1교도소로 옮겨질 것이었다.

카이가 크리스토프의 사위인 루카스 반 덴 베르크와 통화한 내용에 따르면 프랑크푸르트 공항의 컴퓨터 시스템은 모두 정상화됐고 내일부터 운항이 가능하다고 했다.

"보크트는 어느 면으로 보나 일목요연하긴 했어." 카이가 말했다. "바이러스만 빼고 말이야. 자기 손으로 만든 작품을 차마 파괴할 수 없었나 봐."

"우리에겐 다행이었지." 패스트푸드를 좋아하지 않는 보덴슈타인은 손에 든 햄버거에 의심스러운 눈초리를 보내고 있었다. "정전이 길어졌으면 놓쳤을지도 몰라."

"그만 들여다보고 먹어요. 아니면 포크, 나이프 드려요?" 크뢰거가 햄버거를 씹으며 말했다. "전리품은 피해자별로 딱딱 들어맞더라고요. 보크트가 정리를 기가 막히게 해놨어요. 사용한 분장용품, 시체유기장소에 대한 정보, 오래전 피해자들과 연락한 기록까지 보관해놨더라고요. 냉장고에 GHB도 다량 들어 있었고요."

"물뽕 말인가요?" 타리크가 물었다. "그럼 그렇지! 그걸로 피해자들을 녹다운시킨 거네요. 먼저 전기총으로 제압하고 음료수에 물뽕 타서 먹이면 그다음부턴 뭐 만사 오케이죠."

피아는 냅킨으로 입을 닦은 후 코크 제로를 깨끗이 비웠다.

"엄청난 비극이야." 그녀가 진지한 얼굴로 말했다. "열 명의 여성이 죽어야 했고 그에 따른 고통과 슬픔, 생사도 모른 채 살아온 유족들의 한 맺힌 세월. 그게 다 보크트의 어머니가 남편에게 말할 용기를 못 내서 벌어진 일이잖아."

"왜 남편에게 숨겨둔 아이가 있다고 말하지 않았을까요?" 셈이 질문했다.

"살다 보면 잘못된 결정을 내릴 때도 있지요." 하딩 박사가 대답했다. "물론 그 결정들이 모두 이런 엄청난 결과로 이어지진 않지만."

다들 말이 없었다. 그토록 고생한 끝에 독일 범죄역사상 가장 흉악한 연쇄살인범을 체포하는 성과를 거뒀고 열 건의 미제살인사건을 해결했지만 그 누구도 축하할 기분이 들지 않았다.

"난 나가서 담배 한 대 피우고 집에나 가야겠다." 피아가 일어서서 뻐근한 몸을 쭉 폈다. 진통제 덕분에 두통은 그나마 참을 만한 수준이었다. "보고서는 내일 쓰자."

"기다려. 나도 같이 나가." 보덴슈타인도 자리에서 일어났다. "나 없으면 담배 못 피우잖아. 아니면 그 바쁜 와중에 새로 한 갑 샀나?"

***

두 사람은 뒷문 앞 계단에 앉아 말없이 담배를 피웠다. 대기는 온화했고 인근 주택의 정원에 활짝 핀 벚꽃의 은은한 향기가 가득했다. 바야흐로 완연한 봄이었고 며칠간 내린 비로 만물이 앞다투어 소생하고 있었다.

"보크트가 킴과 피오나를 어머니날까지 가둬두려 했을까요?" 피아가 질문했다.

"그랬을 수도 있지." 보덴슈타인이 대답했다. "그런데 둘 다 너무 쇠약해진 상태라 2주나 더 버텼을지 모르겠군."

"맞아요. 구급의사가 둘 다 심각한 탈수상태라고 했어요." 피아가 고개를 끄덕였다.

"보크트가 그 안에 물을 갖다놓긴 했어." 보덴슈타인이 말했다. "분석 결과 나와보면 알겠지만 물뽕을 탔을 확률이 높아. 그런 식으로 힘을 못 쓰게 한 거겠지."

"그렇게 열 사람이나 죽였다니……." 피아가 담배를 비벼 끄며 중얼거렸다.

"열하나." 보덴슈타인이 그녀의 말을 고쳐주었다. "클라스 레커를 죽인 것도 보크트니까."

"미친 살인마 새끼." 피아는 몸을 부르르 떨었다. "영악하긴 또 얼마나 영악하게요? 혐의가 다 다른 사람들에게 가도록 해놨잖아요. 자기만 쏙 빼고!"

"다른 형제들에 대해 정확히 알고 있었어. 린데만의 이동경로, 돌이 차를 보러 다니는 곳, 정확히 그 장소에 시체를 유기했지."

"견사 이야기 지어낸 건 또 어떻고요!" 피아가 머리를 절레절레 흔들었다. "저 그때 그 말 다 믿었거든요."

"하딩 박사가 살인행위 자체뿐 아니라 살인을 계획하는 데서 희열감을 얻는다고 했었잖아." 보덴슈타인이 말했다. "하딩 박사가 조언자여서 정말 다행이었어."

"그리고 엥엘이 사격을 잘해서 정말 다행이었어요." 피아는 피가 말라붙은 머리의 상처를 조심스레 만져보았다.

"뭐?" 보덴슈타인이 놀란 눈빛으로 피아를 쳐다보았다. "나한테는 산더 형사가 쐈다고 하던데!"

"아니에요, 제 권총을 사용한 것뿐이에요. 30미터 거리에서 그 쳐죽일 놈을 그냥 정확히 맞혀서 쓰러뜨렸잖아요. 그런데 왜 내가 쐈다고 했지?" 피아는 혼란스러운 표정이었다.

"난들 알겠어?" 보덴슈타인이 하품을 하며 말했다. "경찰학교 때부터 명사수였어. 사격훈련 과정 때도 가장 잘했고."

"그 여자는 못 하는 게 뭐예요?" 피아도 하품을 했다. "혹시 보고서 쓰기 귀찮아서 나한테……."

그때 뒤에서 문 열리는 소리가 났고 피아는 말을 멈췄다.

"오스터만이 여기들 있을 거라고 하더군." 과장은 외투를 걸친 차림이었다. "보덴슈타인 반장과 팀원들 모두 잘해줬어요. 서장님과 내무부장관께도 그렇게 보고 올릴 생각이에요."

"감사합니다." 보덴슈타인이 말했다. 그는 받은 교육이 있어 숙녀가 서 있는 상황에서 그냥 앉아 있지 못하고 일어섰다. 반면 피아는 그대로 앉아 머릿속으로 엥엘 과장이 예전에 했던 '그 도박 같은 수사 실패하면 난 더 이상 뒤 못 봐줘요'라는 말을 곱씹고 있었다.

"산더 형사랑 할 얘기 있으니까 잠시 자리 좀 피해줘." 니콜라 엥엘이 보덴슈타인에게 말했다.

"알았어."

"반장님, 담배 한 개비만 더 주고 갈래요?" 피아가 물었다.

"다 가져." 보덴슈타인이 그녀에게 담뱃갑을 내밀었다. "그럼 내일 아침에 보자고. 푹 쉬어!"

"반장님도요!"

엥엘 과장은 보덴슈타인이 들어가고 유리문이 닫힐 때까지 기다렸다가 담배 한 개비를 꺼내 불을 붙였다.

"산더 형사한테 미안하다는 말 하려고." 그녀가 피아를 쳐다보지 않고 말했다. "지난번에 화낸 건 내 잘못이에요."

피아는 자신의 귀를 의심했다.

"생각해보니 나 기분 나쁜 걸 산더 형사한테 다 퍼부었어요. 내 행동이 공정하지 못했어요."

"괜찮아요." 피아가 대꾸했다. "말싸움하다 보면 의도하지 않은 말이 나올 때도 있잖아요."

"그 말은 맞는데 그땐 그런 경우가 아니었어요." 엥엘 과장이 피아를 정면으로 쳐다보며 말했다. "산더 형사 말이 맞았거든요. 킴의 행동 때문에 난 무척 상처받은 상태였어요. 내가 화낸 것도 그것 때문이고. 산더 형사는 아무 잘못도 없는데."

"흠." 피아는 딱히 할 말을 찾지 못했다.

"난 산더 형사가 훌륭한 경찰이라고 생각해요." 엥엘 과장이 말을 이었다. "올바른 사고방식을 가지고 있고 선악을 구별하는 감각도 탁월하고. 킴은……." 그녀는 잠시 말을 끊고 한숨을 쉬었다. "킴은 언니 부부를 초대하자고 해도 절대 싫다고 했고 함께 언니 집에 놀러가자고 해도 반대했어요. 이제 와서 생각해보니 왜 그랬는지 알겠어요. 그냥 마음을 들킬까 봐 두려웠던 것 같아요. 숨기는 게 한두 가지가 아니었잖아요."

"킴을 용서할 수 있으세요?" 피아가 물었다.

엥엘은 잠시 생각했다.

"아니." 그녀가 대답했다. "아니, 난 못 할 것 같아요. 다시 믿지도 못할 거고. 산더 형사는 어때요? 딸이 있다는 사실을 숨겼는데 용서할 수 있어요?"

"모르겠어요." 피아가 솔직히 대답했다. "며칠간 킴 걱정을 엄청나게 했어요. 어릴 때부터 제가 늘 보호해줬거든요. 그런데 아까 킴을 봤을 때 제 속의 뭔가가 변했다는 걸 깨달았어요. 제가 킴을 용서하고 안 하고는 앞으로 킴이 어떻게 하느냐에 달린 것 같아요. 하지만 조카가 생긴 건 너무 좋아요. 피오나에게 금방 정이 가더라고요."

"보크트의 딸이 아니어야 할 텐데!" 엥엘이 탄식하듯 말했다. "그럴 경우 엄청난 짐이 될 테니까!"

"아닌 것 같아요." 피아가 대꾸했다. "프리트요프 라이펜라트를 닮았더라고요. 입매도 똑같고 파란 눈도 똑같고."

그들은 한동안 말없이 앉아 있었다. 피아가 하품을 했다.

"집에 가야겠어요." 피아가 일어서며 말했다. "피곤해 죽겠어요."

"나도 피곤하네. 요 며칠은 하루가 정말 길었죠?" 니콜라 엥엘은 담배를 비벼 껐다. "내일 병원 먼저 갔다 와요. 벽에 머리를 세게 부딪혀서 뇌진탕일 수도 있어요."

자리에서 일어선 그들은 서로를 마주 보았다. 갑자기 엥엘이 오른손을 내밀었다.

"더 이상 사돈 관계는 아니지만…… 이제부터 니콜라라고 불러."

피아는 어리둥절해서 상관을 쳐다보았다.

"진심이세요? 아니면 내가 진짜 뇌진탕이라도 걸린 건가?" 그녀가 정신을 차리고 물었다.

"손이 무안하네." 니콜라 엥엘이 웃으며 말했다. "아니면 손 저릴 때까지 기다리는 건가?"

"어느 안전이라고 제가 감히 그런 짓을 하겠어요?" 피아가 손을 내밀어 악수했다. "피아라고 부르세요."

"좋아." 문을 열려고 손잡이를 잡은 니콜라 엥엘이 다시 뒤를 돌아보았다. 직원들 앞에서는 친근한 말투를 자제하라고 말하려는구나 하고 피아는 예상했다.

"그런데 내 캐시미어 스웨터는 어디 두고 온 거야?" 그녀가 뜻밖의 질문을 던졌다.

"캐시미어 스웨터?" 피아는 다시 한 번 어리둥절해졌다.

"아까 터널에서 내가 줬잖아."

"아, 그게 과장님…… 어…… 니콜라…… 스웨터였구나?" 피아는 그걸 어떻게 했는지 기억을 더듬어봤다. "어쩌죠? 지하터널에 두고 온 것 같아요. 미안해요."

"뭐, 더 심한 일도 있으니까." 니콜라 엥엘은 어깨를 으쓱했다. "그럼 푹 쉬어. 그리고 내일 꼭 병원 먼저 들렀다가 출근하는 거 잊지 말고."

"네, 푹 쉬세요." 피아가 미소를 지었다.

피아는 상관이 복도를 걸어가 계단 뒤로 사라지는 모습을 지켜보았다. 보덴슈타인에게 전화를 걸어 이 소식을 알리고 싶은 마음이 굴뚝같았지만 참았다. 그녀는 빈 복도를 걸어 외투와 가방을 가지러 특수본으로 갔다.

카이마저 퇴근하고 특수본은 텅 비어 있었다. 피아는 외투를 입고 가방을 어깨에 둘러멨다. 저절로 화이트보드에 눈길이 갔다. 사건은 해결됐다. 요아힘 보크트의 유죄를 말해주는 증거는 압도적이었다. 그녀는 내일 바로 노라 바르텔스의 부모에게 전화를 걸어 36년간 밝혀지지 않았던 사건의 진상을 알릴 생각이었다. 마갈리 보샹의 유족도 드디어 딸에게 무슨 일이 일어났던 것인지 알게 될 것이다. 이럴 때 피아는 자신이 이 일을 하는 의미를 새삼스럽게 되새겼다.

그녀는 깊은 한숨을 토해낸 후 전등 스위치를 눌러 불을 껐다.

"잘 가, 피아!" 보안검색대를 통과할 때 담당 직원이 인사를 건넸다.

"수고해, 토미!"

그녀는 문을 열고 어둠 속으로 걸어 나갔다.

〈끝〉

감사의 말

하나의 아이디어가 소설이 되기까지 거의 일 년 반이라는 시간이 걸렸습니다. 그 기간 동안 저를 응원해주신 분들이 많았습니다. 자료 조사를 하고 플롯을 짜고 제가 나무에 눈이 멀어 숲을 보지 못할 때 격려의 말을 해주신 분들께 감사드립니다. 누구보다 먼저 최고의 에 이전트인 안드레아 빌트그루버에게 감사드리고 싶습니다. 그녀에게 이 책을 바칩니다. 그리고 편집자 마리온 바스케스, 저를 격려해준 그 녀의 인내심과 능력, 섬세한 편집에 감사드립니다.

친자매인 카밀라 알트파터, 매번 원고를 읽고 고쳐주고 건설적인 조언으로 함께해줘서 고맙습니다. 역시 친자매인 클라우디아 코헨과 친구 지모네 야코비, 원고를 함께 읽어줬습니다.

강력반 형사의 일상에 관해 상세한 정보를 주신 라르스 엘제바흐 경사님께도 심심한 감사를 표합니다.

프랑크푸르트 암 마인 괴테 대학교 법의학 연구소장이신 페어호프 교수님께서는 법의학 분야의 제 질문에 친절히 답해주셨습니다. 감사합니다.

프라포트 AG의 슈테판 슐테 씨에게 감사드립니다. 프랑크푸르트 공항을 살펴볼 수 있게 허락해주셨습니다. 공항의 숨겨진 뒷면과 '언더월드'에서 잊지 못할 체험을 하도록 도와주신 직원분들께도 감사드립니다. 우를리히 키퍼 씨, 안드레아 슈나이더 씨, 질케 랑에 씨, 마리타 로트 씨, 미하엘 최프 씨, 팔코 클라인 씨께서는 지하도로 아래 공간들을 보여주셨습니다. 제가 공항을 잘 묘사할 수 있게 도움을 주신 미하엘 푀츠 씨, 호르스트 뮐러 씨, 랄프 가스만 씨, 그리고 다른 프라포트 직원 여러분께 감사드립니다.

스위스식 독일어 표현에 도움을 주신 데니스 슈트라우만 씨께도 감사드립니다.

착륙비행 시 콕핏에서 어떤 의사소통이 이루어지는지 정확히 알려주신 마르쿠스 곤스카 씨께도 감사의 마음을 전합니다.

IT와 관련해 정확한 워딩을 할 수 있게 도와주신 위르겐 폴 씨께도 감사드립니다.

장시간 의자에 앉아 작업할 때 제 허리가 버틸 수 있게 도와주신 크리스티네 헨리치와 뮈라 외즈벡에게 감사드립니다.

페이스북에서 소설에 사용할 이름을 제공하고 허락해주신 모든 분들께도 감사드립니다.

그리고 언제나처럼 가장 큰 고마움은 남편 마티아스의 몫입니다. 조용히 집필할 수 있도록 배려해주고 요리와 지원을 아끼지 않았습니다. 그리고 인내심 많은 훌륭한 스파링 파트너였습니다.

넬레 노이하우스

넬레 노이하우스는 작품의 영감을 어디서 어떻게 찾으며,
소도시에 탐닉하게 된 계기는 무엇일까?

보통 '범죄'라는 말을 들으면 대도시를 떠올리게 마련이다. 복잡성과 익명
성으로 악이 번창하기 좋은 환경이라 생각하기 때문이다. 그러나 당신의
범죄 스릴러는 교외에 있는 소도시를 배경으로 하고 있다. 그래서 말인
데, 당신이 생각하기에 소도시의 삶은 어떤 면에서 위험에 노출돼 있다고
생각하는가?

넬레 노이하우스 : 뭔가 위험에 노출돼 있다가보다는, 소도시에 사
는 사람들은 서로 가깝고 친밀하다. 서로에 대해 잘 알고, 하다못해
이웃의 치부까지 꿰뚫고 있다. 그건 오래된 비밀일 수도 있고, 소문일
수도 있고, 가족의 불화일 수도 있다. 동시에 그건 서로 간의 연대이
자 신뢰를 대변하기도 한다. 겉으로 보기에는 평화롭게만 보이지만,
그 이면엔 뭐가 도사리고 있는지 모른다. 잘못된 연대는 범법 행위를

유발하고, 범죄를 공모하고 은폐하는 걸로 이어질 수도 있으니까. 대도시와 달리, 소도시에 사는 사람들은 서로가 가깝다 보니 한 가지 사건이 도미노 효과를 일으켜 마을 전체를 뒤흔들 수도 있다.

열린 눈으로 타우누스 지역을 돌아보는 것만으로 신작과 거기 나올 인물들에 관한 영감을 얻기에 충분한가?

넬레 노이하우스 : 아니다, 결코 그렇지 않다. 하지만 그곳에서 얻는 몇몇 인상들은 매우 중요하다. 타우누스 지역에는 매우 다양한 사람들이 살아가고 있고, 그들은 범죄소설 작가인 내게 무한한 가능성이 되어준다. 그러다 뭔가 영감이 떠오르면, 그 생각은 몇 주, 몇 달간 내 머릿속에서 발전되어 새로운 작품으로 탄생한다. 《백설공주에게 죽음을》은 내 고향인 켈크하임에서 흔적 없이 사라진 한 소녀와 관련된 사건에서 시작되었다. 난 그 소녀의 부모가 어떻게 그런 고통스러운 상황을 감당해낼 수 있는지 궁금했다. 언제나 그렇다. 아주 작은 일들, 신문이나 TV 다큐멘터리에 나오는 아주 작은 일들이 내게 종종 영감을 주며, 거기에 상상력으로 뼈와 살을 붙여주면 그 작은 일은 500페이지 이상의 새로운 작품으로 탈바꿈한다.

당신의 작품을 읽다 보면 정의를 향한 강한 욕망이 느껴진다. 혹시 피가 끓어오를 정도로 참을 수 없는 일이 있다면 어떤 것인가?

넬레 노이하우스 : 맞는 말이다. 나는 무엇보다 정의로움을 중요시하는 사람이다. 그렇다 보니 종종 정의롭지 못한 모습을 나 자신에게

서 발견할 때 큰 충격을 받고 경악한다. 작품을 쓸 때면 항상 정의가 승리하는 쪽으로 결말을 쓰려고 한다. 설사 그게 현실적 사건을 기반으로 하지 않았다 해도. 자신의 이익이나 명성, 이기심 때문에 다른 사람을 이용하거나 괴롭히는 사람을 볼 때면 몹시 불쾌하고 화가 난다. 힘을 가진 자들이 자신의 위치를 이용하여 자신보다 약한 사람을 억압하는 것은 굉장히 야비하고 비열한 일이다. 물론 절대적 정의 같은 건 없을지도 모른다. 하지만 타인에 대한 배려나 관용을 중시하고 본인이 해야 할 도리를 다 하려 노력한다면 세상에는 보다 많은 정의가 생겨나지 않을까?

TAUNUS
SERIES

시리즈 각 권
완벽 정리

사랑받지 못한 여자

대가 없는 사랑을 베푸는 남자

사랑을 기만하는 여자

그리고 비극은 시작되었다

남편과 이혼한 후, 타우누스 강력반으로 복직한 피아 키르히호프 형사는 곧바로 첫 번째 사건과 맞닥뜨린다. 대쪽 같은 성품으로 인기를 모으던 부장검사가 자살한 것이다. 곧이어 미모의 젊은 여성이 전망대에서 자살하는 사건이 또 발생하고, 수사가 진행됨에 따라 두 사람의 죽음 뒤에 얽힌 검은 음모가 차츰 드러난다. 처음으로 호흡을 맞추게 된 보덴슈타인과 피아는 서로 삐걱거리면서도 조금씩 사건의 진상을 향해 다가간다.

사랑을 믿지 말라

그것은 삶이 네게 보내는 조소에 불과하다

세상의 빛을 보지 못하고 자비로 출판되어야 했던 타우누스 시리즈의 첫 번째 작품. 그러나 자비출판을 통해 소수 독자들에게 알려졌을 때부터 호평을 얻으며 넬레 노이하우스가 독일 최고의 미스터리 작가로 자리매김하는 데 기반이 되었다. 이어진 다른 작품들의 엄청난 성공으로 인해 정식 출간된 이후, 지금은 오히려 현지에서 시리즈 중 가장 높은 인기를 자랑하고 있다.

시리즈 다른 작품들과는 달리 비교적 단순한 구성으로 이루어져 있지만, 그런 만큼 인물과 이야기가 가지는 힘과 무게가 직관적으로 드러난다.

아름다운 여인의 죽음을 둘러싸고 벌어지는 스캔들, 정·재계를 뒤흔드는 검은 음모와 범죄 조직, 그리고 한 인간의 인생을 뒤트는 사랑.

첫 번째 작품부터 이미 작가적 가능성을 유감없이 드러내는 넬레 노이하우스의 필력 덕분에 읽는 이는 그저 이야기를 따라가는 것만으로도 거대한 비극에 짓눌리는 듯한 안타까움을 느끼게 된다.

시리즈의 다른 작품을 먼저 읽어온 독자들에게는 두 주인공의 초기 모습을 볼 수 있는 색다른 즐거움도 선사한다. 이제 막 콤비가 되어 아직 어색한 피아와 보덴슈타인의 모습이나, 이후 여러 고비를 넘기면서 다양한 관계로 엮이게 될 주변 인물들의 모습은 마치 타우누스 시리즈의 '프리퀄'을 보는 듯한 느낌이다.

너무 친한 친구들

나는 모든 유혹을 멀리하려 했네

꿈과 그리움, 외로움만이 나의 벗

오! 그러나 실재하는 모든 것이 나의 꿈을 짓밟는구나

월드컵이 한창인 6월 어느 날, 동물원에서 사람 손이 발견된다. 피해자는 고등학교 교사이자 도로 확장을 반대하던 환경운동가. 학생들에게는 영웅으로 칭송받았지만, 성적 문제로 그를 협박하던 학생부터 전부인, 시의원, 건설회사 대표까지 그의 죽음을 바라던 이 또한 너무나 많았다.

수상한 인물은 늘어만 가는 가운데 피아는 유력 용의자인 동물원장 산더와 미청년 루카스로부터 동시에 구애를 받으면서 객관성을 잃기 시작하고, 급기야 보덴슈타인으로부터 수사에서 손을 떼라는 경고까지 받게 되는데…….

채워도 채워도 사그라지지 않는 온갖 욕망이 초래한 비극,
그 끝을 목도할 준비가 되었는가

2007년 크리스마스 시즌 당시 자비출판임에도 해리 포터 시리즈보다 더 많이 판매되어 독일의 대형 출판사 울슈타인이 작가를 주목하는 계기가 된 것으로도 유명한 작품이다. 실제 타우누스 지역에서 이슈가 되었던 문제를 바탕으로 도로 확장 계획을 반대하던 환경운동가의 죽음과 그 이면에 자리한 인간 욕망의 심연을 그렸다. 도로 확장 계획을 둘러싼 온갖 의혹을 파헤쳤던 파울리와 그의 마지막 행적을 추적하는 형사들의 이야기는 작품 배경이 독일이 아니라 이 땅이 아닌가 하는 착각마저 들게 할 정도로 우리의 지금과 닮았다. 작가는 이렇게 현실의 문제를 작품 속에 적극 반영함으로써, 단순한 '범인 찾기' 미스터리에서 한 단계 나아가 독자를 둘러싼 세상의 참모습을 보여주는 새로운 분위기의 사회파 미스터리를 완성시켰다.

그러면서도 사건을 풀어가는 피아와 보덴슈타인 반장, 그리고 주변 인물들의 에피소드를 적절히 안배한 것이 이 책의 매력이다. 2006년 6월 독일 월드컵 기간을 배경으로 선택한 작가는 어떻게든 경기를 보기 위해 조바심치는 벤케 형사를 통해 깨알 같은 재미를 선사하며, 아버지와 남편으로서의 고민을 안고 있는 보덴슈타인을 통해 인간적인 형사의 일상을 보여준다.

또한 피아가 동물원장 산더와 피해자의 제일가는 제자였던 재벌가 미청년 루카스로부터 동시에 구애를 받으면서 갈팡질팡하는 모습을 통해 여성 독자들의 시선을 사로잡는다.

깊은 상처

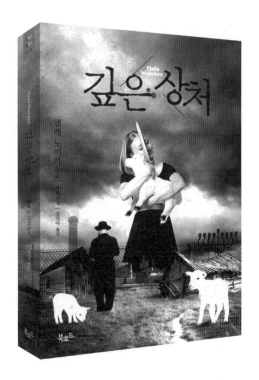

우리는 눈물과 고통으로 태어나
끊임없이 욕망하고 증오하다
마침내 죽음이란 파멸을 맞이한다

부유한 유대인 노인이 나치의 처형을 연상시키는 모습으로 총살당한다.
피아와 보덴슈타인은 사건 현장에서 피해자의 피로 쓰인 '16145'라는 숫자를 발견
한다. 경찰이 숫자의 의미조차 파악하지 못하고 있는 사이 두 번째 사건이 일어나
고, 역시 의문의 숫자 '16145'가 남겨져 있다. 마침내 두 노인이 모두 명망 높은 귀
족 베라 칼텐제의 오랜 친구라는 사실이 밝혀지면서 수사는 반전을 맞지만, 의문의
숫자 뒤에는 상상조차 못 한 깊고 어두운 진실이 입을 벌리고 있다.

세 노인의 죽음, 그리고 수수께끼의 숫자 16145
지워지지 않는 과거의 상처가 잔혹한 죽음을 부른다!

《깊은 상처》는 한 노인의 기묘한 죽음으로 시작된다. 잔혹한 박해와 2차 세계대전의 혼란 속에서도 살아남아 돈과 명예를 손에 넣었던 유대인 노인이 나치의 처형을 연상시키는 모습으로 살해된 것이다. 현장에서는 피로 쓰인 '16145'라는 수수께끼의 숫자가 발견된다.

이야기의 시작에서부터 드러나듯, 《깊은 상처》는 독일의 근현대사에 대한 넬레 노이하우스의 작가적 고찰을 담은 작품이다. 역사를 전공한 작가는 독일인이라면 피해갈 수 없는, 그러나 결코 잊지 말아야 할 어두운 과거를 수면 위로 끄집어 올린다. 그러면서도 시리즈 다른 작품과 마찬가지로, 비극은 누구나 맞닥뜨릴 수 있는 사소한 일들에서부터 시작된다.

일제 강점기와 군부 독재기를 겪고 친일파나 과거사 청산 문제를 여전히 안고 살아가는 한국의 독자들이라면, 이 작품이 지금 우리가 마주한 현실과 닮아 있다는 것을 금방 알 수 있을 것이다.

시리즈 중에서 가장 잔혹하고 어려운 사건과 수십 년의 세월을 넘나드는 장대한 구성, 그리고 저자 스스로 자신하는 치밀한 구성과 깊은 고찰까지 담긴 《깊은 상처》는 타우누스 시리즈의 팬들뿐 아니라 정통 미스터리를 좋아하는 독자라면 누구나 열광할 만한 재미와 깊이를 겸비한 작품이다.

백설공주에게 죽음을

차가운 비밀이 내리던 날

눈꽃처럼 아름다운 소녀가 사라진다

전도유망한 청년 토비아스는 고등학교를 졸업하던 해, 여자친구를 살해했다는 죄목으로 감옥에 들어간다. 10년 후, 형기를 마치고 출소했지만 마을 사람들은 그를 '살인자'라 부르며 마을을 떠나지 않으면 죽이겠다고 협박한다. 그런 그에게 위로가 되는 것은 죽은 여자친구와 닮은 소녀 아멜리뿐이다. 한편 피아와 보덴슈타인 콤비는 괴한의 공격으로 중태에 빠진 여인이 토비아스의 어머니임을 알고 그를 찾아온다. 살인 전과자와 형사들의 등장으로 마을에 알 수 없는 긴장감이 감도는 가운데 이번에는 아멜리가 실종되는데……

독일 아마존 베스트셀러 32주 1위,
2011년 해외소설 판매 부수 1위
미스터리 독자라면 '백설공주'를 피해갈 수 없다!

2011년 국내에 출간되어 해외소설 중 가장 많이 팔린 책이 된, 타우누스 시리즈 중
에서도 가장 사랑받는 작품. 출간된 지 몇 년이 지난 지금도 베스트셀러 순위에 꾸
준히 오르는 강한 생명력을 자랑한다.

이야기는 여자친구 '백설공주'를 죽였다는 죄명으로 10년 동안 감옥살이한 토비아
스가 출소하며 시작된다. 순전히 정황증거만으로 재판이 이루어졌던 데다 당사자
인 토비아스조차 사건 당일의 기억이 마치 블랙홀처럼 텅 비어 있어 자신이 정말
살인을 했는지, 아니면 억울한 누명을 썼는지조차 알지 못한 채 마을 사람들의 괴
롭힘을 당한다. 여기에 '백설공주'와 꼭 닮은 아멜리, 그리고 피아와 보덴슈타인 콤
비가 11년 전 사건에 관심을 가지기 시작하면서 마을은 또다시 차갑게 얼어붙기
시작한다.

어릴 때부터 글쓰기에 대한 열정을 주체할 수 없었다는 작가의 말처럼 이 작품은
웬만한 책 두 권 분량을 너끈히 넘긴다. 그러나 독자는 지루해할 틈이 없다. 때로는
토비아스의 입장이 되어 그가 정말 살인을 저질렀는지 고민하고, 때로는 똘똘하고
정 많은 여고생 아멜리가 되어 11년 전 사건을 수사해야 한다. 거기다 아내가 바람
을 피운다고 의심하면서 전전긍긍하는 보덴슈타인도 다독여줘야 한다.

그리고 드디어 피아와 보덴슈타인과 함께 사건의 진실을 목도하는 순간, 독자의 마
음은 그리 유쾌하지만은 않을 것이다. 병적인 질투, 권력욕, 복수와 증오 등 인간
세상의 모든 추악한 이면을 함께 마주해야 하기 때문이다.

바람을 뿌리는 자

그녀는 항상 거짓말을 했어요

그러다 나도 거짓말을 하기 시작했어요

그건 다른 사람들에게 옮아요. 마치 전염병처럼

크리스토프와의 달콤한 여행에서 돌아오자마자 피아는 계단에서 떨어져 사망한 경비원의 참혹한 시체와 맞닥뜨린다. 겉으로 보기에는 단순한 사고처럼 보이는 사건이지만, 피아는 그 뒤에 무언가 숨겨져 있음을 직감한다.

피해자가 근무하던 풍력에너지 개발회사와 풍력발전소 건립에 반대하는 시민단체의 인물들이 얽히면서 풍력발전소를 둘러싼 거대한 음모가 조금씩 그 모습을 드러내고, 보덴슈타인이 용의자 중 한 명인 니카에게 반하면서 사건은 점점 복잡해진다.

풍력발전소를 둘러싼 거대한 스케일의 아귀다툼
속지 마라, 추악한 마음은 가장 아름다운 가면에 깃드는 법

풍력에너지 개발을 둘러싸고 전 세계적인 음모가 폭풍처럼 몰아치는 가운데, 사랑과 배신, 복수와 앙갚음 등 개인적인 동기가 서스펜스를 극한까지 몰고 간다. 거대한 스케일과 치밀한 구성, 개성 넘치는 등장인물로 무장한 이 작품은 타우누스 시리즈가 유럽에서 가장 사랑받는 미스터리 시리즈로 자리 잡은 이유를 다시 한 번 확인시켜준다. 서로 무관해 보이던 여러 조각들이 하나로 연결되며 섬뜩한 진실이 드러나는 순간, 독자들은 다시 한 번 뛰는 가슴을 억누를 수 없을 것이다.

이번 작품에서는 피아와 보덴슈타인뿐 아니라 읽는 이의 시선을 잡아끄는 개성 있고 매력적인 인물들이 다수 등장한다. 먼저 마을 최고의 인기인으로 동물을 사랑하는 순수한 마음을 지닌 리키가 있다. 그녀는 사건의 중심인 풍력발전소 건립을 둘러싼 갈등을 주도하는 시민단체의 일원이자, 유력한 용의자의 애인이기도 하다. 그리고 리키의 친구, 조용하고 수수해 보이지만 보덴슈타인이 한눈에 반할 정도의 매력을 지닌 니카는 리키와 더불어 이야기를 이끌어가는 축이자 사건의 열쇠를 숨기고 있는 인물이다.

두 여인과 더불어 다양한 개성을 자랑하는 인물들이 또 다른 주인공으로 활약하면서 이야기를 다채롭게 한다. 저자는 이 작품에서 악한 자, 혹은 선한 자 같은 평면적인 묘사가 아니라, 복합적인 인간의 내면을 섬세하게 묘사하면서 한층 더 성숙해진 모습을 보여준다.

사악한 늑대

강물 위에 인어가 떠오르면 나쁜 늑대가 나타난다

더 빨리, 더 빨리 뛰어

안 그러면 늑대한테 잡아먹힌다

어느 여름 밤, 강 위에 깡마른 소녀의 시체가 떠오른다. 처참하게 훼손된 소녀의 몸에는 죽기 전 받았던 학대의 흔적이 고스란히 남아 있다. 어떤 수단을 동원해도 신원을 밝혀내지 못한 채, 그저 '인어공주'로 불리게 된 죽은 소녀에게는 대체 무슨 일이 있었던 것일까?

그 와중에 유명 방송인 한나가 처참하게 폭행당한 채 발견된다. 겨우 목숨만 건진 한나의 몸에 남은 흔적은 어쩐지 죽은 소녀의 몸에 남았던 학대의 흔적과 닮아 있다.

차가운 밤의 강물 위에 인어가 떠오르면
나쁜 늑대가 본모습을 드러낸다

가녀린 소녀의 처참한 시체와 함께 시작되는 이번 작품은 초반부터 보덴슈타인과 피아, 그리고 정체를 알 수 없는 인물들, 방송인 한나, 그리고 피아의 친구 엠마 등 여러 시점에서 전개되며 읽는 이의 혼을 쏙 빼놓는다.

그러나 아무 관계도 없어 보이던 각 이야기들이 점차 톱니바퀴처럼 맞물리며 하나의 거대한 그림을 그려갈 때, 그것을 지켜보는 쾌감은 미스터리 독자들이 사랑해 마지않는 종류의 것이다.

《사악한 늑대》는 특히 작가 스스로 '지금까지 쓴 소설 중 최고의 작품'이라고 이야기할 만큼 높은 완성도를 자랑하며, 타우누스 시리즈 중에서 가장 방대한 분량의 작품이기도 하다. 이번 작품에서 넬레 노이하우스는 너무도 많은 소설에서 다뤘지만 잘못 접근하면 자극적으로만 보이기 쉬운 아동학대를 과감히 작품의 소재로 선택했다. 쉽지 않은 이 소재를 어떻게 소화했을까 하는 기대와 걱정에 대한 대답은 이 작품을 먼저 읽은 독일과 한국 독자들의 뜨거운 반응으로 대신할 수 있을 듯하다.

이렇듯 《사악한 늑대》에서는 작가로서 새로운 도약을 시도하는 넬레 노이하우스의 모습을 만나볼 수 있다. 특히 재미와 트릭에만 집중하는 미스터리보다는 깊이 있고 고급스러운 미스터리를 원했던 독자들이라면 열광할 만한 작품이다. 하지만 기존 '타우누스 시리즈'의 팬들도 걱정할 필요는 없다. 친근한 모습의 피아와 보덴슈타인, 그리고 작품마다 치밀한 구성과 반전으로 읽는 이를 감탄하게 하는 타우누스 시리즈 특유의 재미는 여전하기 때문이다.

산 자와 죽은 자

산 자는 벌을 받을 것이고
죽은 자는 원을 풀 것이다
한 사람도 빠짐없이

행복만 가득해야 할 크리스마스 시즌이 공포로 붉게 물든다.

개를 산책시키던 노인, 손녀 곁에서 요리를 하던 부인, 빵집 종업원과 학교 선생님

까지, 평생 나쁜 일이라고는 저지르지 않은 선량한 사람들이 '스나이퍼'의 총에 맞

아 살해된다. 재미를 위한 사이코패스의 짓일까?

피해자들에게 실은 어두운 과거가 있는 걸까? 오리무중 속에서 '스나이퍼'의 뒤를

한 발 한 발 밟아나가는 피아와 보덴슈타인이 결국 마주하게 될 것은 너무나도 깊

고 거대한 슬픔이다.

나는 산 자와 죽은 자를 가리러 왔으니

죄를 짊어진 자들은 두려움에 떨 것이다

시리즈 첫 작품 《사랑받지 못한 여자》로부터 10여 년이 지났다. 그사이 넬레 노이하우스는 자비 출판을 하던 소시지 공장 사모님에서 독일을 넘어 유럽을 대표하는 미스터리 작가로 우뚝 섰다. 그렇다면 과연 그녀의 글은 얼마만큼 성숙해졌을까? 《산 자와 죽은 자》에서 넬레 노이하우스는 완연한 '여왕'의 풍모를 보인다.

원래 작가의 장점으로 꼽히던 다양한 인간군상에 대한 이해, 쉴 새 없이 몰아치는 사건들, 치밀하게 안배된 복선과 허를 찌르는 반전이 그녀의 농익은 펜 끝에서 춤을 추듯 흘러나온다. 거기다 장기 이식과 사적 복수라는 민감한 사회적 이슈까지 훌륭하게 담아냈다. 작가 자신이 2012년 시한부 선고를 받고 심장 판막을 삽입하는 수술을 받으면서 경험하고 느낀 것들이다.

장기 이식에 얽힌 비극에 사랑과 복수라는 보편적 주제를 절묘하게 녹여낸 《산 자와 죽은 자》는 독일 독자들로부터 '《백설공주에게 죽음을》 이후 타우누스 시리즈 최고의 작품'이라는 찬사를 받으며 역시 베스트셀러 1위를 차지했다. 하지만 추리소설로서의 완성도만을 따지자면 시리즈 그 어떤 작품보다도 뛰어나다. '스나이퍼'는 첫 장부터 등장하지만, 그가 누구인지를 찾는 것은 결코 호락호락하지 않다. 결국 범인의 정체가 밝혀지는 순간, 독자들은 쓰디쓴 배신감과 더불어 깊은 슬픔과 공감을 느끼게 될 것이다.

여우가 잠든 숲 (전2권)

불타버린 남자, 살해당한 할머니, 침묵하는 마을
42년 전 숲속에서 실종된 아이와 여우가
연쇄살인의 모든 비밀을 품고 있다!

어느 날 새벽, 숲속 캠핑장에서 거대한 폭발음과 함께 화재가 발생한다. 곧이어 신원을 알 수 없는 시체가 발견되고, 남자의 신원을 알아내기 위해 찾아간 동네 할머니 역시 살해된 채 발견된다. 범행 목격자를 찾는 사이 세 번째 살인이 연이어 발생하고, 보덴슈타인과 피아 콤비의 수사는 42년이라는 시간을 거슬러 수사반장의 어릴 적 소꿉친구와 애완 여우의 실종사건으로 이어지는데……. 과연 1972년 8월 루퍼츠하인의 숲속에서 무슨 일이 있었던 것일까.

조용한 마을을 뒤흔든 의문의 연쇄 살인

그 실마리를 쥔 42년 전 봉인된 상처가 열린다

시리즈마다 찰떡궁합을 자랑하던 보덴슈타인과 피아 콤비는 《여우가 잠든 숲》에서
도 서로에 대한 깊은 신뢰와 애정을 보여준다. 시리즈 첫 작품 《사랑받지 못한 여
자》로부터 10년이 지나면서 매력적인 수사반장 보덴슈타인은 세상을 알면 알수록
자신이 속은 것 같은 느낌에 시달린다. 끔찍한 사건과 얽히고설킨 관계 속에서 지
쳐가던 반장은 이번 사건을 마지막으로 1년을 쉬겠다며 휴가계를 낸 상태다. 다시
강력반으로 돌아올지 말지는 모호하다. 이제 그들의 케미를 보는 것이 마지막이 되
는 걸까? 안타까워하는 피아의 마음과 복잡한 심경으로 사건을 대하는 보덴슈타인
의 멜랑콜리한 정서가 작품 전체에 깔려 기존 작품과는 사뭇 다른 느낌을 전한다.
작가는 매 작품 사건을 해결하는 형사로 등장하는 주인공 보덴슈타인을 위해 그의
개인적인 이야기를 담고 싶었다고 한다. 어느 순간 보덴슈타인에게 감정이 이입되
어 그와 함께 과거를 추적하는 여정을 떠나게 된다. 친구와 애완 여우를 잃은 아픔
에 함께 슬퍼하다가 트라우마를 극복하는 용기를 보여주는 그에게 박수를 보내게
된다. 그러나 좀체 범인을 특정하기 어려운 가운데 숨바꼭질은 이어진다. 마침내
정체가 드러나는 순간 보덴슈타인이 터트리는 절규는 독자들에게 긴 여운을 남길
것이다.

옮긴이_ 김진아

숙명여자대학교를 졸업하고 독일 베를린 자유대학교에서 교육학, 연극학 석사 학위를 받았다. 독일 두이스부르크–에센 대학교에서 강사를 역임하고 현재 전문번역가로 활동 중이다. 옮긴 책으로는 《백설공주에게 죽음을》, 《너무 친한 친구들》, 《바람을 뿌리는 자》, 《사랑받지 못한 여자》, 《깊은 상처》, 《사악한 늑대》, 《수잔 이펙트》 등이 있다.

잔혹한 어머니의 날 2

초판 1쇄 발행 2019년 10월 7일
초판 4쇄 발행 2023년 2월 1일

지은이 넬레 노이하우스
옮긴이 김진아
펴낸이 신경렬

상무 강용구
기획편집부 최장욱 송규인
마케팅 신동우
디자인 박현경
경영기획 김정숙 김태희
제작 유수경

펴낸곳 (주)더난콘텐츠그룹
출판등록 2011년 6월 2일 제2011-000158호
주소 04043 서울시 마포구 양화로12길 16, 7층(서교동, 더난빌딩)
전화 (02)325-2525 | **팩스** (02)325-9007
이메일 longest@thenanbiz.com | **홈페이지** www.thenanbiz.com

ISBN 979-11-5879-118-6 03850
         979-11-5879-119-3 (SET)